HEYNE<

Zum Buch

Die junge Innenarchitektin Alexandra »Zan« Moreland ist von einem schweren Schicksalsschlag gezeichnet: Vor zwei Jahren verschwand ihr kleiner Sohn Matthew spurlos. Mitten am Tag wurde er im Central Park aus dem Buggy geraubt, während die Babysitterin daneben auf einer Picknickdecke schlief. Obwohl Zan Himmel und Hölle in Bewegung setzte, blieb er spurlos verschwunden. Seitdem ist Zans Leben ein einziges Schwanken zwischen Hoffen und Bangen, in dem allein die viele Arbeit sie vor dem Wahnsinn bewahrt. Doch plötzlich geschehen merkwürdige Dinge: Hohe Geldbeträge verschwinden von ihrem Konto, ihre Kreditkarte wird mit Zahlungen belastet, die Zan nicht nachvollziehen kann. Dabei wird sie nicht einfach ausgeraubt, nein: Irgendjemand scheint sich in böser Absicht bewusst für sie auszugeben. Und es tauchen Bilder auf, die zufällig am schicksalhaften Tag vor zwei Jahren im Park aufgenommen wurden. Sie zeigen die Frau, die das Kind raubt – sie sieht eindeutig aus wie Zan. Eine Hexenjagd auf sie beginnt.

Zur Autorin

Mary Higgins Clark, geboren in New York, lebt und arbeitet in Saddle River, New Jersey. Sie zählt zu den erfolgreichsten Thrillerautorinnen weltweit. Mit ihren Büchern führt sie regelmäßig die internationalen Bestsellerlisten an. Sie hat bereits zahlreiche Auszeichnungen erhalten, u.a. den begehrten »Edgar Award«. Zuletzt bei Heyne erschienen: *Mein Auge ruht auf dir.*

Bitte beachten Sie das Werkverzeichnis am Buchende.

MARY HIGGINS CLARK
ICH FOLGE DEINEM SCHATTEN

THRILLER

Aus dem Amerikanischen von Karl-Heinz Ebnet

WILHELM HEYNE VERLAG
MÜNCHEN

Penguin Random House Verlagsgruppe FSC® N001967

Sonderausgabe der Penguin Random House Verlagsgruppe GmbH
Die Originalausgabe erschien unter dem Titel I'LL WALK ALONE
bei Simon & Schuster, New York
Copyright der Originalausgabe © 2011 by Mary Higgins Clark
Copyright der deutschen Ausgabe © 2011,
Wilhelm Heyne Verlag, München,
in der Penguin Random House Verlagsgruppe GmbH, München
Copyright © 2021 dieser Ausgabe
Satz: Leingartner, Nabburg
Umschlaggestaltung: m-design, Köln
Umschlagbild: © shutterstock.com/Kichigin
Druck und Bindung: GGP Media GmbH, Pößneck
Printed in Germany 2021
ISBN: 978-3-453-69844-4

www.heyne.de

In memoriam Reverend Joseph A. Kelly, SJ
1931–2008

Im Auge des Jesuiten war immer ein Zwinkern,
Ein Lächeln in seinem Gesicht.
Seine Seele war erfüllt von Nachsicht und Güte,
Er war der Stoff, aus dem die Heiligen sind.
Und als der Himmel sich
gegen sein Fernsein verwahrte,
Rief der Schöpfer ihn zu sich.

1

Pater Aiden O'Brien nahm in der Unterkirche des Gotteshauses des heiligen Franziskus von Assisi an der West Thirty-first Street in Manhattan die Beichte ab. Der achtundsiebzigjährige Franziskanermönch hatte nichts gegen die Neuregelung, derzufolge das Beichtkind nicht mehr, vom Priester durch ein Gitter getrennt, auf der harten Holzbank des Beichtstuhls knien musste, sondern ihm an einem Tisch im Versöhnungsraum von Angesicht zu Angesicht gegenübersaß.

Zweifel beschlichen ihn nur dann, wenn er das Gefühl hatte, der Büßer könnte sich davon abhalten lassen, all das zu sagen, was er möglicherweise in der anonymen Dunkelheit des Beichtstuhls offenbart hätte.

Genau dieses Gefühl hatte er an diesem kühlen, windigen Märznachmittag.

In der ersten Stunde waren nur zwei Frauen erschienen, zwei treue Gemeindemitglieder, beide Mitte achtzig, deren Sünden, sollten sie jemals welche begangen haben, lange zurücklagen. Heute hatte eine von ihnen gebeichtet, im Alter von acht Jahren ihre Mutter angelogen zu haben. Sie hatte zwei Kuchenstücke gegessen und ihrem Bruder die Schuld an dem fehlenden zweiten Stück gegeben.

Pater Aiden betete den Rosenkranz. Es war bald an der

Zeit, den Raum zu verlassen, doch plötzlich ging die Tür auf, und eine schlanke Frau Anfang dreißig trat ein. Langsam ging sie zum Stuhl ihm gegenüber und ließ sich zögernd darauf nieder. Ihr kastanienbraunes Haar fiel ihr offen über die Schultern, das mit einem Pelzkragen besetzte Kostüm dürfte sehr teuer gewesen sein, genau wie ihre hochhackigen Lederstiefel. An Schmuck trug sie lediglich silberne Ohrringe.

Mit ernster Miene wartete Pater Aiden. Da die junge Frau beharrlich schwieg, sagte er ermutigend: »Wie kann ich Ihnen helfen?«

»Ich weiß nicht, wie ich anfangen soll.« Sie sprach leise, in einem angenehmen Tonfall ohne jeglichen Dialekt.

»Es gibt nichts, was Sie mir sagen könnten, das ich nicht schon einmal gehört hätte«, sagte Pater Aiden mit sanfter Stimme.

»Ich ...« Die Frau hielt kurz inne, aber dann sprudelten die Worte nur so aus ihr heraus. »Ich weiß, dass jemand einen Mord plant, und ich kann nichts dagegen tun.«

Mit schreckgeweiteten Augen sah sie ihn an, schlug die Hand vor den Mund und erhob sich abrupt. »Ich hätte nie hierherkommen sollen«, flüsterte sie und fügte mit zitternder Stimme hinzu: »Vergib mir, Vater, denn ich habe gesündigt. Ich bekenne, an einem Verbrechen und an einem Mord mitzuwirken, der sehr bald geschehen wird. Wahrscheinlich werden Sie davon in der Zeitung lesen. Ich will das alles nicht, aber es ist zu spät, um daran noch etwas zu ändern.«

Sie drehte sich um, und nach fünf Schritten war sie an der Tür.

»Warten Sie«, rief Pater Aiden und mühte sich von seinem Stuhl hoch. »Reden Sie mit mir. Ich kann Ihnen helfen.«

Aber sie war fort.

War die Frau geisteskrank?, überlegte Pater Aiden. Hatte sie das wirklich ernst gemeint? Und wenn ja, was konnte er dann tun?

Wenn sie die Wahrheit gesagt hat, dachte er und ließ sich wieder auf seinem Stuhl nieder, dann sind mir die Hände gebunden. Ich weiß nicht, wer sie ist oder wo sie wohnt. Ich kann nur beten, dass sie nicht ganz bei Verstand ist und sich alles nur eingebildet hat. Trifft das aber nicht zu, dann ist sie klug genug, um zu wissen, dass ich dem Beichtgeheimnis verpflichtet bin. Vielleicht war sie früher praktizierende Katholikin. ›Vergib mir, Vater, denn ich habe gesündigt‹, das sind genau die Worte, mit denen die Beichte eingeleitet wird.

Lange saß er so da. Nach der überstürzten Flucht der Frau war das grüne Licht über der Tür zum Versöhnungsraum automatisch angegangen. Jeder, der draußen wartete, wusste somit, dass er nun eintreten konnte. Inständig betete er, die junge Frau möge zurückkehren. Aber sie kam nicht wieder.

Um achtzehn Uhr wäre seine Zeit im Versöhnungsraum eigentlich vorbei gewesen. Um zwanzig nach sechs gab er schließlich jegliche Hoffnung auf, dass sie noch einmal auftauchen würde. Er spürte das Gewicht seiner Jahre und die Bürde, die er als Beichtvater zu tragen hatte, als er sich mit beiden Händen an den Stuhllehnen aufstützte, sich langsam erhob und unter den stechenden Schmerzen in seinen arthritischen Knien zusammenzuckte. Kopfschüttelnd ging er zur Tür und blieb kurz vor dem Stuhl stehen, auf dem die junge Frau gesessen hatte.

Sie war nicht verrückt, dachte er betrübt. Falls sie wirklich von einem bald bevorstehenden Mord weiß, kann ich nur beten, dass sie tut, was das Gewissen ihr befiehlt. Sie muss versuchen, den Mord zu verhindern.

Er öffnete die Tür. In der Säulenvorhalle entzündeten zwei Gläubige Kerzen vor der Statue des heiligen Judas Thaddäus. Ein Mann, das Gesicht zwischen den Händen vergraben, kniete auf dem Betschemel vor dem Schrein des heiligen Antonius. Pater Aiden zögerte und erwog, den Besucher zu fragen, ob er ihm die Beichte abnehmen solle. Aber die Beichtstunde war längst vorüber und vielleicht erflehte der Besucher nur einen Gefallen oder sprach ein Dankgebet, weil ihm einer gewährt worden war. Der Schrein des heiligen Antonius zog viele Menschen an.

Pater Aiden durchquerte die Säulenvorhalle zu der Tür, die in den Gang zum Mönchskloster führte. Er spürte nicht den durchdringenden Blick des Mannes, der nun nicht mehr in sein Gebet versunken war, sondern sich umgedreht und die Sonnenbrille hochgeschoben hatte, ihn eindringlich ansah und sich den weißen Haarkranz und den schlurfenden Gang des Mönchs einprägte.

Kaum eine Minute war sie bei ihm gewesen, dachte der Beobachter. Was hat sie dem Alten alles erzählt? Kann ich darauf vertrauen, dass sie ihm nicht ihr Herz ausgeschüttet hat? Er hörte, wie die Eingangstür der Kirche geöffnet wurde und sich Schritte näherten. Schnell setzte er die Sonnenbrille auf und zog sich den Kragen seines Trenchcoats hoch. Er hatte sich bereits den an der Tür angebrachten Namen des Paters notiert.

Was soll ich mit dir bloß machen, Pater O'Brien?, fragte er sich wütend, während er sich an den gut zehn Besuchern vorbeischob, die die Kirche betraten.

Im Moment hatte er darauf keine Antwort.

Was er nicht wusste, war, dass er, der Beobachter, selbst beobachtet wurde. Die sechsundsechzigjährige Alvirah Meehan, die früher als Putzfrau gearbeitet hatte, mittlerweile als Kolumnistin und Gesellschaftsautorin erfolgreich war und außerdem vierzig Millionen Dollar in der New Yorker Lotterie gewonnen hatte, war ebenfalls anwesend. Sie war am Herald Square beim Einkaufen gewesen, und auf ihrem Heimweg zur Central Park South war sie die wenigen Straßenzüge hierhergekommen, um vor dem Schrein des heiligen Antonius eine Kerze anzuzünden und eine Spende für die Unterstützung Bedürftiger abzugeben, nachdem sie vor kurzem einen unerwarteten Honorarscheck für ihre Memoiren *Vom Putzeimer zur Prominenz* erhalten hatte.

Sie hatte gelobt, zur Grotte der Heiligen Jungfrau Maria von Lourdes zu pilgern, als ihr der scheinbar tief im Gebet versunkene Mann vor dem Schrein auffiel. Kurz darauf erblickte sie Pater Aiden, ihren alten Freund, der den Versöhnungsraum verließ. Sie wollte schon zu ihm und ihn begrüßen, zu ihrem Erstaunen aber richtete sich in diesem Augenblick der Mann plötzlich auf und schob sich die Sonnenbrille aus dem Gesicht. Kein Zweifel, er beobachtete Pater Aiden, der zur Tür des Klosters ging.

Nein, dieser Mann wollte Pater Aiden nicht fragen, ob er bei ihm beichten könne. Er wollte den Pater in Augenschein nehmen, dachte sie sich und sah, wie der Fremde die Sonnenbrille wieder aufsetzte und den Kragen seines Mantels hochstellte. Sie hatte ihre Brille abgenommen, weshalb sie ihn nicht genau erkennen konnte, aber sie schätzte ihn auf ungefähr einen Meter achtzig. Das im Schatten liegende

Gesicht war eher hager als feist, und als sie vor der Statue an ihm vorbeigegangen war, hatte sie bemerkt, dass er volles schwarzes Haar hatte ohne graue Strähnen. Das Gesicht hatte er in den Händen vergraben.

Wer weiß schon, was in den Leuten so vorgeht?, fragte sich Alvirah und sah dem Fremden hinterher, der nun in Richtung der nächstgelegenen Tür davoneilte. Eines jedenfalls kann ich mit Bestimmtheit sagen, dachte sie. Dieser Mann hatte dem heiligen Antonius nicht mehr viel zu sagen, nachdem Pater Aiden den Versöhnungsraum verlassen hat.

2

Es war der 22. März. Wenn er noch am Leben ist, dann wird Matthew heute fünf Jahre alt, ging es Zan Moreland durch den Kopf, als sie die Augen aufschlug, minutenlang reglos dalag und sich die Tränen wegwischte, die im Schlaf oft ihre Wangen und das Kopfkissen benetzten. Sie sah zur Uhr auf der Ankleide. Es war 7.15 Uhr. Sie hatte fast acht Stunden geschlafen. Was daran lag, dass sie vor dem Zubettgehen eine Schlaftablette genommen hatte. Das gestattete sie sich nur selten. Aber wegen des anstehenden Geburtstags hatte sie fast die ganze zurückliegende Woche keinen Schlaf finden können.

Langsam erinnerte sie sich an Bruchstücke ihres stets wiederkehrenden Traums, in dem sie nach Matthew suchte. Diesmal hatte sie sich wieder im Central Park aufgehalten, hatte unermüdlich seinen Namen gerufen und ihn angefleht, er möge ihr antworten. Am liebsten hatte er immer Verstecken gespielt. In ihrem Traum hatte sie sich eingeredet, dass er gar nicht vermisst würde. Er würde sich bloß verstecken.

Aber er wurde vermisst.

Hätte ich an jenem Tag doch nur den Termin abgesagt, dachte Zan zum millionsten Mal. Tiffany Shields, die Babysitterin, hatte ausgesagt, den Buggy mit dem schlafenden

Matthew so hingestellt zu haben, dass das Sonnenlicht nicht auf sein Gesicht fiel, dann hatte sie die Decke auf den Rasen gebreitet und war selbst eingeschlafen. Erst als sie aufwachte, hatte sie bemerkt, dass er nicht mehr im Buggy saß.

Eine ältere Zeugin hatte sich bei der Polizei gemeldet, nachdem sie die Schlagzeilen über das vermisste Kind gelesen hatte. Sie berichtete, sie und ihr Mann hätten im Park den Hund ausgeführt und dabei sei ihnen aufgefallen, dass der Buggy leer gewesen sei – und das eine halbe Stunde vor dem Zeitpunkt, an dem die Babysitterin laut eigener Aussage einen Blick auf den Buggy geworfen habe. »Ich habe mir nichts dabei gedacht«, sagte die Zeugin, die ihren Zorn kaum verbergen konnte. »Ich dachte mir, jemand, möglicherweise die Mutter, ist mit dem Kind zum Spielplatz gegangen. Mir ist noch nicht einmal in den Sinn gekommen, dass die junge Frau auf ein Kind aufpassen sollte. Sie hat ja wie eine Tote geschlafen.«

Und schließlich hatte Tiffany zugegeben, dass sie sich zudem nicht einmal die Mühe gemacht habe, Matthew festzuschnallen, da er tief und fest geschlafen habe, als sie die Wohnung verlassen hatten.

War er von allein herausgeklettert, hatte ihn jemand an der Hand genommen und war mit ihm weggegangen?, fragte sich Zan zum wiederholten Mal. Es gab Leute, die auf so etwas nur warteten. *Bitte, Gott, lass nicht zu, dass so etwas geschehen ist.*

Matthews Bild war in allen Zeitungen des Landes und im Internet veröffentlicht worden. Ich habe gebetet, jemand, der einsam war, habe ihn vielleicht nur mitgenommen und dann nicht den Mut gefunden, sich zu seiner Tat zu bekennen. Ich habe gehofft, der Entführer würde sich irgendwann stellen oder Matthew irgendwo absetzen, wo er gefunden werden konnte, dachte Zan. Aber auch nach fast zwei Jahren gibt es nicht den geringsten Hinweis auf meinen Sohn. Wahrscheinlich hat er mich mittlerweile längst vergessen.

Langsam setzte sie sich auf und strich sich die langen kastanienbraunen Haare aus dem Gesicht. Trotz ihrer regelmäßigen Fitnessübungen fühlte sie sich steif und verkrampft. Das komme von der Anspannung, hatte ihr der Arzt gesagt. Sie lebe damit Tag und Nacht. Sie schwang die Füße aus dem Bett, streckte sich und stand auf, ging zum Fenster und nahm den frühmorgendlichen Anblick der Freiheitsstatue und des New Yorker Hafens in sich auf.

Die Aussicht war der Grund gewesen, warum sie ein halbes Jahr nach Matthews Verschwinden diese Wohnung gemietet hatte. Sie musste weg aus dem Apartmentgebäude in der East Eighty-sixth Street, wo ihr das leere Zimmer mit seinem kleinen Bett und den Spielsachen Tag für Tag aufs Neue fast das Herz gebrochen hatte.

Zu diesem Zeitpunkt war ihr auch bewusst geworden, dass sie zumindest versuchen musste, so etwas wie Normalität in ihr Leben zu bringen. Daher hatte sie sich mit ganzer Kraft auf ihr kleines Innendesign-Büro gestürzt, das sie nach ihrer Trennung von Ted gegründet hatte. Sie waren nur so kurz verheiratet gewesen, dass sie zum Zeitpunkt ihrer Trennung noch nicht einmal gewusst hatte, dass sie schwanger war.

Vor ihrer Ehe mit Ted Carpenter hatte sie als Assistentin beim berühmten Designer Bartley Longe gearbeitet. Schon damals hatte sie als aufstrebender Star in der Branche gegolten.

Ein Kritiker, der wusste, dass Longe ihr während eines ausgedehnten Urlaubs ein ganzes Projekt anvertraut hatte, war ausführlich auf ihre erstaunliche Fähigkeit eingegangen, Stoffe, Farben und Einrichtungsgegenstände so aufeinander abzustimmen, dass sie exakt den Geschmack und den Lebensstil des Hauseigentümers widerspiegelten.

Zan schloss das Fenster und eilte zum Schrank. Sie schlief gern im Kühlen, ihr langes T-Shirt aber schützte nicht vor dem Durchzug. Sie hatte sich absichtlich für heute einen engen Terminplan verordnet. So griff sie sich ihren alten Morgenmantel, den Ted so sehr gehasst und über den sie lachend gesagt hatte, in ihm fühle sie sich sicher. Er war für sie zu einem Symbol geworden. Wenn sie aufstand und in ihrem Schlafzimmer war es fröstelnd kalt, musste sie nur den Morgenmantel anlegen, und ihr wurde warm. Von der Kälte zur Wärme, von der Leere zur Überfülle; der vermisste Matthew, der wiedergefundene Matthew; der Matthew, der wieder bei ihr zu Hause und in ihren Armen war. Matthew hatte sich immer sehr gern mit ihr in den weichen Stoff gekuschelt.

Keine Versteckspiele mehr, dachte sie sich, blinzelte die Tränen weg, knotete den Gürtel fest und schlüpfte in ihre Flip-Flops. Hatte Matthew nur spielen wollen, als er aus dem Buggy geklettert war? Aber ein unbeaufsichtigtes Kleinkind hätte anderen doch auffallen müssen. Wie lang hatte es gedauert, bis jemand ihn an der Hand nahm und mit ihm verschwand?

Es war ein außergewöhnlich heißer Junitag gewesen, im Park hatte es von Kindern nur so gewimmelt.

Steigere dich nicht wieder hinein, ermahnte sich Zan, als sie durch den Flur in die Küche ging und sofort die Kaffeemaschine ansteuerte, deren Timer auf sieben Uhr eingestellt war. Die Kanne war bereits voll. Sie schenkte sich eine Tasse ein und holte aus dem Kühlschrank entrahmte Milch und den Obstsalat, den sie in einem nahe gelegenen Lebensmittelladen gekauft hatte. Dann stellte sie den Obstsalat wieder zurück. Nur Kaffee, dachte sie. Mehr will ich nicht. Ich weiß, ich sollte mehr essen, aber heute werde ich nicht damit anfangen.

Beim Kaffee ging sie ihre Termine durch. Gleich nach der Ankunft im Büro stand das Treffen mit dem Architekten eines neuen tollen Apartmenthochhauses am Hudson River an, wo sie drei Musterwohnungen gestalten sollte; es wäre der entscheidende Durchbruch, sollte sie den Auftrag bekommen. Ihr wichtigster Konkurrent war ihr alter Arbeitgeber, Bartley Longe, der es ihr äußerst übel nahm, dass sie ihr eigenes Büro aufgemacht hatte.

Du hast mir eine Menge beigebracht, dachte Zan, auf deinen Jähzorn aber kann ich gut und gern verzichten. Ganz zu schweigen von deiner üblen Anmache. Sie wollte jetzt nicht an den schrecklich peinlichen Tag denken, als sie in Longes Büro einen Nervenzusammenbruch erlitten hatte.

Sie nahm die Kaffeetasse mit ins Badezimmer, stellte sie auf den Toilettentisch und drehte die Dusche an. Das dampfende Wasser lockerte ein wenig ihre verspannten Muskeln, und nachdem sie sich Shampoo aufs Haar gegeben hatte, massierte sie es kräftig ein. Auch eine Möglichkeit, den Stress zu lindern, dachte sie verstimmt. Aber im Grunde gibt es für mich nur eine Möglichkeit, den Stress zu lindern.

Denk nicht daran, ermahnte sie sich erneut.

Als sie sich abrubbelte, fühlte sie sich schon etwas frischer. Energisch trocknete sie sich die Haare, dann, wieder im Morgenmantel, trug sie Mascara und Lipgloss auf, woraus ihr gesamtes Make-up bestand. Matthew hat Teds Augen, dachte sie, in diesem wunderbaren dunklen Braunton. Ich habe ihm immer dieses Lied vorgesungen, »Beautiful Brown Eyes«. Seine Haare waren damals noch blond gewesen, trotzdem hatte man schon ein paar Rottöne erkennen können. Vielleicht wird er auch so knallrot wie ich als Kind. Damals habe ich es gehasst. Ich würde aussehen wie Anne auf Green Gables, habe ich Mom gesagt, dürr wie eine Bohnenstange und geschlagen mit schrecklich karottenroten Haaren. Aber an ihm würde es entzückend aussehen.

Ihre Mutter hatte ihr damals gesagt, keine Sorge, Anne hätte mit zunehmendem Alter ihren Körper schon ausgefüllt, und auch ihre Haare wären zu einem warmen, tiefen Kastanienbraun nachgedunkelt.

Mom hat mich immer geneckt und mich Green Gables Annie genannt, dachte Zan. Auch daran wollte sie an diesem Tag nicht denken.

Ted hatte darauf bestanden, dass sie am Abend mit ihm zum Essen ging, nur sie beide. »Melissa wird es sicherlich verstehen«, hatte er ihr am Telefon gesagt. »Ich möchte unseres Jungen gedenken, zusammen mit dir, dem einzigen Menschen, der weiß, wie ich mich an seinem Geburtstag fühle. Bitte, Zan.«

Sie waren also um 19.30 Uhr im Four Seasons verabredet. Das einzige Problem, wenn man in der Battery Park City wohnte, waren die Staus von und zur Innenstadt, dachte Zan. Ich habe keine Lust, noch mal zurückzukommen, um mich umzuziehen, aber ich habe auch keine Lust, ein zweites Outfit mit ins Büro zu nehmen. Ich werde das schwarze Kostüm mit dem Pelzkragen anziehen. Das muss elegant genug für den Abend sein.

Eine Viertelstunde später war sie unten auf der Straße; eine große, schlanke junge Frau von zweiunddreißig Jahren in einem schwarzen Kostüm mit Pelzkragen und hochhackigen Stiefeln, im Gesicht eine dunkle Sonnenbrille, in der Hand eine Designer-Tasche. Das kastanienbraune Haar fiel ihr offen über die Schultern, als sie vom Bürgersteig trat, um ein Taxi zu rufen.

3

Beim Abendessen hatte Alvirah Willy von dem Mann erzählt, der Pater Aiden so seltsam angesehen hatte, als dieser den Versöhnungsraum verließ, und beim Frühstück kam sie erneut darauf zu sprechen. »Willy, ich habe letzte Nacht von diesem Kerl geträumt«, sagte sie. »Und das ist kein gutes Zeichen. Wenn ich von jemandem träume, hat das meistens nichts Gutes zu bedeuten.«

Sie saßen noch in ihren Morgenmänteln am runden Tisch im Essbereich ihrer Wohnung an der Central Park South. Draußen, wie sie Willy gegenüber bereits kundgetan hatte, herrschte typisches Märzwetter. Es war kalt und stürmisch. Der Wind zerrte an den Möbeln auf dem Balkon, und der Central Park, den sie auf der anderen Straßenseite sehen konnten, war so gut wie menschenleer.

Liebevoll sah Willy zu der Frau ihm gegenüber am Tisch, mit der er nunmehr seit fünfundvierzig Jahren verheiratet war. Willy, angeblich dem verstorbenen, legendären Sprecher des Repräsentantenhauses Tip O'Neill wie aus dem Gesicht geschnitten, war ein großer Mann mit vollem schlohweißem Haar und, wie Alvirah sagte, den blauesten Augen unter der Sonne.

In seinen liebenden Augen war Alvirah wunderschön. Er bemerkte nicht, dass sie sich trotz aller Bemühungen immer mit zehn bis fünfzehn Pfund zu viel herumschlug. Ebenso wenig bemerkte er, dass schon eine Woche nach dem Färben die Haare, die sie nun dank einer edlen Tönung dezent rostbraun trug, an den Wurzeln wieder grau wurden. Früher, in ihrer Wohnung in Queens, bevor sie in der Lotterie gewonnen hatten und sie sich die Haare über dem Waschbecken im Bad noch selbst gefärbt hatte, waren sie flammend orangerot gewesen.

»Liebes, das hört sich doch so an, als hätte dieser Typ allen Mut zusammennehmen müssen, um zur Beichte zu gehen, und als er dann sah, wie Pater Aiden ging, schien er plötzlich unschlüssig geworden zu sein.«

Alvirah schüttelte den Kopf. »Da steckte mehr dahinter.« Sie griff nach der Teekanne und schenkte sich eine zweite Tasse ein. Ihre Miene änderte sich. »Du weißt, dass der kleine Matthew heute Geburtstag hat. Er würde heute fünf Jahre alt werden.«

»Oder *wird* fünf Jahre alt«, verbesserte Willy sie. »Alvirah, ich verfüge auch über Intuition. Und die sagt mir, dass er noch am Leben ist.«

»Wir reden über Matthew, als würden wir ihn kennen«, seufzte Alvirah, während sie Süßstoff in ihre Tasse gab.

»Meinem Gefühl nach kennen wir ihn wirklich«, sagte Willy.

Sie schwiegen beide und dachten daran, wie vor knapp zwei Jahren, nachdem Alvirahs *New York Globe*-Kolumne über das vermisste Kind im Internet veröffentlicht wurde, Alexandra Moreland angerufen hatte. »Mrs. Meehan«, hatte sie gesagt, »ich kann Ihnen nicht sagen, wie dankbar Ted und ich Ihnen für Ihren Artikel sind. Wenn er von jemandem entführt wurde, der sich verzweifelt nach einem Kind sehnt, dann haben Sie wunderbar zum Ausdruck gebracht, wie verzweifelt wir uns danach sehnen, ihn wieder zurückzuhaben. Und Ihr Vorschlag, ihn an einem sicheren Ort zurückzulassen, ohne von Überwachungskameras aufgenommen zu werden, ist möglicherweise der entscheidende Anstoß, den der Entführer benötigt.«

Alvirah hatte von ganzem Herzen mit ihr mitgelitten: »Die arme Frau ist ein Einzelkind, sie hat beide Eltern bei einem Autounfall verloren. Dann trennt sie sich von ihrem Ehemann, bevor sie überhaupt weiß, dass sie schwanger ist, und jetzt verschwindet auch noch ihr kleiner Sohn. Ich weiß, sie ist an einem Punkt, wo sie morgens nicht mehr aus dem Bett kommt. Ich habe ihr gesagt, wenn sie mit jemandem reden möchte, kann sie mich jederzeit anrufen. Aber ich weiß, sie wird es nicht tun.«

Doch kurz danach las Alvirah auf Seite sechs der *Post*, dass die vom Unglück verfolgte Zan Moreland die Arbeit in ihrem Innendesign-Büro, Moreland Interiors in der East Fifty-eighth Street, wieder aufgenommen hatte. Sofort verkündete Alvirah, dass ihre Wohnung unbedingt renoviert gehöre.

»Meiner Meinung nach sieht sie nicht so übel aus«, hatte Willy dazu nur bemerkt.

»Sie sieht nicht übel aus, Willy, aber wir haben sie vor sechs Jahren möbliert gekauft, und, um die Wahrheit zu sagen, manchmal komme ich mir in diesen weißen Räumen mit den weißen Vorhängen, Läufern und Möbeln vor, als würde ich in einem Marshmallow leben. Es ist eine Sünde, Geld zu verschwenden, aber in diesem Fall glaube ich, dass es richtig ist.«

Das Ergebnis war nicht nur eine neu gestaltete Wohnung, sondern auch eine enge Freundschaft zu Alexandra »Zan« Moreland. Zan betrachtete sie mittlerweile als ihre Ersatzfamilie und kam oft zu Besuch.

»Hast du Zan gefragt, ob sie heute zum Abendessen zu uns kommt?«, fragte Willy gerade. »Ich meine, der Tag muss doch ganz schrecklich für sie sein.«

»Ich habe sie gefragt«, erwiderte Alvirah. »Sie hatte schon zugesagt, dann aber noch einmal angerufen. Ihr Ex-Mann möchte den Abend mit ihr verbringen, sie meint, sie kann ihm nicht absagen.«

»Verstehe. Möglicherweise können sie sich ja gegenseitig Trost spenden.«

»Andererseits fällt es Zan oft schwer, Gefühle zuzulassen, besonders in der Öffentlichkeit. Manchmal wünschte ich mir, sie würde einfach drauflosweinen, wenn sie von Matthew spricht, aber das macht sie ja noch nicht einmal bei uns.«

»Ich fürchte, es gibt viele Nächte, in denen sie sich in den Schlaf weint«, sagte Willy. »Und ich bezweifle, dass es ihr guttut, den Abend mit ihrem Ex-Mann zu verbringen. Sie hat einmal gesagt, Carpenter habe ihr nie verziehen, dass sie Matthew in die Obhut einer so jungen Babysitterin gegeben hat. Ich hoffe nur, dass er an Matthews Geburtstag nicht wieder darauf herumreitet.«

»Er ist ... oder war ... Matthews Vater«, sagte Alvirah und fügte, mehr zu sich als zu Willy, hinzu: »Nach allem, was ich gelesen habe, übernimmt in so einem Fall einer der beiden Elternteile immer die Schuld, auch wenn er gar nichts dafür kann und eigentlich eine nachlässige Babysitterin dafür verantwortlich war. Aber die Schuldgefühle, Willy, die sind immer da, erst recht, wenn ein Kind verschwindet.

Ich bete zu Gott, dass Ted Carpenter nicht zu viel trinkt und wieder auf Zan losgeht.«

»Mal den Teufel nicht an die Wand«, beschwichtigte Willy sie.

»Ich weiß, ich weiß«, sagte Alvirah nachdenklich und griff zur zweiten Hälfte ihres getoasteten Bagels. »Aber, Willy, das kannst du nicht leugnen: Wenn ich spüre, dass Unheil ansteht, dann lässt es nie lange auf sich warten. Es mag sich unwahrscheinlich anhören, aber ich weiß, dass Zan in nächster Zeit etwas ganz Schreckliches zustoßen wird.«

4

Edward »Ted« Carpenter nickte der Rezeptionistin wortlos zu, während er durch den Vorraum seines weitläufigen Büros im dreißigsten Stock an der West Forty-sixth Street schlenderte. Die Wände waren voll von ihm gewidmeten Fotos der prominenten Kunden, die er seit nunmehr fünfzehn Jahren betreute. Gewöhnlich bog er in den großen Büroraum ab, in dem seine zehn PR-Mitarbeiter tätig waren. Heute Morgen allerdings steuerte er geradewegs sein Privatbüro an.

Er hatte seine Sekretärin Rita Moran ausdrücklich angewiesen, ihn nicht auf den Geburtstag seines Sohnes anzusprechen und ihn mit den Zeitungen zu verschonen. Als er sich ihrem Schreibtisch näherte, war Rita so sehr in die Lektüre eines Internet-Artikels vertieft, dass sie ihn noch nicht einmal bemerkte. Sie hatte ein Bild von Matthew auf ihrem Bildschirm aufgerufen. Erst als er hinter ihr stand, hörte sie ihn, blickte auf und lief rot an. Er beugte sich über ihre Schulter, griff sich die Maus und schaltete den Computer aus. Mit großen Schritten eilte er in sein Büro und legte den Mantel ab. Bevor er ihn aufhängte, ging er zu seinem Schreibtisch und betrachtete das gerahmte Bild seines Sohnes. Es war an dessen drittem Geburtstag aufgenommen worden. Schon damals hat er mir ähnlich gesehen, dachte sich Ted. Die gerade Stirn, die dunkelbraunen Augen ... Er ist zweifellos mein Sohn. Ein paar Jahre noch, und er sieht genauso aus wie ich, dachte er und klappte wütend den Bilderrahmen flach auf den Schreibtisch. Dann ging er zum Schrank und hängte seinen Mantel auf. Wegen der Verabredung mit Zan im Four Seasons trug er statt seines üblichen Sportjacketts mit Freizeithose einen dunkelblauen Anzug.

Beim Abendessen am Tag zuvor war seine wichtigste Klientin, der Rockstar Melissa Knight, fuchsteufelswild geworden, als sie erfuhr, dass er sie am heutigen Abend nicht zu irgendeiner Veranstaltung begleiten konnte. »Du hast ein Date mit deiner Ex?«, hatte sie ihm wütend an den Kopf geworfen.

Er konnte es sich nicht leisten, Melissa zu verärgern. Ihre ersten drei Alben hatten sich jeweils über eine Million Mal verkauft, worauf auch andere Stars die Dienste seiner PR-Agentur in Anspruch genommen hatten. Leider hatte sich Melissa irgendwann in dieser Zeit in ihn verliebt oder jedenfalls geglaubt, sich in ihn verliebt zu haben.

»Du weißt doch, dass ich etwas vorhabe, meine Prinzessin«, hatte er so nachsichtig wie möglich geantwortet und dann mit einer Verbitterung, die er nicht verbergen konnte, hinzugefügt: »Und du verstehst sicherlich, warum ich mich mit der Mutter meines Sohnes an dessen fünftem Geburtstag treffe.«

Melissa hatte sofort zurückgerudert. »Es tut mir leid, Ted. Es tut mir wirklich leid. Natürlich weiß ich, warum du dich mit ihr triffst. Es ist nur ...«

Die Erinnerung zehrte an seinen Nerven. Ständig argwöhnte Melissa, er wäre immer noch in Zan verliebt, ihre

Eifersucht war regelmäßig Auslöser für ihre Wutanfälle. Und es wurde immer schlimmer.

Zan und ich, dachte er, haben uns getrennt, weil die Heirat ihrer Meinung nach nur eine emotionale Reaktion auf den plötzlichen Tod ihrer Eltern gewesen war. Damals wusste sie noch nicht einmal, dass sie schwanger war. Das alles ist jetzt über fünf Jahre her. Es gibt für Melissa nicht den geringsten Grund, sich so aufzuregen. Aber ich kann es mir nicht leisten, es mir mit ihr zu verderben. Wenn sie geht, wäre es das Ende der Agentur. Sie würde ihre Freunde und damit die lukrativsten Kunden mitnehmen. Hätte ich bloß nicht dieses verdammte Gebäude gekauft! Was habe ich mir dabei bloß gedacht?

Eine kleinlaute Rita brachte ihm die morgendliche Post. »Melissas Buchhaltung ist ein Traum«, sagte sie mit einem zaghaften Lächeln. »Der monatliche Honorarscheck inklusive sämtlicher Spesen ist pünktlich heute Morgen eingetroffen. Wenn nur alle Kunden so wären.«

»Ja, da haben Sie recht«, erwiderte Ted freundlich. Er wusste nur zu gut, wie sehr Rita sich seine Schroffheit zu Herzen nahm.

»Und ihr Buchhalter hat geschrieben, dass Sie einen Anruf von Jaime-boy erwarten können. Er hat seinen PR-Berater gefeuert, und Melissa hat Sie empfohlen. Damit hätten wir einen weiteren tollen Kunden.«

Mit echter Anteilnahme betrachtete Ted Ritas sorgenvolles Gesicht. Sie hatte von Anfang an für ihn gearbeitet, seitdem er fünfzehn Jahre zuvor als großspuriger Dreiundzwanzigjähriger seine eigene PR-Agentur gegründet hatte. Sie war bei Matthews Taufe eingeladen gewesen und bei seinen ersten drei Geburtstagen. Mittlerweile war sie

Ende vierzig, kinderlos und mit einem stillen Lehrer verheiratet, liebte aber die Aufregung, für die ihre berühmten Kunden immer wieder sorgten, und war immer ganz aus dem Häuschen gewesen, wenn er Matthew ins Büro mitgebracht hatte.

»Rita«, sagte er, »natürlich wissen Sie, dass heute Matthews Geburtstag ist. Ich weiß auch, Sie beten dafür, dass er wieder auftaucht. Aber beten Sie von nun an dafür, dass wir seinen nächsten Geburtstag mit ihm feiern können.«

»Ach, Ted, das werde ich tun«, sagte Rita inbrünstig. »Ganz bestimmt.«

Nachdem sie gegangen war, starrte Ted eine Weile auf die geschlossene Tür und griff dann seufzend zum Telefon. Er ging davon aus, dass Melissas Haushälterin rangehen und seine Nachricht entgegennehmen würde. Er hatte mit Melissa am vorangegangenen Abend eine Vorpremiere besucht und wusste, dass sie gern länger im Bett blieb. Aber sie meldete sich beim ersten Klingeln.

»Ted?«

Noch immer irritierte es ihn, wenn sein Name und seine Nummer auf dem Display angezeigt wurden. Damals, in meiner Jugend in Wisconsin, gab es so etwas noch nicht, dachte er. Nun ja, in New York hat es das damals wahrscheinlich auch noch nicht gegeben. Er zwang sich, heiter und fröhlich zu klingen. »Guten Morgen, Melissa, du Königin aller Herzen.«

»Ted, ich dachte, du wärst mit den Vorbereitungen zu deinem Date heute Abend derart ausgelastet, dass du noch nicht mal auf die Idee kommen würdest, mich anzurufen«, kam es von ihr in ihrem üblichen gereizten Ton.

Ted widerstand der Versuchung, einfach den Hörer aufzuknallen, und entgegnete so scheinbar ruhig und gelassen, wie er mit seiner wertvollsten Kundin immer dann sprach, wenn sie sich wieder einmal unmöglich und unsensibel aufführte: »Das Essen mit meiner Ex-Frau wird nicht länger als zwei Stunden dauern. Das heißt, ich werde so gegen 21.30 Uhr das Four Seasons verlassen. Hättest du für mich ab 21.45 Uhr noch einen Platz in deinem Terminkalender frei?«

Zwei Minuten später, nachdem er sich sicher war, wieder in Melissas Gunst zu stehen, legte er auf und vergrub den Kopf in den Händen. Mein Gott, dachte er, warum muss ich mir das antun?

5

Mit den Zeitschriften unter dem Arm schloss Zan die Tür zu ihrem kleinen Büro im Design Center auf. Sie hatte sich vorgenommen, nichts über Matthew in der Presse zu lesen. Als sie jedoch am Zeitungsstand vorbeikam, hatte sie nicht widerstehen können und zwei wöchentlich erscheinende Promi-Klatschblätter gekauft, zwei Zeitschriften, die aller Wahrscheinlichkeit nach darüber berichten würden. Im vergangenen Jahr an Matthews Geburtstag hatten beide umfangreiche Artikel über die Entführung gebracht.

Erst vergangene Woche war sie fotografiert worden, als sie in der Nähe ihrer Wohnung in der Battery Park City ein Restaurant besucht hatte. Schmerzlich war ihr bewusst geworden, dass das Foto wahrscheinlich für einen Sensationsartikel verwendet werden würde, der Matthews Entführung aufwärmte.

Zan schaltete das Licht an und ließ den Blick über die vertraute Einrichtung schweifen. An den kahlen weißen Wänden lehnten mehrere Stoffrollen, Teppichmuster lagen auf dem Boden verstreut, und in den Regalen befanden sich die schweren Musterbücher mit den unterschiedlichsten Textilarten.

Nach der Trennung von Ted hatte sie sich als Innendesignerin mit diesem kleinen Büro selbstständig gemacht und schließlich, auch nachdem sie von ihren Kunden weiterempfohlen worden war, beschlossen hierzubleiben. Der antike Schreibtisch mit seinen drei edwardianischen Stühlen reichte ihr völlig, um Entwürfe anzufertigen und den Kunden ihre Pläne vorzulegen.

Hier in diesem Raum gelang es ihr sogar, manchmal über Stunden hinweg nicht an Matthew zu denken und den immerwährenden Schmerz seines Verlusts zu verdrängen. Heute, wusste sie, würde das nicht möglich sein.

Der Rest ihres Büros bestand aus einem nach hinten gelegenen Raum, der gerade groß genug war für einen Computertisch, Aktenschränke, einen Tisch für ihre unverzichtbare Kaffeemaschine und einen kleinen Kühlschrank. Der Garderobenschrank lag gegenüber der Toilette, die, wie ihr Assistent Josh Green mit einem Augenzwinkern bemerkt hatte, genauso groß war wie der Schrank.

Auf Joshs Vorschlag, das Büro nebenan zu mieten, als dieses frei wurde, war sie nicht eingegangen. Sie wollte ihre Fixkosten so gering wie möglich halten. Dadurch wäre sie in der Lage, eine weitere Detektei anzuheuern, die sich auf das Aufspüren von vermissten Kindern spezialisiert hatte. Im ersten Jahr nach Matthews Verschwinden hatte sie das Geld aus der bescheidenen Lebensversicherung ihrer Eltern für Privatermittler und sogenannte Parapsychologen ausgegeben, ohne dass diese auch nur den geringsten Hinweis auf seinen Verbleib gefunden hätten.

Sie hängte ihren Mantel auf. Der Pelzbesatz am Kragen erinnerte sie erneut an das Abendessen mit Ted. Warum war es ihm so wichtig?, fragte sie sich ungehalten. Er gibt mir die Schuld, weil ich Tiffany Shields erlaubt habe, mit Matthew in den Park zu gehen. Nun, er hat Matthew über alles geliebt. Aber alle Vorwürfe, die er gegen sie vorbrachte, reichten bei weitem nicht an die Vorwürfe und Schuldgefühle heran, die sich Zan selbst machte.

Um es hinter sich zu bringen, schlug sie die Zeitschriften auf und überflog den Inhalt. Wie vermutet fand sich in einer das Bild von Matthew, das nach seinem Verschwinden an die Presse herausgegeben worden war. Die Überschrift lautete: »Ist Matthew Carpenter noch am Leben? Feiert er seinen fünften Geburtstag?«

Der Artikel endete mit dem Ausspruch von Ted einen Tag nach Matthews Verschwinden, einer Warnung an die Eltern, ihre Kinder nicht in die Obhut junger Babysitter zu geben. Zan riss die Seite heraus, zerknüllte sie und warf sie zusammen mit den beiden Zeitschriften in den Papierkorb. Noch während sie sich fragte, warum sie sich überhaupt auf diese Artikel eingelassen hatte, eilte sie an ihren großen Schreibtisch und ließ sich auf dem Stuhl nieder.

Zum hundertsten Mal entrollte sie die Entwürfe, die sie Kevin Wilson vorlegen wollte, dem Architekten und Miteigentümer des vierunddreißig Stockwerke hohen Gebäudes mit Blick auf den neuen Spazierweg entlang des Hudson an der Lower West Side. Sollte sie den Auftrag für die Ausstattung der drei Musterwohnungen bekommen, wäre es für sie ein wichtiger Karriereschritt. Zum ersten Mal wäre sie so mit Bartley Longe auf Augenhöhe.

Es war ihr immer noch unbegreiflich, wie sich ihr ehemaliger Arbeitgeber, der sie als Assistentin so sehr geschätzt hatte, so gegen sie wenden konnte. Als sie neun Jahre zuvor bei ihm angefangen hatte, direkt nach ihrem Abschluss am FIT, dem Fashion Institute of Technology, hatte sie die hohe Arbeitsbelastung und seine Launenhaftigkeit gern in Kauf genommen, weil sie wusste, dass sie viel von ihm lernen konnte. Longe, der sich mit Anfang vierzig hatte scheiden lassen, hatte es bis ganz nach oben geschafft. Er war immer extrem schwierig gewesen, aber erst, als er sein besonderes Augenmerk auf sie richtete und sie ihm zu verstehen gab, dass sie nicht an einer Beziehung mit ihm interessiert wäre, tat er alles, um ihr mit seinem beißenden Sarkasmus und seinen endlosen Kritteleien das Leben schwerzumachen.

Ich habe damals sogar darauf verzichtet, Mom und Dad in Rom zu besuchen, dachte Zan. Longe wäre ausgeflippt, wenn ich ihn um zwei Wochen Urlaub gebeten hätte. Also habe ich die Reise um ein halbes Jahr verschoben. Und als ich ihm dann klarmachte, dass ich fliegen würde, gleichgültig, ob es ihm gefiel oder nicht, war es längst zu spät.

Während sie auf dem Flughafen in Rom auf ihre Eltern gewartet hatte, die sie abholen wollten, hatte ihr Vater den Wagen gegen einen Baum gesetzt. Ihre Eltern waren auf der Stelle tot gewesen. Die Autopsie ergab, dass ihr Vater am Steuer einen Herzinfarkt erlitten hatte.

Denk heute nicht daran, tadelte sie sich. Konzentrier dich auf die Musterwohnungen. Longe wird ebenfalls seine Pläne abgeben. Ich kenne seine Arbeitsweise, ich kann ihn mit seinen eigenen Waffen schlagen.

Longe würde sicherlich Entwürfe für eine traditionelle, eine ultramoderne sowie eine Raumgestaltung präsentieren, die Elemente aus beiden vereinte. Sie versuchte sich darauf zu konzentrieren, ob sie nicht ihre Skizzen und Farbvorschläge weiter verbessern konnte.

Als ob das irgendwie wichtig wäre. Als ob irgendetwas außer Matthew wichtig wäre.

Sie hörte den Schlüssel im Schloss. Josh war eingetroffen. Wie sie kam ihr Assistent vom FIT. Er war fünfundzwanzig Jahre alt, clever, sah eher wie ein Junge vom College aus und nicht wie ein begabter Innendesigner und war für sie fast so etwas wie ein jüngerer Bruder geworden. Zum Teil lag das auch daran, dass sie sich noch nicht gekannt hatten, als Matthew verschwand. Irgendwie passte es einfach zwischen ihnen beiden.

Seine Miene aber gab ihr zu verstehen, dass etwas im Argen lag. Ohne sie zu begrüßen, sagte er: »Zan, ich bin gestern länger geblieben, um die Rechnungen für den letzten Monat abzuarbeiten. Ich wollte dich gestern Abend nicht mehr anrufen, du hast ja gesagt, du würdest eine Schlaftablette nehmen. Aber, Zan, warum hast du ein Einfach-Flugticket nach Buenos Aires für nächsten Mittwoch gekauft?«

6

Der kleine Junge hörte den Wagen auf der Einfahrt, noch bevor Glory ihn bemerkte. Sofort glitt er vom Stuhl am Frühstückstisch und flitzte in den Flur zum großen Schrank, wo er sich, wie er wusste, »mucksmäuschenstill« verstecken musste, bis Glory ihn wieder rausholte.

Es störte ihn nicht. Glory hatte ihm gesagt, es sei ein Spiel, damit er in Sicherheit war. Er hatte eine Taschenlampe auf dem Boden des Schranks und eine kleine Luftmatratze, auf die er sich legen konnte, wenn er müde wurde. Es gab Kissen und eine Decke. Dort drin, hatte Glory gesagt, konnte er so tun, als wäre er ein Pirat, der über das Meer segelt. Oder er konnte eines seiner Bücher lesen. Es gab viele Bücher im Schrank. Nur eines dürfe er *nie, nie* tun, nämlich auch nur einen Laut von sich geben. Er wusste immer, wann Glory ausging und ihn allein ließ, denn dann zwang sie ihn, auf die Toilette zu gehen, auch wenn er gar nicht musste, und stellte ihm eine Flasche in den Schrank, in die er hineinpinkeln konnte. Und sie gab ihm ein Sandwich und Kekse und Wasser und eine Pepsi.

So war es schon immer gewesen, auch in den anderen Häusern. Glory baute ihm immer irgendwo ein Versteck und legte einen Teil seiner Spielsachen hinein, seine Autos und Puzzles und Bücher und Farbstifte. Glory sagte ihm immer, auch wenn er nie mit anderen Kindern spielte, würde er einmal klüger sein als sie alle zusammen. »Du liest besser als die meisten Siebenjährigen, Matty«, sagte sie ihm. »Du bist ein richtig schlaues Kerlchen. Und warum? Weil du mich hast. Du hast *großes Glück* gehabt.«

Am Anfang hatte er sich überhaupt nicht glücklich gefühlt. Immer wieder träumte er, dass er sich mit Mommy in einen warmen, flauschigen Morgenmantel kuschelte. Nach einer Weile konnte er sich nicht mehr richtig an ihr Gesicht erinnern, aber er wusste immer noch, wie es sich anfühlte, wenn sie ihn umarmte. Dann weinte er. Nach einer Weile hörte dieser Traum auf. Dann kaufte Glory einmal Seife, und er wusch sich vor dem Zubettgehen die Hände, und der Traum kam zurück, weil seine Hände mit der Seife genauso rochen wie seine Mommy. Er erinnerte sich wieder an ihren Namen und an das Gefühl, sich mit ihr in den Mantel zu kuscheln. Am nächsten Morgen nahm er die Seife mit in sein Zimmer und legte sie unter sein Kopfkissen. Als Glory ihn fragte, warum er das getan habe, erzählte er ihr die Wahrheit, und sie sagte, das sei okay.

Einmal versteckte er sich zum Spaß vor Glory, aber das machte er jetzt nicht mehr. Glory rannte die Treppe rauf und runter und rief seinen Namen. Sie war *wirklich* wütend, als sie schließlich hinter der Couch nachsah und ihn entdeckte. Sie drohte ihm mit der geballten Faust und sagte ihm, er solle das nie, nie wieder tun. Sie war so wütend, dass er richtig Angst bekam.

Andere Menschen sah er nur, wenn sie im Auto saßen, und das war immer nur bei Nacht. Sie blieben nie lange in einem Haus, und wo immer sie wohnten, gab es keine anderen Häuser in der Nähe. Manchmal nahm Glory ihn mit nach draußen, spielte mit ihm hinter dem Haus und machte ein Foto von ihm. Aber dann zogen sie weiter in ein anderes Haus, wo Glory ihm wieder ein neues Versteck einrichtete.

Manchmal wachte er auf, wenn Glory ihn nachts in sein Zimmer eingeschlossen hatte, und hörte sie mit jemandem reden. Er fragte sich, wer das sein mochte. Aber die andere Stimme hörte er nie. Er wusste, es konnte nicht Mommy sein. Denn wäre sie im Haus, würde sie bestimmt zu ihm nach oben kommen. Wenn er wusste, dass noch jemand im Haus war, nahm er die Seife in die Hand und tat so, als wäre es Mommy.

Diesmal ging die Schranktür gleich wieder auf. Glory lachte. »Der Hausbesitzer hat einen Angestellten von der Alarmanlagenfirma geschickt, der soll sich darum kümmern, dass sie auch funktioniert. Ist das nicht komisch, Matty?«

7

Nachdem Josh ihr von der Belastung ihrer Kreditkarte durch die Fluggesellschaft erzählt hatte, schlug er vor, auch ihre anderen Karten durchzugehen.

Das exklusive Kaufhaus Bergdorf Goodman hatte ihr kostspielige Kleidung in Rechnung gestellt, Sachen in ihrer Größe, von denen sie aber nicht das Geringste wusste.

»Und das ausgerechnet heute«, murmelte Josh und machte sich eine Notiz, das Kaufhaus um die Stornierung der Abbuchung zu bitten. Dann fügte er hinzu: »Zan, du kommst bei dem Treffen wirklich allein zurecht? Vielleicht sollte ich mitkommen?«

Zan beruhigte ihn, und pünktlich um elf stand sie vor dem Büro von Kevin Wilson, dem Architekten des faszinierenden neuen Wolkenkratzers am Hudson River. Die Tür stand einen Spaltbreit offen. Das Büro befand sich in einem provisorisch eingerichteten Raum im Erdgeschoss des neuen Gebäudes, der Raum, von dem aus der Architekt bequem den Fortschritt der Bauarbeiten überwachen konnte.

Wilson brütete mit dem Rücken zu ihr über Plänen, die auf einem Tisch hinter seinem Schreibtisch ausgebreitet lagen. Bartley Longes Entwürfe?, fragte sich Zan. Sie wusste, dass er vor ihr seinen Termin gehabt hatte. Sie klopfte an. Ohne sich umzudrehen, forderte Wilson sie auf hereinzukommen.

Bevor sie seinen Schreibtisch erreichte, drehte er sich auf seinem Stuhl herum, erhob sich und schob die Brille auf die Stirn. Er war jünger, als Zan erwartet hatte, noch kaum Mitte dreißig. Er war groß, schlaksig und glich eher einem Basketballspieler als einem preisgekrönten Architekten. Sein markantes Kinn und die durchdringend blauen Augen waren die hervorstechendsten Merkmale in seinem schroffen, nicht unattraktiven Gesicht.

Er reichte ihr die Hand. »Alexandra Moreland, schön, Sie zu sehen, und nochmals vielen Dank, dass Sie sich bereiterklärt haben, Entwürfe für unsere Musterwohnungen vorzulegen.«

Zan versuchte zu lächeln, als sie ihm die Hand schüttelte. In den nunmehr fast zwei Jahren seit Matthews Verschwinden war es ihr meistens gelungen, sich bei solchen geschäftlichen Besprechungen von ihren Gefühlen abzuschotten und nicht an Matthew zu denken. Heute aber, an Matthews Geburtstag und nach der schockierenden Erkenntnis, dass jemand Fremdes Rechnungen zulasten ihrer Kreditkarte und ihres Kontos anhäufte, spürte sie, wie die so sorgfältig um sie herum errichtete Mauer zunehmend bröckelte.

Ihre Hand war eiskalt. Glücklicherweise schien Kevin Wilson es gar nicht zu bemerken, trotzdem brachte sie keinen Ton heraus. Dazu musste sich erst der Kloß im Hals auflösen, wenn sie nicht wollte, dass ihr stumme Tränen über die Wangen liefen. Sie hoffte, Wilson deutete ihr Schweigen als Schüchternheit.

Genau dies tat er anscheinend. »Wollen wir uns nicht

ansehen, was Sie entworfen haben?«, schlug er freundlich vor.

Zan schluckte, bevor sie mit ruhiger Stimme darauf antworten konnte. »Wenn Sie nichts dagegen haben, gehen wir hinauf in die Wohnungen, dann kann ich Ihnen an Ort und Stelle erklären, warum ich was wie arrangiert habe.«

»Klar«, sagte er. Mit langen Schritten kam er um den Schreibtisch herum und nahm ihr die schwere Ledermappe ab. Durch den Korridor gingen sie zur zweiten Fahrstuhlreihe. Die Lobby befand sich in der Endphase der Fertigstellung, von der Decke baumelten Kabel, schmale Teppichstreifen lagen auf dem staubigen Boden.

Wilson war ununterbrochen am Reden. Zan kam es vor, als machte er das nur, damit sie ihre Nervosität ablegte. »Das hier wird eines der energieeffizientesten Gebäude in ganz New York«, sagte er. »Wir haben Solarenergie, sämtliche Fenster sind so groß wie möglich, damit alle Wohnungen immer sonnen- und lichtdurchflutet sind. Ich bin in einem Mietshaus aufgewachsen, in dem mein Zimmer direkt gegenüber der Backsteinmauer des Nachbarhauses lag. Tag und Nacht war es so dunkel, dass ich kaum die Hand vor Augen sehen konnte. Als ich zehn Jahre alt war, hab ich an meine Tür einen Zettel mit der Aufschrift ›Die Höhle‹ gehängt. Meine Mutter hat mich gezwungen, ihn wieder abzunehmen, bevor mein Vater nach Hause kam. Sie meinte, es würde ihn sonst zu sehr deprimieren, dass wir uns nichts Besseres leisten konnten.«

Und ich, dachte sich Zan, bin auf der ganzen Welt aufgewachsen. Viele meinen, das wäre wunderbar. Meine Eltern haben das Diplomatenleben geliebt, aber ich ... ich wollte etwas Festes, Dauerhaftes. Nachbarn, die auch noch in zwanzig Jahren da wären. Ein Haus, das wirklich uns gehört. Ich wollte nicht aufs Internat, als ich dreizehn war. Ich wollte bei ihnen sein, und manchmal habe ich es ihnen richtig übelgenommen, dass sie ständig unterwegs waren.

Sie traten in den Fahrstuhl. Wilson drückte auf einen Knopf, und die Tür schloss sich. Zan rang sich mühsam einige Worte ab: »Sie haben wahrscheinlich gehört, dass ich bereits einige Male hier gewesen bin, nachdem Ihre Sekretärin mir Ihr Angebot unterbreitet hat.«

»Ich habe davon gehört, ja.«

»Ich wollte die Räume zu unterschiedlichen Tageszeiten sehen, damit ich ein Gespür dafür entwickle, wie es sich für die Bewohner anfühlt, wenn sie nach Hause kommen.«

Sie fingen mit der kleinsten Wohneinheit an, einem Zwei-Zimmer-Apartment mit Bad und separater Toilette. »Leute, die sich dafür interessieren, fallen meiner Meinung nach in zwei Kategorien«, begann Zan. »Die Wohnungen sind teuer. Wenn also nicht Daddy die Rechnungen begleicht, dürften Sie es kaum mit Kids zu tun haben, die gerade vom College kommen. Mögliche Bewerber sind also junge Berufsanfänger. Und wenn sie nicht sehr verliebt sind, werden sie allein hier einziehen wollen.«

Wilson lächelte. »Und die andere Kategorie?«

»Ältere, die nach einer Zweitwohnung Ausschau halten und, obwohl sie es sich vielleicht leisten könnten, kein Gästezimmer wollen, da sie für sich sein möchten.«

Sie entspannte sich. Hier befand sie sich auf sicherem Terrain. »Das habe ich mir dazu überlegt.« Die Küche wurde durch eine lange Theke vom Essbereich getrennt. »Was dagegen, wenn ich meine Skizzen und Muster einfach hier ausbreite?«, fragte sie und nahm ihm ihre Mappe ab.

Fast zwei Stunden lang erklärte sie daraufhin Kevin Wilson ihre Entwürfe für die drei unterschiedlichen Musterwohnungen. Als sie in sein Büro zurückgekehrt waren, breitete er ihre Pläne auf dem Tisch hinter seinem Schreibtisch aus und sagte: »Sie haben da eine Menge Arbeit hineingesteckt, Zan.«

Nachdem er sie gleich zu Beginn als Alexandra angesprochen hatte, hatte sie erwidert: »Machen wir es nicht unnötig kompliziert. Alle nennen mich Zan, das kommt daher, weil mir, als ich mit dem Reden angefangen habe, Alexandra nur schwer über die Lippen kommen wollte.«

»Ich will den Auftrag«, antwortete sie jetzt. »Ich bin von den Entwürfen, die ich Ihnen gezeigt habe, ehrlich überzeugt, sie waren die Zeit und die Mühe wert, die ich in sie investiert habe. Ich weiß, Sie haben Bartley Longe ebenfalls um Entwürfe gebeten. Klar, er ist ein ausgezeichneter Designer, daran gibt es nichts zu deuten. Der Wettbewerb ist hart, aber vielleicht gefällt Ihnen ja weder das, was er gemacht hat, noch das, was Sie von mir zu sehen bekommen haben.«

»Sie reden über ihn sehr viel nachsichtiger als er über Sie«, bemerkte Wilson trocken.

Zan bedauerte die Verbitterung, die daraufhin in ihrer Antwort mitschwang. »Wir haben nichts mehr füreinander übrig. Andererseits bin ich mir aber auch sicher, dass Sie diesen Auftrag nicht anhand von Sympathiewerten vergeben.« Und ich komme mindestens um ein Drittel billiger als Longe, dachte sie sich, nachdem sie sich von Wilson am imposanten Eingang des Hochhauses verabschiedet hatte. Dieses Ass habe ich im Ärmel. Ich werde an dem Auftrag nicht viel verdienen, das Renommee aber, das für mich dabei herausspringt, ist es wert.

Erst im Taxi auf dem Rückweg in ihr Büro wurde ihr bewusst, dass die Tränen, die sie die ganze Zeit zurückgehalten hatte, nun ungehindert strömten. Sie holte die Sonnenbrille aus ihrer Tasche und setzte sie auf. Als das Taxi an der East Fifty-eighth Street anhielt, gab sie dem Fahrer ein großzügiges Trinkgeld – das hatte sich jeder verdient, der sich im New Yorker Straßenverkehr seinen Lebensunterhalt verdienen musste.

Der Taxifahrer, ein älterer Schwarzer mit jamaikanischem Akzent, bedankte sich herzlich. »Miss«, sagte er noch, »ich hab gesehen, dass Sie geweint haben. Heute geht es Ihnen vielleicht schlecht, aber morgen sieht alles wieder viel freundlicher aus. Sie werden schon sehen.«

Dein Wort in Gottes Ohr, dachte sich Zan, flüsterte ein »Danke«, betupfte sich nochmals die Augen und stieg aus. Aber nicht alles würde am nächsten Tag freundlicher aussehen.

Das würde es vielleicht nie.

8

Pater Aiden O'Brien hatte eine schlaflose Nacht hinter sich. Er sorgte sich um die junge Frau, die ihm unter dem Siegel des Beichtgeheimnisses anvertraut hatte, dass sie an einem Verbrechen beteiligt und nicht in der Lage sei, einen Mord zu verhindern. Er konnte nur hoffen, dass ihr Gewissen, das sie dazu getrieben hatte, sich seiner Last zu entledigen, sie ebenfalls vor der Todsünde bewahren würde, den Mord an einem Menschen zuzulassen.

Bei der Morgenmesse betete er für die Frau und ging dann schweren Herzens seinen Pflichten nach. Besonderen Gefallen fand er an der Essens- oder Kleiderausgabe, durch die die Kirche seit achtzig Jahren die Bedürftigen unterstützte. Die Zahl der Hilfsbedürftigen hatte in letzter Zeit wieder zugenommen. Pater Aiden half in der Frühstücksschicht und freute sich an den sichtlich aufgeheiterten Mienen der Hungrigen, wenn sie sich über die Frühstücksflocken, die Rühreier und den heißen Kaffee hermachen konnten.

Am Nachmittag dann erhellte sich auch seine Stimmung, als ihn seine alte Freundin Alvirah Meehan anrief und ihn zum Abendessen einlud. »Ich muss die Siebzehn-Uhr-Messe halten«, erzählte er ihr, »aber gegen halb sieben kann ich bei Ihnen sein.«

Etwas, auf das er sich freuen konnte, obwohl er wusste, dass nichts die Last linderte, die die junge Frau ihm aufgebürdet hatte.

Um 18.25 Uhr stieg er aus dem Bus und überquerte die Central Park South zu dem Gebäude, in dem Alvirah und Willy Meehan seit ihrem Vierzig-Millionen-Glückstreffer in der Lotterie wohnten. Der Türsteher kündigte ihn über die Gegensprechanlage oben an, und als er im fünfzehnten Stock ausstieg, wartete Alvirah bereits, um ihn zu begrüßen. Der köstliche Geruch eines Brathuhns zog in den Flur, dankbar folgte der Pater Alvirah in die Küche. Willy wartete bereits, um ihm den Mantel abzunehmen und seinen Lieblingsdrink zuzubereiten, Bourbon on the rocks.

Sie hatten kaum Platz genommen, als Pater Aiden bemerkte, dass Alvirah ihre sonstige Fröhlichkeit fehlte. Ihn beschlich das Gefühl, dass ihr etwas auf dem Herzen lag. Schließlich sprach er es an. »Alvirah, Sie machen sich über irgendetwas Sorgen. Kann ich Ihnen in irgendeiner Weise helfen?«

Alvirah seufzte. »Ach, Pater, Sie können in Menschen wie in einem Buch lesen. Sie erinnern sich vielleicht, ich habe Ihnen doch von Zan Moreland erzählt, deren Sohn im Central Park verschwunden ist.«

»Ja. Ich war zu der Zeit in Rom«, sagte er. »Und von dem Kind fehlt nach wie vor jede Spur?«

»Nichts. Absolut nichts. Zans Eltern sind bei einem Verkehrsunfall ums Leben gekommen, und sie hat die Versicherungssumme bis auf den letzten Cent für Privatdetektive ausgegeben, aber sie haben nichts über den kleinen Jungen herausgefunden. Heute wäre er fünf geworden. Ich habe Zan für heute zum Essen eingeladen, aber sie trifft sich mit ihrem Ex-Mann, was ich für einen Fehler halte. Er gibt ihr die Schuld, weil sie der jungen Babysitterin erlaubt hat, mit Matthew nach draußen zu gehen.«

»Ich würde sie gern kennenlernen«, sagte Pater Aiden. »Manchmal frage ich mich, was schlimmer ist – wenn man das eigene Kind beerdigen muss oder wenn man es verliert, weil es einfach spurlos verschwindet.«

»Alvirah, sprich Pater Aiden doch auf den Kerl an, den du gestern in der Kirche gesehen hast«, drängte Willy.

»Ja, da ist noch etwas, Pater. Ich war gestern in der Kirche des heiligen Franziskus ...«

»Wahrscheinlich haben Sie mal wieder eine Spende in den Opferstock gelegt«, unterbrach der Pater sie lächelnd.

»Ja, so ist es. Aber in der Kirche hat sich auch ein Mann aufgehalten ... er hatte das Gesicht in den Händen vergraben, und Sie wissen schon, manchmal hat man bei bestimmten Menschen einfach das Gefühl, dass man besser einen Bogen um sie machen sollte.«

Pater Aiden nickte. »Verstehe. Das war sehr umsichtig von Ihnen.«

»Möglicherweise auch nicht«, widersprach Willy. »Liebling, erzähl dem Pater doch, was du gesehen hast!«

»Na, jedenfalls habe ich mich dann hinten in die letzte Bankreihe gesetzt, weil ich ihn mir genauer anschauen wollte, wenn er ging. Leider habe ich ihn nicht richtig gesehen, aber dann sind Sie aus dem Versöhnungsraum gekommen und durch die Säulenvorhalle in Richtung Kloster gegangen. Ich wollte Ihnen schon nacheilen, doch plötzlich hat sich dieser Kerl aufgerichtet, hat seine Sonnenbrille abgenommen, und glauben Sie mir, Pater, er hat Ihnen so lange hinterhergestarrt, bis Sie nicht mehr zu sehen waren.«

»Vielleicht wollte er zur Beichte, konnte sich aber nicht dazu durchringen«, warf Pater Aiden ein. »Das kommt leider immer wieder vor. Menschen wollen sich ihrer Last entledigen und bringen es dann doch nicht über sich, sich ihr schuldhaftes Handeln einzugestehen.«

»Nein. Da steckte mehr dahinter. Er hat mir fast ein wenig Angst eingejagt«, sagte Alvirah mit fester Stimme. »Ich meine, es passiert doch immer wieder mal, dass ein Verrückter es aus irgendwelchen Gründen auf einen Priester abgesehen hat. Sollten Sie jemanden kennen, der nicht gut auf Sie zu sprechen ist, dann nehmen Sie sich vor ihm in Acht.«

»Alvirah«, antwortete Pater Aiden mit einem tiefen Stirnrunzeln, »Sie sagen, dieser Mann habe vor dem Schrein des heiligen Antonius gekniet, bevor ich aus dem Versöhnungsraum gekommen bin?«

»Ja.« Alvirah stellte ihr Weinglas ab und beugte sich vor. »Sie haben jemanden in Verdacht, nicht wahr, Pater Aiden?«

»Nein«, protestierte Pater Aiden wenig überzeugend. Diese junge Frau, dachte er. Sie sagte, sie könne nicht verhindern, dass jemand ermordet werde. War ihr jemand in die Kirche gefolgt? Hat jemand sie begleitet? Sie war in den Versöhnungsraum gestürzt. Vielleicht hat sie aus einem Impuls heraus gehandelt und es dann bedauert?

»Pater, gibt es eigentlich Überwachungskameras in der Kirche?«, fragte Alvirah.

»Ja, über allen Türen.«

»Gut, überprüfen Sie sie und sehen Sie nach, wer zwischen halb sechs und sechs Uhr in die Kirche gekommen ist. Ich meine, viele waren ja nicht da.«

»Ja, das könnte ich tun«, stimmte Pater Aiden zu.

»Hätten Sie etwas dagegen, wenn ich gleich morgen Vormittag auch einen Blick darauf werfe?«, fragte Alvirah. »Ich habe sein Gesicht nicht erkennen können, aber ich weiß, wie er aussieht. Groß, und er hatte einen festen Mantel, ähnlich einem Burberry. Und dichte, schwarze Haare.«

Die Videoaufzeichnung würde auch die junge Frau erfasst haben, dachte sich Pater Aiden. Ich werde dadurch zwar nicht erfahren, wer sie ist, aber es wäre doch von Interesse zu sehen, ob sie verfolgt wurde. Die Bedenken, die er schon den ganzen Tag mit sich herumgetragen hatte, nahmen noch zu.

»Natürlich, Alvirah, wir treffen uns um neun Uhr in der Kirche.«

Wenn jemand der jungen Frau gefolgt war und Angst davor hatte, was sie ihm möglicherweise verraten hatte, so hieß das doch, dass damit jetzt das Leben der jungen Frau in Gefahr war.

Der Gedanke, dass aufgrund der Informationen, die die junge Frau ihm anvertraut hatte, sein eigenes Leben auf dem Spiel stand, kam dem herzensguten Mönch nicht.

9

Pünktlich um 19.30 Uhr fand sich Zan im Restaurant des Four Seasons ein. Sie musste nur kurz den Blick über die Tische schweifen lassen, um zu erkennen, dass Ted wie erwartet bereits da war. Sieben Jahre zuvor, kurz nachdem sie sich kennengelernt hatten, hatte er ihr erklärt, er komme immer etwas früher, da es gut fürs Geschäft sei. »Erwarte ich Kunden, gebe ich ihnen damit zu verstehen, dass ich ihre Zeit wertzuschätzen weiß. Will jemand etwas von mir, dann macht ihn das sofort nervös und bringt ihn in eine ungünstige Lage. Selbst wenn er pünktlich ist, hat er dann nämlich das Gefühl, sich verspätet zu haben.«

»Was könnte denn jemand von dir wollen?«, hatte sie gefragt.

»Ach, die Manager von Möchtegern-Schauspielerinnen oder von Sängern, die mich dazu überreden wollen, ihre Klienten zu vertreten. Solche Sachen eben.«

»Ms. Moreland, schön, Sie wieder mal zu sehen. Mr. Carpenter erwartet Sie bereits.« Der Oberkellner führte sie durch das Restaurant an den Zweiertisch, den sich Ted immer reservieren ließ.

Ted erhob sich, beugte sich vor und gab ihr einen Kuss auf die Wange. »Zan.« Seine Stimme war belegt. Als sie sich setzten, streiften sich ihre Schultern. »Wie schlimm muss dieser Tag für dich gewesen sein«, sagte er.

Sie hatte beschlossen, die Abbuchungen von ihren Kreditkarten nicht zu erwähnen. Würde Ted davon erfahren, würde er ihr sicherlich helfen wollen. Aber sie wollte nichts in die Wege leiten, was zu einem weiteren Kontakt zwischen ihnen führen würde – außer natürlich es betraf Matthew. »Ziemlich schlimm«, antwortete sie leise.

Er legte die Hand auf ihre. »Ich gebe die Hoffnung nicht auf, dass irgendwann einmal das Telefon klingelt und wir Erfreuliches erfahren werden.«

»Das rede ich mir auch immer ein, mittlerweile aber glaube ich, dass Matthew mich wahrscheinlich vergessen hat. Er war doch erst drei Jahre und drei Monate alt, als er verschwunden ist. Mir fehlen fast zwei Jahre seines Lebens.« Sie hielt inne. »Ich meine, uns fehlen fast zwei Jahre.«

Sie spürte die kurz aufblitzende Wut in seinem Blick und glaubte zu wissen, was ihm durch den Kopf ging. Die Babysitterin. Er würde ihr nie verzeihen, dass sie eine allzu sorglose Babysitterin angeheuert hatte, weil sie mit einer Kundin verabredet gewesen war. Wann würde er darauf zu sprechen kommen? Wenn er ein paar Gläser getrunken hatte?

Auf dem Tisch stand bereits eine Flasche ihres bevorzugten Rotweins. Mit einem Nicken bedeutete Ted dem Kellner, einzuschenken. Ted griff sich sein Glas und sagte: »Auf unseren kleinen Jungen.«

»Nein«, flüsterte Zan. »Ted, ich kann nicht über ihn reden. Es geht einfach nicht. Wir wissen beide, wie wir uns an diesem Tag fühlen.«

Ohne darauf zu antworten, nahm Ted einen langen Schluck

aus seinem Glas. Und zum zweiten Mal an diesem Tag musste Zan daran denken, dass Matthew mit seinen braunen Augen und ebenmäßigen Gesichtszügen eines Tages genau wie er aussehen würde. Ted war in jeder Hinsicht ein attraktiver Mann. Aber so sehr es ihr unmöglich war, über Matthew zu reden, so sehr hatte Ted das Bedürfnis, Erinnerungen an ihn auszutauschen. Warum hier?, fragte sie sich. Ich hätte ihm doch bei mir zu Hause etwas kochen können.

Nein, nie und nimmer, korrigierte sie sich. Aber wir hätten uns in einem kleinen, unscheinbaren Lokal verabreden können, wo ich mich nicht ständig von den anderen Gästen beobachtet fühle. Wie viele hier in diesem Raum haben heute die Artikel in diesen Zeitschriften gelesen?

Ihr war klar, dass sie Ted die Möglichkeit geben musste, über Matthew zu sprechen. »Erst heute Morgen habe ich mir gedacht, wie ähnlich er dir sehen wird, wenn er mal groß ist«, begann sie vorsichtig.

»Da hast du recht. Ich erinnere mich noch gut. Ein paar Monate vor seinem Verschwinden habe ich ihn bei dir abgeholt und bin mit ihm zum Essen. Er wollte unbedingt zu Fuß gehen, also habe ich ihn an der Hand genommen, und wir sind die Fifth Avenue hinunterspaziert. Er war so niedlich, dass die Leute sich nach ihm umgedreht und ihn angelächelt haben. Und als wir zufällig einen meiner alten Kunden getroffen haben, meinte er: ›Keine Chance, du kannst nicht leugnen, dass das Kind von dir ist.‹«

»Du hast es ja auch nie abgestritten.« Zan versuchte zu lächeln.

Ted schien zu bemerken, wie schwer ihr diese Unterhaltung fiel, und wechselte das Thema. »Wie geht es mit dem Geschäft voran? Ich habe gelesen, du hättest dich dafür beworben, die Musterwohnungen im Kevin-Wilson-Gebäude auszustatten.«

Das nun war sicheres Terrain. »Ganz gut, ehrlich gesagt.« Teds Interesse war nicht geheuchelt, außerdem wollte sie unbedingt das Gespräch von Matthew weglenken. Zan beschrieb daher die von ihr vorgelegten Entwürfe und gab zu, dass sie ein ganz gutes Gefühl habe, den Auftrag zu bekommen. »Natürlich habe ich es mit Bartley Longe als Konkurrenten zu tun. Ich glaube, er redet wieder schlecht über mich, zumindest hat Kevin Wilson etwas in der Art angedeutet.«

»Zan, der Mann ist gefährlich. Er ist mir nie ganz geheuer vorgekommen. Er war damals eifersüchtig auf mich, und jetzt steckt auch mehr dahinter, es geht ihm nicht nur um die geschäftliche Konkurrenz. Er konnte nie die Augen von dir lassen, und ich wette, er ist immer noch verrückt nach dir.«

»Ted, er ist zwanzig Jahre älter als ich. Er ist geschieden und hat ständig Affären. Er ist aufbrausend. Seine einzigen Gefühle mir gegenüber beruhen auf der Tatsache, dass ich mich nicht geschmeichelt fühlte, als er sich an mich herangemacht hat. Ich bedaure nur zutiefst, dass ich mich von ihm habe einschüchtern lassen, als mir eine innere Stimme riet, nach Rom zu fliegen und Mom und Dad zu besuchen.«

Es stand ihr alles nur allzu deutlich vor Augen: ihre Ankunft auf dem Flughafen Leonardo da Vinci, die Suche nach den vertrauten Gesichtern, als sie durch den Zoll gekommen war. Die Enttäuschung. Dann die Sorgen. Und dann der Anruf auf ihrem Handy. Die italienischen Behörden, die sie über den Unfall in Kenntnis setzten, bei dem ihre Eltern ums Leben gekommen waren.

Das hektische, frühmorgendliche Treiben auf dem römischen Flughafen. Zan sah sich selbst, wie sie, das Handy am Ohr, zur Salzsäule erstarrte und sich ihr Mund zu einem lautlosen Schrei verzog. »Und dann habe ich dich angerufen«, sagte sie zu Ted.

»Ich war froh, dass du es getan hast. Als ich nach Rom kam, warst du völlig neben dir.«

Monatelang war ich völlig neben mir, dachte Zan. Ted hat mich wie eine Heimatlose aufgenommen. Er ist so ein guter Mensch. Damals hat es unzählige Frauen gegeben, die ihn vom Fleck weg geheiratet hätten. »Und du hast mich geheiratet, damit du dich um mich kümmern kannst, und wie habe ich es dir vergolten? Indem ich unseren Sohn einer unerfahrenen Babysitterin anvertraut habe, die nicht auf ihn aufgepasst hat.« Zan konnte kaum glauben, was sie da soeben gesagt hatte.

»Zan, ich weiß, das habe ich an dem Tag gesagt, an dem Matthew verschwunden ist. Kannst du nicht verstehen, wie aufgelöst ich war?«

Ständig drehen wir uns im Kreis, und keiner weiß, wo es enden wird, dachte sie. »Ted, ganz egal, was du gesagt hast, ich mache mir doch selbst die schwersten Vorwürfe. Die vielen Privatermittler, die ich angeheuert habe ... vielleicht haben sie uns nicht gutgetan ...«

»Sie waren eine einzige Geldverschwendung, Zan. Das FBI und die New Yorker Polizei haben den Fall nach wie vor nicht zu den Akten gelegt. Du bist auf jeden Scharlatan hereingefallen, der behauptet hat, er könne Matthew finden. Sogar auf diesen Verrückten, der uns durch die Everglades in Florida gehetzt hat.«

»Nichts, was uns helfen kann, Matthew wiederzufinden,

ist Geldverschwendung. Es ist mir egal, und wenn ich jede Detektei im Telefonbuch in Anspruch nehmen muss. Vielleicht finde ich irgendwann die eine Person, die Matthew aufspürt. Du hast mich nach den Musterwohnungen gefragt. Wenn ich den Auftrag bekomme, öffnet mir das viele Türen. Ich werde mehr verdienen, und jeden Cent, den ich nicht zum Leben brauche, werde ich für die Suche nach Matthew aufwenden. Irgendjemand muss etwas gesehen haben. Davon bin ich nach wie vor überzeugt.«

Sie zitterte. Der Oberkellner stand neben ihr. Ihr wurde bewusst, wie laut sie geworden war. Diskret tat der Kellner so, als hätte er nichts gehört.

»Möchten Sie jetzt bestellen?«, fragte er.

»Ja, gern«, antwortete Ted und flüsterte ihr daraufhin zu: »Zan, um Gottes willen, beruhige dich. Warum quälst du dich so?« Überrascht sah er plötzlich auf. Zan drehte sich um.

Mit kreidebleicher Miene eilte Josh durch das Restaurant und kam an ihren Tisch. »Zan, ich wollte gerade das Büro verlassen, als Reporter von *Tell-All Weekly* gekommen sind und nach dir gesucht haben. Sie sagten, ein Tourist aus England, der sich an dem Tag, an dem Matthew verschwunden ist, im Central Park aufgehalten hat, hat einige damals geschossene Fotos für den Hochzeitstag seiner Eltern vergrößern lassen. Und dabei hat er bemerkt, dass auf einigen dieser Aufnahmen im Hintergrund eine Frau zu sehen ist, die ein Kind aus einem Buggy hebt, der neben einer schlafenden Frau auf einer Decke steht ...«

»Oh, mein Gott«, entfuhr es Ted. »Was lässt sich anhand dieser Fotos sagen?«

»Als die Bilder nochmals vergrößert wurden, sind weitere Details zum Vorschein gekommen. Das Gesicht des Jungen ist nicht zu sehen, aber er trägt ein blau kariertes Hemd und Shorts.«

Zan und Ted starrten Josh an. Kaum in der Lage, einen Ton herauszubringen, sagte Zan mit brüchiger Stimme: »Das hat Matthew damals angehabt. Hat der Mann die Fotos zur Polizei gebracht?«

»Nein. Er hat sie an dieses Käseblatt *Tell-All* verkauft. Zan, es ist verrückt, aber sie schwören, die Frau, die das Kind aus dem Wagen nimmt, wärst du. Es besteht angeblich kein Zweifel, dass du es warst.«

Die feinen Gäste im Restaurant des Four Seasons wandten die Köpfe, als Ted Zan an den Schultern packte und sie auf die Beine zerrte. »Du verdammte Wahnsinnige! Du bist doch nur auf das Mitleid anderer Leute aus!«, schrie er. »Wo ist mein Sohn? Was hast du mit meinem Sohn gemacht?«

10

Wie viele eher kräftig gebaute Frauen bewegte sich Penny Smith Hammel mit einer ganz eigenen, natürlichen Eleganz. In ihrer Jugend hatte sie trotz ihres Umfangs zu den beliebtesten Mädchen an der Highschool gehört, nicht zuletzt wegen ihrer freundlichen Art, ihres ansteckenden Humors und der Fähigkeit, auch dem täppischsten Tanzpartner das Gefühl zu geben, er wäre Fred Astaire.

Eine Woche nach ihrem Highschool-Abschluss hatte sie Bernie Hammel geheiratet, der kurz darauf als Fernfahrer zu arbeiten begann. Sie fühlten sich wohl in der Stadt, in der sie aufgewachsen waren, und so blieben Bernie und Penny mit ihren drei Kindern im ländlichen Middletown, New York, das eine gute Autostunde und, hinsichtlich des Lebensstils, eine Ewigkeit von Manhattan entfernt lag.

Mittlerweile war sie neunundfünfzig Jahre alt, die Kinder und Enkelkinder waren von Chicago bis Kalifornien verstreut, und da Bernie immer noch viel unterwegs war, vertrieb sich Penny die Zeit damit, als Babysitterin auszuhelfen. Sie liebte die ihr anvertrauten Kinder und bedachte sie mit all der Zuneigung, mit der sie sonst ihre Enkel überschüttet hätte, wenn diese in der Gegend gelebt hätten.

Das einzige wirklich Aufregende in ihrem Leben hatte sich vier Jahre zuvor ereignet, als sie und Bernie zusammen mit Bernies zehn Kollegen fünf Millionen Dollar in der Lotterie gewonnen hatten. Nach Abzug der Steuern blieben ihnen vom aufgeteilten Gewinn etwa dreihunderttausend Dollar, die sie sofort in einen Ausbildungsfonds für die Enkelkinder einzahlten.

Im Zuge dessen nahmen sie eine Einladung zu einem Treffen der Selbsthilfegruppe für Lotteriegewinner in Manhattan an, wo sie Alvirah und Willy Meehan kennenlernten. Die Meehans hatten diese Vereinigung ins Leben gerufen, um andere davor zu bewahren, ihren Gewinn durch gedankenlose Investitionen oder durch Geschenke an plötzlich aufgetauchte Verwandte zu verschleudern.

Penny und Alvirah hatten sich sofort als verwandte Seelen erkannt und waren seitdem in Kontakt geblieben.

Pennys beste Freundin seit der Kindheit war Rebecca Schwartz, eine Immobilienmaklerin, die Penny darüber auf dem Laufenden hielt, welche Häuser in der näheren Umgegend verkauft oder erworben wurden. Am 22. März trafen sich die beiden in ihrem Lieblings-Diner, und Rebecca erzählte Penny von dem nun endlich vermieteten Farmhaus am Ende des Weges gleich in der Nähe von Pennys Haus. Die neue Mieterin war am 1. März eingezogen.

»Sie heißt Gloria Evans«, vertraute Rebecca ihr an. »Ungefähr dreißig. Wirklich attraktiv. Blond, nicht gefärbt. Du weißt, ich sehe es sofort, wenn da nachgeholfen wird. Großartige Figur, nicht so wie bei mir und dir. Sie wollte das Haus eigentlich nur für drei Monate haben, aber ich habe ihr gesagt, Sy Owens würde nicht im Traum daran denken, für weniger als ein Jahr zu vermieten. Sie hat noch nicht mal mit der Wimper gezuckt. Dann würde sie eben ein Jahr im Voraus bezahlen, hat sie gesagt, sie muss nämlich ein

Buch zu Ende schreiben und will dabei völlig ungestört sein.«

»Kein schlechtes Geschäft für Sy Owens«, sagte Penny. »Ich nehme an, er hat es möbliert vermietet?«

Rebecca lachte. »Klar. Was soll er denn sonst mit seinem Klapperzeugs anstellen? Am liebsten würde er ja alles verkaufen, so wie es ist, mit allem Drum und Dran. Glaubst du etwa, das ist der Buckingham-Palast?«

Am nächsten Tag fuhr Penny, so wie sie es bei allen neuen Nachbarn machte, hinaus, um Gloria Evans mit einem Teller selbst gemachter Blaubeer-Muffins willkommen zu heißen. Der Wagen der neuen Mieterin stand in der Einfahrt, trotzdem dauerte es einige Minuten, bis vorsichtig die Tür geöffnet wurde.

Penny wollte schon eintreten, doch Gloria Evans hielt die Tür nur einen Spaltbreit auf. Es war nicht zu übersehen, dass die Frau über die Störung alles andere als erfreut war. Penny entschuldigte sich auf der Stelle. »Oh, Miss Evans, ich weiß, Sie schreiben an einem Buch, und wenn ich Ihre Handynummer hätte, hätte ich vorher natürlich angerufen. Ich wollte Sie nur mit meinen berühmten Blaubeer-Muffins willkommen heißen, aber halten Sie mich jetzt bitte nicht für eine von denen, die Sie ständig mit Telefonanrufen oder unangekündigten Besuchen belästigen ...«

»Sehr nett von Ihnen. Aber ich bin hier, weil ich mich völlig abschirmen möchte«, kam es kurz angebunden von Gloria Evans, die schließlich mit offensichtlichem Widerwillen den Teller entgegennahm, den Penny ihr hinhielt.

»Um den Teller müssen Sie sich keine Sorgen machen«, fuhr Penny ungerührt fort. »Den können Sie einfach wegwerfen. Ich hab Ihnen unten ein Post-it mit meiner Telefonnummer drangeklebt, nur für alle Fälle.«

»Das ist nett, aber unnötig«, erwiderte Gloria Evans steif. Um den Teller entgegenzunehmen, hatte sie die Tür weiter öffnen müssen, und als Penny nun an ihr vorbeisah, entdeckte sie auf dem Boden einen Spielzeuglaster.

»Ach, ich wusste nicht, dass Sie ein Kind haben«, rief Penny aus. »Ich bin eine gute Babysitterin, falls Sie mal eine brauchen. Die halbe Stadt kann Ihnen das bestätigen.«

»Ich habe kein Kind!«, blaffte Gloria Evans. Dann, als sie Pennys Blick folgte, sah auch sie das Spielzeugauto. »Meine Schwester hat mir beim Umzug geholfen. Das gehört ihrem Sohn.«

»Na, wenn sie mal zu Besuch ist und Sie beide ausgehen wollen, dann haben Sie ja meine Telefonnummer«, erwiderte Penny freundlich. Der Rest des Satzes allerdings war nur noch gegen die Tür gerichtet, die ihr vor der Nase zugeknallt wurde. Unschlüssig stand sie davor, wünschte sich, sie hätte den Mut, erneut zu klingeln und der Frau ihren Teller mit den Blaubeer-Muffins zu entreißen, doch dann drehte sie sich um und eilte zu ihrem Wagen.

»Hoffentlich schreibt Gloria Evans kein Buch über Umgangsformen«, murmelte sie naserümpfend vor sich hin, während sie mit dem Wagen zurücksetzte, wendete und davonbrauste.

11

Alvirah und Willy erfuhren durch die Schlagzeilen der 23-Uhr-Nachrichten, dass Zan Moreland möglicherweise selbst für das Verschwinden ihres Sohnes verantwortlich war. Nach dem Essen mit Pater Aiden hatten sie sich bereits für das Zubettgehen fertig gemacht. Entsetzt rief Alvirah sofort Zan an und hinterließ, als sich niemand meldete, eine Nachricht.

Am Morgen trafen sich Alvirah und Pater Aiden im Kloster, das an die Kirche des heiligen Franziskus von Assisi angrenzte. Mit Neil, dem Hausmeister, gingen sie ins Büro, um sich die Aufzeichnungen der Überwachungskameras für Montagnachmittag ab 17.30 Uhr anzusehen. In den ersten zwanzig Minuten gab es unter denen, die die Kirche betraten oder sie verließen, nichts Auffälliges zu entdecken. In der Zwischenzeit erzählte die äußerst besorgte Alvirah Pater Aiden von den Medienberichten, denen zufolge Zan am Verschwinden von Matthew beteiligt gewesen sein sollte.

»Pater«, sagte sie, »genauso gut könnten sie behaupten, Willy und ich hätten Matthew aus dem Buggy gestohlen. Das ist so lächerlich, dass man sich fragt, wie so etwas überhaupt jemand glauben mag. Wenn es irgendwelche Bilder geben sollte, dann kann ich nur sagen, dass dieser englische Tourist sie manipuliert hat, um den Zeitschriften Geld abzuluchsen.« Plötzlich beugte sie sich vor. »Neil, können Sie das Video anhalten? Da ist ja Zan. Sie muss am Montagnachmittag in der Kirche gewesen sein. Ich weiß, wie sehr sie das alles mitnimmt. Gestern wäre Matthew nämlich fünf Jahre alt geworden.«

Auch Pater Aiden O'Brien hatte die gut gekleidete junge Frau mit der Sonnenbrille und den langen Haaren erkannt. Es war die Frau, die ihm im Versöhnungsraum von dem geplanten Mord erzählt hatte. Betont ruhig fragte er Alvirah: »Das ist ganz bestimmt Ihre Freundin Zan?«

»Natürlich. Schauen Sie sich nur das Kostüm an. Zan hat es letztes Jahr gekauft, als es heruntergesetzt war. Sie achtet ja so sehr aufs Geld. Jeden Cent, den ihr ihre Eltern hinterlassen haben, hat sie für Privatdetektive ausgegeben, um Matthew zu finden. Und jetzt spart sie, damit sie sich jemand Neues leisten kann, der die Suche nach dem Jungen fortsetzt.«

Bevor Aiden darauf etwas erwidern konnte, bat Alvirah Neil, das Band erneut zu starten. »Ich kann es kaum erwarten, den Kerl zu finden, der Sie so angestarrt hat, Pater.«

Aiden legte sich sorgfältig seine Worte zurecht. »Meinen Sie, er hat Ihre Freundin begleitet oder sie verfolgt, Alvirah?«

Alvirah schien ihn gar nicht gehört zu haben. »Ah, sehen Sie«, rief sie aus, »da kommt er ja.« Dann schüttelte sie den Kopf. »Ach, sein Gesicht ist nicht zu erkennen, er hat den Kragen hochgestellt und die Sonnenbrille auf. Man sieht nur seinen Haarschopf.«

Die nächste halbe Stunde betrachteten sie das Video. Ohne Probleme war die aufgewühlte, von Alvirah als Zan identifizierte Frau zu erkennen, wie sie die Kirche verließ.

Wieder hatte sie ihre Sonnenbrille aufgesetzt, nun aber war sie leicht nach vorn gebeugt, ihre Schultern bebten, und sie hielt sich ein Taschentuch vor den Mund, als wollte sie ihr Schluchzen ersticken, bevor sie aus der Kirche und aus dem Sichtfeld der Kamera eilte.

»Sie war keine fünf Minuten da«, sagte Alvirah traurig. »Sie hat ja so große Angst, wieder einen Zusammenbruch zu erleiden. Sie hat mir erzählt, nach dem tödlichen Unfall ihrer Eltern hat sie ununterbrochen weinen müssen. Sie hat sich nicht mehr in die Öffentlichkeit gewagt. Und wenn es wegen Matthew jetzt wieder passiert, könnte sie nicht mehr arbeiten, aber sie braucht ihre Arbeit doch, damit sie nicht ganz verrückt wird.«

»Damit sie nicht verrückt wird«, flüsterte Pater Aiden so leise, dass es weder Alvirah noch Neil hörten. *Ich bekenne, an einem Verbrechen und an einem Mord mitzuwirken, der sehr bald geschehen wird. Ich will das alles nicht, aber es ist zu spät, um daran noch etwas zu ändern.* Die verzweifelte Aussage wollte ihm mittlerweile nicht mehr aus dem Kopf.

»Da ist ja wieder dieser Kerl, als er die Kirche verlässt. Aber er ist nicht zu erkennen.« Alvirah bedeutete Neil, das Band abzuschalten. »Sehen Sie, wie aufgelöst Zan am Montag war? Können Sie sich vorstellen, wie sie sich jetzt erst fühlen muss, nachdem in der Presse behauptet wird, sie habe ihr eigenes Kind entführt?«

Auch das hatte die junge Frau ihm gesagt, ging Pater Aiden durch Kopf: *Sie werden davon in der Zeitung lesen.* War der Mord, an dem sie nichts ändern konnte, bereits geschehen? Hatte sie ihr eigenes Kind bereits umgebracht oder, schlimmer noch, wartete es jetzt irgendwo auf seinen Tod?

12

Nach Teds Gewaltausbruch packte Josh Zan an der Hand und stürzte mit ihr zwischen den Tischen der schockierten Gäste im Four Seasons hinaus, über die Treppe nach unten in die Lobby und schließlich auf die Straße. »Großer Gott, sie müssen mir gefolgt sein«, murmelte er, als Paparazzi auftauchten und sie in das Blitzlichtgewitter der Kameras gerieten.

Ein Taxi hatte vor dem Eingang angehalten. Josh, den Arm um Zan gelegt, lief darauf zu, und kaum hatten die vorherigen Fahrgäste die Füße auf den Boden gesetzt, schob er sie hinein. »Fahren Sie los!«, brüllte er dem Chauffeur zu.

Der Fahrer nickte nur, fuhr an und kam noch über die Ampel an der Fifty-second Street und Third Avenue. »Biegen Sie auf der Second Avenue rechts ab«, wies Josh ihn an.

»Ist sie eine Schauspielerin oder ein Rockstar?«, fragte der Taxifahrer und zuckte nur mit den Schultern, als er keine Antwort erhielt.

Josh löste den Arm von ihrer Schulter. »Alles in Ordnung?«, fragte er.

»Ich weiß nicht«, flüsterte Zan. »Josh, was hat das alles zu bedeuten? Sind denn alle verrückt geworden? Wie können sie von mir ein Foto haben, auf dem ich Matthew aus seinem Buggy nehme? Großer Gott, ich kann doch beweisen, dass ich zu der Zeit im Haus der Aldrichs war. Nina Aldrich hat mich gebeten, mit ihr die Neugestaltung der Räume zu besprechen.«

»Zan, beruhige dich«, sagte Josh und versuchte selbst so ruhig wie möglich zu klingen. Er wollte sich gar nicht ausmalen, was geschehen würde, wenn Teds Wutausbruch seinen Weg in die Medien fand. »Du kannst beweisen, wo du dich damals aufgehalten hast. Also, was hast du jetzt vor? Wenn du nach Hause gehst, fürchte ich, werden die Paparazzi bereits auf dich warten.«

»Ich muss nach Hause«, sagte sie nun etwas gefasster. »Setz mich zu Hause ab. Wenn Fotografen da sein sollten, lässt du das Taxi warten und begleitest mich ins Gebäude. Josh, was geht hier vor sich? Ich komme mir vor wie in einem Albtraum, aus dem ich keinen Ausweg mehr finde.«

Du lebst in einem Albtraum, dachte sich Josh.

Den restlichen Weg zur Battery Park City legten sie schweigend zurück. Wie von Josh vermutet, wurden sie vor Zans Apartmentgebäude von Reportern empfangen. Mit eingezogenem Kopf liefen sie durch die Reihen, achteten nicht auf ihre Rufe, bis sie sicher in der Lobby waren.

»Josh, das Taxi wartet. Fahr nach Hause«, sagte Zan, als sie vor dem Aufzug standen.

»Bist du dir sicher?«

»Ja.«

»Zan ...«, begann Josh, brach dann aber ab. Er hätte sie warnen wollen, dass die Polizei sie sicherlich erneut befragen würde und sie sich, bevor sie mit den Beamten redete, einen Anwalt nehmen sollte.

Stattdessen drückte er ihr nur die Hand und wartete, bis sie im Aufzug war, bevor er sich auf den Weg nach draußen machte. Die Paparazzi zerstreuten sich, als sie ihn allein herauskommen sahen, und mutmaßten, dass es keine weitere Gelegenheit für einen Schnappschuss geben würde. Aber sie werden wieder anrücken, dachte sich Josh, als er ins Taxi stieg. Sie werden wieder anrücken, darauf können wir wetten. Dieses verdammte Pack.

13

Nach seinem Wutanfall im Four Seasons suchte Ted Carpenter die Herrentoilette auf. Als er aufgesprungen und auf Zan losgegangen war, hatte er sich den Rotwein, den er in der Hand gehalten hatte, über das Hemd und die Krawatte geschüttet. Mit einem Handtuch betupfte er vergeblich die Flecken und betrachtete sich im Spiegel.

Ich sehe aus, als stünde ich kurz vor dem Verbluten, dachte er und vergaß darüber sogar kurz die schockierende Neuigkeit der aufgetauchten Fotos.

In seiner Jacketttasche spürte er das Vibrieren seines Handys.

Es konnte nur Melissa sein.

Er wartete, bis er sicher war, dass sie ihre Nachricht aufgesprochen hatte, bevor er die Mailbox abhörte. »Ich weiß, du kannst jetzt nicht reden, aber komm um halb zehn ins Lola's.« Von ihrer sonst so betörenden Stimme war nichts zu hören. Es klang wie ein Befehl. »Nur wir zwei. Gegen halb zwölf brechen wir dann in den Club auf«, fuhr Melissa fort, bevor sich etwas Gereiztes in ihre Stimme schlich. »Gib deiner Ex ja keinen Gutenachtkuss!«

Ich kann mich doch in der Öffentlichkeit nicht auf einer Party blicken lassen, wenn gerade publik wurde, dass meine Ex-Frau mein Kind entführt und wahrscheinlich versteckt hat, dachte er entsetzt. Melissa muss das doch verstehen!

Die Fotos.

Wahrscheinlich hatte sie davon noch gar nichts mitbekommen.

Warum mache ich mir überhaupt um Melissa Sorgen?, ging ihm durch den Kopf. Die einzige Frage, die mich interessieren sollte, lautet doch: *Sind diese Fotos gefälscht?* Ich weiß, wie Fotos manipuliert werden können. Wie oft haben wir unbedeutende Personen aus unseren Publicity-Aufnahmen herausretuschiert. Wenn man sie herausnehmen kann, kann man sie auch hineinsetzen. Es ist gängige Praxis, die Gesichter von Stars auf wohlgeformtere Körper zu setzen. Wie viel hat dieser Tourist überhaupt bekommen, als er sie an dieses Schmierenblatt verhökert hat?

Ein Mann, der in die Toilette kam, sah ihn verständnisvoll an. Ted, der sich auf kein Gespräch einlassen wollte, verschwand schnell. Wenn sich herausstellt, dass diese Fotos Fälschungen sind, wie stehe ich dann nach meinem Auftritt mit Zan in den Augen der Öffentlichkeit da?, dachte er entsetzt. Wenn es ums Krisenmanagement geht, gelte ich doch als Meister der Public Relations.

Er musste mit Melissa reden. Er würde sich mit ihr treffen. Er hatte noch genügend Zeit, um nach Hause zu fahren, sich umzuziehen und dann zum Lola's zu eilen. Sollten draußen Journalisten warten, würde er ihnen mitteilen, dass er Matthews Mutter wegen seiner vorschnellen Reaktion um Verzeihung bat.

Er wappnete sich und trat aus der Lobby, vor der wie vermutet Kamerateams auf ihn warteten. Ein Mikrofon wurde ihm vors Gesicht gehalten. »Bitte«, sagte er, »ich bin gern zu einer Aussage bereit, aber dazu müssen Sie mir schon etwas Platz lassen.«

Als die auf ihn einprasselnden Fragen allmählich verstummten, griff er sich das Mikro eines Reporters und sprach mit fester Stimme: »Als Erstes möchte ich mich bei Matthews Mutter, meiner früheren Frau Alexandra Moreland, für mein ungebührliches Verhalten an diesem Abend entschuldigen. Wir beide wünschen uns nichts sehnlicher, als unseren kleinen Jungen wiederzufinden. Als ich gehört habe, dass es Fotos gibt, auf denen angeblich Matthews Mutter zu sehen ist, wie sie ihn entführt hat, habe ich, ganz ehrlich gesagt, die Beherrschung verloren. Hätte ich nur eine Sekunde nachgedacht, hätte mir klar werden müssen, dass diese Fotos gefälscht oder manipuliert wurden oder wie immer man es bezeichnen möchte.«

Ted hielt kurz inne, bevor er fortfuhr: »Ich bin so sehr davon überzeugt, dass es sich um einen Betrug handelt, dass ich mich jetzt mit meiner Klientin, der talentierten und schönen Melissa Knight, zum Abendessen in Lola's Café treffe. Wie Sie sehen, habe ich mich bei meiner unangemessenen Reaktion mit Wein bekleckert. Ich werde also nach Hause fahren und mich umziehen, bevor ich mich auf den Weg ins Lola's mache.«

Ted konnte das Zittern in seiner Stimme nicht verbergen. »Mein Sohn Matthew ist heute fünf Jahre alt geworden. Weder seine Mutter noch ich glauben, dass er tot ist. Möglicherweise ist er bei einer einsamen Frau, die sich immer verzweifelt ein Kind gewünscht und damals kurz entschlossen die Gelegenheit ergriffen hat, ihn zu entführen. Wenn diese Person uns jetzt sieht, möge sie Matthew doch bitte sagen, wie sehr Mommy und Daddy ihn lieben und wie sehr sie sich danach sehnen, ihn wieder in die Arme zu schließen.«

Die Journalisten schwiegen respektvoll, als Ted zur Straße ging, wo Larry Post, sein Freund aus der Highschool und langjähriger Chauffeur, ihm bereits die Fondtür aufhielt.

14

Nachdem Josh gegangen war, fuhr Zan im Aufzug nach oben, verriegelte die Tür ihres Apartments, zog sich aus und wickelte sich in den alten, warmen Morgenmantel, wie sie es bereits in der Früh nach dem Aufwachen getan hatte. Das blinkende Licht am Telefon zeigte an, dass Nachrichten eingegangen waren. Sie ging hinüber und schaltete den Apparat stumm. Den restlichen Abend saß sie nur in ihrem Schlafzimmersessel und betrachtete Matthews Bild, das von der einzigen Lampe beleuchtet wurde. Sehnsüchtig schweifte ihr Blick immer wieder über sein Gesicht.

Seine dünnen Haare mussten sich mittlerweile zu einem dichten Schopf ausgewachsen haben. Und der Anflug eines rötlichen Schimmers in seinem Blond? Hatte er mittlerweile durch und durch rote Haare?

Er war immer ein freundliches Kind mit einem sonnigen Gemüt gewesen und war auf Fremde zugegangen, nicht wie manche Dreijährige, die eher schüchtern und zurückhaltend sind. Dad war auch so extrovertiert gewesen, dachte Zan. Genau wie Mutter. Und ich? Was ist mit mir bloß geschehen?

An die Monate nach dem Tod ihrer Eltern konnte sie sich nur verschwommen erinnern. Und jetzt behauptet man, *ich* hätte Matthew damals aus seinem Buggy genommen.

»Habe ich es getan?«, flüsterte sie.

Die Frage, aber auch die schockierende Tatsache, dass sie sie überhaupt laut für sich formulieren konnte, entsetzte sie zutiefst. Und auch um die Frage, die sich daraus ergab, kam sie nicht herum: »Aber wenn ich ihn entführt habe, was habe ich dann mit ihm gemacht?«

Darauf hatte sie keine Antwort.

Ich hätte ihm nie etwas angetan, redete sie sich ein. Ich habe nie die Hand gegen ihn erhoben. Selbst wenn ich ihm, wenn er sich ungezogen benommen hat, eine »Auszeit« verordnet habe, schmolz ich ganz schnell wieder dahin, wenn er dann so jämmerlich auf seinem kleinen Stuhl dagesessen hat.

Hat Ted recht? Suhle ich mich im Selbstmitleid, will ich, dass andere mich bemitleiden? Meint er damit, dass ich zu den verrückten Müttern gehöre, die ihren eigenen Kindern etwas antun, damit sie, die Mütter, bemitleidet und getröstet werden können?

Sie hatte geglaubt, sie habe es überwunden – dieses Gefühl der Taubheit, das Gefühl, sie ziehe sich in sich selbst zurück, nur um dem Schmerz zu entgehen. Auf dem römischen Flughafen, nach Teds Anruf, nur wenige Minuten, nachdem sie vom Tod ihrer Eltern erfahren hatte, hatten ihre Beine nachgegeben. Menschen hatten sich um sie versammelt, man hatte sie auf eine Bahre gelegt, in einem Krankenwagen ins Hospital gebracht, und obwohl sie jedes Wort, das dabei gesprochen wurde, gehört hatte, war sie unfähig gewesen, sich zu rühren. Sie konnte nicht die Augen öffnen, konnte die Lippen nicht dazu bringen, Worte zu bilden, sie konnte noch nicht einmal die Hand heben. Als befände sie sich in einem abgesperrten Raum, unfähig, den

Weg zurück zu ihnen zu finden und ihnen zu sagen, dass sie noch unter ihnen war.

Zan wusste, dass es jetzt wieder so weit war. Sie lehnte sich im weichen Sessel zurück und schloss die Augen.

Eine barmherzige Leere umfing sie, während sie seinen Namen flüsterte: »Matthew ... Matthew ... Matthew ...«

15

Wie viel hatte Gloria dem alten Pater erzählt? Die Frage trieb ihn ununterbrochen um. Gloria stand kurz davor, die Nerven zu verlieren, ausgerechnet jetzt, da alles auf die Entscheidung zulief und alles, was er seit zwei Jahren geplant hatte, vor der Vollendung stand – ausgerechnet jetzt musste sie den Pater aufsuchen.

Als geborener Katholik wusste er, dass alles, was Gloria eventuell erzählt hatte, unter das Beichtgeheimnis fiel. Der Pater würde schweigen müssen. Aber er war sich nicht sicher, ob Gloria ebenfalls katholisch war. Falls nicht, falls sie nur zu einem kurzen Plausch dort aufgetaucht war, könnte der Mönch möglicherweise auf die Idee kommen, sich an sein Schweigegelübde nicht mehr gebunden zu fühlen und kundzutun, dass Zan eine Doppelgängerin hatte, jemanden, der vorgab, sie zu sein.

Und wenn das passierte, würde die Polizei Ermittlungen anstellen, und dann wäre alles bald vorbei ...

Der alte Pater. Die Gegend um die West Thirty-first Street war nicht unbedingt die beste, dachte er. Dauernd kamen dort Leute bei einer Schießerei durch Querschläger um. Einer mehr oder weniger, was machte es schon?

Er würde sich selbst darum kümmern müssen. Er konnte nicht das Risiko eingehen, noch jemanden einzuweihen, der ihn mit dem Verschwinden von Matthew Carpenter in Verbindung bringen könnte. Am einfachsten wäre es, in die Kirche zurückzukehren und in Erfahrung zu bringen, wann der Pater die Beichte abnahm. Es musste doch einen Terminplan geben.

Aber das kostete Zeit. Vielleicht, dachte er, könnte ich einfach anrufen und fragen, wann Pater O'Brien das nächste Mal die Beichte abnimmt. Das sollte kaum für Aufsehen sorgen. Sicherlich gibt es Leute, die immer beim gleichen Priester ihre Probleme abladen wollen. Außerdem kann ich nicht untätig herumsitzen und darauf warten, bis er zur Polizei geht.

Entschlossen griff er zum Hörer, und man sagte ihm, dass Pater O'Brien in den kommenden zwei Wochen Montag bis Freitag von sechzehn bis achtzehn Uhr für die Beichte zur Verfügung stehe.

Wird Zeit, dass ich mal wieder zur Beichte gehe, dachte er.

Bevor er Gloria dafür angeheuert hatte, sich um das Kind zu kümmern, hatte er bereits gewusst, dass sie eine begnadete Maskenbildnerin war. Manchmal, hatte sie ihm erzählt, hatten sie und ihre Freundinnen sich als Stars aufgedonnert und damit alle hinters Licht geführt. Und dann hatten sie herzhaft gelacht, wenn laut der Seite 6 in der *Post* die Promis, als die sie sich ausgegeben hatten, dabei gesehen worden waren, wie sie in einem zweitrangigen Lokal zu Abend gegessen und anschließend gnädigerweise Autogramme gegeben hätten.

»Du wirst es nicht glauben, wie oft wir noch nicht mal eine Rechnung bekommen haben«, hatte sie gekichert.

Wenn wir uns in der Stadt treffen, dachte er, trage ich immer die Perücke, die sie mir gegeben hat. Mit der Perücke und dem Regenmantel und der Sonnenbrille würden mich noch nicht einmal meine besten Freunde erkennen.

Er musste laut lachen. Als Kind hatte er die Schauspielerei immer geliebt. Seine Lieblingsrolle war die des Erzbischofs Thomas Becket in T. S. Eliots *Mord im Dom* gewesen.

16

Nachdem er vor dem Four Seasons mit den Reportern gesprochen hatte, schaltete Ted Carpenter im Wagen sein iPhone ein und fand nach kurzer Suche die Fotos, auf denen unverkennbar Zan zu sehen war, wie sie Matthew aus dem Buggy hob. Schockiert stieg er vor seiner Luxus-Eigentumswohnung im gentrifizierten Meatpacking District in Lower Manhattan aus, und in seiner Wohnung überlegte er kurz, ob er sich tatsächlich mit Melissa in Lola's Café treffen sollte. Welchen Eindruck macht das denn, falls die Fotos wirklich beweisen, dass meine Ex-Frau mein Kind entführt hat?

Er rief bei der Polizei an und wurde zu einem Beamten durchgestellt, der ihm mitteilte, es werde mindestens vierundzwanzig Stunden dauern, bis man mit Bestimmtheit sagen könne, ob die Fotos manipuliert waren. Wenigstens kann ich das den Paparazzi erzählen, dachte er, als er das Hemd wechselte und zu seinem Wagen zurückeilte.

Die Pressemeute vor dem in bestimmten Gesellschaftskreisen sehr beliebten Café wurde hinter einer Samtkordel-Absperrung zurückgehalten. Einer der Türsteher hielt ihm die Wagentür auf, mit eingezogenen Schultern eilte er zum Eingang, blieb dann aber stehen. Eine der ihm zugerufenen Fragen konnte er einfach nicht ignorieren: »Haben Sie schon die Fotos gesehen, Ted?«

»Ja, habe ich, und ich habe die Polizei eingeschaltet. Ich halte sie für eine hinterhältige Fälschung«, gab er zurück.

Im Café sammelte er sich kurz. Er war eine halbe Stunde zu spät dran und fürchtete, eine schlecht gelaunte Melissa vorzufinden. Aber sie saß an einem großen Tisch, umgeben von den fünf Mitgliedern der Band, deren Leadsängerin sie früher gewesen war, und genoss sichtlich, wie sie um sie herumscharwenzelten. Ted kannte sie alle und war froh um ihre Anwesenheit. Hätte Melissa allein auf ihn gewartet, hätte er einiges zu hören bekommen.

Ihre Begrüßung – »Hey, du bekommst ja mehr Schlagzeilen als ich« – wurde von den anderen mit schallendem Gelächter quittiert.

Ted beugte sich vor und gab Melissa einen Kuss auf die Lippen.

»Was darf ich Ihnen bringen, Mr. Carpenter?« Der Kellner war an den Tisch gekommen. Neben ihm wurden bereits in einem Sektkübel zwei der teuersten Champagner gekühlt, die das Haus zu bieten hatte. Ich will nichts von diesem verdammten Prickelwasser, dachte sich Ted, während er neben Melissa Platz nahm. Davon bekomme ich immer nur Kopfschmerzen. »Einen Gin Martini«, sagte er. Einen nur, gelobte er. Den brauchte er jetzt auch.

Er achtete darauf, liebevoll den Arm um Melissa zu legen und den Blick nicht von ihr zu lassen, damit die Klatschkolumnisten etwas zu schreiben hatten. Er wusste, dass Melissa morgen unbedingt etwas lesen wollte wie: »Top-Musikstar Melissa Knight zeigte sich nach der öffentlichen Trennung von Rocksänger Leif Ericson wunderbar erholt und scheint sich Hals über Kopf in ihren PR-Manager Ted Carpenter verliebt zu haben. Sie wurden letzte Nacht beim trauten Tête-à-Tête im Lola's gesehen.«

Damals, als Eddie Fisher mit Elizabeth Taylor verheiratet war, hatte dieser ein Telegramm aus Italien geschickt und mit »Die Prinzessin und ihr Liebessklave« unterzeichnet, erinnerte sich Ted. Den gleichen Quatsch soll ich also für Melissa abziehen. Weil sie sich einbildet, in mich verliebt zu sein.

Aber ich brauche sie. Ich brauche ihren dicken Scheck, der jeden Monat eintrudelt. Hätte ich nur nicht das Gebäude gekauft, als unser Mietvertrag auslief. Die Kosten dafür wachsen mir über den Kopf. Melissa wird mich noch früh genug verlassen, dachte er und kippte seinen Gin Martini. Ich muss nur dafür sorgen, dass sie mich dann nicht ganz fallenlässt und zu einer anderen PR-Agentur wechselt und dabei auch noch ihre Freunde mitnimmt.

»Das Gleiche noch einmal, Mr. Carpenter?«, fragte der Kellner, als er das nächste Mal vorbeikam.

»Warum nicht?«, entgegnete Ted unwirsch.

Um Mitternacht beschloss Melissa, in den Club aufzubrechen. Wenn er mitkam, würde es wieder vier Uhr morgens werden. Er musste weg. Ihm fiel nur ein Ausweg ein.

»Melissa, Schätzchen, ich fühle mich ziemlich elend«, sagte er so leise, dass es im allgemeinen Lärm für die anderen nicht zu hören war. »Ich glaube, ich hab mir irgendeinen Virus eingefangen. Ich sollte mich also besser von dir fernhalten, du hast einen prallvollen Terminkalender und kannst es dir auf keinen Fall leisten, krank zu werden.«

Er kreuzte die Finger. Abschätzig sah sie ihn an. Seltsam, wie schnell sich ihre wunderbaren Gesichtszüge verzerrten und alle Schönheit wich, wenn sie aufgewühlt oder wütend war. Ihre unergründlich blauen Augen verengten sich, und sie verdrehte ihre langen blonden Haare zu einem einzigen Strang, den sie über die Schulter nach vorn zog.

Sie ist sechsundzwanzig Jahre alt und so egoistisch, wie ich es selbst in meiner Branche noch nie erlebt habe, dachte Ted. Am liebsten würde ich sie einfach zum Teufel jagen.

»Du hast doch nichts mit deiner Ex, oder?«, fragte sie.

»Meine Ex-Frau ist die Letzte, die ich jetzt sehen möchte. Mittlerweile solltest selbst du wissen, wie verrückt ich nach dir bin.« Bewusst verlieh er seiner Stimme einen gereizten Ton, er ließ es einfach darauf ankommen. Das konnte er sich nicht allzu oft erlauben, aber wenn er es tat, war die Botschaft klar: Sie müsse völlig verrückt sein, wenn sie sich einbildete, er würde andere Frauen auch nur ansehen.

Mit einem Schulterzucken wandte sich Melissa den anderen am Tisch zu. »Teddy kneift«, lachte sie.

Sie standen alle auf.

»Du bist mit deinem Wagen da?«, fragte Ted.

»Nein, ich bin zu Fuß gekommen. Großer Gott, natürlich bin ich mit dem Wagen da!« Sie tätschelte ihm die Wange, ein spielerischer Patsch zur Belustigung der Zuschauer.

Ted bedeutete dem Kellner, ihm wie üblich alles auf seine Rechnung zu setzen, und die Gruppe verließ das Café. Melissa hielt seine Hand und blieb kurz stehen, um den Paparazzi zuzulächeln. Ted begleitete sie zu ihrem Wagen, schloss sie in die Arme und gab ihr einen langen, leidenschaftlichen Kuss. Weiteres Futter für die Klatschpresse, dachte er sich. Das sollte Melissa zufriedenstellen.

Ihre ehemaligen Bandmitglieder drängten sich mit ihr in ihre Limousine. Als sein eigener Wagen vorgefahren wurde, trat ein Reporter an ihn heran. Er hielt etwas in der

Hand. »Mr. Carpenter, haben Sie die Fotos schon gesehen, die dieser englische Tourist am Tag der Entführung Ihres Sohnes gemacht hat?«

»Ja.«

Der Reporter hielt ihm die vergrößerten Abzüge hin. »Wollen Sie einen Kommentar dazu abgeben?«

Ted betrachtete die Bilder, dann nahm er sie dem Reporter aus der Hand und rückte ans hell erleuchtete Fenster, um sie besser sehen zu können. »Wie gesagt«, begann er, »ich gehe davon aus, dass es sich bei diesen Fotos um eine Fälschung handelt.«

»Sie meinen also nicht, dass das Ihre Ex-Frau Zan ist, die Ihren Sohn aus dem Buggy nimmt?«, fragte der Reporter.

Ted war sich der Kameras um sich herum vollauf bewusst. Er schüttelte nur den Kopf. Larry Post hielt ihm die Wagentür auf, und er beeilte sich, fortzukommen.

Als er endlich zu Hause war, stand er noch zu sehr unter Schock, um irgendetwas zu empfinden. Er zog sich aus und nahm eine Schlaftablette. Quälende Träume unterbrachen immer wieder seinen Schlaf, und als er aufwachte, war ihm unwohl und schwindlig, als hätte er sich wirklich seinen erfundenen Virus eingefangen. Vielleicht waren es aber auch nur diese verdammten Gin Martinis.

Am nächsten Morgen um neun Uhr rief Ted in seinem Büro an und sprach mit Rita. Als sie ihr Entsetzen über die Fotos zum Ausdruck brachte, fiel er ihr unwirsch ins Wort und bat sie, Detective Collins anzurufen, den Polizeibeamten, der die Ermittlungen zum Verschwinden von Matthew geleitet hatte, und einen Termin für den nächsten Tag auszumachen. »Ich werde mindestens bis Nachmittag zu Hause bleiben«, sagte er ihr. »Vielleicht habe ich mir eine Grippe eingefangen. Ich komme dann später, ich muss mir unbedingt noch die Abzüge des Fotoshootings von Melissa fürs *Celeb Magazine* ansehen, bevor ich sie freigeben kann. Falls sich Medienleute melden, sagen Sie ihnen, dass ich keinerlei Kommentar abgebe, solange die Polizei nicht die Echtheit der Aufnahmen überprüft hat.«

Um drei Uhr nachmittags traf er schließlich, kreidebleich, im Büro ein. Ohne zu fragen, machte ihm Rita eine Tasse Tee. »Sie hätten zu Hause bleiben sollen, Ted«, sagte sie. »Ich verspreche, ich werde das Thema nicht mehr zur Sprache bringen, aber eines sollten Sie sich immer vergegenwärtigen: Zan vergötterte Matthew. Sie hätte ihm nie etwas zuleide getan.«

»Ist Ihnen aufgefallen, dass Sie ›vergötterte‹ sagten?«, herrschte Ted sie an. »Das ist die Vergangenheitsform. So, wo sind die *Celeb*-Abzüge von Melissa?«

»Sie sind großartig«, kam es von Rita, während sie sie aus dem Umschlag auf seinem Schreibtisch zog.

Ted sah sich die Abzüge genau an. »Ihrer Meinung nach sind sie großartig. Meiner Meinung nach sind sie großartig. Aber ich kann Ihnen schon jetzt sagen, dass Melissa sie abscheulich finden wird. Sie hat Schatten unter den Augen, und ihr Mund ist zu schmal. Und vergessen Sie nicht, ich habe sie dazu überredet, die Fotos für die Titelgeschichte machen zu lassen. Mein Gott, schlimmer kann es kaum noch kommen.«

Mitfühlend betrachtete Rita ihren langjährigen Chef. Ted Carpenter war achtunddreißig Jahre alt, wirkte aber sehr viel jünger. Mit seinem dichten Haar, den braunen Augen, dem markanten Kinn und der schlanken Figur sah er ihrer Meinung nach besser aus und verfügte über wesentlich mehr Charisma als viele der Kunden, die er vertrat. Im Moment aber machte er den Eindruck, als wäre er unter eine Dampfwalze geraten.

Und wenn ich nur daran denke, wie leid mir Zan immer getan hat, dachte Rita. Das hätte ich mir vielleicht alles sparen können. Wenn sie diesem wunderbaren kleinen Jungen wirklich etwas angetan hat, dann bringe ich sie eigenhändig um.

17

Blinzelnd schlug Zan die Augen auf und schloss sie wieder. Was ist geschehen?, fragte sie sich. Warum saß sie im Sessel, warum war ihr so kalt, obwohl sie den Morgenmantel trug, warum tat ihr jeder Knochen im Leib weh?

Ihre Hände waren taub. Sie rieb sie, bis die Fingerkuppen kribbelten. Sie ließ ihre eingeschlafenen Füße kreisen, ohne richtig zu wissen, was sie tat.

Wieder schlug sie die Augen auf. Direkt vor sich sah sie Matthews Bild. Die Lampe daneben brannte noch, obwohl fahles, trübes Licht durch die halb zugezogenen Vorhänge ins Zimmer fiel.

Warum bin ich letzte Nacht nicht ins Bett gegangen?, fragte sie sich. In ihrem Kopf war nur ein dumpfes Pochen.

Dann erinnerte sie sich.

Man unterstellte ihr, Matthew aus dem Buggy genommen zu haben. Aber das war doch unmöglich. Verrückt. Warum sollte ich das tun? Was hätte ich dann mit ihm gemacht?

»Was hätte ich mit dir denn gemacht?«, stöhnte sie, während sie Matthews Bild betrachtete. »Kann irgendjemand allen Ernstes annehmen, ich hätte dir wehtun können? Dir, meinem eigenen Kind?«

Zan sprang auf, eilte durchs Zimmer, ergriff Matthews

Bild und drückte es sich an die Brust. »Warum glauben sie das?«, flüsterte sie. »Wie kamen diese Bilder von mir zustande? Ich war damals bei Nina Aldrich und habe den ganzen Nachmittag in ihrem neuen Stadthaus verbracht. Ich kann es beweisen. Natürlich kann ich es beweisen ... Ich weiß, dass ich Matthew nicht entführt habe«, sagte sie jetzt laut und versuchte das Zittern in ihrer Stimme zu unterdrücken. »Ich kann es beweisen. Aber ich darf nicht zulassen, dass mir noch einmal so etwas wie letzten Abend passiert. Ich kann mir diese Gedächtnislücken wie nach Moms und Dads Tod nicht mehr erlauben. Wenn es tatsächlich ein Foto von einer Frau gibt, die Matthew aus seinem Wagen genommen hat, dann wäre es der erste wirkliche Durchbruch in diesem Fall. Darauf sollte ich mich konzentrieren. Ich darf nicht mehr in meine alte Hilflosigkeit zurückfallen, ich darf mich nicht mehr davon erdrücken lassen. Bitte, Gott, gib mir die Hoffnung, dass sich in diesen Fotos irgendein Hinweis auf Matthews Aufenthaltsort findet.«

Es war erst sechs Uhr. Statt zu duschen, ließ Zan den Jacuzzi volllaufen. Das warme sprudelnde Wasser würde ihrem verkrampften Körper guttun. Was soll ich bloß machen?, fragte sie sich erneut. Detective Collins muss die Fotos mittlerweile haben. Schließlich hat er damals die Ermittlungen geleitet.

Sie musste an die Reporter denken, die vergangenen Abend vor dem Four Seasons und auch vor ihrem Gebäude gewartet hatten. Würden sie versuchen, ihr auf Schritt und Tritt zu folgen? Würden sie gar vor ihrem Büro auf sie warten?

Sie drehte die Hähne in der Wanne ab, testete das Wasser und merkte, dass es zu heiß war. Das Telefon, dachte sie. Sie hatte es bei ihrer Rückkehr letzten Abend stummgeschaltet. Sie ging ins Schlafzimmer zum Nachttisch. Der Anrufbeantworter blinkte. Neun Anrufe waren eingegangen.

Die ersten acht stammten von Journalisten, die sie interviewen wollten. Entschlossen, sich nicht darüber aufzuregen, löschte Zan einen nach dem anderen. Der letzte war von Alvirah Meehan. Dankbar lauschte Zan den beruhigenden Worten ihrer Freundin, die ihr versicherte, dass die Fotos nur ein Betrug sein konnten. »Eine Schande, dass du dich mit so einem Unsinn herumschlagen musst, Zan.« Alvirah war regelrecht außer sich. »Natürlich wird sich alles als niederträchtige Fälschung herausstellen, aber es muss für dich eine ganz schreckliche Belastung sein. Willy und ich wissen das. Ruf doch bitte an und komm morgen zum Abendessen zu uns. Alles Liebe.«

Zan hörte sich die Nachricht zweimal an. Als die Computerstimme sie anwies »drücken Sie die Drei, um die Nachricht zu speichern, die Eins, um sie zu löschen«, drückte sie die Speichern-Taste. Es ist noch zu früh, um Alvirah anzurufen, dachte sie, aber ich werde mich bei ihr melden, sobald ich im Büro bin. Es wird mir guttun, heute Abend bei ihr und Willy zu sein. Vielleicht habe ich bis dahin auch schon mit Detective Collins gesprochen, und alles hat sich aufgeklärt. Und wenn dieser Mann aus England wirklich Fotos hat, auf denen zu sehen ist, wie jemand Matthew aus seinem Buggy nimmt, dann, o bitte, Gott, gibt es vielleicht etwas, dem Detective Collins nachgehen kann.

Beruhigt von dem Gedanken, schaltete Zan den auf sieben Uhr gestellten Timer der Kaffeemaschine aus und ließ sich sofort Kaffee aufbrühen. Dann glitt sie in den Jacuzzi und spürte, wie die heilsame Wärme die Anspannung in ihrem Körper löste. Mit der Kaffeetasse neben sich, zog sie eine Freizeithose, einen Rollkragenpullover und Stiefel mit flachen Absätzen an.

Kurz vor sieben war sie fertig gekleidet. Möglicherweise noch früh genug, um unbehelligt von Reportern das Gebäude verlassen zu können. Daher band sie die Haare schnell zu einem Knoten und wickelte einen Schal darum, kramte daraufhin in einer Schublade, bis sie eine alte Sonnenbrille mit breiten, runden Gläsern gefunden hatte, die ganz anders aussah als jene, die sie sonst trug.

Schließlich griff sie sich eine Kunstfellweste aus dem Schrank, nahm ihre Tasche und fuhr im Aufzug ins Erdgeschoss. Von dort aus ging sie in die Parkgarage, schlängelte sich durch die Reihen der abgestellten Wagen und verließ das Gebäude auf der Rückseite. Mit schnellen Schritten eilte sie den West Side Highway hinunter, wo ihr nur Jogger und Leute begegneten, die ihre Hunde ausführten. Als sie sich sicher war, nicht verfolgt zu werden, hielt sie ein Taxi an und wollte schon die Büroadresse in der East Fifty-eighth Street nennen, überlegte es sich aber kurzerhand anders. Sie sagte dem Fahrer, er solle sie in der East Fifty-seventh Street herauslassen. Wenn dort von Reportern nichts zu sehen ist, kann ich den Lieferanteneingang nehmen, dachte sie.

Erst als sie sich zurücklehnte und wusste, dass sie wenigstens während der Taxifahrt von Kameras oder Reporterfragen verschont bleiben würde, konnte sie sich auf das andere Problem konzentrieren – die Tatsache, dass jemand auf ihren Namen Kleidung und Flugtickets erwarb. Wird das Einfluss auf meine Kreditwürdigkeit haben?, fragte sie sich. Natürlich. Wenn ich von Kevin Wilson den Auftrag bekommen sollte, werde ich aber sehr kostspielige Stoffe und Möbel ordern müssen.

Warum widerfährt mir das alles?

Sie kam sich vor, als befände sie sich mitten in einem Tsunami, als würde eine gewaltige Strömung sie unter Wasser ziehen. Sie rang nach Atem, und ihr war, als würde sie jeden Augenblick keine Luft mehr bekommen.

Panikattacken.

Lass sie nicht mehr zu, flehte sie im Stillen. Sie schloss die Augen und zwang sich dazu, tief und regelmäßig ein- und wieder auszuatmen. Als das Taxi an der Ecke Fifty-seventh Street und Third Avenue anhielt, hatte sie sich wieder einigermaßen gefangen. Trotzdem zitterten ihre Finger, als sie dem Fahrer die gefalteten Geldscheine reichte.

Es hatte zu nieseln begonnen. Kalte Tropfen strichen ihr über die Wange. Die Weste, erkannte sie, war ein Fehler gewesen. Sie hätte einen Regenmantel anziehen sollen.

Vor ihr scheuchte eine Frau einen kleinen, etwa vierjährigen Jungen zu einem wartenden Wagen. Zan beschleunigte ihre Schritte, um noch einen Blick auf das Gesicht des Jungen erhaschen zu können. Natürlich war er nicht Matthew.

Als sie um die Ecke bog, war von den Medien keine Spur zu sehen. Sie drückte die Drehtür auf und trat in die Lobby. Links befand sich der Zeitungsstand. »Bitte die *Post* und die *News*, Sam«, sagte sie zu dem ältlichen Verkäufer.

Er schenkte ihr nicht sein sonst so freundliches Lächeln, als er ihr die zusammengelegten Zeitungen reichte.

Sie wagte es nicht, einen Blick auf die Schlagzeilen zu werfen, bevor sie in ihrem Büro war. Dort legte sie die Zeitungen auf ihren Schreibtisch und schlug sie auf. Auf der

Titelseite der *Post* befand sich ein Bild von ihr, wie sie sich über den Buggy beugte. Auf der Titelseite der *News* ein Bild von ihr, wie sie Matthew wegtrug.

Fassungslos ging ihr Blick vom einen Bild zum anderen. Aber das bin ich *nicht*, dachte sie entsetzt. Ich kann es nicht sein. Jemand, der *aussieht* wie ich, hat sich Matthew genommen ... Das ergab doch alles keinen Sinn.

Josh würde erst später kommen. Zan versuchte sich zu konzentrieren, gegen Mittag gab sie es schließlich auf. Sie griff zum Telefon. Ich muss Alvirah anrufen. Ich weiß, sie bekommt jeden Morgen die *Post* und die *Times* zugestellt.

Alvirah meldete sich beim zweiten Klingeln. »Zan, ich habe es in den Zeitungen gelesen. Ich war wie vom Donner gerührt. Warum sollte jemand, der aussieht wie du, Matthew entführen?«

Was meinte Alvirah mit der Frage?, ging es Zan durch den Kopf. Fragte sie nach dem Grund, warum sich jemand für mich ausgeben und Matthew kidnappen sollte, oder wollte sie mir damit zu verstehen geben, dass ihrer Meinung nach ich ihn entführt habe?

»Alvirah«, sagte sie und wählte sorgfältig ihre Worte, »irgendjemand tut mir das alles an. Ich weiß nicht, wer, aber ich habe so meine Vermutungen. Aber selbst wenn Bartley Longe wirklich so weit gehen sollte, nur um mir zu schaden, bin ich mir einer Sache sicher: Er würde Matthew nie etwas antun. Trotzdem, Alvirah, danke ich Gott, dass es diese Bilder gibt. Ich werde Matthew zurückbekommen. Diese Bilder werden beweisen, dass sich irgendjemand für mich ausgibt, dass mich irgendjemand so sehr hasst, dass er mein Kind und jetzt auch noch meine Identität stiehlt ... «

Einen Augenblick lang herrschte Schweigen, dann sagte Alvirah: »Zan, ich kenne ein gutes Detektivbüro. Wenn du das Geld dafür nicht hast, übernehme ich die Kosten. Falls die Bilder manipuliert wurden, werden wir herausfinden, von wem. Halt, ich muss mich korrigieren. Wenn du sagst, diese Fotos sind Fälschungen, dann glaube ich dir. Aber ich meine, der Täter ist damit zu weit gegangen. Du hast doch vor dem Schrein des heiligen Antonius die Kerze angezündet, als du vorgestern in der Kirche des heiligen Franziskus von Assisi warst...«

»Als ich... wo war?« Zan wagte kaum, die Frage zu stellen.

»Am Montagnachmittag so zwischen halb und Viertel vor sechs. Ich war dort, um meine Spende abzuliefern, die ich dem heiligen Antonius versprochen habe, und dabei ist mir jemand aufgefallen, der meinen Freund Pater Aiden beobachtet hat, was mir verdächtig vorgekommen ist. Deshalb habe ich mir mit dem Pater heute Morgen die Aufnahmen der Überwachungskameras angesehen, vielleicht war es ja jemand, den er kannte. Bei den vielen Verrückten in New York kann man ja nicht vorsichtig genug sein. In der Kirche habe ich dich gar nicht gesehen, aber du warst auf den Videos der Kamera. Ich dachte mir, du hättest für Matthew gebetet.«

Montag um halb oder Viertel vor sechs? Da habe ich beschlossen, nach Hause zu gehen, dachte Zan. Ohne Umweg. Ich bin bis zur Thirty-first oder Thirty-second Street gekommen und habe dann ein Taxi genommen, weil ich mich müde fühlte.

Aber in der Kirche war ich nicht. Ich *weiß*, dass ich sie nicht betreten habe.

Oder doch?

Alvirah fragte sie gerade, ob sie zum Abendessen kommen wolle.

»Ich werde da sein«, versprach Zan. »Um halb sieben.« Sie legte auf und vergrub den Kopf zwischen den Händen. Habe ich wieder Blackouts?, fragte sie sich. Werde ich verrückt? Habe ich meinen eigenen Sohn entführt? Und wenn ja, was habe ich dann mit ihm gemacht?

Wenn ich mich noch nicht einmal mehr daran erinnern kann, was ich vor achtundvierzig Stunden getan habe, was habe ich dann noch alles vergessen?, fragte sie sich verzweifelt.

18

Als Detective Billy Collins noch als verdeckter Ermittler gearbeitet hatte, war es ihm nicht schwergefallen, sich als Herumtreiber auszugeben. So dürr, fast schon ausgemergelt, wie er war, und mit dem hageren Gesicht, den spärlichen, allmählich grau werdenden Haaren und seinen traurigen Augen hatte er keinerlei Probleme, von den Drogendealern für einen potenziellen Kunden gehalten zu werden.

Nachdem er mittlerweile dem Central-Park-Revier zugeteilt war und mit Anzug und Krawatte ins Büro kam, wurde er nicht zuletzt wegen seiner zurückhaltenden Art gern als eher schlichter Zeitgenosse eingeschätzt, dem man nicht allzu viel Grips zutraute.

Diese Einschätzung teilten viele Tatverdächtige, die sich von Billys Routinefragen und seiner scheinbaren Gutgläubigkeit, was ihre Version der Ereignisse betraf, einlullen ließen. Was sich für die meisten als großer Irrtum herausstellte. Billys untrügliches Gedächtnis speicherte Informationen, die zunächst völlig unbedeutend erscheinen mochten, änderten sich allerdings die Umstände, konnte er die Daten aus seinem Gedächtnis augenblicklich wieder abrufen.

Sein Privatleben verlief in ruhigen Bahnen. Entgegen seiner trübseligen Erscheinung besaß er Sinn für Humor, war ein guter Geschichtenerzähler und liebte seine Frau

Eileen, mit der er bereits seit der Highschool zusammen war, über alles. Er sagte, sie sei die einzige Person auf der Welt, die ihn für gut aussehend hielt, und das war auch der Grund, warum er sich auf immer und ewig in sie verliebt habe. Seine beiden Söhne, die im Aussehen zum Glück nach ihrer attraktiven Mutter schlugen, studierten an der Fordham University.

Billy war zwei Jahre zuvor als erster Beamter am Tatort gewesen, nachdem die Meldung eingetroffen war, dass im Central Park ein Dreijähriger vermisst wurde. Die geschiedenen Eltern kamen getrennt, während die Suche im Park bereits im vollen Gange war. Ted Carpenter, der Vater, wäre beinahe auf Shields losgegangen, die zugab, eingeschlafen zu sein; Zan Moreland, die Mutter, hatte eine geisterhafte Ruhe ausgestrahlt, eine Reaktion, die er ihrem Schockzustand zugeschrieben hatte. Selbst als auch nach Stunden jede Spur von Matthew fehlte und kein einziger Zeuge gefunden werden konnte, war die Mutter seltsam ungerührt geblieben.

Seit fast zwei Jahren lag Matthews Akte nun ganz oben auf Billy Collins' Schreibtisch. Akribisch war er den Aussagen der beiden Eltern nachgegangen, wo sie sich zum Zeitpunkt des Verschwindens ihres Sohnes aufgehalten hatten; beide Aussagen waren durch Zeugen bestätigt worden. Er hatte sie nach möglichen Feinden gefragt, die in der Lage sein könnten, ihr Kind zu kidnappen. Zan Moreland hatte schließlich zögernd zugegeben, dass es jemanden gab, der ihr vielleicht Böses wollte. Bartley Longe, ein renommierter Innendesigner, der für die Vermutung, er könnte das Kind seiner ehemaligen Angestellten entführt haben, nur Hohn und Spott übriggehabt hatte.

»Zan Morelands Aussage bestätigt alles, was ich schon immer über sie gesagt habe«, hatte Longe damals wütend und verächtlich geantwortet. »Erst soll ich am Tod ihrer Eltern schuld gewesen sein, denn wären sie nicht unterwegs zum Flughafen gewesen, hätte ihr Vater seinen Herzinfarkt zu Hause bekommen und hätte keinen Unfall verursachen können. Dann wirft sie mir an den Kopf, dass sie wegen der Arbeit für mich ihre Eltern nicht öfter sehen konnte. Und jetzt sagt sie, ich hätte ihr Kind entführt! Detective, tun Sie sich einen Gefallen, verschwenden Sie Ihre Zeit nicht mit irgendwelchen Ermittlungen. Für alles, was diesem armen Kind zugestoßen sein mag, ist seine verrückte Mutter verantwortlich.«

Billy Collins hatte ihm aufmerksam zugehört und schließlich seiner Intuition vertraut. Nach allem, was er erfahren hatte, rührte Bartley Longes Wut auf Zan Moreland daher, dass sie mittlerweile seine Konkurrentin war. Billy war schnell zu dem Schluss gekommen, dass weder Longe noch Moreland mit dem Verschwinden des kleinen Jungen etwas zu tun haben konnten. Von ganzem Herzen war er davon überzeugt, dass Zan zu den Opfern gehörte, ein tief verletztes Opfer, das Himmel und Hölle in Bewegung setzen würde, um ihr Kind zurückzubekommen.

Als er daher am Dienstagabend den Anruf über eine entscheidende Neuentwicklung im Fall Matthew Carpenter erhielt, wollte er sich sofort in seinen Wagen setzen und von seinem Zuhause in Forest Hills, Queens, zur Dienststelle fahren.

Sein Chef hatte ihn davon abgehalten. »Die Fotos, die an dieses Klatschblatt verkauft wurden, können gut und gern manipuliert sein. Und falls sie das nicht sind, brauchst du einen klaren Kopf, wenn du den Fall von neuem aufrollen willst.«

Am Mittwochmorgen wachte Billy Punkt sieben Uhr auf. Zwanzig Minuten später war er geduscht, rasiert und angekleidet und auf dem Weg in die Innenstadt. Als er dort ankam, lagen die von *Tell-All Weekly* veröffentlichen Fotos schon auf seinem Schreibtisch.

Es waren insgesamt sechs; die ursprünglich drei Aufnahmen des englischen Touristen sowie die drei Vergrößerungen, die er für sein Familienalbum angefertigt hatte. Auf ihnen schien im Hintergrund Zan Moreland zu sehen zu sein, wie sie ihren eigenen Sohn entführte.

Billy stieß einen leisen Pfiff aus, die einzige Reaktion, mit der er sein Entsetzen und seinen Ärger zum Ausdruck brachte. Ich habe ihrer Jammertour wirklich geglaubt, dachte er, während er die drei Fotos betrachtete, auf denen Zan zu sehen war, wie sie sich über den Buggy beugte, das schlafende Kind herausnahm und schließlich damit von der Kamera wegging. Kein Zweifel, dachte Billy, während er die Fotos der Reihe nach durchging. Ihr langes, glattes, kastanienbraunes Haar war deutlich zu erkennen, die schlanke Figur, die modische Sonnenbrille ...

Er schlug die Akte auf, die immer an einer Ecke seines Schreibtisches lag, und nahm die Bilder heraus, die an jenem Tag heimlich vom Polizeifotografen aufgenommen worden waren. Das kurze geblümte Kleid, die hochhackigen Sandalen, die Zan trug, als sie am Tatort eingetroffen war, stimmten mit der Kleidung der Kidnapperin auf den Fotos überein.

Billy hielt sich für gewöhnlich seine ausgezeichnete Menschenkenntnis zugute. Seine Enttäuschung, sich bei

Zan so geirrt zu haben, wurde sofort von der großen Sorge verdrängt, was Zan Moreland mit ihrem eigenen Sohn gemacht hatte.

Ihr Alibi an jenem Tag schien wasserdicht zu sein. Offensichtlich hatte er da etwas übersehen. Ich werde mit der Babysitterin anfangen, dachte er wütend. Und dann zerlege ich Zan Morelands Aussagen und finde heraus, wie sie mich so schamlos hatte anlügen können. Und dann, bei Gott, werde ich sie zwingen, mir zu sagen, was mit dem Kind geschehen ist.

19

Tiffany Shields stand kurz vor dem Abschluss ihres zweiten Studienjahrs am Hunter College und wohnte immer noch zu Hause. Der Tag, an dem Matthew Carpenter verschwand, war zum Wendepunkt in ihrem Leben geworden. Und das lag nicht nur daran, dass sie eingeschlafen war, als sie auf Matthew hätte aufpassen sollen – nein, es lag auch an den Medien, die sie, wenn von dem Fall die Rede war, stets als die verantwortungslose Babysitterin darstellten, die sich noch nicht einmal die Mühe gemacht hatte, ihn im Buggy anzuschnallen; stattdessen hatte sie sich auf einer Decke ausgestreckt und, wie ein Reporter schrieb, »wie eine Tote geschlafen«.

Nahezu jeder Artikel führte ihren hysterischen Anruf bei der Polizei an. Eine Tonbandaufzeichnung wurde sogar im Fernsehen gebracht. Wenn in den vergangenen beiden Jahren irgendwo ein Kind verschwand, war in der Presse immer die Frage gestellt worden, ob es sich dabei um einen neuen Tiffany-Shields-Fall handelte. Ihre Wut über diese Ungerechtigkeit wuchs mit jedem Zeitungs- und Fernsehbericht.

Immer noch sah sie jenen Tag in allen Einzelheiten vor sich. Als sie damals aufwachte, fühlte sie sich, als wäre eine Erkältung im Anflug. Sie sagte das Treffen mit ihren Freundinnen ab, mit denen sie ihren bevorstehenden Abschluss an der Cathedral High School feiern wollte. Ihre Mutter, eine Verkäuferin bei Bloomingdale's, war zur Arbeit gegangen. Ihr Vater arbeitete als Hausmeister im Apartmentgebäude in der East Eighty-sixth Street, in dem sie auch wohnten. Um Mittag herum klingelte das Telefon. Wäre ich bloß nicht rangegangen, dachte sich Tiffany immer wieder in den folgenden einundzwanzig Monaten. Fast hätte ich es nicht getan. Aber ich dachte, es wäre ein Mieter, der sich mal wieder über einen tropfenden Wasserhahn beschwert.

So ging sie also ans Telefon.

Es war Zan Moreland. »Tiffany, kannst du mir vielleicht aushelfen?«, hatte sie sie angefleht. »Matthews neues Kindermädchen hätte heute Morgen anfangen sollen, aber sie hat gerade angerufen, dass sie erst morgen kommen kann. Ich habe einen schrecklich wichtigen Termin. Mit einer potenziellen Kundin, die meine Babysitter-Probleme nicht im Geringsten interessieren. Sei ein Engel und geh mit Matthew für ein paar Stunden in den Park. Ich habe ihn gerade gefüttert, ich verspreche dir, er wird wahrscheinlich die ganze Zeit durchschlafen.«

Hin und wieder habe ich auf Matthew aufgepasst, wenn das Kindermädchen seinen freien Tag hatte, ich mochte den Jungen, dachte Tiffany. Ich habe Zan damals gesagt, dass bei mir etwas im Anmarsch sei, aber sie hat einfach nicht lockergelassen, bis ich schließlich eingeknickt bin. Und mir damit mein Leben ruiniert habe.

Am Mittwochmorgen, als sie sich bei einem Glas Orangensaft die Morgenzeitung ansah, passierte zweierlei. Zum einen packte sie eine ungeheuerliche Wut auf Zan Moreland, von der sie sich hintergangen fühlte, zum anderen empfand sie eine unglaubliche Erleichterung, nachdem sie nun nicht mehr allein für Matthews Verschwinden verantwortlich war. Ich habe den Polizisten gesagt, dass ich Antihistamine genommen und mich ziemlich groggy gefühlt habe, dachte sie. Ich wollte doch gar nicht babysitten. Wenn sie mich wieder befragen sollten, werde ich ihnen noch mal klipp und klar sagen, dass Zan Moreland *gewusst* hat, wie müde ich war. Als ich Matthew bei ihr abgeholt habe, hat sie mir eine Pepsi angeboten. Damit würde es mir bessergehen, hat sie gesagt, der Zucker würde bei der Erkältung helfen.

Aber wenn ich es mir jetzt recht überlege, dachte Tiffany, könnte es doch sein, dass Zan mir etwas in das Getränk gegeben hat, damit ich richtig schläfrig werde. Und da Matthew keinen Pieps von sich gegeben hat, als ich ihn in den Buggy legte, war es doch gar nicht nötig, ihn anzuschnallen ... Er hat geschlafen wie ein Stein.

Zum wiederholten Mal las sie den Artikel und betrachtete eingehend die Fotos. Das ist das Kleid, das Zan damals getragen hat, dachte sie, aber die Schuhe ... die Schuhe stimmen nicht. Zan hatte irrtümlich zwei Paar Schuhe gekauft, die exakt gleich aussahen, dazu besaß sie ein weiteres Paar, das ihnen sehr ähnlich war. Beides waren beigefarbene Sandalen mit hohen Absätzen, die sich nur durch die Riemchen unterschieden. Sie waren bei dem Einzelpaar schmaler als bei den beiden anderen. Von dem doppelten Paar hat sie mir eines geschenkt. Wir haben sie beide an diesem Tag getragen. Ich habe sie immer noch.

Aber das werde ich niemandem auf die Nase binden. Wenn es die Polizei erfährt, will sie meine Sandalen haben, aber, bei Gott, die habe ich mir *verdient*!

Drei Stunden später, nach ihrem Geschichtsseminar, rief sie die Nachrichten auf ihrem Handy ab. Eine von ihnen stammte von Detective Collins, der sie nach Matthews Verschwinden unzählige Male befragt hatte. Er wollte nochmals mit ihr reden.

Tiffany presste die Lippen zu einem schmalen Strich zusammen. Ihre sonst so hübschen Gesichtszüge verloren jeglichen jugendlichen Charme. Sie drückte auf die Rückruftaste.

Ich will ebenfalls mit Ihnen reden, Detective Collins, dachte sie.

Aber diesmal werden *Sie* derjenige sein, der sich nicht wohlfühlt in seiner Haut.

20

Glory rieb ihm wieder dieses klebrige Zeug in die Haare. Matthew hasste es. Sein Kopf brannte dann immer, und manchmal bekam er davon etwas in die Augen. Dann rubbelte Glory immer ganz fest mit dem Waschlappen, aber wenn sie ihm damit ins Auge kam, tat es weh. Und wenn er sagte, er mochte das Zeug nicht, würde sie nur wieder antworten: »Tut mir leid, Matty, ich will es auch nicht, aber es muss sein.«

Heute sagte er gar nichts. Glory war nämlich fürchterlich böse auf ihn. Am Morgen, als es an der Tür geklingelt hatte, war er in den Schrank gerannt und hatte die Tür geschlossen. Er hatte überhaupt nichts gegen diesen Schrank, er war größer als alle vorherigen, und er hatte eine große Taschenlampe, mit der er alles sehen konnte. Aber dann fiel ihm ein, dass er seinen Lieblingslaster im Flur hatte liegen lassen. Es war sein Lieblingslaster, weil er leuchtend rot war und drei Geschwindigkeiten hatte. Wenn er mit ihm spielte, konnte er ihn also ganz schnell oder ganz langsam fahren lassen.

Er hatte die Schranktür geöffnet und war hinausgerannt, um ihn zu holen. In diesem Moment schloss Glory die Haustür und verabschiedete sich von einer Frau. Nachdem Glory die Tür geschlossen hatte, drehte sie sich um, sah ihn und war darüber so wütend, dass er schon fürchtete, sie würde ihn schlagen. »Das nächste Mal stecke ich dich in den Schrank und lass dich nie wieder raus«, hatte sie leise gesagt und dabei richtig gemein geklungen. Er hatte so große Angst gekriegt, dass er in den Schrank zurücklief und so heftig weinte, dass er kaum noch Luft bekam.

Nach einer Weile sagte Glory, er könne herauskommen, es sei ja gar nicht seine Schuld, er sei ja nur ein Kind und es tue ihr leid, dass sie so böse zu ihm gewesen war, aber er konnte trotzdem nicht mit dem Weinen aufhören. »Mommy, Mommy!«, wiederholte er die ganze Zeit, er wollte aufhören, aber er konnte nicht.

Dann, später, als er eine seiner DVDs sah, hörte er Glory mit jemandem reden. Auf Zehenspitzen schlich er zur Tür seines Zimmers, öffnete sie und lauschte. Glory telefonierte. Er konnte nicht hören, was sie sagte, aber sie klang sehr wütend. Dann wurde ihre Stimme lauter, sie sagte: »Es tut mir leid, es tut mir leid«, und er wusste nicht, ob sie Angst hatte.

Jetzt hatte er das Handtuch um die Schultern, das Zeug tropfte ihm von der Stirn, und er wartete, bis Glory ihm sagte, er solle zum Waschbecken, damit sie ihm die Haare ausspülen könne.

Schließlich sagte sie: »Okay, das sollte jetzt reichen.« Als er sich über das Waschbecken beugte, sagte sie: »Jammerschade, dass wir uns das nicht erlauben können. Sonst wärst du ein ganz niedlicher Rotschopf.«

21

Höchst zufrieden schlenderte Bartley Longe mit den Zeitungen unterm Arm durch den Flur in sein Büro an der 400 Park Avenue. Er war zweiundfünfzig Jahre alt, hatte silberne Strähnen im hellbraunen Haar, eisblaue Augen und gehörte zu jenen Menschen, die mit einem einzigen Blick Kellnern oder Angestellten das Fürchten lehrten. Andererseits war er ein charmanter und willkommener Gast bei seinen vielen Kunden, zu denen sowohl Prominente als auch jene Wohlhabenden gehörten, die um ihren Reichtum nicht viel Aufhebens machten.

Seine Angestellten sahen immer mit einiger Nervosität seiner Ankunft um halb zehn Uhr morgens entgegen. In welcher Stimmung würde Longe heute sein? Ein verstohlener Blick beantwortete die Frage schnell. Zeigte er sich von seiner freundlichen Seite und bedachte sie mit einem herzlichen »guten Morgen«, konnte man sich vorerst entspannen. Hatte er aber die Stirn gerunzelt und die Lippen zu einem schmalen Strich zusammengepresst, wusste man, dass etwas sein Missfallen erregt hatte und es nicht lange dauern würde, bis jemand sein Fett abbekam.

Jeder der acht Vollzeitbeschäftigten hatte mittlerweile die erstaunlichen Neuigkeiten gehört oder gelesen, dass Zan Moreland, Longes ehemalige Mitarbeiterin, im Zusammenhang mit dem Verschwinden ihres Sohnes in Verdacht geraten war. Sie alle konnten sich noch gut an den Tag erinnern, als sie nach dem Unfall ihrer Eltern ins Büro gestürmt war und Longe angeschrien hatte: »Ihretwegen habe ich meine Eltern seit zwei Jahren nicht gesehen, und jetzt werde ich sie nie wiedersehen. Ihretwegen habe ich nie weggekonnt, weil Sie immer meinten, ich sei unabdingbar für dieses oder für jenes Projekt. Sie sind ein widerlicher, egozentrischer Tyrann, ein ganz fieses Ekelpaket, das sind Sie! Und wenn Sie es nicht glauben, dann fragen Sie doch Ihre Angestellten. Aber ich werde mein eigenes Büro eröffnen und Ihnen Konkurrenz machen. Und wissen Sie was, Bartley? Sie werden sich an mir die Zähne ausbeißen.«

Dann war sie in hemmungsloses Schluchzen ausgebrochen, und Elaine Ryan, Longes langjährige Sekretärin, hatte sie in den Arm genommen und nach Hause gebracht.

Longe öffnete die Tür, und das Grinsen in seinem Gesicht bedeutete Elaine und der Rezeptionistin Phyllis Garrigan, dass die Angestellten vorläufig nichts zu befürchten hatten. »Wenn ihr nicht taub, dumm und blind seid, habt ihr sicherlich von Zan Moreland gehört«, sprach Longe die beiden Frauen an.

»Ich glaube kein Wort davon«, gab Elaine Ryan mit ausdrucksloser Stimme zurück. Sie war zweiundsechzig Jahre alt, hatte modisch frisierte, dunkelbraune Haare, haselnussbraune Augen und ein schmales Gesicht. Sie war die einzige Angestellte, die hin und wieder den Mut fand, Longe Paroli zu bieten. Und wie sie oft zu ihrem Mann sagte: Alles, was sie noch bei Bartley Longe hielt, war die gute Bezahlung und die Tatsache, dass sie jederzeit alles hinwerfen konnte, sollte er es irgendwann doch zu bunt treiben. Ihr

Mann war ein pensionierter Polizist des Bundesstaates New York, der nun als Leiter der Sicherheitsabteilung eines Discounters tätig war. Wenn Elaine nach Hause kam und sich wieder einmal über Longe ereiferte, brachte er sie jedes Mal mit nur einem Wort zum Schweigen: »Kündige!«

»Ganz egal, was Sie glauben, Elaine, die Fotos sind Beweis genug. Sie meinen doch nicht im Ernst, die Zeitschrift hätte sie gekauft, wenn es an dem, was sie zeigen, irgendeinen Zweifel gegeben hätte, oder?« Das Grinsen wich aus seinem Gesicht. »Fest steht, Zan hat ihren eigenen Sohn entführt. Es ist jetzt Aufgabe der Polizei herauszufinden, was sie danach mit ihm angestellt hat. Und wollen Sie hören, was ich mir denke?«

Bartley Longe deutete mit dem Finger auf Elaine. »Wie oft hat Zan, als sie noch hier war, herumgejammert, dass sie viel lieber in einem ruhigen Vorort aufgewachsen wäre, statt wegen ihres Vaters und seiner Arbeit ständig umzuziehen? Ich denke mir daher, dass sie einfach eine neue Tragödie in ihrem Leben brauchte, als es nach dem Tod ihrer Eltern mit dem Mitleid der anderen vorbei war.«

»Das ist doch völlig abwegig«, entgegnete Elaine aufgebracht. »Zan hat darüber gesprochen, dass es ihr lieber gewesen wäre, wenn sie nicht so oft hätte umziehen müssen, aber das hat sie doch nur erzählt, wenn wir uns über ihre Jugend unterhalten haben. Sie war absolut nicht auf das Mitleid anderer aus. Und sie war ganz verrückt nach Matthew. Was Sie hier andeuten, Mr. Longe, ist einfach nur abscheulich.«

Bartley Longe lief vor Wut knallrot an. Du sollst deinem Chef nicht widersprechen, dachte sich Elaine. Aber wie kam er nur auf die Idee, Zan könnte Matthew gekidnappt haben, um von anderen bemitleidet zu werden?

»Ich habe vergessen, wie eingenommen Sie von meiner ehemaligen Assistentin sind«, blaffte Bartley Longe. »Aber ich wette, dass sich Zan Moreland gerade nach einem Anwalt umsieht. Und sie wird einen guten brauchen, das kann ich Ihnen versichern.«

22

Kevin Wilson konnte sich einfach nicht auf die Pläne vor sich auf dem Tisch konzentrieren. Er starrte auf die Skizzen für die Bepflanzung der Lobby des 701 Carlton Place, wie der neue Apartmentkomplex heißen würde.

Auf den Namen hatte man sich erst nach einer hitzigen Diskussion mit den Direktoren von Jarrell International einigen können, der milliardenschweren Gesellschaft, die das Gebäude finanzierte. Einige Mitglieder des Aufsichtsrats waren nur schwer von den Namen abzubringen gewesen, die sie sich in den Kopf gesetzt hatten und die allesamt romantische oder historische Bezüge aufwiesen: Windsor Arms, Camelot Towers, Le Versailles, Stonehenge, sogar New Amsterdam Court war vorgeschlagen worden.

Kevin hatte ihnen mit wachsender Ungeduld zugehört. Schließlich ergriff er das Wort. »Was gilt in New York als die exklusivste Adresse?«, hatte er gefragt.

Sieben der acht Aufsichtsratsmitglieder nannten die gleiche Adresse in der Park Avenue.

»Genau«, hatte Kevin geantwortet. »Wir haben hier ein sehr teures Gebäude, für das wir Käufer suchen. Damit sind wir nicht allein. In Manhattan werden gerade einige weitere sehr teure Apartmentgebäude hochgezogen. Ich muss Sie nicht daran erinnern, dass wir in wirtschaftlich schwierigen Zeiten leben. Also müssen wir unseren potenziellen Käufern etwas sehr Exklusives anbieten. Unsere Lage ist einzigartig. Der Ausblick auf den Hudson und die City ist einzigartig. Ich möchte unseren Interessenten sagen können, dass allein bei der Erwähnung des Namens 701 Carlton Place jeder weiß, was für ein Glückspilz derjenige ist, der in so einem Gebäude wohnen darf.«

Ich habe mich durchgesetzt, dachte er, während er den Stuhl vom Tisch mit den Plänen zu seinem Schreibtisch drehte. Großer Gott, was hätte sich nur sein Großvater gedacht, wenn er dieses Verkaufsgewäsch mit angehört hätte? Sein Großvater war Hausmeister des Gebäudes nebenan gewesen, in dem er und seine Eltern gewohnt hatten. Der Name, Lancelot Towers, war oben auf dem Sims des sechs Stockwerke hohen Gebäudes in der Webster Avenue in der Bronx in Stein gemeißelt; das Gebäude selbst hatte über keinen Fahrstuhl verfügt, die einzelnen Räume lagen hintereinander aufgereiht, ohne direkten Zugang zum Treppenhaus, der Speisenaufzug knarrte, und auch die Wasserleitungen hatten schon bessere Tage gesehen.

Großvater hätte mich für verrückt erklärt, dachte sich Kevin, und Dad ebenso, wenn er noch am Leben wäre. Mom hat sich mittlerweile ja an meine Masche gewöhnt. Nach Dads Tod, als ich sie endlich dazu überreden konnte, in die East Fifty-seventh Street zu ziehen, meinte sie, ich könnte einem berittenen Polizisten einen toten Gaul verkaufen. Inzwischen liebt sie Manhattan, und wahrscheinlich summt sie jede Nacht vor dem Einschlafen »New York, New York«.

Diese Gedanken führen zu nichts, gestand er sich ein und lehnte sich auf seinem Stuhl zurück. Aus dem Flur war das unbarmherzige Hämmern und das hohe, schrille Kreischen der Schleifmaschinen zu hören, mit denen die Marmorböden poliert wurden.

Solche Geräusche waren für ihn wohlklingender als eine Sinfonie im Lincoln Center. Schon als Kind habe ich Dad gesagt, dass ich lieber auf eine Baustelle als in den Zoo möchte, dachte er. Schon damals habe ich gewusst, dass ich einmal Häuser bauen will.

Die Pläne des Gartenarchitekten stimmen nicht, beschloss er. Er wird noch mal ganz von vorn anfangen müssen, oder ich suche mir einen anderen. Ich will nicht, dass der Eingangsbereich wie ein Gewächshaus aussieht, dachte er. Er hat es einfach nicht kapiert.

Die Musterwohnungen. Letzten Abend hatte er sich stundenlang mit den Entwürfen von Longe und Moreland auseinandergesetzt. Beide waren ziemlich beeindruckend. Er konnte verstehen, warum Bartley Longe zu den ersten Innendesignern des Landes gehörte. Wenn er den Auftrag erhielt, würden die Apartments sensationell aussehen.

Aber Zan Morelands Pläne waren ebenfalls überaus reizvoll. Es war ihnen anzumerken, dass sie unter Longe gelernt und sich dann ihren eigenen Ideen zugewandt hatte. Ihre Entwürfe strahlten mehr Wärme aus, es waren nur geschickt platzierte Kleinigkeiten, die das Gefühl von Heimeligkeit und Geborgenheit vermittelten. Und schließlich käme sie ihn um dreißig Prozent billiger.

Irgendwie wollte sie ihm nicht aus dem Kopf. Sie war eine schöne Frau, keine Frage. Schlank, vielleicht einen Hauch zu dünn, mit großen haselnussbraunen Augen ... Seltsam, wie zurückhaltend sie war, fast eingeschüchtert, bis sie ihm ihre Vorstellungen zur Gestaltung der Wohnungen erklären konnte. Das war, als wäre in ihrem Gesicht die Sonne aufgegangen, ihre Stimme war lebhafter geworden ...

Ich habe ihr nachgesehen, als sie gegangen ist und sich ein Taxi gerufen hat, dachte Kevin. Es war so windig, dass man sich sorgen musste, ob sie trotz der Pelzkragenjacke warm genug gekleidet war. Man musste ja Angst haben, dass eine etwas kräftigere Windbö sie vom Bürgersteig weht.

Es klopfte an der Tür. Bevor er darauf reagieren konnte, trat seine Sekretärin Louise Kirk ein. »Darf ich raten?«, sagte er. »Es ist genau neun Uhr.«

Louise, fünfundvierzig Jahre alt, von birnenförmiger Gestalt, mit strubbeligen blonden Haaren, war die Frau eines seiner Bauleiter und die Betriebsamkeit in Person. »Natürlich«, antwortete sie brüsk.

Kevin bereute seine Worte sofort und hoffte bloß, sie würde sich nicht wieder mit Eleanor Roosevelt vergleichen. Unzählige Male hatte Louise, die ein großes Faible für Geschichte hatte, ihm erklärt, dass Eleanor immer auf die Sekunde pünktlich gewesen sei. »Selbst dann noch, als sie die Stufen im Weißen Haus hinunterschritt, um pünktlich zur Zeremonie an Franklin D. Roosevelts Sarg im Ostzimmer zu kommen.«

Heute gingen ihr ganz offensichtlich ganz andere Dinge durch den Kopf. »Haben Sie zufällig schon die Zeitung gelesen?«, fragte sie.

»Nein. Um sieben Uhr war das Frühstücksmeeting angesetzt«, entgegnete Kevin.

»Na, dann sehen Sie sich das mal an.« Sie legte ihm die Morgenzeitungen auf den Schreibtisch, die *New York Post* und die *Daily News*, und freute sich unverhohlen darüber, mit spannenden Neuigkeiten aufwarten zu können. Auf beiden Ausgaben prangte ein Bild von Zan Moreland auf der Titelseite. Die Schlagzeilen waren in beiden Fällen gleich reißerisch. Beide behaupteten, Zan habe ihr eigenes Kind entführt.

Kevin starrte ungläubig auf die Fotos. »Haben Sie gewusst, dass ihr Kind vermisst wird?«, fragte er Louise.

»Nein, ich habe ihren Namen damit nicht in Verbindung gebracht«, antwortete Louise. »Natürlich war mir der Namen des Jungen, Matthew Carpenter, ein Begriff. Die Zeitungen waren damals ja voll mit der Geschichte, aber soweit ich weiß, wurde seine Mutter immer nur als Alexandra bezeichnet. Was machen Sie jetzt damit? Es dürfte nur eine Frage der Zeit sein, bis sie verhaftet wird. Soll ich ihre Pläne an ihr Büro zurückschicken?«

»Da bleibt uns wahrscheinlich keine andere Wahl«, antwortete Kevin leise und fügte noch hinzu: »Dabei hatte ich mich gerade dafür entschieden, ihr den Auftrag zu geben.«

23

Am Mittwoch nach dem Mittagessen saß Pater Aiden noch in der Klosterküche, sah CNN und trank dazu eine Tasse Kaffee. Aufgewühlt schüttelte er den Kopf, als er nun auch aus dem Mund des Reporters erfuhr, dass Alexandra Moreland ihr eigenes Kind entführt haben sollte. Die Kamera zeigte, wie dieselbe junge Frau, die zu ihm in den Versöhnungsraum gekommen war, das Four Seasons Restaurant verließ. Sie versuchte, als sie an den Reportern vorbei zum Taxi eilte, ihr Gesicht zu verbergen, aber es bestand kein Zweifel: Sie war es.

Dann sah er die Fotos, die eindeutig zu belegen schienen, dass sie den kleinen Matthew gekidnappt hatte.

Ich bekenne, an einem Verbrechen und an einem Mord mitzuwirken, der sehr bald geschehen wird, hatte sie gesagt.

Meinte sie mit dem Verbrechen, dass sie ihren eigenen Sohn entführt und dann die Behörden über dessen Verschwinden belogen hatte?

Pater Aiden sah, wie sich der Nachrichtenmoderator mit June Langren, die im Four Seasons ebenfalls zu Abend gegessen hatte, über Ted Carpenters Wutanfall unterhielt. »Ich habe ehrlich gedacht, er würde auf sie losgehen«, sagte Langren völlig außer Atem. »Mein Begleiter ist schon aufgesprungen, um ihn, falls nötig, zurückzuhalten.«

Pater Aiden hatte gedacht, dass er in den fünfzig Jahren, in denen er nunmehr die Beichte abnahm, von so ziemlich jeder Missetat gehört hatte, derer die menschliche Natur fähig war. Vor vielen Jahren hatte er dem herzzerreißenden Schluchzen einer jungen Frau gelauscht, die, selbst fast noch ein Kind, ein Baby zur Welt gebracht und es aus Angst vor ihren Eltern in einem Müllsack gesteckt hatte, um es sterben zu lassen.

Das Kind aber war Gott sei Dank nicht gestorben. Ein Passant hatte die Schreie des Babys gehört und es gerettet.

Hier aber lag der Fall anders.

Ein Mord, *der sehr bald geschehen wird*.

Sie hatte nicht gesagt, *den ich bald begehen werde*, dachte Pater Aiden. Sie bezeichnete sich nur als Mitwirkende, als Komplizin eines Verbrechens. Nachdem diese Fotos nun beweisen, dass sie ihren Sohn entführt hat, wird ihr Mittäter, wer immer es sein mag, vielleicht abgeschreckt. Ich kann nur beten, dass dem so sein wird.

Seufzend schlug Pater Aiden seinen Kalender auf. Er hatte im Lauf der Woche mehrere Einladungen bei großzügigen Sponsoren, die die Mönche darin unterstützten, Essen und Kleidung an Hilfsbedürftige zu verteilen. Mehrere von ihnen waren zu engen Freunden geworden. Nun wollte er sich vergewissern, wann er heute Abend mit den Andersons verabredet war.

Sein Gedächtnis hatte ihn nicht getrogen: 18.30 Uhr im New York Athletic Club an der Central Park South. Ganz in der Nähe von Alvirah und Willy, dachte er. Wunderbar. Mir ist gerade aufgefallen, dass ich gestern Abend meinen Schal bei ihnen vergessen habe. Alvirah scheint es noch gar nicht bemerkt zu haben, sonst hätte sie heute Morgen bestimmt etwas gesagt. Nach dem Essen bei den Andersons rufe ich bei ihnen an, und wenn sie zu Hause sind, gehe ich kurz bei ihnen vorbei und hole ihn ab. Seine Schwester Veronica, die ihm den Schal eigenhändig gestrickt hatte, würde ihm ordentlich was erzählen, wenn sie mitbekam, dass er ihn an einem so kalten Tag wie heute nicht trug.

Als er später am Nachmittag das Kloster verließ, kam ihm Neil entgegen, der mit einem Staublappen und einer Möbelpolitur in der Hand gerade das Gotteshaus verließ. »Pater, haben Sie das von der Frau mitbekommen, ich meine die, die ihre Freundin auf den Videoaufnahmen erkannt hat ... Ist das die, die ihr eigenes Kind entführt hat?«

»Ja, ich habe es mitbekommen«, entgegnete Pater Aiden brüsk und gab deutlich zu verstehen, dass er nichts mehr davon hören wollte.

Neil wollte noch etwas anfügen, denn als er die Videoaufnahmen gesehen hatte, war ihm wieder etwas eingefallen: Etwa zu der Zeit, als diese Moreland am Montag von der Überwachungskamera aufgenommen wurde, hatte er sich auf dem Heimweg zu seiner Wohnung in der Eighth Avenue befunden. Kurz vor der Kreuzung sprang eine junge Frau vor ihm plötzlich auf die Straße und hielt ein Taxi an. Sie konnte verdammt noch mal von Glück reden, dass sie nicht überfahren wurde, dachte er. Ich habe sie genau gesehen.

Deshalb hatte er sich nachher erneut die Aufnahmen angesehen und sie an der Stelle angehalten, an der Alvirah Meehan ihre Freundin erkannt hatte. Er hätte schwören können, dass die Frau, die ins Taxi gestiegen war, jene war, die er auch auf dem Video erkannte. Aber es konnte doch schlecht ein und dieselbe Person sein ... Es sei denn, sie hätte sich mitten auf der Straße umgezogen.

Neil zuckte mit den Schultern. Das hätte er Pater Aiden eigentlich erzählen wollen. Der aber hatte deutlich zu verstehen gegeben, dass er von dem Thema genug hatte. Geht mich ja auch nichts an, dachte Neil. Aufgrund seiner Alkoholprobleme hatte Neil mit seinen einundvierzig Jahren eine Menge Jobs hinter sich. Am besten hatte es ihm bei der Polizei gefallen. Leider war er nur wenige Jahre Polizist gewesen. Da konnte man noch so sehr betteln und versprechen, man würde mit dem Trinken aufhören, erschien man dreimal betrunken zum Dienst, wurde man hochkant gefeuert.

Ich hätte alles, was es für einen guten Polizisten braucht, sinnierte Neil auf dem Weg zum Werkzeugschrank. Die Jungs haben immer gesagt, ich bräuchte ein Fahndungsfoto nur ein Mal sehen, und noch ein Jahr später würde ich den Typen aus einer Menschenmenge am Times Square herauspicken. Wäre ich nur dort geblieben! Dann wäre ich jetzt vielleicht Polizeichef!

Aber er war damals nicht zu den Anonymen Alkoholikern gegangen. Nachdem er von einer Arbeitsstelle zur nächsten weitergereicht wurde, landete er schließlich auf der Straße, bettelte um Almosen und schlief in Obdachlosenunterkünften. Drei Jahre zuvor, als er für eine Mahlzeit hierhergekommen war, hatte einer der Mönche ihn zu einer Obdachlosenunterkunft der Franziskaner in Graymore geschickt, wo es ein Resozialisierungsprogramm für Männer wie ihn gab, und dort war er endlich vom Alkohol losgekommen.

Mittlerweile gefiel ihm die Arbeit hier. Es gefiel ihm, nüchtern zu bleiben. Ihm gefielen die Freunde, die er bei den Treffen der Anonymen Alkoholiker kennengelernt hatte. Die Mönche nannten ihn ihren Majordomus, eine ziemlich hochtrabende Bezeichnung für einen einfachen Hausmeister, aber es verlieh ihm auch eine gewisse Würde.

Wenn Pater Aiden nicht über diese Moreland reden will, nun, dann soll es so sein, beschloss Neil. Wahrscheinlich hätte es ihn sowieso nicht interessiert, dass ich jemanden gesehen habe, der genauso aussieht wie sie.

Warum sollten ihn solche Sachen schon kümmern?

24

Der ältere Mann, der zaghaft das Büro von Bartley Longe betrat, gehörte ganz offensichtlich nicht zu seinem üblichen Kundenkreis. Das dünne weiße Haar stand nach allen Seiten ab, die Jacke mit dem Aufdruck der Dallas Cowboys war abgetragen, die Jeans schlackerten ihm um die Beine, und an den Füßen trug er alte Turnschuhe. Langsam schlurfte er zum Empfang. Auf den ersten Blick hielt ihn Phyllis, die Rezeptionistin, für einen Kurier. Was sie aber schnell verwarf. Seine hagere Gestalt und die fahle Haut seines faltigen Gesichts ließen darauf schließen, dass er ernstlich krank war.

Sie war froh, dass der Chef mit Elaine, der Sekretärin, und zwei Stoffdesignern in einer Besprechung saß und die Tür zu seinem Büro geschlossen war. Ging es nach Bartley Longe, hätte jemand wie dieser Mann, gleichgültig, was er wollte, in dieser exklusiven Umgebung nichts verloren gehabt. Auch nach sechs Jahren wand sich Phyllis, wenn sie miterleben musste, mit welcher Gefühllosigkeit Longe Menschen behandelte, die einen ärmlichen Eindruck machten. Wie ihre Freundin Elaine blieb auch sie hauptsächlich wegen der guten Bezahlung und weil Longe oft genug fort war, um allen eine kleine Verschnaufpause zu gönnen.

Sie empfing den nervösen Besucher mit einem Lächeln. »Kann ich Ihnen helfen?«

»Ich heiße Toby Grissom. Entschuldigen Sie die Störung, es ist nur, ich hab seit einem halben Jahr von meiner Tochter nichts mehr gehört. Ich kann nachts gar nicht mehr schlafen, weil ich mir Sorgen mache, es könnte ihr was zugestoßen sein. Sie hat vor zwei Jahren hier gearbeitet. Ich dachte mir, vielleicht hat ja jemand im Büro von ihr gehört.«

»Sie hat *hier* gearbeitet?«, fragte Phyllis und ging in Gedanken die Liste der Angestellten durch, die etwa zwei Jahre zuvor gefeuert worden waren oder gekündigt hatten. »Wie hieß sie denn?«

»Brittany La Monte. Zumindest ist das ihr Künstlername. Sie ist vor zwölf Jahren nach New York gekommen. Wie alle Mädchen wollte sie Schauspielerin werden und hatte hier und da ein paar Off-Broadway-Rollen.«

»Tut mir leid, Mr. Grissom, ich bin jetzt sechs Jahre hier, und ich kann Ihnen mit absoluter Bestimmtheit sagen, dass eine Brittany La Monte bei uns nie gearbeitet hat.«

Als hätte er Angst, kurzerhand weggeschickt zu werden, beeilte sich Grissom zu erklären: »Na ja, sie hat nicht genau *hier* gearbeitet. Ich meine, sie hat sich ihren Lebensunterhalt als Maskenbildnerin verdient. Mr. Longe hat Brittany gebeten, die Models für die Cocktail-Partys zu schminken, bei denen die Musterwohnungen vorgestellt wurden, die er eingerichtet hat. Und dann hat er sie selbst als Model auftreten lassen. Sie ist ein hübsches Mädchen.«

»Ach, deswegen habe ich sie nie kennengelernt«, sagte Phyllis. »Ich kann Mr. Longes Sekretärin darauf ansprechen. Sie ist bei diesen Apartment-Partys immer dabei, und sie hat ein phänomenales Gedächtnis. Im Moment ist sie leider in einer Besprechung und wird da in den nächsten zwei Stunden auch nicht rauskommen. Können Sie später noch mal vorbeischauen?«

Am besten nach drei Uhr, erinnerte sich Phyllis. Der Tyrann wollte am Abend zu seinem Haus in Litchfield, dafür brach er immer schon nachmittags auf. »Am besten nach drei Uhr, Mr. Grissom.«

»Danke, Ma'am. Sehr freundlich von Ihnen. Verstehen Sie, meine Tochter hat mir immer regelmäßig geschrieben. Vor zwei Jahren hat sie mir gesagt, sie würde auf eine Reise gehen, und mir fünfundzwanzigtausend Dollar geschickt, damit ich was auf der Bank habe. Ihre Mutter ist schon vor langer Zeit gestorben, und meine Tochter und ich, wir sind immer gut miteinander ausgekommen. Sie hat mir geschrieben, sie würde sich nicht so oft melden können, aber hin und wieder hat sie mir einen Brief geschickt. Immer in New York abgestempelt, daher weiß ich, dass sie wieder hier sein muss. Aber wie gesagt, jetzt ist ein halbes Jahr vergangen und kein Brief, und ich muss sie einfach sehen. Es ist doch schon vier Jahre her, dass sie zum letzten Mal in Dallas war.«

»Mr. Grissom, wenn wir eine Adresse für Sie haben, verspreche ich Ihnen, dass Sie sie heute Nachmittag bekommen«, sagte Phyllis. Noch während sie es aussprach, war ihr klar, dass es wahrscheinlich keinerlei Rechnungsunterlagen auf den Namen Brittany La Monte geben würde. Longe beschäftigte solche Leute immer schwarz, das kam ihn billiger, als den gewerkschaftlich festgelegten Lohn zu zahlen.

»Ich habe gerade von meinem Arzt nichts Gutes erfahren, verstehen Sie«, erklärte Grissom und drehte sich bereits um. »Deshalb bin ich hier. Ich habe nicht mehr lange zu leben, davor wollte ich Glory noch mal sehen, damit ich weiß, dass es ihr gut geht.«

»Glory? Ich dachte, sie heißt Brittany?«

Toby Grissom lächelte versonnen. »Ihr wirklicher Name lautet Margaret Grissom, nach ihrer Mutter. Wie gesagt, ihr Künstlername ist Brittany La Monte. Aber nach ihrer Geburt, da hab ich sie nur angeschaut und gesagt: ›Meine Kleine, du bist so wunderbar, da mag dich deine Mutter ruhig Margaret nennen, *ich* nenne dich Glory.‹«

25

Um 12.15 Uhr, kurz nach ihrem Telefonat, rief Alvirah Zan zurück. »Zan, ich habe mir alles noch mal durch den Kopf gehen lassen«, sagte sie. »Es steht außer Frage, dass die Polizei mit dir reden will. Deshalb brauchst du einen Anwalt.«

»Einen Anwalt? Aber warum denn, Alvirah?«

»Weil die Frau auf den Fotos genauso aussieht wie du. Die Polizei wird sich bei dir melden. Und ich will nicht, dass du irgendwelche Fragen beantwortest, ohne dass ein Anwalt zugegen ist.«

Ihre Benommenheit wich tödlicher Ruhe. »Alvirah, du bist dir nicht sicher, ob ich nicht doch die Frau auf diesen Fotos bin, oder?« Sie stockte. »Du musst darauf jetzt nicht antworten. Ich habe dich schon verstanden. Kennst du jemanden, den du mir empfehlen könntest?«

»Ja. Charley Shore ist ein erstklassiger Anwalt für Strafrechtssachen. Ich habe über ihn mal einen Artikel geschrieben, seitdem sind wir gute Freunde.«

Strafrechtssache, dachte Zan verbittert. Natürlich, wenn ich *wirklich* Matthew entführt habe, habe ich mich eines Verbrechens strafbar gemacht.

Habe ich Matthew entführt?

Wohin hätte ich ihn bringen können? Wem hätte ich ihn anvertraut?

Niemandem. Unmöglich. Es ist mir egal, ob ich nicht mehr weiß, dass ich vor kurzem in der Kirche des heiligen Franziskus gewesen bin. Mir war so elend zumute wegen Matthews anstehenden Geburtstags, vielleicht war ich wirklich dort und habe für ihn eine Kerze angezündet. Es wäre ja nicht das erste Mal. Aber ich weiß, dass ich ihn nie, nie aus seinem Buggy hätte nehmen können, um ihn aus meinem Leben verschwinden zu lassen.

»Zan, bist du noch dran?«

»Ja, Alvirah. Kannst du mir die Nummer des Anwalts geben?«

»Natürlich. Aber ruf erst in zehn Minuten an. Zuerst will ich mit ihm reden. Wenn ich mit ihm gesprochen habe, wird er dir helfen. Wir sehen uns heute Abend.«

Bedächtig legte Zan den Hörer auf. Ein Anwalt wird Geld kosten, dachte sie, Geld, mit dem ich jemanden anheuern könnte, der sich wieder auf die Suche nach Matthew macht.

Kevin Wilson.

Sie fuhr zusammen, als sie an den Architekten dachte. Natürlich würde er ebenfalls die Fotos zu sehen bekommen und glauben, sie habe Matthew gekidnappt. Natürlich würde er davon ausgehen, dass sie verhaftet würde. Er wird Longe den Auftrag geben, dachte sie. Ich habe dafür so viel Zeit investiert. Ich darf ihn nicht verlieren. Ich brauche das Geld mehr als je zuvor. Ich *muss* mit ihm reden!

Sie schrieb Josh eine Notiz und eilte aus dem Büro, fuhr im Lastenaufzug nach unten und verließ das Gebäude durch den Lieferanteneingang. Ich weiß noch nicht einmal, ob Wilson da ist, dachte sie, als sie ein Taxi anhielt. Aber wenn es sein muss, warte ich den ganzen Nachmittag auf ihn.

Er muss mir einfach eine Chance geben, die Vorwürfe gegen mich zu widerlegen.

Die Fahrt zum neu benannten 701 Carlton Place dauerte im stockenden Verkehr fast vierzig Minuten. Der Preis für das Taxi plus Trinkgeld betrug zweiundzwanzig Dollar. Gut, dass ich eine Kreditkarte habe, dachte sie, als sie in ihrer Brieftasche nur fünfzehn Dollar in Scheinen entdecken konnte.

Sie achtete darauf, die Kreditkarte nur sehr selten zu benutzen. Wann immer es möglich war, ging sie zu Fuß. Seltsam, wie sehr man sich mit so etwas Trivialem wie der Taxigebühr beschäftigen kann, dachte sie, als sie das Apartmentgebäude betrat. Genau wie damals beim Tod von Dad und Mom. Bei der Beerdigung habe ich nur daran denken können, dass ich einen Fleck auf dem Kostüm habe. Die ganze Zeit ist mir nur durch den Kopf gegangen, warum ich ihn nicht vorher bemerkt habe. Ich hätte doch eine andere schwarze Kostümjacke anziehen können.

Flüchte ich mich wieder in Nichtigkeiten?, fragte sie sich, drückte die Drehtür auf und trat in den ohrenbetäubenden Lärm der Schleifmaschinen, die den Marmorboden der Lobby bearbeiteten.

Kevin Wilson hat anscheinend keine hohen Ansprüche an seinen Arbeitsplatz, dachte sie, als sie durch den mit Geräten vollgestopften Korridor zu dem Raum ging, den er als Büro benutzte. Sie wusste, dass dieser Trakt, wenn einmal alles fertig war, als Paketstelle für die Bewohner dienen würde.

Die Tür zu seinem provisorischen Büro stand einen Spaltbreit offen. Sie klopfte und trat ein, ohne auf eine Antwort zu warten. Am Tisch hinter Wilsons Schreibtisch stand eine blonde Frau. Sie drehte sich um. Nach ihrem erstaunten Gesichtsausdruck zu schließen, musste sie die Morgenzeitungen gelesen haben.

Dennoch stellte sich Zan vor. »Ich bin Alexandra Moreland. Ich habe mich gestern mit Mr. Wilson getroffen. Ist er hier?«

»Ich bin seine Sekretärin, Louise Kirk. Er hält sich im Gebäude auf, aber ...«

Zan unterbrach sie, bemüht, sich nichts anmerken zu lassen. »Es ist ein wunderbares Gebäude, und nach allem, was ich gestern gesehen habe, werden die zukünftigen Bewohner sehr, sehr glücklich sein. Ich hoffe, ich kann meinen Teil dazu beitragen.«

Ich weiß nicht, woher ich es nehme, so ruhig zu klingen, dachte sie. Sie hatte auch gleich die Antwort parat: weil ich den Auftrag unbedingt brauche. Schweigend, den Blick unverwandt auf die Frau gerichtet, wartete Zan.

»Ms. Moreland«, begann Kirk zögernd. »Es hat nicht viel Sinn, auf Kevin ... ich meine, Mr. Wilson ... zu warten. Er hat mich diesen Morgen gebeten, Ihre Entwürfe an Ihr Büro zurückzuschicken. Sie liegen hier, falls Sie sie gleich mitnehmen wollen. Ansonsten lasse ich sie natürlich in Ihr Büro liefern.«

Zan sah gar nicht zu den Unterlagen auf dem Tisch. »Wo ist Mr. Wilson?«

»Ms. Moreland, er ist wirklich nicht ...«

Er hält sich in einer der Musterwohnungen auf, dachte Zan. Ganz bestimmt. Sie ging um den Schreibtisch herum und nahm sich das Paket mit ihren Stoffmustern und Entwürfen. »Danke«, sagte sie.

In der Lobby steuerte sie die Aufzüge an.

Wilson befand sich weder in der ersten noch in der zweiten Musterwohnung. Erst in der dritten, der größten Wohnung, traf sie ihn an. Skizzen und Stoffmuster waren auf der Küchentheke ausgebreitet. Es mussten Bartley Longes Entwürfe für dieses Apartment sein.

Sie trat neben Wilson und setzte ihr Paket ab. Ohne ein Wort der Begrüßung begann sie: »Ich sage Ihnen eines, wenn Sie mit Bartley Longe zusammenarbeiten, wird das Ergebnis ganz großartig aussehen, aber man wird nicht darin wohnen wollen.« Sie griff sich eine Skizze. »Wunderschön. Aber schauen Sie sich dieses Sofa an. Viel zu niedrig. Die Leute werden es wie die Pest meiden. Oder diese Wandgestaltung. Einfach fabelhaft, aber viel zu unpersönlich. Es ist eine sehr große Wohnung. Vielleicht interessieren sich Leute mit Kindern dafür, aber dieses Design wird sie kaum ansprechen. Egal, wie viel Geld Sie haben, wenn Sie nach Hause kommen, wollen Sie sich nicht in einem Museum wiederfinden. Ich habe Ihnen drei Entwürfe erstellt, in denen sich die Leute wohlfühlen.«

Ihr wurde bewusst, dass sie seinen Arm ergriffen hatte. »Tut mir leid, dass ich hier so reinplatze«, sagte sie, »aber ich muss mit Ihnen reden.«

»Das haben Sie jetzt. Sind Sie fertig?«, fragte Kevin Wilson leise.

»Ja. Sie haben wahrscheinlich mitbekommen, dass Fotos aufgetaucht sind, die scheinbar beweisen, dass ich das Kind entführt haben soll, das ich seit fast zwei Jahren verzweifelt suche. Wir werden bald wissen, ob ich beweisen kann, dass ich nicht die Frau auf diesen Aufnahmen bin ... mag sie mir noch so ähnlich sehen. Beantworten Sie mir nur eine Frage: Wären diese Fotos nicht aufgetaucht, hätten Sie den Auftrag dann auch an Bartley Longe vergeben?«

Kevin Wilson betrachtete Zan eine ganze Minute lang, bevor er darauf antwortete. »Ich habe vorgehabt, Ihnen den Auftrag zu geben.«

»Gut, dann bitte ich Sie, mit der Entscheidung zu warten. Ich werde beweisen, dass ich nicht die Frau auf den Fotos bin. Ich werde die Kundin aufsuchen, derentwegen ich Matthew mit der Babysitterin in den Park schicken musste, und sie bitten, mit mir zur Polizei zu gehen. Sie wird bestätigen, dass ich zur fraglichen Zeit nicht hatte im Park sein können. Kevin, wenn Sie sich für Bartley Longe entscheiden, weil Sie seine Entwürfe besser finden, ist das eine Sache. Aber wenn Sie mir den Auftrag gegeben hätten, weil Ihnen meine Pläne besser gefallen, dann flehe ich Sie an, so lange zu warten, bis die Sache geklärt ist. Ich beschwöre Sie, warten Sie noch so lange.«

Sie sah ihn an. »Ich brauche diesen Auftrag. Verstehen Sie mich nicht falsch. Ich will nicht, dass Sie mir den Auftrag aus Mitleid geben, das wäre lächerlich. Aber jeden Cent, den ich verdiene, werde ich für die Suche nach Matthew aufwenden. Und noch etwas sollten Sie bedenken. Ich wette, ich komme Sie dreißig Prozent billiger als Longe. Das zählt doch auch etwas.«

Schlagartig war jegliches Feuer in ihr erloschen. Sie deutete auf das Paket mit ihren Entwürfen. »Wollen Sie noch mal einen Blick darauf werfen?«, fragte sie.

»Ja.«

»Danke«, sagte Zan und verließ die Wohnung, ohne sich noch einmal zu Kevin Wilson umzudrehen. Als sie an dem wandhohen Fenster bei den Aufzügen vorbeikam, bemerkte sie, dass aus dem Nieselregen ein schwerer Regenschauer geworden war. Sie sah kurz hinaus. Ein Hubschrauber schwebte über dem West Side Heliport und bereitete sich auf die Landung vor. Er wurde von den Windböen durchgerüttelt und hin und her geworfen, bis er schließlich sicher aufsetzte. Er hat es geschafft, dachte sie.

Großer Gott, lass mich diesen Sturm bitte auch überstehen.

26

Billy Collins' Partnerin, Detective Jennifer Dean, war eine attraktive Schwarze in seinem Alter. Die beiden hatten sich auf der Polizeiakademie kennengelernt und schon bald miteinander angefreundet. Nach ihrem Einsatz bei der Drogenfahndung war sie zum Detective befördert und aufs Central-Park-Revier versetzt worden, wo sie ihm zu ihrer beider Freude als Partnerin zugeteilt wurde.

Zusammen suchten sie Tiffany Shields während ihrer Mittagspause am Hunter College auf. Die junge Frau war mittlerweile felsenfest davon überzeugt, dass Zan Moreland sie und Matthew unter Drogen gesetzt haben musste. »Zan hat damals darauf bestanden, dass ich die Pepsi trinke«, erzählte sie ihnen mit zusammengepressten Lippen. »Mir ging es ziemlich elend. Ich wollte gar nicht babysitten. Sie hat mir eine Pille gegeben. Ich dachte, es wäre Tylenol gegen die Erkältung, aber ich glaube, es war eine von denen, die einen so müde machen. Und ich will Ihnen noch etwas sagen. Matthew hat wie ein Stein geschlafen. Ich wette, sie hat ihm auch was eingeflößt, damit er nicht aufwacht, als sie ihn aus dem Buggy genommen hat.«

»Tiffany, das alles haben Sie mir damals nicht erzählt. Kein Wort davon, dass Sie geglaubt haben, Moreland hätte sie betäubt«, sagte Billy ganz ruhig. Er ließ sich keineswegs anmerken, dass die Aussage der jungen Frau für ihn schlüssig und stichhaltig klang. Wenn Moreland es darauf abgesehen hatte, ihr eigenes Kind zu entführen, dann hatte Tiffany ihr eine einzigartige Gelegenheit verschafft. Es war an jenem Tag ungewöhnlich warm gewesen, so warm, dass jeder etwas müde wurde, erst recht, wenn ihm wegen einer aufziehenden Erkältung sowieso schon etwas schummrig war und er noch dazu unter Drogen gesetzt wurde.

»Es gibt da noch etwas, worüber ich nachgedacht habe«, fuhr Tiffany mürrisch fort. »Zan hat eine Extradecke ins Ablagefach des Buggys gepackt, falls ich mich aufs Gras legen wollte. Sie hat gesagt, es sei so warm, dass wahrscheinlich alle Bänke besetzt seien. Ich fand das nett, aber wenn ich es mir recht überlege, könnte sie es doch einfach darauf abgesehen haben, dass ich einschlafe.«

Die beiden Polizisten blickten sich an. Konnte Moreland wirklich so gerissen und hinterhältig sein? »Tiffany, Sie haben damals – und auch später, wenn wir mit Ihnen gesprochen haben – nie gesagt, dass Sie unter Drogen gesetzt wurden«, erinnerte Jennifer Dean sie.

»Ich war doch völlig hysterisch. Ich hatte Angst. Dazu die vielen Leute und die Kameras, und dann sind Zan und Mr. Carpenter gekommen, und er hat nur auf mir herumgehackt.«

Wegen des warmen Wetters hatten sich im Park sehr viel mehr Menschen aufgehalten als sonst, dachte Billy. Moreland hat nur auf ihre Gelegenheit warten müssen, dann konnte sie einfach am Buggy vorbeischlendern und Matthew herausnehmen, ohne dass es jemandem aufgefallen wäre. Selbst wenn der Junge aufgewacht wäre, hätte er nicht geweint. Dass Moreland so ruhig und gefasst reagierte, haben wir darauf zurückgeführt, dass sie unter Schock stand. Und als Ted Carpenter am Tatort eintraf, hat er nur das getan, was die meisten Väter in einer solchen Situation getan hätten: Er ist auf die Babysitterin losgegangen, weil sie eingeschlafen war.

»Mein nächstes Seminar fängt gleich an«, sagte Tiffany und stand auf. »Ich will nicht zu spät kommen.«

»Das wollen wir auf keinen Fall, Tiffany«, sagte Billy. Er und Jennifer erhoben sich von der Bank im Flur.

»Detective Collins, diese Fotos beweisen, dass Zan Moreland Matthew entführt und alles so hingedreht hat, dass ich die Schuldige bin. Sie können sich gar nicht vorstellen, wie schrecklich die letzten beiden Jahre für mich waren. Sie müssen sich nur meinen Notruf von damals wieder anhören. Er ist immer noch im Internet zu finden.«

»Tiffany, wir verstehen, wie Sie sich fühlen«, kam es tröstend von Jennifer Dean.

»Nein, das können Sie nicht. Das kann niemand. Aber glauben Sie, dass Matthew noch am Leben ist?«

»Wir haben keinen Grund zur Annahme, dass er es nicht wäre«, wich Billy aus.

»Na, falls nicht, hoffe ich nur, dass seine miese, verlogene Mutter den Rest ihres beschissenen Lebens hinter Gittern verbringt. Versprechen Sie mir nur, dass ich beim Prozess in der ersten Reihe sitzen darf. Das habe ich mir verdient.«

27

Er hatte sich den Plan bis ins letzte Detail ausgedacht und führte ihn nun Schritt für Schritt zu Ende. Es war an der Zeit. Gloria wurde allmählich unruhig. Außerdem war es ein fürchterlicher Fehler gewesen, ihr zu sagen, dass es nötig sein werde, Zan umzubringen und es wie einen Selbstmord aussehen zu lassen. Sie kapierte nicht, dass es nicht reichte, Alexandra Moreland öffentlich bloßzustellen.

Er würde erst zufrieden sein, wenn Zan tot war.

Vergangenen Abend hatte er Gloria angerufen und ihr gesagt, dass sie mit ihm bald wieder die Kirche aufsuchen müsse. Den Grund dafür hatte er ihr verschwiegen. Sie hatte sich zunächst widersetzt, aber er hatte sie niedergebrüllt. Er hatte ihr nicht gesagt, dass er den alten Mönch loswerden musste und sie dabei auf den Überwachungskameras wie Zan aussehen sollte.

Erst dann würde Zans Selbstmord glaubwürdig erscheinen.

Sein Plan sah vor, dass Gloria noch am gleichen Tag Matthew irgendwo aussetzte, wo er schnell entdeckt werden würde. Er konnte die Schlagzeilen schon vor sich sehen: *Vermisstes Kind nur Stunden nach dem Selbstmord seiner Mutter aufgefunden.*

Die nachfolgende Story konnte er sich schon jetzt genüsslich in allen Einzelheiten ausmalen. »Alexandra ›Zan‹ Moreland wurde in ihrem Apartment in der Battery Park City tot aufgefunden. Man geht von Selbstmord aus. Die Innendesignerin, der vorgeworfen wurde, ihr eigenes Kind entführt zu haben ...«

Die Fotos des Touristen ... Warum waren sie gerade jetzt aufgetaucht? Der Zeitpunkt hätte nicht ungünstiger sein können. Andererseits waren sie vielleicht auch ein unerwartetes Geschenk des Himmels.

Er hatte sie eingehend studiert und auf seinem Computer vergrößert. Gloria sah genauso aus wie Zan. Wenn die Polizei die Fotos für authentisch hielt, würde Zans Leugnen, per Kreditkarte all die Einkäufe getätigt zu haben, nur ein weiteres Indiz für ihre geistige Zerrüttung sein – und belegen, dass sie die Entführung selbst inszeniert hatte.

Jedenfalls musste die Polizei im Moment der Frage nachgehen, ob sie ihr eigenes Kind gekidnappt hatte. Sollte aber der Polizei oder sonst jemandem auf den Fotos auch nur eine einzige Diskrepanz auffallen, würde alles andere auch nicht mehr glaubwürdig klingen. Das ganze Lügengebäude würde dann in sich zusammenstürzen.

Würden sie die Babysitterin erneut vernehmen?

Natürlich.

Würden sie Nina Aldrich vernehmen, die Kundin, bei der sich Zan zum Zeitpunkt der Entführung angeblich aufgehalten hatte?

Klar.

Aber Nina Aldrich hatte damals und auch heute noch einen guten Grund, sich nur vage zu äußern, was den Zeitrahmen betraf. Sie würde sich nicht festlegen lassen wollen, dachte er.

Die größte Gefahr drohte von Gloria und den Fotos, die dieser Tourist geschossen hatte.

Er hatte Gloria heute noch nicht angerufen. Es bestand immer die Möglichkeit, dass der Junge in Hörweite war, und so oft er auch auf sie eingeredet hatte, Gloria hatte die dumme Angewohnheit, den Jungen bei seinem richtigen Namen zu nennen.

Er sah auf die Uhr. Fast eins. Er konnte nicht mehr warten. Er musste mit Gloria reden. Er hatte zwei Prepaid-Handys gekauft, eines für sie und eines für ihn. Er schloss seine Bürotür und wählte ihre Nummer.

Sie meldete sich beim ersten Klingeln, und ihr wütender Ton verriet ihm, dass es kein einfaches Gespräch werden würde.

»Ich habe die Geschichte gelesen«, sagte sie. »Das Internet ist voll mit den Fotos.«

»War der Junge in der Nähe, als du am Computer warst?«

»Natürlich. Er war hin und weg, als er sein Bild gesehen hat«, blaffte Gloria zurück.

»Spar dir deinen unangebrachten Sarkasmus. Wo ist er?«

»Im Bett. Es geht ihm nicht gut. Er hat sich zweimal übergeben müssen.«

»Wird er krank? Du kannst ihn nicht zum Arzt bringen.«

»Nein. Ich hab ihm wieder die Haare gefärbt. Er hasst das Zeug. Dieses verrückte Leben macht ihm zu schaffen. Und mir auch. Du hast gesagt, ein Jahr, höchstens. Jetzt sind es schon fast zwei.«

»Es wird bald vorbei ein, das verspreche ich dir. Die Bilder von dir im Park beschleunigen die Sache. Aber du musst deine grauen Zellen anstrengen. Schau dir die Bilder im Internet noch mal an und versuche herauszufinden, ob es *ir-*

gendetwas gibt, was der Polizei als verdächtig erscheinen und darauf hinweisen könnte, dass die Frau nicht Zan ist.«

»Du hast mich dafür bezahlt, ihr zu folgen, ihre Fotos zu studieren, mir anzugewöhnen, so zu gehen und zu reden wie sie. Ich bin eine verdammt gute Schauspielerin, und ich will auf die Bühne, nicht auf einen kleinen Jungen aufpassen, den man seiner Mutter weggenommen hat. Großer Gott, er hat unter seinem Kopfkissen eine Seife, weil deren Geruch ihn an sie erinnert.«

Ihm war nicht entgangen, dass sie bei ihrer Antwort kurz gezögert und dann versucht hatte, das Gespräch auf das Kind zu lenken.

»Gloria, konzentrier dich«, warnte er. »Gibt es *irgendetwas* an der Kleidung oder dem Schmuck, den du getragen hast, was die Polizei dazu veranlassen könnte, an der Echtheit der Bilder zu zweifeln?«

Wütend, weil sie nicht darauf antwortete, fragte er: »Und noch etwas: Was *genau* hast du dem Priester erzählt?«

»Wenn du mich weiter damit nervst, dreh ich noch durch. Ich hab ihm gesagt, dass ich an einem Verbrechen beteiligt bin, dass ein Mord geschehen wird und ich ihn nicht stoppen kann.«

»Das hast du ihm also erzählt?« Sein Ton war von einer tödlichen Kälte.

»Ja, verdammt noch mal, das habe ich ihm erzählt. Aber es fällt unter das Beichtgeheimnis. Wenn du nicht weißt, was das ist, dann schlag es nach. Und ich schick dir gleich noch eine Warnung hinterher. Noch eine Woche, dann bin ich raus aus der Sache. Und wenn du nicht die zweihunderttausend Dollar in bar für mich bereit hast, gehe ich zur Polizei und erzähle ihr, dass du mich gezwungen hast, mich um den Jungen zu kümmern, weil du ihn sonst umgebracht hättest. Ich werde reinen Tisch machen und alles aufdecken, wenn mir im Gegenzug Straffreiheit zugesichert wird. Und willst du noch was wissen? Sie werden mich als Heldin feiern! Ich werde einen Buchvertrag über eine Million Dollar abschließen. Ich habe mir alles genau überlegt.«

Bevor er darauf etwas erwidern konnte, hatte die Frau, die von Matthew und ihrem Vater Glory genannt wurde, das Handygespräch beendet.

Trotz seiner wiederholten Versuche, sie nochmals zu erreichen, ging sie nicht mehr ran.

28

Nach ihrem Besuch bei Kevin Wilson kehrte Zan in ihr Büro zurück. Wieder benutzte sie den Lieferanteneingang.

Josh, dem sie eine Notiz über ihren Besuch hinterlassen hatte, wartete bereits auf sie. Als sie seine ernste Miene sah, schrieb sie es seiner Sorge zu, sie könnten den Auftrag für Wilsons Musterwohnungen verlieren. »Josh«, versuchte sie ihn zu beruhigen, »Wilson kommt uns entgegen. Er wird die Entscheidung über die Auftragsvergabe so lange aufschieben, bis ich von allen Vorwürfen entlastet bin.«

Joshs Miene änderte sich nicht. »Zan, und wie willst du das schaffen?«, fragte er mit zitternder Stimme. Er deutete auf die Titelseite der beiden Zeitungen, die auf dem Schreibtisch lagen.

»Josh, ich bin nicht die Frau auf den Fotos«, sagte Zan. »Diese Frau sieht zwar aus wie ich, aber sie ist jemand anders.« Ihre Kehle war plötzlich wie ausgedörrt. Josh ist mein Assistent und ein guter Freund, dachte sie. Letzten Abend hat er mir geholfen, an den Reportern vorbei aus dem Four Seasons zu kommen. *Aber da hatte er die Fotos noch nicht gesehen.*

»Zan, ein Anwalt namens Charles Shore hat angerufen«, erzählte Josh ihr. »Er sagt, Alvirah habe ihn empfohlen. Ich werde ihn in deinem Namen zurückrufen. Du musst dich ab sofort schützen.«

»Schützen? Vor wem?«, fragte Zan. »Vor der Polizei? Vor Ted?«

»Vor dir selbst«, gab er ihr zurück. Er hatte Tränen in den Augen. »Zan, als ich bei dir angefangen habe, kurz nach Matthews Verschwinden, da hast du mir von deinen Blackouts erzählt, unter denen du nach dem Tod deiner Eltern gelitten hast.« Er kam um den Schreibtisch herum und legte ihr die Hände auf die Schultern. »Zan, ich mag dich von ganzem Herzen. Du bist eine brillante Innendesignerin. Du bist die große Schwester, die ich nie hatte. Aber du brauchst Hilfe. Du musst gewappnet sein, bevor die Polizei dich wieder verhört.«

Zan schob seine Hände weg und trat einen Schritt zurück. »Josh, du meinst es gut, aber vergiss nicht: Ich kann beweisen, dass ich bei Nina Aldrich war, als Matthew aus seinem Buggy genommen wurde. Ich werde sie auf der Stelle aufsuchen. Tiffany ist gegen halb eins mit Matthew in den Park gegangen. Um zwei, als sie aufwachte, war er verschwunden. Ich kann beweisen, dass ich mich in diesem Zeitraum bei Nina Aldrich aufgehalten habe. Ich kann es beweisen! Irgendetwas Verrücktes geht hier vor sich, aber ich bin *nicht* die Frau auf diesen Fotos!«

Josh schien wenig überzeugt. »Zan, ich rufe sofort diesen Anwalt an. Mein Onkel ist Polizist. Ich habe heute Morgen mit ihm gesprochen. Seiner Meinung nach bist du im Moment die Haupttatverdächtige in diesem Fall, und es würde ihn sehr überraschen, wenn du nicht heute noch zum Verhör geladen würdest.«

Nina Aldrich ist meine einzige Hoffnung, dachte Zan.

»Ruf den Anwalt an«, sagte sie. »Wie heißt er gleich wieder?«

»Charles Shore.« Josh griff zum Hörer.

Zan musste sich mit beiden Händen auf dem Schreibtisch abstützen. Wieder spürte sie einen Anflug von Panik, am liebsten hätte sie sich von allem abgeschottet. Nicht jetzt, flehte sie. Bitte, Gott, nicht jetzt. Gib mir die Kraft, das alles durchzustehen. Wie aus weiter Ferne hörte sie Josh ihren Namen rufen, aber sie war außerstande, ihm zu antworten.

Alles verschwamm ihr vor den Augen. Sie glaubte Menschen wahrzunehmen, die sich um sie drängten, die sie anschrien, glaubte das Heulen einer Krankenwagensirene zu hören. Sie hörte sich selbst schluchzen, nach Matthew rufen. Dann spürte sie einen Stich im Arm. Das jedenfalls war wirklich.

Als sie erwachte, befand sie sich in der Notaufnahme eines Krankenhauses. Josh und ein Mann mit eisengrauem Haar und einer Brille mit Stahlgestell saßen neben ihr in einem durch einen Vorhang abgetrennten Bereich. »Ich bin Charles Shore«, sagte der ältere Mann. »Alvirahs Freund und Ihr Anwalt, wenn Ihnen das recht ist.«

Zan versuchte sich auf ihn zu konzentrieren. »Josh hat Sie angerufen«, sagte sie mit träger Stimme.

»Ja. Reden Sie jetzt nicht. Dafür haben wir morgen noch genügend Zeit. Der Arzt will Sie über Nacht hierbehalten, als Vorsichtsmaßnahme.«

»Nein. Nein, ich muss nach Hause. Ich muss mit Nina Aldrich reden.« Zan versuchte sich aufzurichten.

»Zan, es ist fast sechs Uhr«, kam es besänftigend von Shore. »Wir werden morgen mit Mrs. Aldrich reden. Es wäre besser, wenn Sie hierbleiben. Ich verspreche es Ihnen.«

»Zan, es wäre wirklich besser, wenn du hierbleibst«, sagte Josh.

»Nein, nein, es geht mir gut.« Ihr Kopf wurde klarer. Sie musste von hier fort. »Ich gehe nach Hause«, sagte sie. »Ich habe Alvirah versprochen, zum Abendessen zu ihr und zu Willy zu kommen.« Alvirah wird mir helfen, dachte sie. Sie wird mir helfen zu beweisen, dass ich nicht die Frau auf den Fotos bin.

Langsam erinnerte sie sich wieder. »Ich bin ohnmächtig geworden, oder?«, fragte sie. »Und dann ist ein Krankenwagen gekommen?«

»Ja.« Josh legte seine Hand auf ihre.

»Einen Moment. Täusche ich mich, oder waren noch andere Leute um mich herum? Waren Reporter da, als ich zum Krankenwagen gebracht wurde?«

»Ja, Zan«, antwortete Josh.

»Ich hatte wieder einen Blackout.« Zan setzte sich auf und bemerkte erst dann, dass ihr der Krankenhausumhang lose von den Schultern hing. »Es geht schon wieder. Wenn Sie draußen warten wollen, ich ziehe mich nur schnell an.«

»Natürlich.« Charles Shore und Josh erhoben sich. Zans plötzliche Frage ließ sie innehalten.

»Was sagt Ted zu allem? Er muss doch die Fotos inzwischen auch gesehen haben.«

»Zan, kleiden Sie sich an«, sagte Shore. »Wir reden darüber auf dem Weg zu Alvirah und Willy.«

Als sie den Raum verließen, fiel Zan auf, dass weder Josh noch Charles Shore auf ihre Beteuerung eingegangen waren, Nina Aldrich würde ihr Alibi für den Zeitpunkt von Matthews Verschwinden bestätigen.

29

Am Mittwochnachmittag rief Penny Hammel ihre Freundin Rebecca Schwartz an, um sie zum Essen einzuladen. »Ich habe für Bernie Schmorfleisch gemacht, sein Lieblingsessen, weil der arme Kerl die letzten zwei Wochen doch unterwegs gewesen ist«, erklärte sie. »Eigentlich wollte er um vier daheim sein, aber sein vermaledeiter Laster hat in Pennsylvania den Geist aufgegeben. Jetzt übernachtet er in King of Prussia, bis die Karre repariert ist. Jedenfalls hab ich mich ganz schön ins Zeug gelegt und werde das leckere Essen auf keinen Fall allein verdrücken.«

»Ich komme mit Vergnügen«, versicherte ihr Rebecca. »Ich habe sowieso nichts zu Hause und wollte mir schon was von Sun Yuan holen, aber, ehrlich, ich nehme mir da so oft was mit, dass ich mich bald selbst in einen Glückskeks verwandle.«

Um 18.15 Uhr schlürften die beiden Freundinnen in Pennys Küchen- und Wohnbereich Manhattans. Der herrliche Duft aus dem Herd, bei dem einem das Wasser im Mund zusammenlief, und die Wärme des offenen Kamins verströmten das Gefühl von behaglicher Gemütlichkeit.

»Ach, ich muss dir von der neuen Mieterin in Sys Farmhaus erzählen«, begann Penny.

Rebecca sah sie misstrauisch an. »Penny, die Frau hat

deutlich zu verstehen gegeben, dass sie für sich bleiben möchte, bis sie ihr Buch fertig hat. Du hast sie doch nicht etwa besucht?«

Noch während Rebecca die Frage stellte, kannte sie die Antwort. Sie hätte es sich denken können, dass Penny die neue Mieterin unbedingt in Augenschein nehmen wollte.

»Ich hatte gar nicht die Absicht, sie zu besuchen«, verteidigte sich Penny. »Ich hab ihr nur sechs von meinen Blaubeer-Muffins gebracht, als nachbarschaftliche Geste, aber die Frau war mir gegenüber richtig feindselig. Ich wollte sie doch gar nicht stören, sondern hab mir nur gedacht, dass ihr die Muffins schmecken könnten, und ich hab ihr meine Telefonnummer auf ein Post-it unten an den Teller geheftet. Wenn man irgendwo neu hinkommt, ist es doch schön, wenn man jemanden hat, den man im Notfall anrufen kann.«

»Das war ja auch sehr nett von dir«, räumte Rebecca ein. »So jemanden wie dich sollte jeder zur Freundin haben. Aber ich würde mich von ihr lieber fernhalten. Sie ist eine Eigenbrötlerin.«

Penny lachte. »Fast hätte ich meine Muffins wieder zurückgefordert. Außerdem hat sie eine Schwester, die kann sie auch anrufen, wenn es nötig ist.«

Rebecca leerte ihren Manhattan. »Eine Schwester? Woher weißt du das?«

»Ach, ich hab hinter ihr im Flur ein Spielzeugauto gesehen und ihr gesagt, ich sei eine gute Babysitterin. Da hat sie mir erzählt, dass das Auto dem Jungen ihrer Schwester gehöre. Sie hat ihr beim Umzug geholfen und das Spielzeugauto vergessen.«

»Komisch«, antwortete Rebecca. »Als ich ihr die Schlüssel gab, sagte sie mir, sie sei mit ihrer Lektorin verabredet und komme erst spätabends an. Am nächsten Morgen bin ich vorbeigefahren und habe nur ihren Wagen in der Einfahrt gesehen. Sonst nichts. Ihre Schwester und deren Sohn müssen also später gekommen sein.«

»Vielleicht gibt es gar keine Schwester, und sie spielt selbst gern mit solchen Autos«, lachte Penny. »Ich sag dir eins, wer sich so eklig benimmt wie sie, der hat nicht viele Freunde.«

Sie stand auf, griff zum Cocktail-Shaker und teilte den letzten Rest Manhattan zwischen ihnen beiden auf. »Das Essen ist gleich fertig. Setzen wir uns schon mal. Ich möchte aber unbedingt noch die 18.30-Uhr-Nachrichten sehen. Ich will doch wissen, ob sie schon diese Verrückte geschnappt haben, die ihr eigenes Kind entführt hat. Kaum zu glauben, dass die noch immer frei herumläuft.«

»Ja, unglaublich«, stimmte Rebecca zu.

Wie erwartet waren die Fotos, die angeblich Alexandra Moreland zeigten, wie sie Matthew aus dem Buggy nahm, das Hauptthema der Nachrichten. »Was hat sie mit dem armen Kind bloß gemacht?«, seufzte Penny, während sie sich über das saftige Schmorfleisch hermachte.

»Moreland wäre nicht die erste Mutter, die ihr eigenes Kind tötet«, sagte Rebecca. »Meinst du, die ist verrückt genug, um so was zu tun?«

Penny antwortete nicht. Irgendetwas an diesen Fotos irritierte sie. Aber *was?*, fragte sie sich. Doch dann war der Beitrag über das vermisste Kind zu Ende, und mit einem Schulterzucken schaltete sie den Fernseher aus. »Wer will schon drei Minuten Werbung für Sexpillen und Nasensprays sehen?«, sagte sie zu Rebecca. »Wenn man hört, was dieses Zeug alles anrichtet, Herzinfarkte und Magengeschwüre und Schlaganfälle, da fragt man sich, welcher Trottel so etwas bloß kauft.«

Während des restlichen Essens plauderten die beiden Freundinnen über Bekannte in der Stadt, und das leichte Unbehagen, das Penny beim Anblick der Fotos empfunden hatte, war bald wieder vergessen.

30

Das Meeting in Bartley Longes Büro, das stattgefunden hatte, als Toby Grissom aufgetaucht war, um sich nach seiner Tochter zu erkundigen, dauerte den ganzen Morgen. Entgegen seiner Gewohnheit ging Longe daraufhin nicht zum Essen, sondern ließ sich etwas aus einem nahe gelegenen Restaurant kommen.

Wie immer aßen seine Sekretärin Elaine und die Rezeptionistin Phyllis ihren kalorienarmen Salat in der kleinen Küche am Ende des Flurs. Eine müde aussehende Elaine erzählte, dass Longe so schlecht gelaunt war, wie sie es noch nie erlebt hatte, und das sagte eine Menge. Er hatte dem armen Scott fast den Kopf abgerissen, als dieser vorzuschlagen gewagt hatte, beim Rushmore-Auftrag die Gardinenleisten in den kleineren Zimmern nicht zu verblenden, und er war über Bonnie hergefallen wegen der von ihr ausgewählten Stoffmuster, die nicht seine Zustimmung fanden. Beide waren den Tränen nahe gewesen. »Er behandelt sie genauso, wie er Zan behandelt hat«, sagte sie.

»Scott und Bonnie halten nicht länger durch als die anderen Assistenten, die er seit Zan hatte«, pflichtete Phyllis bei. »Aber ich habe mir die Fotos in den Zeitungen angesehen. In einem jedenfalls hat er recht. Es steht außer Frage, dass Zan ihr eigenes Kind entführt hat. Ich hoffe nur, sie hat es zu jemandem gebracht, dem sie trauen kann.«

»Bartley Longe war an ihrem Zusammenbruch schuld«, sagte Elaine traurig. »Aber weißt du, was verrückt war? Während der Besprechung mit Scott und Bonnie hat er die ganze Zeit den Fernseher laufen lassen. Er war zwar stumm gestellt, aber er hat immer wieder mit einem Auge hingesehen, und als die Fotos von Zan gezeigt wurden, hat er nur noch auf den Bildschirm gestarrt.«

»War das vielleicht der Grund für seine schlechte Laune?«, fragte Phyllis. »Ich dachte, er würde sich wegen dieser Sache gar nicht wieder einkriegen vor Begeisterung.«

»Kaum zu glauben, wie sehr er Zan hasst. Und wie sehr es ihm gefällt, dass sie jetzt von den Medien fertiggemacht wird. Aber so richtig ausgeflippt ist er erst, als Scott meinte, die Fotos seien gefälscht worden. Vergiss nicht, Zan hat sich ebenfalls um den Auftrag von Kevin Wilson beworben. Falls Zan irgendwie beweisen kann, dass die Fotos manipuliert wurden, und sie den Auftrag bekommt, wäre das ein schrecklicher Schlag für Longe. Keine Frage. Außerdem gibt es neben Zan mindestens vier weitere junge Designer, die ihm mittlerweile Konkurrenz machen.«

Phyllis sah auf ihre Uhr. »Ich sollte mal lieber zurück zur Rezeption. Wahrscheinlich gönnt er mir noch nicht mal die Mittagspause, auch wenn ich in zehn Sekunden den Türsummer betätigen könnte, falls jemand klingelt. Aber eines noch: Erinnerst du dich an eine Brittany La Monte?«

Elaine trank den letzten Schluck ihrer Diet-Coke. »Brittany La Monte? Na, klar. Sie hat vor ungefähr zwei Jahren die Models oder Möchtegernschauspielerinnen geschminkt und hergerichtet, die bei der Präsentation der Musterwohnungen Cocktails und Häppchen serviert haben. Nur so unter uns, ich glaube, Bartley Longe war ziemlich hinter ihr her. Er hat ihr gesagt, sie sei hübscher als all die Mädchen, denen sie das Make-up macht, und hat sie zum Schluss den Champagner servieren lassen. Ich hatte immer den Eindruck, als hätte er mit ihr was am Laufen. Im vergangenen Jahr hatten wir keine dieser Präsentationen, und zu den anderen Veranstaltungen hat er sie nie mitgebracht. Wahrscheinlich hat er sie genauso fallenlassen, wie er jeden fallenlässt.«

»Brittanys Vater, Toby Grissom, war nämlich am Morgen hier und hat sich nach ihr erkundigt«, erklärte Phyllis. »Er macht sich Sorgen. Die letzte Postkarte von ihr hat er vor einem halben Jahr aus Manhattan erhalten. Er meint, sie steckt vielleicht in Schwierigkeiten. Ich habe ihm gesagt, ich rede mit dir, weil du alle kennst, die hier gearbeitet haben. Er wird nach drei Uhr noch mal vorbeischauen. Dann sollte Longe schon nach Litchfield unterwegs sein. Was soll ich Grissom sagen?«

»Na, dass sie vor ein paar Jahren für uns freiberuflich tätig war und wir nicht die geringste Ahnung haben, was sie jetzt macht oder wo sie wohnt«, antwortete Elaine. »Das ist die Wahrheit.«

»Aber wenn du meinst, Longe hätte mit ihr was gehabt, könntest du ihn dann nicht fragen, ob er noch Kontakt mit ihr hat? Der Vater sagt, es ginge ihm gesundheitlich sehr schlecht. Ich weiß nur, dass er sie unbedingt sehen möchte.«

»Gut, ich werde Bartley darauf ansprechen«, stimmte Elaine nicht sehr freudig zu. »Aber falls wirklich etwas zwischen ihnen war, dann wird es ihm kaum gefallen, wenn ihr Name erwähnt wird. Er ist immer noch stinksauer auf dieses Model, das ihn wegen sexueller Belästigung verklagt hat. Der außergerichtliche Vergleich hat ihn eine schöne Stange Geld gekostet, und er fürchtet immer noch, dass sich die Sache zu einem Problem auswachsen könnte. Welchen Poststempel hatte die Karte, die Brittany ihrem Vater geschickt hat?«

»Na, wie gesagt, New York. Deswegen ist er hier. Mr. Grissom sagt, vor ungefähr zwei Jahren hätte Brittany ihm erzählt, dass sie eine Art Job hat und deshalb nur noch selten mit ihm Kontakt haben könnte.«

»Oje«, seufzte Elaine. »Ob sie von Longe womöglich schwanger war? Um wie viel Uhr will Brittanys Vater wieder kommen?«

»Nach drei.«

»Dann hoffen wir mal, dass Longe bis dahin schon auf dem Weg nach Litchfield ist und ich mit dem Vater allein reden kann.«

Doch als Toby Grissom um drei Uhr zaghaft auf die Klingel drückte und Phyllis die Tür freigab, hatte sich Bartley Longe noch immer in seinem Büro verbarrikadiert. Mit Entsetzen bemerkte Phyllis, dass Grissoms quietschende Turnschuhe feuchte Schlammabdrücke auf dem Aubusson-Teppich hinterließen.

»Oh, Mr. Grissom«, sagte sie, »würde es Ihnen etwas ausmachen, sich die Schuhe auf der Matte da abzuwischen?« Sie versuchte die Bitte noch abzumildern, indem sie hinzufügte: »Das Wetter ist heute wirklich ganz übel, was?«

Wie ein gehorsames Kind ging Toby Grissom zur Fußmatte zurück und streifte sich die Turnschuhe ab. Ohne auf die Flecken auf dem Teppich zu achten, sagte er: »Ich bin den ganzen Tag rumgelaufen und hab die Mitbewohnerinnen besucht, mit denen Brittany damals in New York zusammengelebt hat. Ich möchte jetzt mit Bartley Longe reden.«

»Mr. Longe ist in einer Besprechung«, sagte Phyllis. »Aber seine Sekretärin Elaine Ryan nimmt sich Ihres Problems gern an.«

»Ich habe nicht darum gebeten, mit Longes Sekretärin zu sprechen. Ich warte gern in diesem tollen Wartezimmer, egal, wie lange es dauert, bis ich diesen Bartley Longe sprechen kann«, sagte Grissom fest entschlossen.

Die Müdigkeit war seinem Blick anzusehen. Seine Jacke und seine Jeans waren völlig durchnässt. Ich weiß nicht, was ihm sonst so fehlt, aber er kann von Glück reden, wenn er sich keine Lungenentzündung einfängt, dachte sie. Sie griff zum Hörer. »Mr. Grissom ist hier«, sagte sie Elaine. »Ich habe erklärt, dass Mr. Longe in einer Besprechung ist, aber Mr. Grissom will so lange warten, bis Mr. Longe Zeit für ihn hat.«

Elaine hörte den warnenden Ton. Brittany La Montes Vater wollte sich unter keinen Umständen abwimmeln lassen. »Mal sehen, was ich machen kann«, sagte sie zu Phyllis. Sie legte auf und wartete. Ich muss unserem furchtlosen Boss von ihm erzählen, dachte sie. Ich muss ihn warnen. Ihre Telefonanlage zeigte an, dass Longe gerade telefonierte. Als das entsprechende Licht erlosch, stand sie auf und klopfte an Longes Tür. Ohne auf eine Antwort zu warten, trat sie ein.

Noch immer lief der stummgestellte Fernseher. Longes Speisentablett war an eine Seite seines wuchtigen Schreibtisches geschoben. Sonst rief er immer jemanden, um das

Tablett abzuräumen. Überrascht und wütend sah er zu Elaine auf. »Mir ist nicht bewusst, nach Ihnen geschickt zu haben.«

Es war ein langer Tag gewesen. »Niemand hat nach mir geschickt, Sie eingeschlossen, Mr. Longe«, erwiderte Elaine barsch. Feuern Sie mich doch, wenn es Ihnen nicht gefällt. Ich habe die Schnauze voll von Ihnen. Sie wartete nicht auf eine Antwort von ihm, bevor sie fortfuhr: »Draußen ist ein Mann, der darauf besteht, Sie zu sprechen. Wenn Sie sich also nicht durch die Hintertür davonschleichen wollen, wäre es besser, mit ihm zu reden. Er heißt Toby Grissom und ist Brittany La Montes Vater. Der Name dürfte Ihnen sicherlich noch etwas sagen. Sie hat vor etwa zwei Jahren während des Waverley-Auftrags freiberuflich für Sie gearbeitet.«

Bartley Longe lehnte sich nachdenklich auf seinem Stuhl zurück, als versuchte er, sich an Brittany La Monte zu erinnern. Er weiß ganz genau, von wem ich rede, dachte sich Elaine, als sie mit ansah, wie er die Hände verschränkte.

»Natürlich erinnere ich mich an die junge Frau«, sagte er. »Sie wollte Schauspielerin werden, und ich habe sie mit einigen Leuten in Kontakt gebracht, die ihr möglicherweise weiterhelfen konnten. Aber soweit ich weiß, war sie beim letzten Mal, als wir mit Models gearbeitet haben, nicht mehr verfügbar.«

Weder Elaine noch Bartley Longe hatten gehört, dass Toby Grissom in Elaines Büro getreten war und mittlerweile vor der halb geöffneten Tür stand. »Sparen Sie sich das Gerede, Mr. Longe«, sagte Grissom laut und wütend. »Sie haben Brittany eingeredet, dass Sie sie zum Star machen. Sie hatten sie an vielen Wochenenden in ihrem hübschen Haus in Litchfield. Wo ist sie jetzt? Was haben Sie mit meiner Tochter gemacht? Ich will die Wahrheit hören, und wenn ich sie von Ihnen nicht bekomme, gehe ich zur Polizei.«

31

Es wurde 19.30 Uhr, bis Zan entgegen jedem ärztlichen Rat mit Charley Shore im Taxi auf dem Weg zu Alvirah und Willy war. Sie hatte Joshs Angebot, bei ihr zu Hause auf dem Sofa zu übernachten, rundweg abgelehnt und darauf bestanden, dass er heimfuhr. Wenn, dann will ich nachher allein sein, um etwas zur Ruhe zu kommen, dachte sie sich.

»Sollten Sie nicht lieber auch nach Hause fahren?«, fragte sie Shore, als sich das Taxi zentimeterweise durch die York Avenue schob.

Charley Shore erzählte Zan nicht, dass er und seine Frau Karten für eine Theateraufführung hatten. Er hatte seine Frau angerufen und ihr gesagt, sie solle seine Karte am Ticketschalter abgeben, damit er sie dort abholen könne, falls er es noch schaffen sollte.

Wieder einmal dankte er dem Himmel für das Verständnis, das Lynn in solchen Situationen aufbrachte. »Ich glaube nicht, dass es allzu spät werden wird«, hatte er ihr erzählt. »Zan Moreland befindet sich nicht in der Verfassung, um sich auf eine längere Diskussion mit mir einzulassen.«

Eine Meinung, die ihr kreidebleiches Gesicht noch bestätigte; außerdem zitterte sie am ganzen Leib, trotz ihrer Kunstfellweste. Ich bin froh, dass sie zu Alvirah und Willy fährt, dachte Shore. Sie vertraut ihnen. Vielleicht erzählt sie ihnen sogar, wo sich ihr Sohn befindet.

Alvirah hatte ganz offen mit ihm gesprochen, als sie ihn wegen Alexandra Moreland angerufen hatte. »Charley, Sie müssen mir helfen. Ich war wie vom Donner gerührt, als ich diese Fotos gesehen habe. Erst wollte ich es nicht glauben, aber sie sind echt, es kann ja gar nicht anders sein. Aber genauso echt sind ihr Leid und ihr Schmerz. Vielleicht erinnert sie sich nicht mehr daran, dass sie Matthew entführt hat. Es kommt doch manchmal vor, dass sich Menschen nach einem Nervenzusammenbruch in einer Art Trancezustand befinden.«

»Ja, nicht häufig, aber manchmal kann es so sein«, hatte er ihr geantwortet.

Jetzt im Taxi fragte er sich, ob Alvirah nicht eine exakte Diagnose von Morelands Zustand abgeliefert hatte. Bei seinem Eintreffen im Krankenhaus war sie noch wie weggetreten gewesen und hatte unaufhörlich den Namen ihres Sohnes gemurmelt: »Ich will zu Matthew ... ich will zu Matthew ...«

Die Worte hatten ihn zutiefst berührt. Er war zehn Jahre alt gewesen, als seine zweijährige Schwester starb, und noch heute stand ihm der schreckliche Tag an ihrem Grab vor Augen, und noch immer hörte er das Wehklagen seiner Mutter: »Ich will zu meiner Tochter, ich will zu meiner Tochter.«

Er sah zu Zan, deren Gesicht in den Scheinwerferlichtern der anderen Autos und der Neonreklame der Schaufenster deutlich zu erkennen war. Ich werde Ihnen helfen, gelobte er. Ich bin seit vierzig Jahren Anwalt und werde alles daransetzen, um Sie so gut wie möglich zu verteidigen. Dieser

Gedächtnisverlust ist nicht vorgetäuscht, darauf verwette ich mein Leben.

Er hatte vorgehabt, mit nach oben zu den Meehans zu kommen. Als sich das Taxi der Central Park South näherte, änderte er jedoch seine Meinung. Alexandra Moreland traute Alvirah und Willy, es wäre besser, wenn sie den Abend allein verbrachten. Und schon gar nicht war es der Zeitpunkt, ihr Fragen zu stellen.

Das Taxi hielt in der halbkreisförmigen Anfahrt, und er wies den Taxifahrer an, auf ihn zu warten. Obwohl Zan darauf beharrte, er müsse nicht aussteigen, begleitete er sie in den Aufzug. Der Türsteher hatte sie angekündigt, sodass Alvirah bereits im Flur auf sie wartete, als sie im fünfzehnten Stock ausstiegen. Wortlos umarmte sie Zan und sah dabei zu Shore. »Fahren Sie ruhig wieder«, wies sie ihn an, »Zan muss jetzt zur Ruhe kommen.«

»Da haben Sie recht, außerdem weiß ich, dass sie bei Ihnen in guten Händen ist«, sagte er lächelnd, trat zurück in den Fahrstuhl und drückte den Knopf für die Lobby. Er erreichte noch rechtzeitig das Theater. Obwohl das Stück unterhaltsam und witzig war und er sich darauf gefreut hatte, fiel es ihm schwer, sich wirklich zu amüsieren.

Wie soll ich eine Frau vertreten, die rein gar nichts zu ihrer Verteidigung beizutragen hat?, fragte er sich. Und wie lange wird es noch dauern, bis die Polizei sie in Handschellen abführt?

Das unheilvolle Gefühl beschlich ihn, dass sie dann vollends zusammenbrechen würde.

Zan war in eine Decke gehüllt, hatte ein Kissen hinter den Kopf geschoben und trank heißen Tee mit Honig und Nelken. Ihr war, als wäre sie aus einer dunklen Gasse getreten – zumindest waren das die Worte, mit denen sie Alvirah und Willy ihren Zusammenbruch zu beschreiben versuchte. »Als ich diese Fotos gesehen habe, dachte ich, ich träume. Ich meine, ich kann doch beweisen, dass ich bei Nina Aldrich war, als Matthew entführt wurde. Warum sollte sich jemand die Mühe machen, sich so herzurichten, dass er genau wie ich aussieht? Ich meine, ist das nicht verrückt?«

Ohne auf eine Antwort zu warten, fuhr sie fort: »Weißt du, was mir durch den Kopf geht ... dieses Lied aus dem Musical *A Little Night Music* ... ›Send in the Clowns‹. Ich liebe dieses Lied, und es passt so zur Situation. Das alles ist eine Farce, eine Zirkusnummer. Es kann nicht anders sein. Aber ich weiß, alles wird gut werden, wenn ich nur mit Nina Aldrich gesprochen habe. Ich wollte sie heute besuchen, bevor ich ohnmächtig wurde.«

»Zan, kein Wunder, dass du bei alldem zusammengeklappt bist. Du erinnerst dich vielleicht noch, dass Josh mit Charley Shore telefoniert hat. Charley hat sofort alles stehen und liegen lassen, um zu dir zu eilen. So ein Anwalt und Freund ist das. Josh hat mir vom Abend mit Ted im Four Seasons erzählt. Wahrscheinlich hast du vom Abendessen keinen Bissen angerührt, und was hast du heute den ganzen Tag zu dir genommen?«

»Nicht viel. Morgens nur Kaffee und nichts zu Mittag. Dann bin ich ohnmächtig geworden.« Zan trank ihren Tee aus. »Alvirah, Willy, ihr glaubt beide, dass ich Matthew entführt habe. Ich habe es dir heute Mittag angehört, Alvirah. Und als Josh mir erzählt hat, ich bräuchte einen Anwalt, war offensichtlich, dass er mir auch nicht glaubt.«

Willy sah zu Alvirah. Natürlich hält sie die Fotos für echt, dachte er. Genau wie ich. Was wird Alvirah bloß darauf antworten?

»Zan«, erwiderte Alvirah in aller Herzlichkeit, aber ausweichend, »wenn du sagst, du bist nicht die Frau auf diesen Bildern, dann wird sich Charley als Erstes eine Kopie der Negative besorgen, oder was immer diese neuen Digitalkameras an ihrer Stelle haben, und einen Spezialisten dransetzen, der beweisen kann, dass es sich um eine Fälschung handelt. Und dann sollte die Frau, mit der du die Gestaltung ihres Hauses besprochen hast, bestätigen können, dass du dich zum fraglichen Zeitpunkt nicht im Park aufgehalten hast. Nina Aldrich war ihr Name, oder?«

»Ja.«

»Charley wird dafür sorgen, dass jede Sekunde, die du mit Nina Aldrich verbracht hast, nachgewiesen wird.«

»Warum haben dann weder Josh noch Charley reagiert, als ich ihnen erzählt habe, das Treffen mit Aldrich würde mich entlasten?«, fragte Zan.

Alvirah stand auf. »Zan, soweit ich weiß, hast du dich vor deinem Ohnmachtsanfall doch kaum mit Josh unterhalten. Glaub mir, wir werden jeden Stein umdrehen, bis wir die Wahrheit kennen und Matthew gefunden haben«, sagte sie. »Als Erstes aber solltest du nicht vergessen, dass du von allen Seiten unter Beschuss genommen wirst. Das wirst du nicht durchstehen, wenn du nicht bei Kräften bist. Auch körperlich. Du musst etwas essen. Als du gesagt hast, du würdest kommen, habe ich kurz überlegt und mich erinnert, dass du Chili magst. Also, was hältst du von Chili mit Salat und warmem Weißbrot?«

Zan versuchte zu lächeln. »Klingt gut.«

Und es war wirklich gut, ging ihr durch Kopf, als sie sich nach dem warmen Essen und einem Glas Rotwein allmählich wieder halbwegs im Lot fühlte.

Sie hatte Alvirah und Willy vom möglichen Auftrag erzählt, für den Architekten Kevin Wilson die Musterwohnungen im ultraschicken 701 Carlton Place zu gestalten. »Die Entscheidung fällt zwischen mir und Bartley Longe«, erklärte sie. »Mir war klar, dass Wilson aufgrund der Zeitungsartikel glauben muss, ich hätte die Entführung vorgetäuscht. Deswegen bin ich sofort zu ihm und habe ihn gebeten, noch abzuwarten, damit ich beweisen kann, dass ich Matthew an diesem Tag gar nicht entführen konnte.«

Alvirah war bewusst, dass sie keine rechte Vorstellung davon hatte, wie viel Zeit Zan in die Entwürfe für diese Wohnungen gesteckt hatte. »Und, gibt er dir noch eine Chance?«

Zan zuckte mit den Schultern. »Mal sehen. Ich konnte meine Entwürfe bei ihm lassen, ich gehe also davon aus, dass ich noch im Rennen bin.«

Sie ließen den Nachtisch ausfallen und begnügten sich mit einem Cappuccino. Schließlich erhob sich Willy vom Tisch – er wusste, Zan würde bald aufbrechen wollen –, ging ins Schlafzimmer, griff zum Telefon und bestellte einen Wagen, der sie beide zur Battery Park City und ihn wieder zurückbringen sollte. Ich lasse es auf keinen Fall zu, dass sie allein in die Pressemeute gerät, falls die vor ihrem Gebäude herumlungert, beschloss er. Ich werde sie auf jeden Fall bis vor die Wohnungstür begleiten.

»In einer Viertelstunde, Mr. Meehan«, versicherte ihm der Rezeptionist.

Willy war soeben wieder an den Tisch zurückgekehrt, als das Telefon klingelte. Es war Pater Aiden. »Ich bin gleich bei Ihnen um die Ecke«, verkündete er. »Wenn Sie nichts dagegen haben, würde ich gern meinen Schal abholen.«

»Oh, wunderbar«, antwortete Alvirah. »Hier ist eine Freundin, und ich hoffe sehr, dass Sie sie noch kennenlernen.«

Zan trank ihren Kaffee aus. Als Alvirah den Hörer auflegte, sagte sie: »Alvirah, es wäre mir wirklich lieber, wenn ich heute niemanden mehr treffen müsste. Ich würde gern gehen, bevor er eintrifft.«

»Zan, das ist nicht irgendwer. Ich habe nichts gesagt, aber inständig gehofft, dass du noch da sein würdest, wenn Pater Aiden kommt. Er ist ein alter Freund und hat gestern Abend seinen Schal vergessen, den er abholen will. Ich will dich wirklich zu nichts zwingen, aber es würde mich sehr freuen, wenn ihr euch kennenlernen würdet. Er ist ein wunderbarer Priester in der Kirche des heiligen Franziskus, und ich glaube, er kann dir etwas Trost spenden.«

»Alvirah, mir ist momentan wirklich nicht danach zumute«, sagte Zan. »Wenn es also möglich wäre, würde ich gleich gehen.«

»Zan, ich habe einen Wagen bestellt. Ich werde dich begleiten«, sagte Willy.

Erneut klingelte das Telefon. Der Rezeptionist kündigte Pater O'Brien an. Alvirah eilte zur Tür, kurz darauf öffneten sich die Fahrstuhltüren.

Ein lächelnder Pater O'Brien wurde von Alvirah umarmt, er gab Willy die Hand und drehte sich um, um der jungen Frau vorgestellt zu werden, die zu Gast war.

Das Lächeln wich aus seinem Gesicht.

Heilige Mutter Gottes, dachte er, das ist die Frau, die an einem Verbrechen beteiligt ist.

Sie ist diejenige, die behauptet hat, einen Mord nicht verhindern zu können.

32

Während der kurzen Fahrt vom Hunter College zum Stadthaus der Aldrichs an der East Sixty-ninth Street gestanden sich Detective Billy Collins und Jennifer Dean gegenseitig ein, zwei Jahre zuvor nicht den geringsten Gedanken daran verschwendet zu haben, Zan Moreland könnte ihr eigenes Kind entführt haben.

Sie gingen noch einmal den Tag durch, an dem Matthew Carpenter verschwand. »Wir sind damals nur davon ausgegangen, dass jemand die Gelegenheit beim Schopf gepackt hat«, sagte Billy nachdenklich. »Der Park war voll, die Babysitterin hat auf der Wiese, der kleine Junge in seinem Buggy geschlafen. Wie geschaffen für einen Perversen, der nach einem Kind Ausschau hält.«

»Und Tiffany hat sich absolut hysterisch aufgeführt«, sagte Jennifer. »›Wie kann ich Zan jetzt noch unter die Augen treten?‹, hat sie geheult. ›Wie kann ich ihr noch unter die Augen treten?‹ Aber warum sind wir dem nie näher nachgegangen? Auch der Gedanke, Tiffany könnte unter Drogen gesetzt worden sein, ist mir nie gekommen.«

»Der Gedanke hätte uns kommen sollen. Es war heiß, aber kein Teenager der Welt wäre über Mittag so weggetreten wie sie, selbst wenn eine Erkältung im Anflug war«, sagte Billy. »Ah, hier sind wir ja.« Er hielt vor einem hübschen Anwesen, parkte in zweiter Reihe und steckte seinen Ausweis an die Windschutzscheibe. »Gehen wir noch mal unsere ersten Eindrücke durch«, schlug er vor.

»Alexandra Moreland hatte einiges durchgemacht, wer hätte bei ihrer Geschichte nicht Mitleid mit ihr gehabt?«, sagte Jennifer Dean. »Auf dem Weg zum lange verschobenen Wiedersehen sterben die Eltern bei einem Autounfall, dann ihre Hochzeit, bei der sie emotional mehr oder minder ein Wrack war. Als alleinerziehende Mutter versucht sie daraufhin in ihrer Branche Fuß zu fassen, und dann wird ihr kleiner Sohn entführt.« Mit jedem Wort schlich sich mehr Abscheu in ihre Stimme.

Billy klopfte gegen das Lenkrad und versuchte sich die Ereignisse, die nun fast zwei Jahre zurücklagen, ins Gedächtnis zu rufen. »Wir haben noch am selben Abend mit dieser Aldrich gesprochen. Sie hat Morelands Angaben rückhaltlos bestätigt. Sie hatten sich getroffen, sie gingen gerade die Entwürfe für ihr neues Stadthaus durch, als wir Moreland angerufen und ihr mitgeteilt haben, dass ihr Sohn vermisst wird.« Billy zögerte. »Und weitere Fragen haben wir dann nicht mehr gestellt.«

»Sehen wir den Tatsachen ins Auge«, sagte Jennifer und kramte in ihrer Tasche nach einem Taschentuch. »Für uns lag alles klar auf der Hand. Eine berufstätige Mutter, eine verantwortungslose Babysitterin und ein Entführer, der die Gelegenheit genutzt hat.«

»Als ich damals nach Hause kam, saß Eileen vor dem Fernseher«, erinnerte sich Billy. »Sie musste weinen, hat sie mir erzählt, als sie Morelands schmerzerfüllte Miene gesehen hat. Alles genau so wie bei Etan Patz, hat sie gesagt, dem kleinen Jungen, der einige Jahre zuvor verschwunden war und niemals gefunden wurde.«

Angesichts der Windböen und des steten Regens schlug Jennifer den Kragen ihres Mantels hoch. »Wir haben ihr alle ihre rührselige Geschichte abgenommen. Aber wenn diese Fotos echt sind, beweisen sie, dass Moreland nicht die ganze Zeit bei Nina Aldrich gewesen sein konnte«, sagte sie. »Und wenn Aldrich schwört, sie seien die ganze Zeit zusammen gewesen, dann sind die Fotos vermutlich gefälscht.«

»Sie sind nicht gefälscht«, erwiderte Billy mürrisch. »Also hat Aldrich nicht die ganze Wahrheit gesagt, als wir damals mit ihr gesprochen haben. Aber warum sollte sie gelogen haben?« Ohne auf eine Antwort zu warten, sagte er: »Gut, gehen wir rein.«

Damit eilten sie vom Wagen zur Tür des Stadthauses und drückten auf die Klingel. »Aldrich dürfte mindestens fünfzehn Millionen Dollar für diesen Kasten hingeblättert haben«, murmelte Billy.

Sie hörten drinnen die Glocke, aber noch bevor sie verklungen war, wurde die Tür von einer lateinamerikanischen Frau in schwarzer Uniform geöffnet. Sie schien Anfang sechzig zu sein, ihre dunklen, von grauen Strähnen durchzogenen Haare hatte sie zu einem ordentlichen Knoten gebunden. Mit ihren tiefen Furchen im Gesicht wirkte sie müde und angespannt.

Billy zeigte ihr seinen Ausweis.

»Ich bin Maria Garcia, Mrs. Aldrichs Haushälterin. Sie erwartet Sie bereits. Darf ich Ihnen die Mäntel abnehmen?«

Garcia hängte die Mäntel in den Garderobenschrank und bedeutete ihnen, ihr zu folgen. Sie gingen durch einen kurzen Flur, Billy erhaschte einen Blick auf das sehr unpersönlich eingerichtete Wohnzimmer. Er stutzte, blieb kurz stehen und sah zum Bild über dem offenen Kamin. Von seinen häufigen Museumsbesuchen glaubte er zu erkennen, dass dort ein echter Matisse hing.

Die Haushälterin führte sie in einen großen Raum, der einem doppelten Zweck zu dienen schien. Butterweiche dunkelbraune Ledersofas waren um einen in die Wand eingelassenen Flachbild-Fernseher gruppiert. An allen drei Wänden standen deckenhohe Mahagoni-Bücherregale. Die Bücher waren allesamt perfekt ausgerichtet. Hier wurde nicht einfach so gelesen, ging ihm durch den Kopf. Die Wände waren dunkelbeige gehalten, der Teppich hatte ein geometrisches Muster in Braun- und Olivtönen.

Überhaupt nicht mein Geschmack, dachte sich Billy. Hat wahrscheinlich ein Vermögen gekostet, aber ein paar kräftige Farben könnten der Einrichtung nicht schaden.

Nina Aldrich ließ sie fast eine halbe Stunde warten, bevor sie mit frostiger Miene und in tadelloser Haltung ins Zimmer gerauscht kam. Sie wussten, sie war dreiundsechzig Jahre alt, und mit ihrem geschmeidigen silberfarbenen Haar, dem makellosen Teint und den aristokratischen Gesichtszügen vermittelte sie in ihrem schwarzen Kaftan und dem Silberschmuck den Eindruck einer Monarchin, die sich mit ungebetenen Gästen herumschlagen musste.

Billy Collins ließ sich nicht beeindrucken. Er stand auf und musste an seinen Onkel denken, der als Chauffeur für eine Familie im Locust Valley, Long Island, gearbeitet und einmal zu ihm gesagt hatte: »Billy, es gibt in dieser Stadt eine Menge kluger Leute mit viel Geld, das sie sich redlich verdient haben. Ich weiß das, weil das genau die Leute sind, für die ich arbeite. Aber das sind nicht die, die wirklich und schon seit Generationen reich sind. Diese Leute leben in ihrer ganz eigenen Welt. Die ticken anders als wir.«

Schon bei ihrem ersten Treffen war Billy klar gewesen, dass Nina Aldrich genau in diese Kategorie fiel. Und, ging ihm durch den Kopf, sie versucht uns auch gleich auf unseren Platz zu verweisen. Okay, Lady, dann unterhalten wir uns mal. »Guten Tag, Mrs. Aldrich«, begann er das Gespräch. »Es ist sehr zuvorkommend von Ihnen, uns so kurzfristig zu empfangen, offensichtlich sind Sie ja sehr beschäftigt.«

Sie schürzte die Lippen; sie schien seine Anspielung verstanden zu haben. Ohne dazu aufgefordert worden zu sein, nahmen er und Jennifer Dean wieder Platz. Nach kurzem Zögern setzte sich Nina Aldrich an ihren schmalen Sekretär ihnen gegenüber.

»Ich habe im Internet und in den Zeitungen davon gelesen«, begann sie mit kalter, geringschätziger Stimme. »Unfassbar, dass diese junge Frau so schamlos sein konnte, ihr eigenes Kind zu entführen. Wenn ich nur an den mitfühlenden Brief denke, den ich ihr geschrieben habe, wie viel Anteilnahme ich ihr entgegengebracht habe, dann bin ich außer mir vor Empörung.«

»Mrs. Aldrich«, unterbrach Jennifer Dean sie, »als wir nach Matthew Carpenters Verschwinden mit Ihnen gesprochen haben, haben Sie bestätigt, mit Alexandra Moreland verabredet gewesen zu sein und sich in ihrer Gegenwart aufgehalten zu haben, als unser Anruf eintraf.«

»Ja, das war gegen drei Uhr.«

»Wie hat sie auf den Anruf reagiert?«

»Im Nachhinein betrachtet und aufgrund der jetzt aufgetauchten Fotos kann ich nur sagen, dass sie eine ganz hervorragende Schauspielerin ist. Wie ich Ihnen damals schon sagte, wurde Ms. Moreland nach Ihrem Anruf kreidebleich und sprang auf. Ich wollte ein Taxi rufen, aber sie ist einfach aus dem Haus gestürmt und zu Fuß zum Park gerannt. Sie hat sogar ihre Musterbücher und Skizzen hier liegen lassen.«

»Verstehe. Die Babysitterin ist mit Matthew zwischen 12.30 Uhr und 12.40 Uhr in den Park gegangen. Meinen Aufzeichnungen zufolge waren Sie um ein Uhr mit Ms. Moreland verabredet«, fuhr Jennifer fort.

»Richtig. Sie rief mich auf ihrem Handy an und teilte mir mit, dass sie wegen des Babysitter-Problems einige Minuten später kommen würde.«

»Sie waren hier?«

»Nein. Ich hielt mich in meiner alten Wohnung am Beekman Place auf.«

Billy Collins war sehr bemüht, sich sein Erstaunen nicht anmerken zu lassen. »Mrs. Aldrich, das haben Sie uns, soweit ich mich erinnere, bei unserer damaligen Befragung nicht erzählt. Sie sagten, Sie seien mit Ms. Moreland hier gewesen.«

»Das hat sich dann so ergeben. Ich sagte ihr, ich hätte nichts dagegen, wenn sie etwas später käme. Als sie dann nach einer Stunde immer noch nicht aufgetaucht war, rief ich sie zurück. In der Zwischenzeit war sie bereits hier eingetroffen.«

»Mrs. Aldrich, Sie sagen mir also, dass Sie Alexandra Moreland bis zwei Uhr, als Sie mit ihr telefonierten, nicht zu Gesicht bekommen haben?«

»Genau das sage ich. Lassen Sie mich es erklären. Zan Moreland hatte einen Schlüssel zu diesem Haus. Sie kam hierher und bereitete sich darauf vor, mir ihre Entwürfe für die Neugestaltung zu unterbreiten. Sie hatte angenommen, wir würden uns hier treffen. Es vergingen also gut und gern eineinhalb Stunden, bis wir uns trafen. Sie entschuldigte sich natürlich für die Verwirrung und bot an, zum Beekman Place zu kommen, aber ich war mit Freunden um fünf im Carlyle auf einen Cocktail verabredet, also sagte ich ihr, ich würde hierherkommen. Offen gesagt, ich war doch etwas verärgert über sie.«

»Mrs. Aldrich, halten Sie Ihre Termine irgendwo schriftlich fest?«, fragte Dean.

»Natürlich. Ich führe einen Terminplaner.«

»Sie haben nicht zufällig noch den Terminplaner von vor zwei Jahren?«

»Doch. Der muss oben sein.« Mit einem ungeduldigen Seufzen stand Nina Aldrich auf, ging zur Tür und rief die Haushälterin. Sie sah auf ihre Uhr – eine Geste, die nur für die Besucher bestimmt war, dachte Billy Collins – und wies Maria Garcia an, den Terminplaner des vorletzten Jahres aus der oberen Schublade ihres Schreibtisches zu holen.

Während sie mit den Detectives wartete, sagte sie: »Ich hoffe doch sehr, dass wir, von diesem Gespräch abgesehen, nicht weiter in diese Sache verwickelt werden. Mein Mann hasst jede Form von Sensationshascherei. Er war überhaupt nicht glücklich, dass die Zeitungen so auf Morelands Aussage herumreiten, sie habe sich an jenem Tag mit mir getroffen.«

Billy hielt es für wenig ratsam, ihr auf die Nase zu binden, dass sie bei einem möglichen Verfahren natürlich die Starzeugin sein würde. Leise sagte er nur: »Verzeihen Sie bitte die Unannehmlichkeiten.«

Mit einem roten Lederbüchlein in der Hand kehrte

Maria Garcia zurück. Sie hatte es bereits am 10. Juni aufgeschlagen.

»Danke, Maria. Warten Sie hier.« Nina Aldrich warf einen Blick auf die Seite, dann reichte sie Billy den Terminplaner. In der Ein-Uhr-Zeile war Alexandra Morelands Name eingetragen. »Hier steht aber nicht, wo Sie sich treffen wollten«, sagte Billy. »Wenn Sie über die Neugestaltung dieses Hauses reden wollten, warum waren Sie dann in Ihrer anderen Wohnung verabredet?«

»Ms. Moreland hatte von allen Räumen hier ausgiebig Fotos gemacht. Wir hatten hier keine Möbel außer einem Spieltisch und zwei Stühlen. Warum sollte ich meine Entscheidungen nicht in einer etwas bequemeren Umgebung treffen? Da ich nun aber, wie gesagt, um fünf Uhr sowieso mit Freunden im Carlyle verabredet war, sagte ich Ms. Moreland, sie möge hier auf mich warten. Sie müsse nicht zum Beekman Place kommen.«

»Verstehe. Dann waren Sie also noch nicht lange hier, als wir Ms. Moreland angerufen haben?«, fragte Jennifer.

»Etwas mehr als eine halbe Stunde.«

»Wie würden Sie Ms. Morelands Verhalten nach Ihrem Eintreffen beschreiben?«

»Nervös. Einsilbig. Angespannt.«

»Verstehe. Wie groß ist dieses Haus, Mrs. Aldrich?«

»Es hat fünf Stockwerke und ist gut zwölf Meter breit, damit ist es eines der größeren Stadthäuser in der Gegend. Das obere Stockwerk ist inzwischen zu einem Garten ausgebaut. Wir haben insgesamt elf Zimmer.« Nina Aldrichs Freude darüber war nicht zu überhören.

»Was ist mit dem Keller?«, fragte Billy.

»Dort befinden sich eine zweite Küche, ein Weinkeller

und ein sehr großes Zimmer, in dem sich gern die Enkel meines Mannes aufhalten, wenn sie zu Besuch sind. Daneben gibt es noch einen Lagerraum.«

»Sie sagten, als Sie sich damals mit Ms. Moreland hier getroffen haben, gab es nur zwei Stühle und einen Spieltisch?«

»Ja. Die Renovierungsarbeiten wurden vom vormaligen Eigentümer durchgeführt. Wegen finanzieller Schwierigkeiten wurde das Haus plötzlich zum Verkauf angeboten, da haben wir zugegriffen. Wir waren mit der Grundrenovierung zum größten Teil einverstanden, weswegen wir von weiteren Arbeiten absahen. Nur die Innengestaltung stand noch an, und da wurde mir Alexandra Moreland empfohlen.«

»Verstehe.« Billy sah zu Jennifer, worauf beide aufstanden. »Sie sagten, Ms. Moreland hatte einen Schlüssel für dieses Haus. Hat sie nach Matthews Verschwinden dieses Haus jemals wieder betreten?«

»Ich habe sie seitdem nicht mehr gesehen. Aber sie muss zurückgekommen sein, denn irgendwann hat sie ihre Musterproben und Entwürfe abgeholt. Ob sie den Schlüssel abgegeben hat, weiß ich ehrlich gesagt nicht. Natürlich haben wir bei unserem Einzug alle Schlösser austauschen lassen.«

»Sie haben Ms. Moreland also nicht mit der Innengestaltung beauftragt?«

»Es war meiner Ansicht nach offensichtlich, dass sie aufgrund ihres emotionalen Zustands für ein solches Projekt nicht mehr geeignet war. Ich hätte es von ihr auch nicht erwartet. Außerdem konnte ich doch nicht das Risiko eingehen, dass ich hier im Chaos sitze, während sie einen Zusammenbruch erleidet.«

»Darf ich fragen, wer die Arbeit dann übernommen hat?«

»Bartley Longe. Sie haben vielleicht von ihm gehört. Er ist sehr, sehr gut.«

»Was ich gern wissen würde: Wann hat er den Auftrag übernommen?« Billys Gedanken rasten. Das Haus hatte zum Zeitpunkt von Matthews Verschwinden leer gestanden. Zan Moreland hatte Zugang dazu. Wäre es möglich gewesen, dass sie den Jungen in einem der Kellerräume versteckt hielt? Keiner wäre auch nur auf die Idee gekommen, hier nach ihm zu suchen. Sie hätte dann in der Nacht hierherkommen und ihn, tot oder lebendig, woandershin schaffen können.

»Ach, bald darauf«, sagte Nina Aldrich. »Vergessen Sie nicht, Moreland hatte den Auftrag noch nicht. Ich hatte nur in Betracht gezogen, sie zu engagieren. Und jetzt, Detective Collins, wenn Sie nichts dagegen haben ...«

Billy ließ sie gar nicht aussprechen. »Wir sind schon fort, Mrs. Aldrich.«

»Maria wird Sie nach draußen begleiten.«

Die Haushälterin führte sie durch den Gang und brachte ihnen mit ausdrucksloser Miene ihre Mäntel. Innerlich aber kochte sie. Kann man wohl sagen, dass Bartley Longe gleich nach der netten jungen Frau mit der Arbeit hier anfing, dachte sie sich. Die hochnäsige Lady fing eine Affäre mit ihm an, nachdem sie die sympathische Moreland die Pläne hatte ausarbeiten lassen. Das will sie jetzt natürlich nicht mehr zugeben, aber sie wollte Moreland absagen, noch bevor das Kind verschwunden war.

Jennifer knöpfte sich den Mantel zu. »Danke, Ms. Garcia«, sagte sie.

»Detective Collins ...«, begann Maria und zögerte. Sie wollte ihm bereits erzählen, dass sie sich im Zimmer aufgehalten habe, als Mrs. Aldrich Alexandra Moreland angewiesen hatte, sich hier zu treffen, nicht am Beekman Place. Aber was zählt mein Wort gegen ihres?, fragte sich Maria Garcia. Und welche Rolle spielte es schon? Ich habe die Fotos in der Zeitung gesehen. Die Sache ist klar. Aus welchem Grund auch immer: Ms. Moreland hat ihren eigenen Sohn gekidnappt.

»Wollten Sie mir etwas sagen, Ms. Garcia?«, fragte Billy.

»Nein, nein. Ich wollte Ihnen nur noch einen schönen Tag wünschen.«

33

Er hatte wiederholt versucht, Gloria zu erreichen, aber sie hatte es nur klingeln lassen. Trieb sie ein Spiel mit ihm? Um Mitternacht ging sie schließlich ran. Von ihrem herausfordernden Trotz war nicht mehr viel zu spüren. Sie klang lustlos und müde. »Was willst du?«, fragte sie.

Er bemühte sich, verständnisvoll und herzlich zu klingen. »Gloria, ich weiß, wie hart das alles für dich ist.« Fast hätte er noch hinzugefügt, dass es auch für ihn kein Zuckerschlecken war, verkniff es sich aber schweren Herzens. Es hätte ihr nur wieder eine Gelegenheit verschafft, über ihn herzufallen.

»Gloria«, fuhr er fort, »ich habe nachgedacht. Ich werde dir nicht, wie vereinbart, zweihunderttausend geben. Sondern die Summe verdreifachen. Ende nächster Woche bekommst du von mir sechshunderttausend Dollar in bar.«

Mit Freude vernahm er ihren erstaunten Ausruf. War sie wirklich so dumm, darauf hereinzufallen? »Du musst nur noch eines tun, nämlich noch einmal in der Franziskanerkirche auftauchen. Um Viertel vor fünf. Den Tag gebe ich dir noch bekannt.«

»Hast du keine Angst, dass ich wieder zur Beichte gehe?«

Hätte sie in diesem Moment vor ihm gestanden, hätte er

sie auf der Stelle umgebracht. So aber lachte er nur. »Du hattest natürlich recht mit dem Beichtgeheimnis.«

»Reicht es nicht schon, dass du Matthews Mutter quälst? Musst du sie unbedingt auch noch umbringen?«

Ja, aber aus einem anderen Grund als dem, warum ich dich umbringen muss, dachte er. Du weißt zu viel. Ich würde immer damit rechnen müssen, dass dein sogenanntes Gewissen dich dazu bringt, alles auszuplaudern. Aber bei Zan bin ich erst zufrieden, wenn ihre Beerdigung stattfindet.

»Gloria, ich werde sie nicht umbringen«, sagte er. »Das habe ich nur so gesagt, weil ich wütend war.«

»Ich glaube dir nicht. Ich weiß, wie sehr du sie hasst.« Wut, sogar Panik schlichen sich wieder in ihre Stimme.

»Gloria, erinnere dich, was ich dir eben gesagt habe. Ich werde dir sechshunderttausend Dollar in bar geben, echte US-Dollar, die du auf ein Sparbuch legen kannst und die dir die Möglichkeit verschaffen, das zu tun, was du schon immer tun wolltest – bei einem Broadway-Stück auf der Bühne zu stehen oder bei einem Film mitzuspielen. Du bist eine schöne Frau. Kein Vergleich mit den Barbie-Püppchen aus Hollywood. Und du bist ein Chamäleon, du kannst in die Rolle jeder x-beliebigen Person schlüpfen. Du erinnerst mich an Helen Mirren in *Die Queen*. Mit deinem Talent kannst du ihr locker das Wasser reichen. Ich bitte dich nur noch um eine weitere Woche. Zehn Tage höchstens. Ich will, dass du in diese Kirche gehst, ich sage dir, was du anziehen sollst. Sobald du wieder draußen bist, ist alles vorbei. Dann treffen wir uns irgendwo in der Nähe, und ich gebe dir fünfhunderttausend Dollar sofort. So viel Bargeld darfst du bei dir führen, falls du am Flughafen durchsucht werden solltest.«

»Und dann?«

»Du kehrst nach Middletown zurück und wartest bis neun oder zehn Uhr abends, dann setzt du Matthew in einem Kaufhaus oder einer Mall aus. Danach nimmst du einen Flieger nach Kalifornien oder Texas oder wo immer du hinwillst. Du fängst ein neues Leben an. Ich weiß, du machst dir Sorgen wegen deines Vaters. Sag ihm, du hättest für die CIA gearbeitet.«

»Zehn Tage, nicht mehr.« Sie klang nicht ganz überzeugt. »Und wie bekomme ich den Rest des Geldes?«

Das wird nicht mehr dein Problem sein, dachte er. »Das Geld liegt bereit, ich kann es dir per Post zukommen lassen, wohin du willst.«

»Woher soll ich dir trauen, dass das Paket auch ankommt und nicht mit alten Zeitungen ausgestopft ist?«

Du kannst mir nicht trauen, dachte er. Er griff nach dem doppelten Scotch, den er sich, wie er sich geschworen hatte, eigentlich erst nachher genehmigen wollte, und sagte: »Gloria, in diesem ganz und gar unwahrscheinlichen Fall kannst du immer noch auf Plan B zurückgreifen. Nimm dir einen Anwalt, erzähl ihm deine Geschichte, er arrangiert dir einen Buchvertrag, dann gehst du zur Polizei. In der Zwischenzeit ist Matthew, gesund und munter, gefunden worden, und alles, was er erzählen kann, ist, dass eine Glory auf ihn aufgepasst hat.«

»Ich habe ihm viele Bücher vorgelesen. Er ist schlauer als die meisten Kinder in seinem Alter.«

Ja, ja, du warst eine richtige Mutter Teresa, dachte er sich. »Gloria, es wird bald vorbei sein, und dann bist du eine gemachte Frau.«

»Gut. Tut mir leid, dass ich dich vorher verärgert habe.

Es ist nur wegen dieser Frau, sie wohnt ganz in der Nähe und ist heute Morgen vorbeigekommen, um mir ihre blöden Muffins zu bringen. Sie wollte herumschnüffeln und mich aushorchen.«

»Von ihr hast du mir noch gar nichts erzählt«, sagte er leise. »Hat sie Matthew zu Gesicht bekommen?«

»Nein, aber seinen Spielzeuglaster. Sie hat sich mir als ganz tolle Babysitterin anempfohlen, falls ich mal eine bräuchte. Ich habe ihr erzählt, dass mir meine Schwester beim Umzug geholfen hat und der Laster von ihrem Sohn stammt.«

»Klingt doch recht überzeugend.«

»Die Immobilienmaklerin ist eng mit dieser alten Schachtel befreundet. Ihr habe ich gesagt, ich würde allein einziehen. Sie ist genauso neugierig. Ich habe sie am frühen Morgen vorbeifahren sehen.«

Ihm brach der Schweiß aus. *Kleine Ursache, große Wirkung* ... Mögliche Szenarien schossen ihm durch den Kopf. Was, wenn die vorwitzige Alte mit ihren Muffins ihrer Immobilien-Freundin davon erzählte? Darüber wollte er jetzt nicht nachdenken.

Ihm lief die Zeit davon.

Nur mit Mühe gelang es ihm, beruhigend zu klingen. »Gloria, handel dir nicht unnötigen Ärger ein. Zähl einfach die Tage runter.«

»Das tue ich, darauf kannst du Gift nehmen. Und es geht nicht nur um mich. Der Junge will sich nicht mehr verstecken lassen. Er will sich auf die Suche nach seiner Mutter machen.«

34

Um 19 Uhr, zum Ende der Nachrichten auf Channel 2, traf Kevin Wilson bei seiner Mutter ein. Nachdem er zweimal geklingelt hatte, öffnete er mit seinem eigenen Schlüssel die Tür – eine Vereinbarung, die sie vor langer Zeit getroffen hatten. »Dann muss ich nicht an die Tür rennen, wenn ich gerade telefoniere oder mich umziehe«, hatte seine Mutter damals erklärt.

Doch als er eintrat, war die kleine, weißhaarige, einundsiebzigjährige Catherine »Cate« Kelly Wilson weder am Telefon noch in ihrem Schlafzimmer. Sie klebte vor dem Fernseher und sah noch nicht einmal auf, als er in der Tür zum Wohnzimmer stand.

Die Drei-Zimmer-Wohnung, die er ihr gekauft hatte, lag in der Fifty-seventh Street, in der Nähe der First Avenue. Die nächste Bushaltestelle lag nur um die Ecke, in Gehweite gab es ein Kino, und einen Block entfernt – und für sie am wichtigsten – befand sich die St.-Johannes-Evangelist-Kirche.

Noch immer musste er lächeln, wenn er daran dachte, wie widerwillig seine Mutter drei Jahre zuvor aus ihrer alten Gegend weggezogen war, nachdem er es sich hatte leisten können, ihr dieses Apartment zu kaufen. Mittlerweile liebte sie ihre neue Wohnung.

Er ging zu ihrem Sessel und gab ihr einen Kuss auf die Stirn.

»Hallo, mein Lieber. Setz dich«, sagte sie und schaltete, ohne aufzublicken, auf einen anderen Sender um. »Jetzt kommen gleich die *Headline News*, ich würde sie gern sehen.«

Kevin hatte Hunger und sich bereits auf Neary's Pub gefreut, sein Lieblingslokal, das noch dazu den Vorteil hatte, gleich auf der anderen Straßenseite zu liegen.

Er ließ sich auf der Couch nieder und sah sich um. Die Couch und der dazugehörige Sessel, in dem seine Mutter saß, gehörten zu ihren alten Möbeln, von denen sie sich trotz allen Zuredens keinesfalls hatte trennen wollen. So hatte Kevin beide Stücke neu polstern und auch ihr altes Ehebett wieder herrichten lassen. »Das ist Streifenmahagoni, Kevin«, hatte sie gesagt. »Das gebe ich nicht her.« Er hatte auch ihre Esszimmermöbel reparieren lassen, die »viel zu gut zum Wegwerfen« waren. Allerdings hatte sie ihm gestattet, den fadenscheinigen Teppich durch einen neuen mit gleichem Muster zu ersetzen. Er hatte kein Wort darüber fallenlassen, wie teuer der neue gewesen war.

Das Ergebnis war eine gemütliche Wohnung, die voll war mit Bildern seines Vaters und seiner Großeltern, der Cousins und Cousinen und seiner Freunde. Jedes Mal, wenn er die Wohnung betrat, und mochte er noch so viel um die Ohren haben, ging es ihm besser. Es fühlte sich wie ein Zuhause an. Es *war* ein Zuhause.

Ähnliches hatte ihm Zan Moreland gesagt, als sie ihn gebeten hatte, die Entscheidung zwischen ihr und Bartley Longe so lange aufzuschieben, bis sie ihre Unschuld bewiesen hatte. Die Menschen wollten sich wohlfühlen in ihrer

Wohnung, sie wollten in einem Zuhause wohnen, nicht in einem Museum.

Erst jetzt wurde ihm so richtig bewusst, dass er schon den ganzen Tag darüber nachgedacht hatte, warum er Morelands Pläne und Stoffmuster nicht einfach zurückgesandt hatte, zusammen mit einer kurzen Notiz, in der er ausführte, dass er Bartley Longe als den Richtigen für dieses Projekt betrachtete.

Was hielt ihn davon ab? Er hatte sich weiß Gott einiges von seiner Sekretärin Louise anhören müssen, die recht erstaunt war, warum er seine Zeit mit einer verlogenen Kidnapperin verschwendete. »Kevin, es hat mir fast die Sprache verschlagen, dass diese Frau die Unverschämtheit besessen hat, hier aufzukreuzen. Und was tut sie? Schert sich nicht darum, was ich ihr sage, sondern macht sich einfach auf die Suche nach Ihnen, damit ihr der Auftrag nicht durch die Lappen geht. Wenn das alles vorbei ist, sitzt sie in Handschellen auf Rikers Island, Sie werden noch an meine Worte denken.«

Ohne seinen Unmut zu verbergen, hatte er ihr trocken geantwortet: »Wenn sie verhaftet wird, kommt sie wahrscheinlich gegen Kaution wieder frei.« Schließlich musste er ihr unumwunden klarmachen, das Thema nicht mehr zu erwähnen. Natürlich war sie beleidigt, was sie ihn dadurch spüren ließ, dass sie ihn für den Rest des Tages nur noch als »Mr. Wilson« ansprach.

»Kevin, pass auf! Jetzt bringen sie die Bilder dieser Moreland, wie sie den kleinen Jungen entführt. Und dann hat sie die Polizei angelogen. Kannst du dir vorstellen, wie es dem Vater dabei gehen muss?«

Kevin sprang auf und eilte zum Fernseher. Alexandra

Moreland war zu sehen, wie sie einen Jungen aus dem Buggy nahm, und dann, wie sie mit ihm auf dem Arm fortging. Der Kommentator sprach dazu: »Hier ist sie zu sehen, wie sie in den Central Park eilt, nachdem sie von der Polizei erfahren hat, dass ihr Sohn vermisst wurde.«

Kevin betrachtete das Bild. Zan Moreland wirkte aufgelöst, ihr gepeinigter Blick war ihm nur allzu vertraut. Genau so, dachte er, hatte sie ihn auch heute angesehen, als sie ihn angefleht hatte, er möge ihr die Chance geben, ihre Unschuld zu beweisen.

Angefleht? Das war vielleicht etwas übertrieben. Sie hatte ihm sogar gesagt, sie könne es verstehen, wenn sie den Auftrag nicht bekäme, falls er Bartley Longes Entwürfe tatsächlich bevorzugte.

Sie sieht so verletzlich aus, dachte er. Er lauschte dem Nachrichtensprecher. »Gestern war Matthew Carpenters fünfter Geburtstag, und jetzt stellt sich die Frage, ob seine Mutter ihn in die Obhut einer anderen Person gegeben hat ... Falls er überhaupt noch am Leben ist.«

In den vergangenen zwei Monaten hatte Zan immer wieder die Wohnungen in Augenschein genommen und enorm viel Arbeitszeit in die Entwürfe investiert, dachte Kevin. Ich habe gespürt, wie sehr sie unter allem leidet, obwohl sie nach außen hin einen so gefassten Eindruck macht. Würde sie wirklich so leiden, wenn sie wüsste, dass ihr Kind in Sicherheit ist? Ist es möglich, dass sie den Jungen umgebracht hat?

Nein, nie und nimmer, dachte er. Darauf würde ich meine Seele verwetten. Sie ist keine Mörderin.

Seine Mutter war mittlerweile aufgestanden. »Wenn solche Beweise vorliegen, fällt es schwer, ihnen keinen Glauben zu schenken«, sagte Catherine Wilson. »Aber wenn man ihren Blick sieht, als sie erfährt, dass ihr Kind verschwunden ist ... Du erinnerst dich vielleicht nicht mehr daran, aber als damals das Fitzpatrick-Baby aus dem Fenster in den Tod stürzte, da hatte Joan Fitzpatrick den gleichen Ausdruck in den Augen, so viel Schmerz, dass man am liebsten mit ihr losgeheult hätte. Diese Moreland muss eine begnadete Schauspielerin sein.«

»*Wenn* sie denn etwas vorgespielt hat.« Kevin war selbst überrascht, dass er die Frau verteidigte.

Verblüfft sah seine Mutter ihn an. »Was soll das heißen? Du hast die Bilder doch gesehen!«

»Ja, aber ich weiß nicht, was ich davon halten soll. Komm schon, Mom, gehen wir was essen. Ich bin am Verhungern.«

Später, an ihrem üblichen Tisch im Neary's, erzählte Kevin seiner Mutter beim Kaffee, dass er sich mit dem Gedanken getragen habe, Alexandra Moreland mit der Gestaltung der drei Musterwohnungen zu beauftragen.

»Na ja, damit wird es jetzt wohl nichts mehr«, erklärte Catherine Wilson entschieden. »Aber erzähl mir doch, wie ist sie so?«

Ihr Gesicht geht einem nicht mehr aus dem Kopf, dachte Kevin. Diese ausdrucksstarken Augen, der sinnliche Mund. »Sie ist, würde ich sagen, so an die eins fünfundsiebzig groß, sehr schlank, sehr elegant. Sie bewegt sich wie eine Tänzerin. Gestern fiel ihr das Haar offen über die Schultern, genau wie auf den Bildern. Heute hatte sie es zu einem Chignon oder wie man das nennt hochgesteckt.«

»Großer Gott«, rief seine Mutter aus. »Du klingst ja gerade so, als hättest du dich in sie verguckt.«

Kevin dachte lange darüber nach. Das ist verrückt, wurde ihm klar, trotzdem, sie hat was. Er erinnerte sich, wie sie ihn an der Schulter streifte, als sie ihn auf etwas in Bartley Longes Entwürfen hingewiesen hatte, das potenzielle Käufer ihrer Meinung nach abschrecken dürfte. Die Fotos aus dem Central Park waren zu diesem Zeitpunkt bereits veröffentlicht, sie hatte also gewusst, dass sie ihnen etwas entgegensetzen musste.

»Sie hat mich gebeten, ihr genügend Zeit zu geben, damit sie beweisen kann, dass die Fotos gefälscht sind«, sagte er. »Ich muss mich noch nicht sofort zwischen ihr und Bartley Longe entscheiden. Ich werde es auch nicht. Ich halte mein Wort und gebe ihr eine Chance.«

»Kevin, du hattest schon immer ein Herz für die Schwachen«, sagte seine Mutter. »Aber hier gehst du vielleicht zu weit. Du bist siebenunddreißig, und ich habe mir schon Sorgen gemacht, dass du ein irischer Junggeselle bleiben würdest. Aber, um Gottes willen, lass dich doch nicht auf eine Frau ein, die sich in einer so ausweglosen Lage befindet.«

In diesem Augenblick kam ihr langjähriger Freund Jimmy Neary an den Tisch. Er hatte Catherines letzte Worte aufgeschnappt. »Kevin, ich kann deiner Mom nur beipflichten«, sagte er. »Und wenn du wirklich unter die Haube willst, ich habe eine sehr, sehr lange Liste junger Frauen, die bereits ein Auge auf dich geworfen haben. Steh dir nicht selbst im Weg. Und halt dich von Schwierigkeiten fern.«

35

Wie versprochen brachte Willy Zan in einer Mietlimousine nach Hause. Er bot auch Pater Aiden an, ihn auf dem Weg zu Zans Wohnung abzusetzen, doch der lehnte ab. »Nein, nein, fahren Sie nur, ich bleibe noch ein wenig bei Alvirah«, sagte er.

Pater Aiden sah Zan fest in die Augen, als er sich von ihr verabschiedete. »Ich werde für Sie beten«, sagte er und umfasste ihre Hände.

»Beten Sie dafür, dass mein Sohn wohlauf ist«, antwortete Zan. »Die Gebete für mich können Sie sich sparen, Pater. Gott hat vergessen, dass es mich gibt.«

Pater Aiden ging darauf nicht ein, sondern trat nur zur Seite und ließ sie in den Flur vorbei. »Ich bleibe nur noch fünf Minuten, Alvirah«, versprach er, als die Tür hinter Zan und Willy zufiel. »Der jungen Frau war anzumerken, dass ihr meine Gesellschaft nicht behagte, und ich wollte mich ihr nicht aufdrängen, noch nicht einmal für die fünf Minuten im Wagen.«

»Ach, Pater«, seufzte Alvirah. »Ich würde alles darum geben, wenn ich glauben könnte, dass Zan ihren Sohn nicht entführt hat. Aber sie hat es getan. Daran besteht kein Zweifel.«

»Glauben Sie, dass der Junge noch am Leben ist?«, fragte Pater Aiden.

»So wenig ich mir vorstellen kann, Willy ein Messer in den Leib zu rammen, so wenig kann ich mir vorstellen, dass sie Matthew etwas angetan hat.«

»Wenn ich mich recht erinnere, haben Sie mir erzählt, Sie hätten Ms. Moreland erst nach dem Verschwinden ihres Sohnes kennengelernt«, sagte Pater Aiden. *Sei vorsichtig*, ermahnte er sich selbst. *Du darfst Alvirah unter keinen Umständen zu verstehen geben, dass du Alexandra Moreland schon einmal begegnet bist.*

»Ja. Wir haben uns angefreundet, nachdem ich eine Kolumne über sie geschrieben habe. Daraufhin hat sie mich angerufen, um sich zu bedanken. Ach, Pater, ich glaube fast, Zan muss sich in einer Art Katatonie befunden haben ... oder sie hat eine gespaltene Persönlichkeit. Aber um auf Matthew zurückzukommen – ich wüsste von niemandem, der den Kleinen an ihrer Stelle aufziehen könnte.«

»Sie hat keine Familienangehörigen mehr?«

»Sie war ein Einzelkind. Genau wie ihre Mutter. Und ihr Vater hatte einen Bruder, der allerdings schon als Jugendlicher starb.«

»Und nahestehende Freunde?«

»Sie hat sicherlich Freunde, aber egal, wie eng man mit jemandem befreundet ist, wer würde schon bei einer Entführung mitmachen? Aber, Pater, nehmen wir an, sie hat Matthew irgendwo ausgesetzt und weiß nun nicht mehr, wo. Denn eines möchte ich beschwören: Sie selbst ist fest davon überzeugt, dass ihr Kind vermisst wird.«

Sie selbst ist fest davon überzeugt, dass ihr Kind vermisst wird. Pater Aiden hing immer noch diesem Gedanken nach, als kurz darauf der Türsteher für ihn ein Taxi anforderte.

Ich bekenne, an einem Verbrechen und an einem Mord mitzuwirken, der sehr bald geschehen wird.

Litt die junge Frau wirklich unter einer gespaltenen Persönlichkeit – oder wie hieß der neue Ausdruck dafür? Dissoziative Identitätsstörung? Und wenn dem so war, hat sich dann ihr eigentliches, wahres Ich bemerkbar gemacht, als sie zu mir in den Versöhnungsraum gekommen ist?

Das Taxi wartete. Stöhnend vor Schmerzen in den arthritischen Knien, stieg er hinten ein. Ich bin durch das Beichtgeheimnis gebunden, dachte Pater Aiden. Ich kann unmöglich erzählen, was ich weiß. Sie hat mich darum ersucht, für ihr Kind zu beten. Aber, o Herr, wenn wirklich ein Mord bevorsteht, dann flehe ich dich an, greife ein und lasse es nicht zu.

Inzwischen aber – und das konnte sich der alte Mönch beim besten Willen nicht vorstellen – waren drei Morde geplant. Und er selbst war das erste Opfer auf der Liste.

36

Josh war bereits im Büro, als Zan am Donnerstagmorgen um acht Uhr dort eintraf. Seinem Gesichtsausdruck nach zu schließen, hatte sich etwas Neues ereignet. Doch mittlerweile war sie so abgestumpft, dass sie alles nur noch gleichgültig hinnahm. »Was?«, fragte sie nur.

»Zan, du hast mir gesagt, Kevin Wilson hätte die Entscheidung zwischen dir und Bartley Longe erst einmal auf Eis gelegt?«

»Ja. Aber nach den Fotos in den Zeitungen, die zeigen, wie ich gestern zum Krankenwagen getragen wurde, ist es mit dem Auftrag wahrscheinlich vorbei. Es würde mich nicht überraschen, wenn meine Unterlagen noch heute von ihm zurückgeschickt werden.«

»Zan«, erwiderte Josh, »das mag schon sein, aber davon rede ich nicht. Zan, wie hast du nur die Stoffe und Möbel und Wandbehänge für die Musterwohnungen bestellen können, ohne das endgültige Okay für den Auftrag zu haben?«

»Du machst Witze«, entgegnete Zan mit ausdrucksloser Stimme.

»Wenn es nur so wäre. Du hast Bestellungen für die Stoffe und die Möbel und Armaturen aufgegeben. Du hast, großer Gott, *alles* bestellt. Der Liefertermin für die Stoffe ist bestätigt worden. Vom Geld mal abgesehen, wo sollen wir das ganze Zeug unterbringen?«

»Ohne Bezahlung würden sie doch nicht liefern«, sagte sie. Es muss sich um ein Versehen handeln, zumindest das kann ich beweisen, dachte Zan verzweifelt.

»Zan, ich habe bei Wallington angerufen. Sie haben ein Schreiben von dir vorliegen, in dem du um Aufschub der üblichen zehnprozentigen Anzahlung bittest, weil es sehr eilt. Du schreibst darin, du würdest die Gesamtsumme sofort begleichen, sobald der Vertrag von Kevin Wilson eintrifft. Du behauptest, er sei bereits unterzeichnet und der Honorarscheck müsse bald kommen.«

Josh griff sich ein Blatt Papier auf dem Schreibtisch. »Ich habe sie gebeten, mir eine Kopie des Briefs zu schicken. Hier ist er. Unser Briefpapier, und darauf steht deine Unterschrift.«

»Ich habe diesen Brief nicht unterzeichnet«, sagte Zan. »Ich schwöre bei meinem Leben, dass ich diesen Brief nicht unterzeichnet und nichts für die Musterwohnungen bestellt habe. Alles, was ich von unseren Lieferanten geordert habe, waren Musterproben und Bilder der Möbel und Perserteppiche und Vorhänge, die wir verwenden wollen, falls wir den Auftrag bekommen.«

»Zan«, begann Josh und schüttelte den Kopf. »Hör zu, wir müssen sofort Charley Shore kontaktieren. Als ich bei Wallington angerufen habe, dachte ich, jemandem wäre ein Fehler unterlaufen. Jetzt wurden sie natürlich hellhörig und sorgen sich um die Bezahlung. Außerdem hast du kleinere Anzahlungen für die Stoffe und einige der antiken Möbel geleistet. Du musst also Schecks ausgestellt haben, die auf dein Privatkonto laufen.«

»Ich habe diesen Brief nicht unterzeichnet«, sagte Zan nun ganz ruhig. »Ich habe auch keine Schecks ausgestellt. Und ich bin nicht verrückt.« Sie bemerkte, wie besorgt er war und dass er ihr nicht glaubte. »Josh, ich kann verstehen, wenn du kündigen willst. Sollte das alles zu einem Skandal ausarten, sollten die Lieferanten uns verklagen, möchte ich nicht, dass du da mit hineingezogen wirst. Man könnte meinen, du wärst an irgendwelchen Betrügereien beteiligt. Warum packst du nicht einfach deine Sachen und gehst?«

Er starrte sie nur an, worauf sie aufgebracht fortfuhr: »Gib es doch zu! Du glaubst auch, ich hätte meinen eigenen Sohn entführt und den Verstand verloren. Wer weiß, vielleicht bin ich wirklich gefährlich. Vielleicht brate ich dir eins über, sowie du mir den Rücken zukehrst.«

»Zan!«, brauste Josh auf. »Ich werde dich nicht im Stich lassen! Ich werde versuchen, dir zu helfen!«

Das Telefon klingelte, ein lauter, unheildrohender Klang. Josh nahm ab, lauschte, dann sagte er: »Sie ist noch nicht da. Ich gebe ihr Bescheid.«

Josh notierte sich eine Telefonnummer. Als er auflegte, sagte er: »Das war Detective Billy Collins. Er will, dass du dich mit deinem Anwalt so bald wie möglich in der Central-Park-Dienststelle einfindest. Ich werde sofort Charley Shore anrufen. Es ist noch früh, aber er hat mir gesagt, dass er immer ab halb acht in seiner Kanzlei ist.«

Gestern, dachte sich Zan, bin ich in Ohnmacht gefallen. Das darf, das *wird* mir heute nicht passieren.

Nachts, nachdem Willy sie abgesetzt hatte, hatte sie, voller Verzweiflung, reglos im Bett gelegen, während erneut eine Lampe auf Matthews Bild gerichtet war. Aus irgendeinem Grund wollte ihr der mitfühlende Blick des Mönchs nicht aus dem Kopf. Ich habe mich ihm gegenüber nicht sehr freundlich verhalten, dachte sie, aber ich habe gespürt, dass er mir helfen wollte. Er hat gesagt, er will für mich beten, und ich habe ihm gesagt, er soll stattdessen für Matthew beten. Als er meine Hände nahm, fühlte es sich an, als würde er sie segnen. Vielleicht wollte er mir helfen, mich der Wahrheit zu stellen.

Während der gesamten Nacht, ausgenommen die kurzen Phasen, in denen sie doch eindöste, hatte sie Matthews Bild nicht aus den Augen gelassen. Ihre Nachtwache. Als die Morgendämmerung anbrach, sagte sie: »Mein Kleiner, ich glaube nicht, dass du noch am Leben bist. Ich habe immer gedacht, ich würde spüren, wenn du tot bist. Ich habe mir etwas vorgemacht. Du bist tot, und für mich ist auch alles vorbei. Ich weiß nicht, was hier vor sich geht, aber ich kann nicht mehr kämpfen. Wahrscheinlich habe ich die ganze Zeit, die vielen Monate, insgeheim gewusst, dass du von jemandem entführt, missbraucht und schließlich umgebracht worden bist. Ich hätte mir nie träumen lassen, dass es so weit kommen würde, aber in der Schublade liegt eine Packung Schlaftabletten, die wird uns wieder zusammenbringen. Es ist an der Zeit, dass ich sie nehme.«

Erschöpfung und ein Gefühl großer Gelassenheit machten sich in ihr breit, schließlich schloss sie die Augen. Sie sah Pater Aidens Gesicht vor sich, als sie um Verzeihung und Verständnis bat und dann nach den Schlaftabletten griff.

In diesem Moment hatte sie Matthews Stimme gehört: »Mommy, Mommy!« Mit einem Satz war sie aus dem Bett. »Matthew!«, rief sie. Gegen jegliche Vernunft war sie in diesem Augenblick absolut davon überzeugt gewesen, dass ihr Sohn noch am Leben war.

Matthew ist am Leben, dachte sie nun, als sie Josh mit Charley Shore telefonieren hörte. Als er auflegte, sagte er: »Mr. Shore wird dich um 10.30 Uhr abholen.«

Zan nickte. »Du sagtest, dass ich die Ausgaben für die Musterwohnungen von meinem Privatkonto bezahlt haben muss. Ruf mir doch am Computer mein Bankkonto auf.«

»Ich kenne dein Passwort nicht.«

»Dann gebe ich es dir jetzt. Es lautet ›Matthew‹. Es müssen etwas mehr als siebenundzwanzigtausend Dollar sein.«

Josh setzte sich vor den Bildschirm und rief die Seite auf.

Zan bemerkte seine beunruhigte, aber wenig überraschte Miene. »Wie lautet der Kontostand?«, fragte sie.

»Zweihundertdreiunddreißig Dollar und elf Cents.«

»Dann ist da ein Hacker am Werk«, sagte sie mit tonloser Stimme.

Josh ging nicht darauf ein. »Zan, was machen wir mit den Bestellungen, die du aufgegeben hast?«, fragte er.

»Du meinst, was machen wir mit den Bestellungen, die ich *nicht* aufgegeben habe«, sagte Zan. »Hör zu, Josh, ich habe keine Angst, zur Polizei zu fahren und mit Detective Collins zu reden. Ich weiß, es gibt für alles eine Erklärung. Jemand hasst mich so sehr, dass er versucht, mich zu vernichten. Und dieser Jemand ist Bartley Longe. Das habe ich Detective Collins und seiner Partnerin bereits nach Matthews Verschwinden gesagt, aber sie haben es nicht ernst genommen. Ich weiß es. Und wenn Bartley mich so sehr hasst, dass er mich beruflich vernichten will, dann geht sein Hass vielleicht auch so weit, dass er meinen

Sohn kidnappt und ihn jemandem gibt, der sich ein Kind wünscht.«

»Zan, sag das nicht gegenüber der Polizei. Ehe du dichs versiehst, verwenden sie es gegen dich«, flehte Josh sie an.

Die Gegensprechanlage summte. Josh griff zum Hörer. Es war der Gebäudeverwalter. »Für Sie ist eine Lieferung eingetroffen. Ziemlich groß und ziemlich schwer.«

Zehn Minuten später wurden zwanzig lange Stoffrollen ins Büro gebracht. Zan und Josh mussten den Schreibtisch zur Seite schieben und die Stühle im hinteren Zimmer stapeln, um Platz zu schaffen. Nachdem die Spediteure fort waren, öffnete Josh den an einer Rolle beigelegten Lieferschein und las ihn laut vor. »Einhundert Meter Stoffbahnen zu 125 Dollar pro Meter. Zahlbar innerhalb von zehn Tagen. Zahlungsverpflichtung nicht stornierbar, gezahlte Beträge nicht erstattungsfähig. Brutto-Gesamtbetrag: 13 874 Dollar.«

Er sah zu Zan. »Wir haben vierzigtausend Dollar auf der Bank und sechzehntausend Dollar an ausstehenden Forderungen. Du hast dich so sehr auf die Musterwohnungen konzentriert, dass du für die vier kleineren Aufträge, die wir an Land gezogen haben, so gut wie nichts gemacht hast. Nächste Woche ist die Miete fällig, dazu die Zahlung für das Darlehen, das du aufgenommen hast, um das Büro zu eröffnen, ganz zu schweigen von den sonstigen Kosten und unseren Gehältern.«

Erneut klingelte das Telefon. Diesmal machte Josh keinerlei Anstalten, den Hörer abzunehmen. Zan eilte an den Apparat. Es war Ted. Wütend fauchte er: »Zan, ich bin auf dem Weg zu Detective Collins. Als Matthews Vater habe ich gewisse Rechte – Rechte, die du mir vorsätzlich genommen hast. Ich werde darauf bestehen, dass du auf der Stelle verhaftet wirst, und ich werde Himmel und Hölle in Bewegung setzen, damit du endlich damit herausrückst, was du mit meinem Sohn gemacht hast.«

37

Toby Grissom drückte die Tür zum 13. Revier in Manhattan auf, achtete nicht auf das geschäftige Treiben und näherte sich dem Sergeant hinter dem Empfangstresen.

»Ich bin Toby Grissom«, begann er schüchtern, was sich aber schnell verlor, als er fortfuhr: »Meine Tochter wird vermisst, und ich glaube, dass irgend so ein vornehmer Innendesigner der Grund dafür ist.«

Der Sergeant sah ihn an. »Wie alt ist Ihre Tochter?«

»Im letzten Monat dreißig geworden.«

Der Sergeant ließ sich seine Erleichterung nicht anmerken. Er hatte schon befürchtet, es wieder mit einer dieser jungen Ausreißerinnen zu tun zu haben, die manchmal von Zuhältern aufgegriffen wurden und als Prostituierte endeten oder spurlos verschwanden. »Mr. Grissom, wenn Sie Platz nehmen wollen. Ich werde einen unserer Detectives bitten, Ihre Angaben aufzunehmen.«

Toby, die Wollmütze in der Hand und unter dem Arm einen großen Umschlag, ließ sich auf einer der Bänke neben dem Tresen nieder und beobachtete gleichgültig das Kommen und Gehen der uniformierten Polizisten, die manchmal jemanden in Handschellen begleiteten.

Eine Viertelstunde später trat ein wuchtiger Mann Mitte dreißig mit schütteren blonden Haaren auf ihn zu.

»Mr. Grissom, ich bin Detective Wally Johnson. Tut mir leid, dass ich Sie habe warten lassen. Wenn Sie mir zu meinem Schreibtisch folgen wollen, dann können wir uns unterhalten.«

Gehorsam erhob sich Toby. »Ich bin das Warten gewohnt«, sagte er. »Mir kommt es vor, als hätte ich mein ganzes Leben immer auf irgendwas gewartet.«

»So geht es doch jedem von uns manchmal«, pflichtete Wally Johnson ihm bei. »Hier entlang.«

Der Schreibtisch des Detective stand in einem großen Raum mit vielen anderen Tischen, von denen die meisten nicht besetzt waren. Die Akten darauf ließen aber erahnen, dass überall an irgendwelchen Fällen gearbeitet wurde.

»Wir haben Glück«, sagte Johnson, während er einen Stuhl für Toby heranzog. »Ich bin nicht nur zu einem Platz neben dem Fenster mit toller Aussicht befördert worden, es ist hier auch eines der ruhigeren Fleckchen im ganzen Gebäude.«

Toby wusste nicht, woher er den Mut nahm, dem Polizisten offen seine Meinung zu sagen. »Detective Johnson, es interessiert mich nicht, wo Sie gern sitzen. Ich bin hier, weil meine Tochter vermisst wird. Ich glaube, ihr ist etwas zugestoßen oder sie befindet sich in ernsthaften Schwierigkeiten, aus denen sie herausgeholt werden muss.«

»Können Sie mir erklären, was Sie damit meinen, Mr. Grissom?«

Nachdem er mit der Sekretärin in Bartley Longes Büro und den beiden jungen Frauen gesprochen hatte, mit denen Glory zusammengewohnt hatte, fiel es Toby schwer, die ganze Geschichte abermals zu erzählen. Aber das ist doch idiotisch, sagte er sich. Ich muss dem Polizisten klarmachen, dass ich keinen Unsinn rede, sonst jagt er mich einfach davon.

»Der richtige Name meiner Tochter lautet Margaret Grissom«, begann er. »Ich habe sie immer Glory genannt, weil sie als Baby einfach so herrlich war, wenn Sie verstehen. Mit achtzehn ist sie von Texas nach New York gegangen. Sie wollte Schauspielerin werden. Sie ist in ihrer Highschool als beste Schauspielerin ausgezeichnet worden.«

O Gott, dachte Johnson, wie viele von den Mädels, die in irgendeinem Schultheater spielen, kommen nach New York, »um ihren Traum wahrzumachen«? Er musste sich zusammenreißen, um Grissoms Geschichte zu folgen. Dieser erzählte von seiner Tochter, die den Künstlernamen Brittany La Monte angenommen habe und ein so guter Mensch gewesen sei. Und so hübsch sei sie gewesen, dass ihr Rollen in Pornofilmen angeboten wurden, die sie aber abgelehnt habe. Dann habe sie mit der Maskenbildnerei angefangen und damit genug zum Lebensunterhalt verdient, sie habe ihm sogar immer hübsche kleine Geschenke zum Geburtstag und zu Weihnachten geschickt. Und ...

Es war an der Zeit, dass Johnson ihn unterbrach. »Sie sagten, sie sei vor zwölf Jahren nach New York gekommen. Wie oft haben Sie sie in dieser Zeit gesehen?«

»Fünfmal. Glory hat immer jedes zweite Weihnachten bei mir gefeiert. Nur, vor fast zwei Jahren hat sie im Juni angerufen und gesagt, sie würde Weihnachten nicht kommen können. Sie hätte nämlich einen neuen Job, über den sie nicht viel sagen darf, bei dem sie aber eine Menge verdient. Als ich sie fragte, ob irgendein Typ sie aushält, sagte sie: ›Nein, nein, Daddy, wirklich nicht, versprochen.‹«

Und das glaubt er auch noch, dachte Wally Johnson.

»Sie hat von einer Vorauszahlung gesprochen, fast die gesamte Summe davon hat sie mir gegeben. *Fünfundzwanzigtausend Dollar*. Können Sie sich das vorstellen? Sie wollte nur sichergehen, dass es mir an nichts mangelt, weil sie sich in nächster Zeit nicht mehr melden würde. Ich dachte, sie arbeitet für die CIA oder so was.«

Oder Margaret-Glory-Brittany hatte sich einen Milliardär an Land gezogen, dachte sich Detective Johnson.

»Das Letzte, was ich von ihr bekommen habe, war eine Postkarte aus New York, das war vor einem halben Jahr. Sie hat geschrieben, dass der Job länger als erwartet dauert und sie sich Sorgen um mich macht und mich vermisst«, fuhr Grissom fort. »Deswegen bin ich jetzt in New York. Ich habe von meinem Arzt eine schreckliche Diagnose bekommen, außerdem habe ich allmählich das Gefühl, dass sie irgendwo festgehalten wird. Ich habe die jungen Frauen besucht, mit denen sie zusammengewohnt hat, die haben mir erzählt, dass so ein großspuriger Designer ihr den Kopf verdreht und ihr weisgemacht hat, er würde sie mit Theaterleuten zusammenbringen und einen Star aus ihr machen. An den Wochenenden ist sie mit ihm in sein Haus in Connecticut gefahren, dort sollte sie wichtige Leute treffen.«

»Wer war dieser Designer, Mr. Grissom?«

»Bartley Longe. Er hat ein schickes Büro in der Park Avenue.«

»Haben Sie mit ihm geredet?«

»Er hat mir das Gleiche gesagt wie Glory. Er hat sie als Model angestellt für die Präsentation der Musterwohnungen, die er gestaltet hat, und sie mit Theaterleuten bekanntgemacht. Aber die haben ihm alle erzählt, dass es Glory an Talent fehlt, und irgendwann wollte er diesen Leuten mit

Glory nicht mehr auf die Nerven fallen. Und das war es dann, behauptet er.«

Wahrscheinlich war es das wirklich, dachte Wally Johnson. Das Übliche. Der Typ verspricht ihr das Blaue vom Himmel, fährt ein wenig auf sie ab, wird ihrer schließlich überdrüssig und sagt ihr, sie soll sich zum Teufel scheren und nächstes Wochenende nicht mehr bei ihm auftauchen.

»Mr. Grissom, ich werde der Sache nachgehen, aber ich fürchte, wir werden nicht recht weit kommen. Mehr würde mich dieser mysteriöse Job interessieren, von dem Ihre Tochter gesprochen hat. Können Sie dazu etwas mehr sagen?«

»Nein«, antwortete Toby Grissom.

Wally Johnson kam sich wie ein Schwindler vor. Ich sollte dem armen Kerl lieber sagen, dass seine Tochter eine Prostituierte ist, die irgendwas mit einem Typen am Laufen hat und es vorzieht, sich bedeckt zu halten, dachte er.

Trotzdem stellte er die üblichen Fragen. Größe, Gewicht, Augenfarbe, Haarfarbe.

»Das können Sie an Glorys Publicity-Fotos sehen«, sagte Toby Grissom. »Vielleicht gefällt Ihnen ja eines.« Er griff in seinen Umschlag und zog ein halbes Dutzend A4-Aufnahmen heraus. »Sie wissen schon, auf dem einen Bild sollen die Mädchen süß und unschuldig aussehen, auf dem anderen sexy, und wenn sie kurze Haare haben wie Glory, werden ihnen Perücken aufgesetzt und solches Zeug.«

Wally Johnson betrachtete die Bilder. »Sie ist *wirklich* hübsch«, sagte er.

»Ja, ich weiß. Ich meine, mir hat sie mit langen Haaren immer am besten gefallen, aber sie sagt, mit guten Perücken ist es einfacher, dann kann man jede beliebige Person spielen.«

»Mr. Grissom, können Sie mir den Abzug dalassen, auf dem sie in verschiedenen Posen zu sehen ist? Der sollte für unsere Zwecke am nützlichsten sein.«

»Natürlich.« Toby Grissom erhob sich. »Ich kehre nach Texas zurück. Ich brauche meine Chemo-Behandlungen. Die werden mir wahrscheinlich nicht das Leben retten, aber ich hoffe, noch so lange durchzuhalten, dass ich meine Glory noch mal sehen kann.« Er machte Anstalten zu gehen, kam dann aber noch einmal an Johnsons Schreibtisch zurück. »Sie werden mit diesem Bartley Longe reden?«

»Ja, das werde ich. Wenn sich was ergeben sollte, werden wir uns bei Ihnen melden, versprochen.«

Wally Johnson schob Margaret-Glory-Brittanys Hochglanz-Bilder unter die Uhr an der Ecke seines Schreibtisches. Sein Gefühl sagte ihm, dass die junge Frau am Leben war, dass es ihr gutging und sie in eine schmutzige, wenn nicht sogar illegale Sache verwickelt war.

Ich werde diesen Longe mal anrufen, dachte Johnson, dann kommen Glorys Fotos dorthin, wo sie hingehören, in die Akte mit den aussichtslosen Fällen.

38

Am Donnerstag um neun Uhr traf Ted Carpenter in der Central-Park-Dienststelle der Polizei ein. Abgezehrt und ausgelaugt von den aufwühlenden Ereignissen der vergangenen eineinhalb Tage, stellte er sich in barschem Ton vor und sagte, er sei mit Detective Billy Collins verabredet. »Ich glaube, er hat auch etwas von einer Partnerin erzählt, die soll ebenfalls dabei sein«, fügte er hinzu, noch bevor der Sergeant am Tresen irgendetwas erwidern konnte.

»Detective Collins und Detective Dean erwarten Sie«, kam es schließlich vom Sergeant, ohne auf Carpenters gereizten Ton einzugehen. »Ich gebe ihnen Bescheid, dass Sie hier sind.«

Kaum fünf Minuten später saß Ted mit Billy Collins und Jennifer Dean an einem Konferenztisch in einem kleinen Büro.

Billy dankte ihm für sein Kommen. »Ich hoffe, es geht Ihnen besser, Mr. Carpenter. Ihre Sekretärin, die gestern angerufen hat, um den Termin zu vereinbaren, meinte, Sie fühlten sich nicht sonderlich wohl.«

»Das stimmt, daran hat sich auch nichts geändert«, erwiderte Ted. »Und das hat nicht nur körperliche Ursachen. Was habe ich in den letzten zwei Jahren nicht alles durchgemacht, und dann muss ich diese Fotos sehen und erkennen, dass meine Ex-Frau, Matthews Mutter, meinen Sohn entführt hat ... So was kann einen in den Wahnsinn treiben.«

Seine Wut war nicht zu überhören. »Immer habe ich der Babysitterin die alleinige Schuld gegeben. Mittlerweile frage ich mich aber, ob sie lediglich die Komplizin meiner Ex-Frau ist. Zan hat ihr ständig Geschenke gemacht, Kleidung zum Beispiel, die sie nicht mehr getragen hat.«

Billy Collins und Jennifer Dean, beide gewohnt, sich ihre Überraschung nicht anmerken zu lassen, wussten nur allzu gut, was dem jeweils anderen jetzt durch den Kopf ging. Das war ein Aspekt, den sie nie in Betracht gezogen hatten. Wenn es wirklich so war, wieso belastete dann Tiffany Shields ihre frühere Arbeitgeberin und behauptete, Zan habe sie und Matthew absichtlich unter Drogen gesetzt?

Billy beschloss, auf Ted Carpenters Kommentar vorerst nicht einzugehen. »Mr. Carpenter, wie lange waren Sie und Ms. Moreland verheiratet?«

»Ein halbes Jahr. Was hat das damit zu tun?«

»Uns interessiert, in welcher geistigen Verfassung sich Ms. Moreland befunden hat. Sie haben uns damals erzählt, Sie seien nach dem Tod ihrer Eltern nach Rom geflogen und hätten sich um die Bestattungsformalitäten gekümmert. Das klang ganz danach, als wäre sie Ihnen sehr dankbar gewesen.«

»Dankbar! So kann man es auch nennen. Sie hat es doch kaum ausgehalten, wenn ich das Zimmer verlassen habe. Sie hatte hysterische Heulkrämpfe und war ständig kurz davor, in Ohnmacht zu fallen. Sie gab sich selbst die Schuld, ihre Eltern nicht schon früher besucht zu haben. Sie gab Bartley Longe die Schuld, ihr nicht früher Urlaub zugestanden zu haben. Sie gab dem Verkehr in Rom die Schuld für den Herzinfarkt ihres Vaters.«

»Und trotz dieser gewaltigen emotionalen Belastung, unter der sie stand, haben Sie sie geheiratet?«, fragte Jennifer Dean leise.

»Zan und ich hatten damals eine lockere Beziehung, wir waren beide am jeweils anderen interessiert, und ich denke, ich war halb verliebt in sie. Sie ist eine schöne Frau, wie Sie vielleicht schon bemerkt haben werden. Sie ist intelligent und eine talentierte Innendesignerin, was, wie ich anfügen sollte, an Bartley Longe lag, der sie nach ihrem Abschluss am FIT als persönliche Assistentin eingestellt hat.«

»Dann ist es Ihrer Meinung nach also ungerecht, wenn Ms. Moreland Bartley Longe dafür verantwortlich macht, dass sie ihre Eltern nicht früher besuchen konnte?«

»Ja, ich halte es für ungerecht. Sie wusste ganz genau, dass er sie nie und nimmer gefeuert hätte, nur weil sie sich ein paar Wochen frei nehmen wollte. Er hätte Zeter und Mordio geschrien, ja, aber letzten Endes war er doch auf sie angewiesen.«

»Sie sagten, Sie hätten damals zu Ms. Moreland eine lockere Beziehung gehabt und seien halb verliebt gewesen. Haben Sie ihr damals auch klargemacht, wie Sie ihr Arbeitsverhältnis zu Longe gesehen haben?«

»Natürlich. Tatsache ist doch, dass ihr Longe die Chance ihres Lebens geboten hat. Er hatte damals den prestigeträchtigen Auftrag, für Toki Swan, den Rockstar, ein Penthouse in TriBeCa zu gestalten. Da er selbst mit einem Herrenhaus in Palm Beach bis über beide Ohren ausgelastet war, hat er den Auftrag mehr oder wenig vollständig an Zan abgetreten. Sie ging völlig in ihrer Arbeit auf, keine zehn Pferde hätten sie zu der Zeit in einen Flieger gebracht.«

»Hat Ms. Moreland Anzeichen von Überarbeitung gezeigt, bevor sie nach Rom flog? Hat irgendetwas auf einen drohenden Zusammenbruch hingewiesen?«

»Soweit ich weiß, wollte Longe, dass sie nach Beendigung ihres Auftrags noch einige Wochen blieb, um ihm bei der Fertigstellung des Palm-Beach-Projekts zu helfen. Da ist es zwischen ihnen zu dem großen Streit gekommen, worauf sie gekündigt hat. Wie gesagt, ihre sogenannte Entlassung war ein Witz.«

»Hätten Sie ihr nach dem Tod ihrer Eltern nicht auch helfen können, ohne sie gleich zu heiraten?«, fragte Jennifer Dean.

»Genauso gut könnten Sie einen Passanten fragen, warum er nicht den Notruf wählt, statt sofort zur Tat zu schreiten, wenn er mit ansieht, wie jemand in einem brennenden Auto eingeschlossen ist. Zan hat das Gefühl gebraucht, ein Zuhause und eine Familie zu haben. Das habe ich ihr gegeben.«

»Aber sie hat Sie dann sehr schnell wieder verlassen.«

Ted brauste auf. »Ich bin nicht hierhergekommen, um Ratschläge über meine kurze Ehe mit der Frau einzuholen, die meinen Sohn entführt hat. Zan hatte das Gefühl, mich ausgenutzt zu haben, daraufhin ist sie ausgezogen. Erst nach unserer Trennung hat sie bemerkt, dass sie schwanger war.«

»Wie haben Sie darauf reagiert?«

»Ich habe mich gefreut. Und als mir klar wurde, dass wir weiterhin gut miteinander auskommen, habe ich ihr gesagt, ich würde sie großzügig unterstützen, damit sie ohne materielle Sorgen unser Kind großziehen kann. Aber dann hat sie beschlossen, ihr eigenes Innendesign-Büro zu eröffnen. Ich konnte es verstehen, allerdings habe ich nach der Geburt unseres Sohnes darauf bestanden, das Kindermädchen kennenzulernen, damit ich mich selbst davon überzeugen konnte, dass die Frau auch kompetent ist.«

»Haben Sie das gemacht?«

»Ja. Und das Kindermädchen, Gretchen Voorhees, war ein Geschenk des Himmels. Offen gesagt war sie Matthew mehr eine Mutter als Zan. Zan war ausschließlich darauf fixiert, Bartley Longe Aufträge wegzuschnappen. Die Zeit, die sie dafür investiert hat, um den Auftrag von Nina Aldrich zu bekommen, spottete jeder Beschreibung.«

»Woher wissen Sie das?«

»Das hat mir Gretchen an ihrem letzten Arbeitstag erzählt. Ich habe Matthew am Nachmittag abgeholt. Gretchen ist nach Holland zurückgekehrt, um zu heiraten.«

»Hat Ms. Moreland das neue Kindermädchen angestellt, und haben Sie dieses auch kennengelernt?«

»Ich habe sie ein Mal getroffen. Ihre Zeugnisse waren gut. Sie hat einen sehr freundlichen Eindruck hinterlassen, aber offensichtlich war sie nicht zuverlässig. An ihrem ersten Arbeitstag ist sie nicht aufgetaucht, und Zan hat sich Tiffany Shields geholt, damit diese dann einfach wegdösen konnte, während sie im Central Park auf meinen Sohn hätte aufpassen sollen. Wenn Sie denn *wirklich* eingeschlafen ist.«

Ted Carpenter hatte sich in Rage geredet, er schluckte, hielt inne, bevor er die Fäuste ballte und mit lauter Stimme fortfuhr: »Ich will Ihnen sagen, was an diesem Tag geschehen ist. Zan hat an diesem Tag beschlossen, dass ihr

Matthew nur im Weg ist. Vielleicht war ihr das auch schon länger klar. Gretchen hat mir erzählt, dass sie an ihren freien Tagen oft arbeiten musste, weil Zan immer viel zu viel mit ihren Dingen beschäftigt war, um sich um ihr Kind zu kümmern. Sie war ja ganz davon erfüllt, eine berühmte Innendesignerin zu werden! Sie ist auch auf dem besten Weg dahin. Das ganze Gerede, sie würde jeden Cent in Privatdetektive investieren, um Matthew zu finden ... das macht sie nur, um in der Öffentlichkeit gut dazustehen. Wenn sich jemand mit PR auskennt, dann ich. Ich arbeite in dieser Branche. Schauen Sie sich nur den Artikel an, den *People* letztes Jahr zum ersten Jahrestag von Matthews Verschwinden gebracht hat. Sie führt die Reporter in ihrer bescheidenen Drei-Zimmer-Wohnung herum, betont, dass sie lieber zu Fuß geht, statt sich ein Taxi zu gönnen, damit sie jeden gesparten Cent in die Suche nach Matthew stecken kann ... Und dann achten Sie mal darauf, wie oft sie darauf hinweist, welch großartige Innendesignerin sie ist!«

»Sie wollen damit sagen, Ihre Ex-Frau wollte ihren Sohn loswerden, weil er zu einer Belastung für ihre Karriere geworden ist?«

»*Genau das* sage ich. Sie ist die geborene Märtyrerin. Wie viele haben ihre Eltern bei einem Autounfall verloren und es trotz ihrer Trauer und allem Leid geschafft, mit dem Leben fertigzuwerden? Hätte sie mich gefragt, ob ich das alleinige Sorgerecht für Matthew übernehmen wolle, ich hätte es sofort gemacht.«

»Haben Sie um das Sorgerecht ersucht?«

»Genauso gut könnten Sie verlangen, dass sich die Erde nicht mehr um die Sonne dreht. Wie hätte das in den Medien denn ausgesehen?«

Ted erhob sich. »Mehr habe ich nicht zu sagen. Folgendes vielleicht noch: Ich nehme an, Sie haben mittlerweile die im Central Park aufgenommenen Fotos überprüft. Falls sie nicht manipuliert wurden – und Sie haben nichts dergleichen verlauten lassen –, möchte ich wissen, warum Sie Alexandra Moreland noch nicht verhaftet haben. Ihnen liegen eindeutige Beweise vor, dass sie meinen Sohn entführt hat. Sie wurden von ihr die ganze Zeit nach Strich und Faden belogen. Ich könnte sie wahrscheinlich verklagen, weil sie mir meinen Sohn vorenthalten hat, schließlich gesteht mir laut Gesetz das Besuchsrecht zu. Aber Sie sollten endlich zur Tat schreiten, weil gegen sie der dringende Verdacht besteht, meinen Sohn entführt und ermordet zu haben. Worauf warten Sie also noch?«

Die Tränen liefen ihm über die Wangen, während er seine letzten Worte wiederholte: »Worauf warten Sie noch?«

39

Nicht nur die Schmerzen in den arthritischen Knien – seine nächtlichen Besucher, wie er sie nannte – hielten Pater Aiden den Großteil der Nacht wach, sondern auch die Frau, die gestanden hatte, an einem Verbrechen und einem bevorstehenden Mord mitzuwirken, und deren Namen er jetzt kannte: Alexandra Moreland.

Was für eine Ironie des Schicksals, sie ausgerechnet bei Alvirah und Willy kennengelernt zu haben. Zwischen zwei und vier Uhr morgens durchlebte er erneut jede einzelne Sekunde ihres kurzen Treffens. Es war nicht zu übersehen, wie sehr Zan unter alldem zu leiden hatte. Ihr Blick, ihr Gesichtsausdruck glichen der einer trostlosen Menschenseele, einer Seele, die in die Hölle verbannt worden war, falls ein solcher Vergleich statthaft war. *Gott hat vergessen, dass es mich gibt*, hatte sie gesagt.

Davon scheint sie wirklich überzeugt zu sein, dachte Pater Aiden. Und trotzdem hat sie mich aufgefordert, für ihr Kind zu beten. Wenn ich ihr doch nur helfen könnte! Bei der Beichte hat sie ganz klar ausgesprochen, woran sie beteiligt und was geplant ist. Daran besteht kein Zweifel, ebenso steht außer Frage, dass sie es war, die zu mir in den Versöhnungsraum gekommen ist.

Alvirah, die Zan gut kennt, hat sie auf den Überwachungskameras zweifelsfrei erkannt und ist auch davon überzeugt, dass sie die Frau auf den Fotos aus dem Central Park ist. Wenn ich doch nur das Thema ihrer gespaltenen Persönlichkeit anschneiden könnte, dachte Pater Aiden, vielleicht kümmern sich Alvirah und Willy dann darum, dass sie die richtigen Medikamente bekommt ... Aber ich darf nichts sagen, selbst wenn es ihr helfen könnte.

Er würde dafür beten, dass irgendwie die Wahrheit ans Licht kommen würde und ihr Sohn gerettet werden könnte. Falls es dafür nicht schon zu spät war. Nach einer Weile schlummerte er schließlich doch ein. Kurz vor Morgengrauen wachte er erneut auf. Zans Gesicht stand ihm vor Augen. Und noch etwas war da. Etwas, was er geträumt hatte und was ihn beunruhigte. Er spürte in sich erste leise Zweifel, ohne den Grund dafür zu kennen.

Wieder sprach er flüsternd ein Gebet für sie und für ihren Sohn, bevor er abermals einschlief, bis ihn der Wecker zur Acht-Uhr-Messe in der Unterkirche hochschrecken ließ.

Kurz vor halb zehn, während Pater Aiden die Post auf seinem Schreibtisch durchging, wurde ihm ein Anruf durchgestellt. Alexandra Moreland war dran. »Pater«, sagte sie, »ich muss mich kurz fassen. Mein Anwalt wird gleich kommen und mich zur Polizei begleiten. Die in Matthews Fall ermittelnden Beamten wollen mich sprechen, und soweit ich weiß, werden sie mich verhaften. Ich wollte mich bei Ihnen für mein Verhalten letzten Abend entschuldigen und Ihnen danken, dass Sie für Matthew gebetet haben. Folgendes wollte ich Ihnen noch sagen: Heute Morgen war ich kurz davor, eine Überdosis Schlaftabletten zu nehmen, aber die Art und Weise, wie Sie mich gestern angesehen und wie Sie meine Hände gehalten haben, hat mich davon zurückgehalten. Seien Sie beruhigt, es wird nicht wieder vorkommen. Ich muss Ihnen danken, und bitte beten Sie für Matthew, und wenn es Ihnen nichts ausmacht, legen Sie auch für mich ein gutes Wort ein.«

Damit beendete sie das Gespräch. Erstaunt saß Pater Aiden an seinem Schreibtisch. Genau daran habe ich mich zu erinnern versucht, dachte er: wie sich ihre Hände angefühlt haben.

Aber warum?

Was hatte es damit auf sich?

40

Nach dem gemütlichen Essen mit ihrer Freundin Rebecca und nicht zuletzt wegen der mehreren Gläser Wein, die sie beide dazu genossen hatten, hatte Penny tief und fest geschlafen und sich sogar den Luxus gegönnt, ihre morgendliche Tasse Kaffee mit ins Bett zu nehmen. Gegen die Kissen gelehnt, sah sie sich im Fernsehen die Nachrichten an. Erneut wurden kurz die Fotos von Zan Moreland gezeigt, wie sie ihr Kind aus dem Buggy nahm, daneben Aufnahmen von ihr auf einer Bahre, die zu einem Krankenwagen gebracht wurde.

»Sofern die Fotos nicht manipuliert wurden, müsste meiner Meinung nach Alexandra Morelands Verhaftung unmittelbar bevorstehen«, erklärte der Rechtsexperte des Senders in *Today*.

»Man hätte sie schon gestern verhaften sollen!«, raunzte Penny dem Fernseher entgegen. »Worauf warten sie denn noch, auf einen Fingerzeig Gottes?« Kopfschüttelnd stand sie ein zweites Mal auf, zog einen warmen Morgenmantel an, brachte die Tasse in die Küche und machte sich an die Zubereitung ihres gewohnt herzhaften Frühstücks.

Bernie rief an, als sie gerade mit ihrer letzten Toastscheibe das restliche Eigelb von ihrem Teller wischte. Er klang verstimmt und erzählte ihr, die Reparatur seines Lasters würde noch zwei Stunden dauern, er käme daher nicht vor dem Nachmittag. »Ich hoffe, du und Rebecca habt mir noch was vom Schmorfleisch übrig gelassen.«

»Für dich ist noch mehr als genug da«, versicherte ihm Penny, bevor sie sich verabschiedete. Männer, dachte sie und schüttelte nachsichtig den Kopf. Er ist doch bloß sauer, weil er in King of Prussia festsitzt, und jetzt sucht er einen Grund, um seine schlechte Laune an mir auszulassen. Ich hätte ihm sagen sollen, dass Rebecca und ich alles ratzeputz weggefuttert haben und es heute Abend Tiefkühlpizza gibt.

Als sie den Geschirrspüler volllud, sah sie, dass am Ende der Anfahrt der Briefträger gerade die Post einwarf. Nachdem sein Wagen verschwunden war, schnürte sie den Gürtel des Morgenmantels fester und eilte nach draußen. Es war zwar bereits Frühling, aber man wusste ja nie, dachte sie sich, öffnete den Briefkasten, nahm den kleinen Packen Briefe heraus und eilte noch schnelleren Schritts zurück in die Wärme des Hauses.

Die ersten Umschläge waren Schreiben von Wohltätigkeitsvereinigungen. Einer beinhaltete eine fingernagelgroße Probe einer neuen Gesichtscreme. Der letzte Umschlag aber entlockte ihr ein Lächeln. Er stammte von Alvirah Meehan. Sofort riss sie ihn auf. Er enthielt die Einladung zum halbjährlichen Treffen der Selbsthilfegruppe für Lotteriegewinner, das in der folgenden Woche in Alvirahs und Willys Wohnung stattfinden sollte.

Alvirah hatte eine persönliche Notiz dazugelegt: »Liebe Penny, ich hoffe, Bernie und du werdet kommen. Es ist immer sehr schön, euch zu sehen.«

Wir werden kommen, dachte Penny erfreut, nachdem sie

in Gedanken Bernies Terminplan durchgegangen war. Und ich bin schon sehr gespannt, was du über diese Moreland denkst. Ich weiß doch, dass ihr irgendwie befreundet seid.

Ihre Vorfreude ebbte ein wenig ab, als sie nach oben ging, duschte und sich ankleidete. Irgendetwas irritierte sie, und das hatte mit dieser abweisenden und unfreundlichen Gloria Evans in Owens' Farmhaus zu tun. Dabei ging es ihr gar nicht so sehr um die brüske Ablehnung ihrer Blaubeer-Muffins und auch nicht um den Spielzeuglaster. Die Frau wollte angeblich ein Buch zu Ende schreiben, aber selbst Autoren, die für sich sein wollten, knallten einem doch nicht einfach so die Tür vor der Nase zu, oder?

Penny, von Natur aus sparsam, fand es überaus seltsam, was Rebecca ihr von Gloria Evans erzählt hatte – dass diese, ohne mit der Wimper zu zucken, die Miete für ein ganzes Jahr hingeblättert hatte, obwohl sie nur drei Monate bleiben wollte.

Mit dieser Dame, entschied sie, stimmt etwas nicht. Und außerdem ist sie nicht nur unfreundlich, sie ist auch hochgradig nervös geworden, als ich vor ihrer Tür aufgetaucht bin. Ob sie dort draußen irgendwelche illegalen Sachen treibt, möglicherweise sogar Drogen verkauft? Würde doch keiner mitbekommen, wenn jemand mitten in der Nacht bei ihr vorfährt. Owens' Haus ist das einzige an der Straße, die kurz darauf an einem Feld endet.

Ich würde sie ja nur zu gern im Auge behalten, dachte sie. Das Problem ist nur: Sollte Gloria Evans zufällig am Fenster stehen, sieht sie mich vorbeifahren, wenden und zurückkommen. Und wenn sie wirklich in irgendwelche Machenschaften verstrickt ist, könnte sie dadurch misstrauisch werden.

Und während Penny mit gespitzten Lippen leuchtend roten Lippenstift auftrug – ihre einzige Extravaganz –, musste sie plötzlich schallend loslachen, sodass sie sich den Lippenstift über die Wange schmierte. »Heiliger Strohsack«, sagte sie laut, »jetzt weiß ich, was mich an dieser Evans so irritiert hat. Sie erinnert mich an diese Moreland. Ist das nicht ein Ding? Mal abwarten, bis ich Alvirah erzähle, mit welchen dubiosen Angelegenheiten ich mich hier herumschlage. Sie wird sich köstlich amüsieren.«

41

Charley Shore konnte sein Erstaunen nicht verhehlen, als Josh die Tür zu Moreland Interiors öffnete und er die Stoffrollen bemerkte, die an der Wand lehnten und das halbe Büro einnahmen.

»Ein Missverständnis mit einem unserer Lieferanten«, erklärte Josh.

»Nein, kein Missverständnis«, korrigierte Zan ihn. »Mr. Shore ... oder Charley, nachdem wir uns ja darauf geeinigt haben, uns mit Vornamen anzusprechen: Jemand bestellt auf unseren Namen Materialien für einen Auftrag, den wir noch gar nicht haben, und hackt sich in mein Bankkonto ein.«

Sie hat wirklich den Verstand verloren, dachte sich Shore, ohne sich das Geringste anmerken zu lassen. »Wann haben Sie das alles herausgefunden, Josh?«

»Als Erstes ist uns vorgestern aufgefallen, dass jemand auf Zans Namen ein Einfach-Flugticket erster Klasse für nächste Woche nach Südamerika bestellt und unser Geschäftskonto damit belastet hat«, sagte Josh, um einen sachlichen Tonfall bemüht. »Dann kamen Rechnungen für teure Kleidung. Und jetzt bekommen wir von unseren Lieferanten Teppiche und Stoffe und Wandbehänge, die wir gar nicht bestellt haben.«

»Josh will Ihnen damit zum Ausdruck bringen, dass er glaubt, ich bilde mir das alles nur ein. Er glaubt nicht, dass hier ein Hacker am Werk ist«, sagte Zan ruhig. »Aber so ist es, und es sollte auch nicht schwer zu beweisen sein.«

»Wie wurden die Bestellungen bei Ihren Lieferanten aufgegeben?«, fragte Charley Shore.

»Telefonisch und ...«, begann Josh.

»Zeig Charley den Brief, Josh«, unterbrach Zan ihn.

Josh reichte dem Anwalt den Brief. »Das ist Ihr Briefpapier?«, fragte er.

»Ja«, antwortete Zan.

»Und auch Ihre Unterschrift, Zan?«

»Sie sieht aus wie meine Unterschrift, aber ich habe den Brief nicht unterzeichnet. Ich würde diesen Brief gern mit zur Polizei nehmen. Ich glaube nämlich, dass jemand sich für mich ausgibt und mich zu ruinieren versucht. Und dass diese Person auch meinen Sohn entführt hat.«

Charles Robert Shore war ein erfahrener Strafverteidiger mit einer beeindruckenden Liste von Fällen, die zugunsten seiner Mandanten entschieden worden waren, sodass er vielen Staatsanwälten ein Dorn im Auge war. Doch für den Bruchteil einer Sekunde bedauerte er jetzt seine Freundschaft zu Alvirah Meehan und die daraus resultierende Verpflichtung, ihre eindeutig psychotische Freundin zu vertreten.

Er wählte seine Worte mit Bedacht. »Zan, haben Sie diesen Identitätsdiebstahl bereits der Polizei gemeldet?«

Josh antwortete an ihrer Stelle. »Nein, das haben wir nicht. In den letzten Tagen war einfach zu viel los. Das verstehen Sie doch.«

»Ja«, sagte Charley leise. »Zan, es wäre von Vorteil, wenn

dieses Problem bei der Befragung durch Detective Collins und Detective Dean nicht zur Sprache kommt. Können Sie mir das versprechen?«

»Warum sollte es nicht zur Sprache kommen?«, fuhr Zan wütend auf. »Verstehen Sie denn nicht? Das ist alles Teil eines Plans, und wenn wir dem auf den Grund gehen, erfahren wir, wer Matthew festhält.«

»Zan, vertrauen Sie mir. Wir müssen das erst gründlich besprechen, bevor wir uns dazu entschließen können, ob und wann wir der Polizei davon erzählen.« Charley Shore sah auf seine Uhr. »Zan, wir müssen los. Unten wartet ein Wagen auf uns.«

»Ich verlasse und betrete das Gebäude gewöhnlich über den Lieferanteneingang«, sagte Zan. »Am Eingang lauern immer irgendwelche Reporter.«

Charley Shore betrachtete seine neue Mandantin. Sie schien sich verändert zu haben seit letztem Abend, als er sie, eine blasse, zitternde und in jeder Weise labile Person, zu Alvirah gebracht hatte.

Heute legte sie eine bemerkenswerte Entschlossenheit an den Tag. Sie trug dezentes Make-up, das ihre haselnussbraunen Augen und ihre langen Wimpern betonte. Ihr kastanienbraunes Haar, gestern noch zu einem strengen Knoten gebunden, fiel ihr offen über die Schultern. Gestern hatte sie Jeans und eine Kunstfelljacke getragen, heute steckte ihr schlanker, wohlgeformter Körper in einem dunkelgrauen Hosenanzug, wobei sie sich einen bunten Schal um den Hals drapiert hatte.

Auch Charleys Frau Lynn wusste sich zu kleiden. Seine American-Express-Abrechnung bestätigte ihm das jeden Monat aufs Neue – was er allerdings als kleinen Preis für die vielen Unannehmlichkeiten betrachtete, wenn sie wieder einmal eine Dinnerparty verpassten oder zu spät zu einer Veranstaltung im Lincoln Center erschienen, weil er einen wichtigen Fall vorzubereiten hatte. Aber wenn es nach ihm gegangen wäre, hätte er das Bild von Zan Moreland als Opfer demjenigen vorgezogen, das die Medien heute von ihr bekommen würden.

Dagegen allerdings ließ sich nichts machen. Er griff zu seinem Handy und wies seinen Chauffeur an, zur Rückseite des Gebäudes zu kommen.

Es war ein für die Jahreszeit ungewöhnlich kühler Tag, obwohl die Sonne schien und die weißen Wolken das Versprechen bereithielten, dass es wenigstens nicht mehr regnen würde. Charley sah nach oben und hoffte trotz seiner ernsthaften Zweifel, der heitere Himmel wäre ein gutes Omen.

Nachdem sie eingestiegen waren, sagte er: »Zan, Folgendes ist äußerst wichtig. Machen Sie bitte immer genau das, was ich Ihnen sage. Wenn Collins oder Dean Ihnen eine Frage stellen und ich sage Ihnen, dass Sie nicht darauf antworten sollen, dann halten Sie sich daran. Ich verstehe, Sie brennen darauf, ihnen Ihre Version der Ereignisse zu schildern, aber das dürfen Sie *auf keinen Fall* tun.«

Zan grub die Fingernägel in die Handflächen und wollte sich keinesfalls anmerken lassen, wie viel Angst sie hatte. Sie mochte Charley Shore. Er war sehr nett zu ihr gewesen und hatte sich gestern am Krankenhausbett und später im Taxi während der Fahrt zu Alvirah und Willy so väterlich gegeben. Aber ihr war klar, dass er keine Sekunde daran zweifelte, dass sie die Frau auf den Fotos vom Central Park war. Obwohl er es zu verbergen versuchte, war klar ersichtlich, dass für ihn auch der Brief an Wallington Fabrics mit ihrer Unterschrift in die gleiche Kategorie fiel.

Eines ihrer Lieblingsbücher in ihrer Kindheit war *Alice im Wunderland* gewesen. Der Ausruf »Kopf ab, Kopf ab!« kam ihr jetzt in den Sinn. Immerhin will Charley mir helfen, und wenigstens kann ich mich auf seine Ratschläge verlassen. Mir bleibt ja auch gar keine andere Wahl.

Mommy ... Mommy ... Heute Morgen habe ich Matthew gehört, erinnerte sie sich. Daran muss ich mich festhalten – dass er am Leben ist und ich ihn finden werde –, wenn ich das alles durchstehen will.

Der Wagen näherte sich der Polizeidienststelle des Central Park. Der Eingang wurde von Presseleuten mit Fernsehkameras und Mikrofonen belagert.

»Oh, zum Teufel«, murmelte Charley Shore. »Jemand muss ihnen einen Tipp gegeben haben.«

Zan biss sich auf die Lippen.

»Zan, vergessen Sie nicht, beantworten Sie *auf keinen Fall* ihre Fragen. Wenn Ihnen jemand ein Mikrofon vors Gesicht hält, ignorieren Sie es.«

Der Wagen hielt an, und Shore stieg aus. Zan folgte. Sofort stürzten sich die Reporter auf sie. Zan versuchte die Augen zu schließen, während von allen Seiten die Fragen auf sie einprasselten: »Machen Sie Ihre Aussage, Ms. Moreland?« »Wo ist Matthew, Ms. Moreland?« »Was haben Sie mit ihm gemacht, Zan?« »Glauben Sie, dass er noch am Leben ist?«

Während Charley Shore, der den Arm um sie gelegt hatte, sie durch die Menge zu schieben versuchte, riss sie sich von ihm los und wandte sich den Kameras zu. »Mein Sohn ist am Leben«, sagte sie. »Ich glaube die Person zu kennen, die mich so sehr hasst und auch nicht davor zurückschreckt, meinen Sohn zu entführen. Das habe ich vor zwei Jahren der Polizei zu erklären versucht, aber man wollte mir nicht glauben. Jetzt werde ich dafür sorgen, dass man mir zuhört.«

Sie drehte sich um und sah Charley Shore unumwunden in die Augen. »Tut mir leid«, sagte sie, »aber es ist an der Zeit, dass man mir endlich zuhört und die Wahrheit ans Tageslicht kommt.«

42

Kevin Wilson wohnte in einer möblierten Mietwohnung in TriBeCa, der Gegend südlich des Greenwich Village, in der früher hauptsächlich Industriebauten und Druckereien ansässig gewesen waren. Er hatte ein geräumiges Loft, das im Grunde aus einem offenen Raum bestand, in den eine Küche mit einer gut ausgestatteten Bar, ein Wohnzimmer und eine Bibliothek integriert waren. Die Möbel waren höchst modern, im angrenzenden Studio allerdings fanden sich ein großes Ledersofa sowie zwei entsprechende Sessel mit Kissen. Das Schlafzimmer war relativ klein, weil der Besitzer eine Wand eingezogen hatte, um ein voll eingerichtetes Fitnessstudio unterzubringen. Ein übergroßes Eckzimmer diente ihm als Büro. Die großen Fenster in jedem Raum sorgten dafür, dass von morgens bis abends die Sonne hereinfiel.

Kevin war froh gewesen, die Wohnung mieten zu können, und hatte vor kurzem ein Kaufangebot abgegeben. Er hegte auch bereits Pläne für mögliche Umbaumaßnahmen – er stellte sich vor, den Fitnessraum so weit zu verkleinern, dass nur noch einige wenige Geräte Platz darin fanden, dafür das Schlaf- und Badezimmer entsprechend zu erweitern und aus dem Eckzimmer zwei Gästezimmer mit einem gemeinsamen, größeren Bad zu machen.

Unter den Möbeln wählte er bereits diejenigen aus, die er behalten wollte. Den Rest wollte er wohltätigen Organisationen vermachen. Seine Mutter hatte kürzlich zu ihm gesagt, er würde anfangen, Nestchen zu bauen. »Du bist der Letzte aus deinem Freundeskreis, der noch Single ist«, erinnerte sie ihn regelmäßig. »Es ist höchste Zeit, dass du dir endlich einmal ein nettes Mädchen suchst und heiratest.« Seit kurzem ging sie sogar noch einen Schritt weiter. »Mittlerweile geben alle meine Freundinnen mit ihren Enkelkindern an«, beschwerte sie sich.

Nach dem Essen mit seiner Mutter war er sofort nach Hause gefahren. Er hatte gut geschlafen und war wie gewöhnlich um sechs Uhr morgens aufgewacht. Nach Frühstücksflocken, Saft und Kaffee und einem schnellen Blick auf die Titelseite des *Wall Street Journal* und der *Post* folgte eine Stunde Work-out im Fitnessraum. Er sah sich die Morgennachrichten an, bekam einen Teil der Sendung *Today* mit, in der irgendein Rechtsexperte die Meinung kundtat, Alexandra Morelands Verhaftung würde unmittelbar bevorstehen.

Mein Gott, dachte sich Kevin, war das wirklich möglich? Erneut spürte er das Kribbeln, das er schon wahrgenommen hatte, als sich ihre Schultern gestreift hatten. Wenn die Central-Park-Fotos nicht manipuliert sind, dann tickt sie nicht ganz richtig, musste er sich zu seinem Bedauern eingestehen.

Trotzdem wollte ihm ihr Gesicht nicht aus dem Sinn, als er duschte und sich anzog. In ihren so schönen, so ausdrucksstarken Augen hatte so große Trauer gelegen. Es war keine große Kunst, ihren Schmerz und ihr Leid wahrzunehmen. Louise hatte ursprünglich bei Moreland Interiors angerufen und Zan dazu eingeladen, sich für die Gestaltung der Musterwohnungen zu bewerben. Seltsamerweise waren sie sich dann erst begegnet, als Zan ihre Entwürfe abgegeben hatte. Sie hatte sie persönlich vorbeigebracht. Bartley Longe dagegen war von seinem Assistenten begleitet worden, der ihm seine Entwürfe getragen hatte.

Auch ein Grund, warum ich den Typen nicht mag, dachte Kevin. Longe hatte etwas Anmaßendes an sich. »Ich freue mich bereits darauf, mit Ihnen zusammenzuarbeiten, Kevin« – als hätte er den Auftrag schon sicher in der Tasche.

Es war zehn vor acht, und er war bereit, sich auf den Weg zur Arbeit zu machen. Da er sich den gesamten Tag im 701 Carlton Place aufhalten wollte, trug er ganz leger ein Sporthemd, darüber einen Sweater und Khakis. Er warf einen schnellen Blick in den Spiegel. Ein Besuch beim Friseur war längst überfällig, weshalb er sich stets vergewissern musste, dass seine Haare auch einigermaßen glatt gebürstet waren.

Als Kind hatte ich solche Locken, dass Mom immer meinte, eigentlich hätte ich ein Mädchen werden sollen. Zan Moreland hat lange, glatte Haare im dunklen Ton eines japanischen Ahorns. Mein Gott, ich wusste gar nicht, dass ich so eine poetische Ader habe, dachte er und griff sich seine Jacke, um die Wohnung zu verlassen.

Falls Louise Kirk nicht Punkt neun eintraf, würde er sich wieder ihr Geschimpfe anhören müssen, dass irgendwann einmal der Verkehr in New York ganz zum Stillstand kommen würde. Heute aber war sie eine Viertelstunde zu früh dran.

Kevin hatte ihr einmal erzählt, dass er bei seinem morgendlichen Fitnessprogramm die Fernsehsender durchzappte.

»Kevin, haben Sie zufällig *Today* gesehen, wo über Zan Moreland berichtet wurde?«, fragte sie gespannt.

Na, dachte er, vertragen wir uns wieder? Werde ich wieder mit Vornamen angesprochen?

»Ja, hab ich«, antwortete er.

Louise schien darauf gar nicht einzugehen. »Wenn an den Bildern nicht herumgepfuscht wurde – und ich verwette meinen Arm darauf, dass dem nicht so ist –, dann ist sonnenklar, dass das arme Mädel völlig verrückt ist.«

»Louise, das ›arme Mädel‹, wie Sie Alexandra Moreland nennen, ist eine äußerst begabte Innendesignerin und eine sehr attraktive Frau. Können wir uns weitere Urteile sparen und das Thema bleibenlassen?«

Es kam nur äußerst selten vor, dass Kevin gegenüber seinen Angestellten den Chef herauskehrte, in diesem Fall aber musste er seiner Verärgerung einfach Luft machen.

Als Kind hatte er auf Drängen seiner Mutter Klavierunterricht bekommen. Alle drei – seine Mutter, seine Lehrerin und er selbst – wussten recht schnell, dass er keinerlei musikalisches Talent besaß, was seine Freude an der Musik aber keineswegs geschmälert hatte. Und ein Lied lernte er sogar ganz passabel zu spielen: »The Minstrel Boy.«

Eine Textzeile daraus wollte ihm jetzt nicht aus dem Kopf: »*Wenn du von aller Welt verraten ... soll wenigstens ein Schwert deine Rechte wahren ... eine treue Harfe dir ein Loblied singen!*« Wen hatte Zan Moreland, der sie verteidigen oder sie preisen würde?, fragte sich Kevin.

Louise Kirk hatte die Botschaft verstanden. »Natürlich, Mr. Wilson«, antwortete sie etwas kleinlaut.

»Louise, lassen Sie das mit ›Mr. Wilson‹. Wir machen einen Rundgang durchs gesamte Gebäude. Holen Sie Ihren Notizblock. Mir sind nämlich ein paar Schlampereien aufgefallen, da werden einige heute noch was zu hören bekommen.«

Um zehn Uhr, als Kevin in Begleitung von Louise auf die ungleichmäßige Verfugung in den Duschen von drei Wohnungen im zwölften Stock hinwies, klingelte sein Geschäftshandy. Da er nicht gestört werden wollte, reichte er kurzentschlossen Louise den Apparat.

Sie nahm den Anruf entgegen, lauschte und sagte schließlich: »Tut mir leid, Mr. Wilson ist momentan nicht erreichbar, aber ich richte es ihm gern aus.« Sie beendete das Gespräch und gab ihm das Handy zurück. »Es war Bartley Longe«, sagte sie. »Er wollte Sie heute zum Mittagessen einladen, und falls das nicht klappt, heute oder morgen mit Ihnen zu Abend essen. Was soll ich ihm sagen?«

»Dass er das vorerst vergessen kann.« Wahrscheinlich kriegt sich Longe gar nicht mehr ein, weil er den Auftrag bekommen würde, dachte er und musste sich widerwillig eingestehen, dass dem möglicherweise ja wirklich so war. Die Musterwohnungen mussten fertiggestellt werden. Das Konsortium, dem das Gebäude gehörte, beschwerte sich bereits über die Kostensteigerungen und die unvermeidlichen Bauverzögerungen. Sie wollten so schnell wie möglich vorzeigbare Musterwohnungen, damit die Verkaufsabteilung tätig werden konnte. Sollte Zan Moreland wirklich verhaftet werden, wäre es ihr unmöglich, die Arbeiten zu beaufsichtigen. Ein Innendesigner musste vor Ort sein, wenn seine Pläne ausgeführt wurden.

Um Viertel vor elf, als er und Louise schließlich wieder

in seinem Büro waren, erschien einer der Arbeiter. »Wo sollen wir die Teppiche und das ganze andere Zeugs abladen, Sir?«

»Was soll das heißen, die Teppiche und das andere Zeugs?«, fragte Kevin.

Der Arbeiter, ein wettergegerbter Mann in den Sechzigern, schien verwirrt.

»Ich meine das Zeugs, dass diese Innendesignerin für die Musterwohnungen bestellt hat. Das ist gerade eingetroffen.«

Louise antwortete für Kevin. »Sagen Sie den Lieferanten, sie sollen alles auf der Stelle wieder dorthin schaffen, wo sie es herhaben. Die Bestellungen wurden von Mr. Wilson nicht genehmigt.«

»Bringen Sie die Lieferungen in die größte der drei Musterwohnungen«, mischte sich Kevin ein und konnte gleichzeitig kaum glauben, was er soeben gesagt hatte. Er starrte Louise nur an. »Wir kümmern uns darum. Wenn wir die Lieferungen nicht annehmen, geraten wir in die Schlagzeilen um Zan Moreland. Die Lieferanten dürften nichts anderes zu tun haben, als zur Presse zu laufen. Ich will nicht, dass mögliche Käufer dadurch abgeschreckt werden.«

Louise Kirk nickte nur und sparte sich jeden weiteren Kommentar. Kevin Wilson, dachte sie sich, du bist in diese junge Frau vernarrt.

Und hast deinen Verstand ausgeschaltet ...

43

Matthew hatte mittlerweile richtig Angst vor Glory. Es hatte am Tag davor schon angefangen, da hatte er seinen Laster im Flur liegen lassen, und diese Frau an der Tür hatte ihn gesehen. Er war in den Schrank gerannt, und Glory hatte ihn eingesperrt, aber später hatte sie gesagt, dass es ihr leidtut, aber er hatte trotzdem nicht aufhören können zu weinen. Er wollte zu seiner Mommy.

Er versuchte an Mommys Gesicht zu denken, sah aber nur einen Schatten vor sich. Aber er konnte sich an den Morgenmantel erinnern, in den sie sich immer eingewickelt hatten, und er konnte sich an ihr langes Haar erinnern, das ihn im Gesicht gekitzelt und das er immer weggewischt hatte. Wäre sie jetzt bei ihm, würde er es nicht wegwischen.

Danach, nachdem Glory ihm das komisch riechende Zeug ins Haar geschmiert hatte, gab sie ihm einen von den Muffins, die diese Frau gebracht hatte. Aber danach wurde ihm übel, und er musste spucken. Was aber nichts mit dem Muffin zu tun hatte. Nein. Manchmal, wenn Mommy nicht zur Arbeit gegangen war, hatte sie mit ihm auch Muffins gebacken. Es war genau wie mit der Seife, die er unter dem Kopfkissen hatte. Der Muffin war der Grund, warum er an Mommy denken musste.

Danach war Glory nett zu ihm gewesen. Sie las ihm eine

Geschichte vor, und sie sagte ihm auch, wie schlau er war und dass er Erwachsenenwörter besser lesen konnte als jeder andere in seinem Alter, trotzdem ging es ihm nicht besser. Dann sagte ihm Glory, er soll sich eine Geschichte ausdenken. Er dachte sich auch eine Geschichte aus – es gab einen kleinen Jungen, der hatte seine Mutter verloren und wusste, dass er sich auf den Weg machen und sie suchen musste. Glory gefiel die Geschichte nicht. Er merkte, dass sie müde war und sich nicht mehr um ihn kümmern wollte. Er war auch müde und wurde früh ins Bett gebracht.

Nachdem er lange geschlafen hatte, wachte er auf und hörte das Telefon klingeln. Obwohl seine Tür nur einen kleinen Spalt offen stand, hörte er, was Glory sagte. Sie sprach davon, dass ein Kind seiner Mutter weggenommen worden war. War er dieses Kind, von dem sie sprach? War sie der Grund, warum er nicht bei seiner Mommy war? Sie hatte ihm erzählt, Mommy wollte, dass er sich versteckt, weil böse Menschen ihn stehlen wollten.

Log sie ihn an?

44

Um zehn Uhr verließ Ted Carpenter die Polizeidienststelle und musste sich durch die versammelten Reporter drängen, um zu seinem wartenden Wagen zu kommen. Dort angelangt, blieb er stehen und sprach in das ihm hingehaltene Mikrofon. »Trotz ihres labilen Zustands habe ich zwei Jahre lang versucht, meiner Ex-Frau Alexandra Moreland zu glauben, dass sie in keiner Weise für das Verschwinden meines Sohnes verantwortlich ist. Die nun aufgetauchten Fotos beweisen allerdings, dass ich damit falsch lag. Ich kann nur hoffen, dass sie gezwungen wird, mit der Wahrheit herauszurücken, und dass Matthew, so Gott will, noch am Leben ist.«

Als die Fragen auf ihn einprasselten, schüttelte er nur den Kopf. »Bitte, keine Fragen.« Tränen standen ihm in den Augen. Er stieg in den Wagen und barg den Kopf in den Händen.

Sein Chauffeur Larry Post fuhr los und fragte dann: »Nach Hause, Ted?«

»Ja, nach Hause.« Ich kann jetzt nicht ins Büro, dachte er, ich ertrage es einfach nicht. Ich ertrage es nicht, mit anderen Leuten zu reden oder Jaime-boy von mir zu überzeugen, diesen talentfreien, egozentrischen Irren, der mit seiner sogenannten Realityshow Millionen verdient. Was zum Teufel hat mich dazu getrieben, an Matthews Geburtstag mit dieser Blutsaugerin Melissa und ihrem Anhang meine Zeit zu vergeuden? Meine Ex-Frau wird von der Polizei in die Mangel genommen, und womöglich kommen dabei neue Erkenntnisse zutage.

Im Rückspiegel bemerkte Larry Teds angespannte, abgezehrte Miene. »Ted«, sagte er, »ich weiß, es geht mich nichts an, aber du siehst aus, als würdest du krank werden. Vielleicht solltest du zum Arzt.«

»Bei meinen Problemen hilft kein Arzt«, sagte Ted müde. Er lehnte sich zurück und schloss die Augen. Er ließ das Treffen mit den beiden Polizisten Revue passieren. Den ausdruckslosen Mienen der Beamten war nichts zu entnehmen gewesen.

Was ist mit denen bloß los?, fragte er sich. Warum haben sie Zan nicht verhaftet? Stimmt etwas mit den Fotos nicht? Und wenn, warum haben sie mir dann nichts gesagt? Ich bin doch der Vater. Ich habe ein Recht darauf, es zu erfahren. Zan hat immer behauptet, Bartley Longe würde sie so sehr hassen und wäre so eifersüchtig auf ihren Erfolg, dass er alles unternehmen würde, um ihr zu schaden. Die Polizei kann doch nicht im Ernst glauben, dass ein hochrenommierter Innendesigner so weit gehen würde, ein Kind zu entführen und es möglicherweise sogar zu töten, nur um es einer ehemaligen Angestellten heimzuzahlen? Sein Schädel pochte bei der Vorstellung.

Larry Post wusste, was Ted Carpenter beschäftigte. Er machte sich fürchterliche Sorgen. Es war wirklich eine Schande, dass diese Moreland ihm einfach den Laufpass gegeben hatte, nachdem er sich so sehr um sie gekümmert hatte. Und als es ihr dann wieder besserging, hatte sie von ihm nichts mehr wissen wollen, obwohl sie mit seinem Kind schwanger war.

Mit seinem verwitterten Gesicht und dem lichten Haar wirkte Larry älter als seine achtunddreißig Jahre. Sein muskelbepackter Körper war das Ergebnis eines rigorosen täglichen Fitnessprogramms. Er hatte damit angefangen, als er im Alter von zwanzig Jahren eine fünfzehnjährige Freiheitsstrafe absitzen musste, nachdem er einen Drogendealer umgebracht hatte, der ihn hatte übers Ohr hauen wollen. Als er rauskam und in Milwaukee keine Arbeit finden konnte, rief er Ted an, seinen besten Freund aus der Highschool, und bat ihn um Hilfe. Ted holte ihn nach New York, und inzwischen war er Teds rechte Hand. Er kochte für ihn, wenn Ted einen Abend mal zu Hause verbrachte, er chauffierte ihn überallhin und kümmerte sich um alles, was in dem Gebäude so anstand, das Ted drei Jahre zuvor unsinnigerweise gekauft hatte.

Teds Handy klingelte. Wie erwartet war Melissa dran. »Gestern Abend warst du angeblich zu krank, um mit mir in den Club zu fahren, aber heute Morgen tauchst du frisch und munter bei der Polizei auf! Das gefällt mir ganz und gar nicht!«

Ted musste sich ungemein zusammenreißen, um sie nicht vor Wut anzuschreien. »Melissa, Liebes«, begann er betont ruhig, »ich habe dir doch gesagt, dass die Polizei mit mir sprechen will. Ich habe sie gestern hingehalten, und außerdem wollte ich nicht, dass du dich bei mir ansteckst. Mir geht es immer noch hundsmiserabel, und so gern ich mich mit Jaime-boy treffen würde, ich bin dazu heute absolut nicht in der Lage. Ich fahre jetzt nach Hause. Meine Ex ist in einer Stunde bei der Polizei vorgeladen, vielleicht verhaften sie sie und bringen sie zum Reden. Du verstehst sicherlich, wie ich mich im Moment fühle.«

»Vergiss Jaime-boy. Er hat sich mit seinem PR-Agenten wieder versöhnt. Aber keine Sorge, noch vor Ende der Woche wird er sich wieder von ihm trennen. Hör zu, mir ist eine ganz tolle Sache eingefallen, wie man Publicity bekommen könnte. Gib den Medien Bescheid, sie sollen sich um 15 Uhr in deinem Büro zu einer Pressekonferenz einfinden. Ich werde auch kommen und verkünden, dass ich fünf Millionen Dollar Belohnung für den aussetze, der dein Kind lebend findet.«

»Melissa, bist du total übergeschnappt?«, entfuhr es Ted so laut, dass Larry Post kurz in den Rückspiegel sah.

»Nicht in dem Ton, wenn ich bitten darf. Ich versuche nur, dir zu *helfen*.« Melissas Verärgerung war nicht zu überhören. »Denk darüber nach. Angenommen, dieser Bartley Longe, dieser erbärmliche Klugscheißer, den ich sowieso hasse – du weißt, was er über mein letztes Album gesagt hat, als er den Paparazzi unbedingt verklickern musste, warum er mich nicht zu seiner großen Party einladen wollte ... Wie auch immer, du sagst doch immer, deine Ex meint, Longe hätte deinen Sohn entführt. Vielleicht steckt er ja wirklich dahinter.«

»Melissa, schlag dir das aus dem Kopf. Die ganze Welt weiß, dass du glaubst, Matthew wäre entführt und missbraucht und noch am selben Tag umgebracht worden. Wer soll dir deinen plötzlichen Sinneswandel denn abnehmen? Dein Angebot wird als billige PR-Masche aufgefasst werden und deiner Karriere nur schaden. Man wird dich mit O. J. Simpson vergleichen, der hatte auch eine Belohnung auf den Mörder seiner Frau und deren Freund ausgesetzt. Außerdem öffnest du damit Hunderten von Leuten die Tür, die alle behaupten, ein Kind gesehen zu haben, das genauso aussieht wie Matthew. Ich habe nach der Entführung selbst eine Million Dollar Belohnung ausgesetzt, und die Polizei hat wertvolle Zeit damit verschwendet, den Hinweisen all der Verrückten nachzugehen, die sich daraufhin gemeldet haben.«

»Hör zu.« Melissa ließ sich nicht beirren. »Es gibt jetzt diese Fotos von deiner Ex, wie sie den Jungen entführt. Angenommen, sie verrät nichts. Angenommen, dein Sohn ist noch am Leben und irgendwo kümmert sich jemand um ihn. Meinst du nicht auch, dass sich diese Person die fünf Millionen nicht entgehen lassen wird?«

»Bevor sie überhaupt dazu kommt, das Geld auszugeben, wird diese Person für ziemlich lange Zeit hinter Gitter wandern.«

»Nicht unbedingt. Erinnere dich an diesen Mafia-Typen, der hatte unzählige Leute auf dem Gewissen, musste aber nicht ins Gefängnis, weil die Polizei mit seiner Hilfe seine früheren Kumpanen dingfest machen konnte. Vielleicht ist in Matthews Fall mehr als nur eine Person beteiligt. Vielleicht kann sich einer von ihnen zu einem Geständnis durchringen und der Polizei helfen, deinen Sohn zu finden. Die Staatsanwaltschaft wird einen großzügigen Deal vorschlagen, und von mir gibt es eine Menge Schotter. Hör zu, Ted, ich finde meine Idee *großartig*! Wird deine Ex verhaftet, ist dein Sohn in den Schlagzeilen und wird dort bleiben, bis es zum Prozess gegen sie kommt. Der Mann meiner Schwester, sonst eine ziemliche Null, ist Pflichtverteidiger. Gott steh den armen Kerlen bei, die er verteidigen muss, aber er kennt sich mit dem Gesetz aus. Du weißt, wie viel ich verdiene. Ich kann es mir leisten, falls ich die fünf Millionen rausrücken muss, außerdem macht mich das Angebot zu einer Heiligen. Was bekommen Angelina Jolie und Oprah nicht für Publicity, weil sie sich für Kinder einsetzen? Warum also nicht auch ich? Also, komm um drei Uhr in dein Büro und bereite eine Erklärung vor, die ich der Presse vorlesen kann.«

Ohne sich zu verabschieden, legte Melissa auf.

Ted lehnte den Kopf gegen die Nackenstütze und schloss die Augen. *Denk nach*, sagte er sich. *Denk nach.* Verlier jetzt nicht die Nerven. Überleg dir die Konsequenzen, falls sie das wirklich durchzieht. Wenn ich es mir bloß leisten könnte aufzuhören. Wenn ich es mir bloß leisten könnte, mit ihr Schluss zu machen. Wenn ich bloß nicht ständig ihre Launen und Wutanfälle ertragen und hinter ihr aufräumen müsste, wenn sie sich mal wieder zum Affen macht ...

Er drückte die Wahlwiederholtaste. Wie erwartet ging sie nicht mehr ran. »Hinterlassen Sie eine Nachricht« war alles, was er zu hören bekam. Beim Piepton holte er tief Luft. »Liebling«, begann er in schmeichelndem Tonfall, »du weißt, wie sehr ich dich liebe und dass ich alles tue, um aus dir die Nummer eins zu machen, so wie es dir zusteht. Aber ich will auch, dass die Öffentlichkeit deine menschenfreundliche und großherzige Seite kennenlernt. Ich kann dir gar nicht genug danken für das unglaubliche Angebot, das du mir unterbreitet hast, aber als dein Liebhaber, dein bester Freund und dein PR-Agent möchte ich, dass du dein Angebot ein wenig überdenkst.«

Ein Piepen teilte ihm mit, dass seine Sprechzeit abgelaufen war. Zähneknirschend drückte er erneut die Wahlwiederholung. »Liebes, ich habe einen Vorschlag, der einen sehr viel nachhaltigeren Eindruck machen wird. Wir berufen morgen oder wann immer du willst eine Pressekonferenz ein, und auf ihr verkündest du, dass du für fünf Millionen Dollar eine Stiftung zugunsten vermisster Kinder gründen wirst. Alle Eltern mit einem vermissten Kind werden dich lieben, und du ersparst dir die Anfeindungen dieser miesen Idioten, die deine Großzügigkeit nur schlechtreden wollen. Denk darüber nach, Schatz, und ruf mich an.«

Ted Carpenter schaltete sein Handy aus und hielt noch so lange durch, bis er, endlich zu Hause angekommen, umgehend ins Badezimmer stürzte und sich übergab. Mit Schüttelfrost legte er sich danach aufs Bett und griff sich sein Telefon.

Er rief im Büro an, wo sich eine mütterlich besorgte Rita Moran meldete. »Ted, ich habe Sie in den Nachrichten im Internet gesehen. Sie sehen fürchterlich aus. Wie geht es Ihnen?«

»Genauso schlecht, wie ich aussehe. Ich liege im Bett. Keine Anrufe, es sei denn ...«

»... sie kommen von der Hexe auf ihrem Besen«, beendete Rita den Satz für ihn.

»Es wird noch eine Weile dauern, bis der vernünftige Rat, den ich ihr gegeben habe, auch bei ihr eingesickert ist.«

»Was ist mit dem Termin mit diesem durchgeknallten Jamie-boy?«

»Ist abgesagt oder vielleicht nur verschoben.« Rita war sich über die finanziellen Auswirkungen nur allzu im Klaren, falls der potenzielle Klient ihnen entgehen sollte.

»Also vielleicht nur verschoben.«

Ted entging keineswegs ihre aufgesetzte Gelassenheit. Sie war die einzige unter seinen Angestellten, die wusste, in welchem Ausmaß der Kauf des Gebäudes die Firma belastete. »Wer weiß?«, entgegnete er. »Ich melde mich später noch mal. Zan wird im Augenblick von der Polizei befragt. Falls zufällig Collins oder Dean anrufen, sagen Sie ihnen, dass sie mich hier erreichen können.«

Er zog sich bis auf die Unterwäsche aus, legte sich ins Bett und zog sich die Decke über den Kopf.

In den nächsten vier Stunden döste er unruhig vor sich hin.

Um fünfzehn Uhr klingelte das Telefon.

Es war Detective Collins.

45

Zan erinnerte sich noch gut, wie fürsorglich sie nach Matthews Verschwinden von Detective Billy Collins und Jennifer Dean behandelt worden war. An jenem Tag hatten sie nach Teds Wutanfall wegen der jungen Babysitterin sogar zu ihr gesagt: »Manche können mit solchen Tragödien nur umgehen, wenn sie anderen die Schuld zuschieben. Verstehen Sie das bitte.«

Sie hatten zu diesem Zeitpunkt bereits Nina Aldrich befragt, die ihren Termin an diesem Tag bestätigt hatte. Nachdem sich Tiffany Shields endlich beruhigt hatte, hatte diese den beiden Detectives erklärt, dass das eigentliche Kindermädchen nicht aufgetaucht sei und Zan sie in letzter Minute angerufen und gebeten habe, auf Matthew aufzupassen, weil sie einen Termin bei einer wichtigen Kundin habe.

Zan hatte ihnen mitgeteilt, der einzige Mensch, der sie wohl aus ganzem Herzen hasste, sei Bartley Longe, doch schon da hatte sie gespürt, dass die Beamten ihr nicht recht glauben wollten.

Stattdessen hatten sie angedeutet, Teds Wutanfall könnte möglicherweise seinen Grund in seiner unterschwelligen Aggression auf die Babysitterin haben; ein Szenarium, das Zan aber sofort verwarf. Sie hatte ihnen erklärt, dass Ted sowohl Matthews erstem Kindermädchen als auch dem neuen zugestimmt habe, das sie kurz vor Matthews Verschwinden angestellt hatte.

Die Fotos. Natürlich mussten sie manipuliert sein! Im sicheren Wissen, am Morgen Matthews Stimme gehört zu haben, und mit der Kraft, die sie daraus zog, folgte Zan mit Charley Shore an ihrer Seite den Detectives Collins und Dean in den Befragungsraum.

Sie nahmen Platz. Charley Shore setzte sich neben sie, Billy Collins und Jennifer Dean ihnen gegenüber. Damals, nach Matthews Verschwinden, war Zan erst nach einigen Wochen bewusst geworden, dass sie die beiden Polizisten immer nur schemenhaft wahrgenommen hatte. Diesmal wollte sie sich die beiden genauer ansehen. Beide waren Anfang vierzig. Billy Collins verfügte über keine besonderen Merkmale, er hatte genau das Gesicht, mit dem man in einer Menschenmenge nicht auffiel. Die Augen standen eng beieinander, die Ohren waren ein wenig zu groß für das lange, schmale Gesicht. Struppige Augenbrauen. Unauffälliges Benehmen. Er wirkte etwas zerknittert, als hätte er keine Zeit mehr gefunden, sich die Krawatte glatt zu streichen. Als sie Platz genommen hatten, fragte er sie, ob sie Kaffee oder Wasser wollten.

Jennifer Dean dagegen, seine attraktive afroamerikanische Partnerin, weckte in Zan sofort ein unbehagliches Gefühl. Sie strahlte eine kühle Ernsthaftigkeit aus. Zan erinnerte sich noch an ihre herzliche Berührung, als sie kurz nach ihrer Ankunft im Central Park fast ohnmächtig geworden wäre. Damals war Jennifer zu ihr gestürzt und hatte sie aufgefangen. Heute trug sie eine dunkelgrüne Hose, dazu einen weißen Rollkragenpullover. Ihr Schmuck bestand lediglich aus einem goldenen Ehering und kleinen goldenen Ohrringen. Ihr schwarzes Haar war von grauen Strähnen durchzogen; offenbar legte sie keinen Wert darauf, sie zu färben. Ernst musterte sie Zan, als würde sie sie zum ersten Mal sehen.

Zan, die auf die Frage, ob sie Kaffee oder Wasser wolle, bereits den Kopf geschüttelt hatte, war durch Deans unerwartet kühles Auftreten leicht irritiert. »Ach, vielleicht doch einen Kaffee«, änderte sie ihre Meinung.

»Klar«, kam es von Collins. »Zucker, Milch?«

»Nein, danke«, antwortete Zan.

»Bin in einer Minute wieder da.«

Es wurde eine lange Minute. Detective Dean unternahm keinerlei Anstalten, ein Gespräch zu beginnen.

Charley Shore legte den Arm auf die Rückenlehne von Zans Stuhl, eine beruhigende Geste, die ihr signalisieren sollte, dass er hier war, um sie zu schützen.

Aber schützen wovor?

Billy Collins kam mit zwei Pappbechern zurück, von denen er einen Zan reichte; der Kaffee darin konnte im besten Fall als schal bezeichnet werden. »Starbucks ist es nicht«, kommentierte er.

Zan dankte ihm mit einem Nicken. Collins nahm Platz und reichte ihr die Vergrößerungen der Fotos von der Frau im Central Park, die den schlafenden Matthew aus seinem Buggy hob. »Ms. Moreland, sind Sie die Frau auf diesen Fotos?«

»Nein«, entgegnete Zan mit fester Stimme. »Sie sieht vielleicht so aus wie ich, aber ich bin es nicht.«

»Ms. Moreland, sind Sie das auf diesem Foto?« Er hielt ihr ein anderes hin.

Zan betrachtete es. »Ja. Das muss kurz nach meiner Ankunft im Central Park aufgenommen worden sein, nachdem Sie mich angerufen haben.«

»Sehen Sie irgendeinen Unterschied zwischen den beiden Frauen auf den Fotos?«

»Ja. Die Frau, die Matthew aus seinem Buggy nimmt, muss eine Betrügerin sein. Das Bild von mir nach meiner Ankunft im Park ist echt. Das sollte Ihnen mittlerweile klar sein. Ich war bei meiner Kundin Nina Aldrich. Sie haben das damals sofort nachgeprüft.«

»Sie haben uns damals nicht gesagt, dass Mrs. Aldrich mehr als eine Stunde in ihrer Wohnung am Beekman Place auf Sie gewartet hat und Sie sich in dieser Zeit allein im Stadthaus in der East Sixty-ninth Street aufgehalten haben«, kam es scharf von Jennifer Dean.

»Ich war dort, weil wir dort verabredet waren. Es hat mich nicht überrascht, dass sie sich verspätet. Nina Aldrich ist bei unseren Treffen immer zu spät gekommen, egal, ob wir im Stadthaus oder in ihrer damaligen Wohnung verabredet waren.«

»Das Stadthaus ist nur wenige Minuten von der Stelle im Central Park entfernt, wo Matthew verschwunden ist, nicht wahr, Ms. Moreland?«, fragte Billy Collins.

»Ich würde sagen, man braucht eine Viertelstunde zu Fuß dorthin. Als Sie mich anriefen, bin ich die gesamte Strecke gerannt.«

»Ms. Moreland, Mrs. Aldrich ist davon überzeugt, dass Sie am Beekman Place verabredet waren«, sagte Detective Dean.

»Das stimmt nicht. Es war vereinbart, dass wir uns in ihrem Stadthaus treffen«, erwiderte Zan aufgebracht.

»Ms. Moreland, wir wollen Ihnen nicht zu nahe treten«,

beschwichtigte Collins. »Sie sagen, Mrs. Aldrich kam zu ihren Verabredungen immer zu spät?«

»Ja.«

»Wissen Sie, ob sie ein Handy hat?«, fragte Collins.

»Ja, natürlich hat sie ein Handy«, antwortete Zan.

»Kennen Sie ihre Nummer?« Billy Collins nahm einen Schluck von seinem Kaffee und verzog das Gesicht. »Noch schlechter als sonst«, entfuhr es ihm mit einem Lächeln.

Erst jetzt wurde Zan bewusst, dass sie immer noch ihren Kaffeebecher in der Hand hielt. Sie nahm einen weiteren Schluck. Was hatte Collins sie soeben gefragt? Ach ja. Ob ich Nina Aldrichs Handynummer habe. »Die ist auf meinem Handy gespeichert«, sagte sie.

»Wann haben Sie zum letzten Mal mit Mrs. Aldrich gesprochen?«, fragte Dean schneidend.

»Vor fast zwei Jahren. Sie hat mir eine Notiz zukommen lassen, darin schrieb sie, dass ein so großes Projekt wie die Ausgestaltung ihres Hauses unter den gegebenen Umständen meinen Verantwortungsbereich wohl übersteige. Damit hat sie mir natürlich zu verstehen gegeben, dass sie Angst hat, ich würde mich nicht auf die Arbeit konzentrieren können.«

»Wer hat den Auftrag dann bekommen?«, fragte Collins.

»Bartley Longe.«

»Das ist auch der Mann, von dem Sie behaupten, er könnte für die Entführung von Matthew verantwortlich sein?«

»Er ist der Einzige, von dem ich weiß, dass er mich hasst und neidisch auf mich ist.«

»Was sollen all diese Fragen?«, unterbrach Charley Shore und drückte leicht Zans Schulter.

»Wir fragen Ms. Moreland nur, ob sie häufig mit Mrs. Aldrich in Kontakt war, als sie sich um den Auftrag für ihr Stadthaus beworben hat.«

»Natürlich hatte ich häufig Kontakt mit ihr«, kam es von Zan.

Erneut spürte sie Charleys Hand auf ihrer Schulter.

»Pflegten Sie einen freundlichen Umgang mit Mrs. Aldrich?«, fragte Dean.

»Im Rahmen einer normalen Kundenbeziehung könnte man es so nennen. Ihr gefielen meine Gestaltungsvorschläge, wie die architektonischen Besonderheiten dieses wunderbaren Hauses aus dem späten neunzehnten Jahrhundert noch stärker zur Geltung zu bringen wären.«

»Wie viele Räume hat dieses Haus?«, fragte Dean.

Warum interessieren sich die beiden so für den Grundriss dieses Hauses?, dachte Zan, während sie sich die Räumlichkeiten ins Gedächtnis rief. »Es ist sehr groß«, antwortete sie. »Zwölf Meter breit, was sehr ungewöhnlich ist. Fünf Etagen. Der oberste Stock ist ein umschlossener Dachgarten. Insgesamt gibt es elf Zimmer, dazu einen Weinkeller, eine zweite Küche und einen Lagerraum im Keller.«

»Verstehe. Sie haben sich also dort eingefunden, um sich mit Nina Aldrich zu treffen. Hat es Sie überrascht, als sie nicht aufgetaucht ist?«

»Überrascht? Nein, überhaupt nicht. Ich sagte Ihnen doch bereits, dass sie grundsätzlich zu spät gekommen ist. Nur einmal war sie pünktlich, während ich fünf Minuten zu spät kam, da hat sie mich gleich darüber belehrt, wie wertvoll ihre Zeit sei und sie es nicht gewohnt sei, dass man sie warten lasse.«

»Und die Tatsache, dass die Babysitterin eine Erkältung

hatte und sich nicht wohlfühlte, hat Sie nicht dazu veranlasst, zum Handy zu greifen und Mrs. Aldrich anzurufen?«, fragte Dean.

»Nein.« Zan kam es so vor, als würde alles, was sie sagte, wie eine Lüge klingen. »Nina Aldrich hätte es ganz und gar nicht gefallen, wenn ich sie daran erinnert hätte, dass sie sich verspätet hat.«

»Wie oft hat sie Sie eine Stunde oder noch länger warten lassen?«, fragte Dean.

»Das war bei weitem das längste Mal.«

»Wäre es nicht vernünftig gewesen, sie anzurufen und zu fragen, ob Sie sich bezüglich Ort und Zeitpunkt des Treffens geirrt haben?«

»Ich wusste, wo und wann wir verabredet waren. Eine Nina Aldrich weist man nicht darauf hin, dass sie sich vielleicht geirrt hat.«

»Also haben Sie eine Stunde oder noch länger gewartet, bis Mrs. Aldrich Sie angerufen hat?«

»Ich bin meine Pläne durchgegangen sowie die Bilder der antiken Möbel und der Kronleuchter und Kerzenhalter, die ich ihr zeigen wollte. In einigen Fällen musste ich noch eine genauere Auswahl treffen. Die Zeit ist schnell vorbeigegangen.«

»Soweit wir wissen, gab es kaum Möbel im Haus«, schaltete sich Collins wieder ein.

»Einen Spieltisch und zwei Klappstühle«, antwortete Zan.

»Sie haben also mehr als eine Stunde an dem Spieltisch gesessen und sind Ihre Pläne durchgegangen?«

»Nein. Ich war im Schlafzimmer im zweiten Stock. Ich wollte dort nachsehen, ob die von mir vorgesehenen Muster im starken Sonnenlicht funktionierten. Es war ja ein ungewöhnlich warmer und sonniger Tag.«

»Hätten Sie Mrs. Aldrich kommen hören, während Sie sich im zweiten Stock aufhielten?«

»Sie hätte meine Pläne und Skizzen sofort gesehen, wenn sie das Haus betrat«, sagte Zan.

»Sie hatten einen eigenen Schlüssel für das Haus, Ms. Moreland?«

»Natürlich. Ich habe Pläne für die Neugestaltung des gesamten Gebäudes entworfen, vom Keller bis zum obersten Geschoss. Wochenlang bin ich ständig zwischen meinem Büro und dem Haus hin- und hergependelt.«

»Dann waren Sie mit dem Haus ziemlich gut vertraut, nicht wahr?«

»Das sollte man wohl meinen«, erwiderte Zan.

»Auch mit dem Keller mit der zweiten Küche, dem Weinkeller und dem Lagerraum. Betrafen Ihre Pläne auch die Umgestaltung dieses Lagerraums?«

»Es war ein großer, dunkler, im Grunde unzugänglicher Raum. Eigentlich ein Nebenraum, der nur über eine Hintertür im Weinkeller zu erreichen war. Im Haus selbst gab es genügend Staumöglichkeiten und Schränke. Ich habe vorgeschlagen, den Raum zu streichen, ihn vernünftig zu beleuchten und Regale einzubauen, damit zum Beispiel Mrs. Aldrichs Stiefenkel dort ihre Skier verstauen konnten.«

»Der Raum hätte ein wunderbares Versteck abgegeben, wenn man dort etwas – oder jemanden – verstecken wollte, nicht wahr?«, fragte Jennifer Dean in scharfem Ton.

»Antworten Sie nicht auf diese Frage, Zan«, befahl Charley Shore.

Billy Collins ließ sich davon nicht aus der Ruhe bringen. »Ms. Moreland, wann haben Sie Mrs. Aldrich den Schlüssel zurückgegeben?«

»Etwa zwei Wochen nach Matthews Verschwinden. Nachdem sie mir mitgeteilt hat, dass sie mir aufgrund der Belastungen, die sich durch die Ereignisse ergaben, den Auftrag nicht mehr zutraute.«

»Und in diesen zwei Wochen sind Sie davon ausgegangen, dass Sie den Auftrag hätten?«

»Ja.«

»Hätten Sie sich den Auftrag zugetraut, obwohl Ihr Sohn vermisst wurde?«

»Ja, ich hätte ihn mir zugetraut. Die Arbeit war für mich doch die einzige Möglichkeit, nicht völlig den Boden unter den Füßen zu verlieren.«

»Dann haben Sie also auch nach dem Verschwinden Ihres Sohnes mehrmals dieses Haus aufgesucht?«

»Ja.«

»Haben Sie dort Matthew besucht?«

Zan sprang auf. »Sind Sie verrückt geworden?«, rief sie. »Wollen Sie mir sagen, ich hätte mein eigenes Kind entführt und es in diesem Lagerraum versteckt?«

»Zan, setzen Sie sich!«, kam es energisch von Charley Shore.

»Ms. Moreland, wie Sie selbst mehrfach gesagt haben, handelt es sich um ein großes Haus. Wie kommen Sie darauf, dass wir Ihnen unterstellen, Sie hätten Matthew in diesem Lagerraum versteckt?«

»Weil Sie es sagen«, rief Zan. »Sie unterstellen mir, ich hätte mein eigenes Kind entführt, es zum Haus gebracht und dort versteckt. Sie verschwenden Ihre Zeit. Warum finden Sie nicht heraus, wer diese Fotos manipuliert hat, damit es so aussieht, als hätte ich Matthew aus seinem Buggy genommen? Wollen Sie denn nicht einsehen, dass darin der Schlüssel zum Auffinden meines Sohnes liegt!«

»Ms. Moreland«, entgegnete Detective Dean, »unsere Techniker haben diese Fotografien untersucht. Sie sind nicht manipuliert. Diese Fotos wurden in keiner Weise bearbeitet.«

Sosehr sie sich auch bemühte, Zan konnte ihre Tränen nicht mehr zurückhalten. »Dann muss es jemanden geben, der sich für mich ausgibt. Warum das alles?«, schluchzte sie. »Warum hören Sie mir nicht zu? Bartley Longe hasst mich. Von Anfang an, seit der Eröffnung meines Büros, nehme ich ihm Kunden weg. Und er hält sich für einen Frauenhelden. Als ich noch für ihn gearbeitet habe, hat er mir ständig nachgestellt. Er ist ein durch und durch ordinärer Mensch und kann es nicht ertragen, wenn man ihn zurückweist. Auch ein Grund, warum er mich so hasst.«

Weder Collins noch Dean zeigten irgendeine Regung. Als sich Zan, das tränenüberströmte Gesicht in den Händen verborgen, wieder einigermaßen gefasst hatte, sagte Jennifer Dean: »Ms. Moreland, das ist eine neue Wendung in Ihrer Geschichte. Sie haben niemals erwähnt, dass Bartley Longe Sie sexuell belästigt hat.«

»Ich habe es damals nicht für wichtig erachtet. Es war ja nur eine Widrigkeit von vielen.«

»Zan, wie oft haben Sie nach dem Tod Ihrer Eltern unter Ohnmachtsanfällen und Gedächtnisverlust gelitten?«, fragte Collins. Er klang freundlich und besorgt.

Zan versuchte die Tränen wegzuwischen. Wenigstens war er ihr gegenüber nicht offen feindselig eingestellt. »Im ersten halben Jahr nach ihrem Tod verschwamm alles wie in einem Nebel«, sagte sie. »Als ich wieder in der Lage war, einen klaren Gedanken zu fassen, wurde mir bewusst, wie ungerecht das alles gegenüber Ted war. Er hat meine Heulkrämpfe ertragen, er hat es ertragen, dass ich tagelang im Bett blieb, er hat mit mir den Abend verbracht, obwohl er eigentlich an den Veranstaltungen seiner Kunden teilnehmen und sich bei Eröffnungen oder Preisverleihungen blicken lassen sollte. Als Chef einer PR-Agentur darf man solche Ereignisse nicht außer Acht lassen.«

»Daraufhin haben Sie beschlossen, ihn zu verlassen. Haben Sie ihm Ihre Entscheidung sofort mitgeteilt?«

»Ich wusste, er hätte sich große Sorgen um mich gemacht und versucht, es mir auszureden. Also habe ich mich nach einer kleinen Wohnung umgesehen. Die Lebensversicherung meiner Eltern, fünfzigtausend Dollar, beileibe kein Vermögen, hat mir für den Anfang etwas Sicherheit verschafft. Und ich habe ein kleines Darlehen aufgenommen.«

»Wie hat Ihr Mann reagiert, als Sie ihm gesagt haben, dass Sie sich scheiden lassen wollen?«

»Er musste nach Kalifornien zur Premiere von Marisa Youngs neuem Film und wollte für den Zeitraum seiner Abwesenheit eine Krankenpflegerin für mich einstellen. Da habe ich ihm gesagt, dass ich ihm ewig dankbar sei, es aber nicht mehr ertrage, ihm zur Last zu fallen. Und dass unsere Ehe nur auf einem Akt der Gefälligkeit seinerseits beruht. Also habe ich beschlossen, auszuziehen und ihm sein Leben zurückzugeben. Er war so nett und hat mir auch beim Umzug geholfen.«

Wenigstens bekomme ich jetzt keine Anfeindungen mehr zu hören, dachte sie sich.

»Wann haben Sie dann festgestellt, dass Sie mit Matthew schwanger waren?«

»Nach dem Tod meiner Eltern hat für mehrere Monate meine Periode ausgesetzt. Laut der Ärzte nichts Ungewöhnliches, wenn man unter extremem Stress steht. Danach war meine Periode nur sehr unregelmäßig, sodass ich erst einige Monate, nachdem ich Ted verlassen hatte, bemerkte, dass ich schwanger war.«

»Wie haben Sie darauf reagiert?«, fragte Dean.

»Erst war ich entsetzt, dann sehr glücklich.«

»Obwohl Sie einen Kredit aufgenommen haben, um Ihr Büro zu eröffnen?«, fragte Collins.

»Ich wusste, dass es schwer werden würde, aber das hat mich nicht beunruhigt. Natürlich habe ich es Ted erzählt, ihm aber auch gesagt, dass er sich keineswegs finanziell verpflichtet fühlen müsse.«

»Warum nicht? Er war doch der Vater, oder?«

»Natürlich war er der Vater«, erwiderte Zan entschieden.

»Und er betreibt eine sehr erfolgreiche PR-Agentur«, sagte Dean. »Haben Sie ihm damit nicht zu verstehen gegeben, dass er, wenn es nach Ihnen ginge, mit Ihrem Kind nichts zu schaffen haben sollte?«

»*Unserem* Kind«, sagte Zan. »Ted hat darauf bestanden, das Kindermädchen zu bezahlen, auf das ich angewiesen war, solange ich in der Anfangszeit noch sehr mit meinem Büro beschäftigt war. Und falls ich seine finanzielle Unterstützung nicht brauchte, wollte er das Geld in einen Treuhandfonds auf Matthews Namen einzahlen.«

»Sie malen da ein sehr rosiges Bild, Ms. Moreland«, kam es bissig von Jennifer Dean. »War es nicht eher so, dass Ihr Ex-Mann darüber besorgt war, wie oft Sie Matthew in der

Obhut des Kindermädchens gelassen haben? Hat er nicht anklingen lassen, dass er bereit wäre, das Sorgerecht zu übernehmen, falls die berufliche Belastung für Sie zu groß werden würde?«

»Das ist eine Lüge!«, rief Zan. »Matthew war mein Ein und Alles. Am Anfang hatte ich nur eine Teilzeit-Sekretärin, und wenn ich keinen Kundenverkehr hatte, brachte Gretchen, das Kindermädchen, Matthew zu mir ins Büro. Sie müssen sich nur meinen Terminkalender von damals ansehen. Ich war fast jeden Abend bei ihm zu Hause. Ich wollte gar nicht weg. Ich habe ihn doch so sehr geliebt.«

»Sie *haben* ihn so sehr geliebt«, herrschte Dean sie an. »Dann meinen Sie also, dass er tot ist?«

»Er ist nicht tot. Ich habe ihn erst heute Morgen gehört.«

Die beiden Beamten horchten erstaunt auf. »Sie haben ihn heute Morgen gehört?«, fragte Billy Collins.

»Ich meine, ich glaubte seine Stimme gehört zu haben.«

»Zan, wir gehen jetzt«, sagte ein ziemlich um Fassung ringender Charley Shore. »Die Befragung ist zu Ende.«

»Nein. Ich werde es erklären. Ich habe gestern Abend Pater Aiden kennengelernt, einen sehr freundlichen Mann. Ich weiß, noch nicht einmal Alvirah und Willy glauben mir, dass ich nicht die Frau auf diesen Fotos bin. Aber Pater Aiden hat in mir ein Gefühl der Ruhe geweckt, das hat die ganze Nacht angehalten, und heute Morgen habe ich Matthews Stimme gehört, so klar, als wäre er bei mir im Zimmer, und da habe ich gewusst, dass er noch am Leben ist.«

Als sich Zan erhob, schob sie so abrupt ihren Stuhl zurück, dass er umkippte. »Er ist am Leben«, schrie sie. »Warum quälen Sie mich so? Warum suchen Sie nicht nach meinem Sohn? Warum wollen Sie mir nicht glauben, dass ich nicht die Frau auf den Fotos bin? Sie halten mich für verrückt. Aber Sie sind es, die blind und dumm sind.« Völlig aufgelöst kreischte sie: »›Denn mit sehenden Augen sehen sie nicht.‹ Das ist ein Zitat aus der Bibel, falls Sie es nicht wissen sollten. Ich habe es nachgeschlagen, damals vor zwei Jahren, als Sie beide mir auch nicht zuhören wollten, nachdem ich Ihnen von Bartley Longe erzählt habe.«

Zan wandte sich an Charley Shore. »Bin ich verhaftet?«, fragte sie. »Falls nicht, sollten wir verdammt noch mal von hier verschwinden.«

46

Alvirah hatte in Zans Büro angerufen und von Josh erfahren, dass Charley Shore mit ihr zur Befragung aufs Polizeirevier gefahren war. Daraufhin erzählte Josh von dem Flugticket nach Buenos Aires und den Bestellungen, die Zan bei ihren Lieferanten in Auftrag gegeben hatte.

Schweren Herzens berichtete Alvirah Willy von dem Gespräch, nachdem er von seinem Morgenspaziergang im Central Park zurückgekehrt war. »Oh, Willy, ich komme mir so hilflos vor«, seufzte sie. »An den Bildern gibt es nichts zu deuten. Und jetzt kauft Zan auch noch ein Flugticket nach Buenos Aires und bestellt Materialien für einen Auftrag, für den sie noch gar keine feste Zusage hat.«

»Vielleicht hat sie Angst, weil ihr die Polizei allmählich auf die Schliche kommt, und bereitet ihre Flucht vor«, gab Willy zu bedenken. »Hör zu, Alvirah, wenn sie *wirklich* Matthew entführt hat, dann ist er jetzt vielleicht bei einer Freundin in Südamerika. Hat Zan nicht mal gesagt, dass sie mehrere Sprachen spricht, unter anderem auch Spanisch?«

»Ja. Sie ist mit ihren Eltern viel herumgekommen. Aber, Willy, das würde doch heißen, dass Zan uns alle hinters Licht geführt hat. Das glaube ich nicht. Meines Erachtens liegt das Problem eher an ihrem Gedächtnisverlust oder an ihrer gespaltenen Persönlichkeit. Ich habe viel darüber gelesen. Die eine Persönlichkeit hat nicht die geringste Ahnung, was die andere tut. Erinnerst du dich noch an das Buch *Die drei Gesichter Evas*? Die Frau war in drei verschiedene Persönlichkeiten gespalten, von denen die eine von den anderen nichts wusste. Vielleicht hat Zan, in der einen Persönlichkeit, Matthew entführt und ihn einer Freundin gegeben, die ihn nach Südamerika gebracht hat. Und diese Persönlichkeit von Zan hat nun vor, zu ihm zu fliegen.«

»Dieses ganze Gerede von gespaltener Persönlichkeit ... das klingt für mich doch sehr nach Hokuspokus«, sagte Willy. »Ich mache alles für Zan, aber ehrlich gesagt, mittlerweile glaube ich, dass sie psychisch krank ist. Ich hoffe bloß, dass sie dem Jungen in diesem Zustand nichts angetan hat.«

Während Willy bei seinem Morgenspaziergang gewesen war, hatte Alvirah die Wohnung geputzt. Obwohl sie den Großteil des Geldes, das sie in der Lotterie gewonnen hatten, in solide Aktienwerte und erstklassige Staatsanleihen investiert hatten und damit eine hübsche Dividende bekamen, hatte sie es nie über sich bringen können, eine Putzfrau anzustellen. Oder zumindest, als sie es auf Willys Drängen doch probiert hatte, schnell festgestellt, dass sie es dreimal so schnell und zehnmal gründlicher machte als die Frau, die sie einmal in der Woche hatten kommen lassen.

Die Drei-Zimmer-Wohnung mit Blick auf den Central Park blitzte und strahlte also, und die Sonne, die sich endlich wieder blicken ließ, spiegelte sich auf der Glasoberfläche des Beistelltisches und funkelte im Spiegel an der Rückwand. Das Staubsaugen und Aufwischen der Küche hatte seinen Teil dazu beigetragen, dass Alvirah ihre Ruhe wiedergefunden hatte, dazu hatte sie außerdem ihre »Denkermütze« aufgesetzt, ihre imaginäre Kopfbedeckung, die ihr half, Probleme zu lösen.

Es war fast elf. Sie schaltete den Fernseher ein und bekam auf dem Nachrichtensender gerade noch mit, wie Zan aus dem Wagen stieg und Charley Shore sie an den Reportern vorbeibugsieren wollte. Die Bestürzung stand ihm ins Gesicht geschrieben, als Zan stehen blieb und in eines der Mikrofone sprach. »Ach, Willy«, seufzte Alvirah, »jeder, der Zan hier hört, muss den Eindruck bekommen, dass sie ganz genau weiß, wo Matthew sich aufhält. Sie klingt so davon überzeugt, dass er noch am Leben ist.«

Willy hatte sich mit den Morgenzeitungen in seinem Clubsessel niedergelassen, sah aber auf, als er Zans Stimme hörte. »Sie klingt so überzeugt, weil sie weiß, wo das Kind ist«, sagte er mit Nachdruck. »Und wenn man sich ins Gedächtnis ruft, welche Vorstellung sie gestern Abend hier abgeliefert hat, muss man sagen, dass sie eine verteufelt gute Schauspielerin ist.«

»Wie war sie denn, als du sie nach Hause gebracht hast?«

Willy fuhr sich durch sein dichtes weißes Haar und runzelte die Stirn. »Genau wie hier, wie ein scheues Reh. Sie hat gesagt, wir wären ihr zu den liebsten Freunden geworden und ohne uns wüsste sie gar nicht mehr, was sie machen sollte.«

»Dann weiß sie nichts davon, wenn sie Matthew wirklich versteckt hält«, sagte Alvirah im Brustton der Überzeugung, drückte auf die Fernbedienung und schaltete den Fernseher aus. »Mich würde interessieren, welchen Eindruck Pater Aiden von ihr hat. Als er sagte, er würde für sie beten, meinte sie, er solle für Matthew beten, denn Gott habe sie vergessen. Mir hat es dabei fast das Herz gebrochen. Am liebsten hätte ich sie umarmt und an mich gedrückt.«

»Alvirah, ich gehe davon aus, dass Zan verhaftet werden wird«, sagte Willy. »Mach dich schon mal darauf gefasst.«

»Oh, Willy, das wäre schrecklich! Aber sie würde doch auf Kaution freikommen, oder?«

»Das weiß ich nicht. Dass sie sich ein Flugticket nach Südamerika besorgt hat, spricht nicht unbedingt für sie. Wahrscheinlich wäre das schon Grund genug, sie in Haft zu behalten.«

Das Telefon klingelte. Penny Hammel rief an und teilte mit, dass sie und Bernie nur allzu gern zum Treffen am nächsten Dienstag kommen würden.

Unter den gegebenen Umständen und wegen ihrer Sorge um Zan wäre es Alvirah eigentlich lieber gewesen, das Treffen zu verschieben, aber Pennys fröhliche Stimme hob merklich ihre Laune. Penny und sie waren in vielerlei Hinsicht verwandte Seelen. Sie hatten beide Kleidergröße 44, sie verfügten beide über Humor. Sie hatten beide ihren Lotteriegewinn nicht verschleudert und waren glücklich verheiratet. Penny jedoch hatte drei Kinder und sechs Enkel, während Alvirah der Kindersegen verwehrt worden war. Allerdings betrachtete sie sich selbst als Ersatzmutter für Willys Neffen Brian und als Ersatz-Großmutter für dessen Kinder. Und nichts lag ihr ferner, als mit Dingen zu hadern, die sie doch nicht ändern konnte.

»Na, in letzter Zeit mal wieder irgendwelche Verbrechen aufgeklärt?«, fragte Penny.

»Kein einziges«, antwortete Alvirah.

»Hast du im Fernsehen die Sache mit Zan Moreland mitverfolgt, die ihr eigenes Kind entführt hat? Ich klebe geradezu vor der Glotze.«

Alvirah hatte nicht die geringste Absicht, sich mit der redseligen Penny auf eine Diskussion über Zan Moreland einzulassen oder ihr zu gestehen, wie eng sie mit ihr befreundet war. »Ja, ein sehr trauriger Fall«, antwortete sie nur.

»Das will ich meinen«, stimmte Penny zu. »Aber wenn wir uns nächste Woche sehen, muss ich dir unbedingt was Komisches erzählen. Ich dachte ja schon, ich wäre einer Drogensache oder irgendeiner finsteren Machenschaft auf der Spur, aber das ist alles wahrscheinlich nur heiße Luft. Na ja, ich werde wohl auch nie ein Buch über Verbrechen schreiben, die ich aufgeklärt habe, so wie du es getan hast. Habe ich dir eigentlich schon gesagt, dass ich den Titel *Vom Putzeimer zur Prominenz* einfach hervorragend finde?«

Das erzählst du mir jedes Mal, wenn wir uns treffen, dachte sich Alvirah ungeduldig. »Ja, mir gefällt der Titel auch ganz gut. Ich halte ihn für sehr einprägsam.«

»Wie auch immer, wahrscheinlich lachst du dich schlapp, wenn ich dir von dem Verbrechen erzähle, das sich gar nicht ereignet hat. Meine beste Freundin hier, du weißt, ist Rebecca Schwartz, eine Immobilienmaklerin ...«

Alvirah wusste nur zu gut, dass Penny kaum zu stoppen war, wenn man ihr nicht rüde ins Wort fiel. Mit dem Telefon in der Hand ging sie daher zum Clubsessel, wo sich Willy über das tägliche Zeitungsrätsel hergemacht hatte, und tippte ihm auf die Schulter.

Als er aufblickte, formte sie lautlos die Worte »Penny Hammel«.

Willy nickte nur, erhob sich, ging zur Eingangstür und trat hinaus in den Flur.

»... Jedenfalls hat Rebecca ein Haus ganz in der Nähe von mir an eine junge Frau vermietet, und lass dir jetzt erklären, warum ich geglaubt habe, dass mit der irgendetwas nicht stimmt.«

Willy drückte so lange auf die Klingel, dass es auch Penny unweigerlich hören musste.

»Oh, Penny, ich unterbreche dich nur ungern, aber es klingelt an der Tür, und Willy ist nicht da. Ich kann es kaum erwarten, dich nächsten Dienstag zu sehen. Bis dann, meine Liebe.«

»Ich hasse es, wenn ich lügen muss«, sagte sie später zu Willy. »Aber ich mache mir viel zu große Sorgen um Zan, um mir eine von Pennys unendlichen Geschichten anzuhören. Außerdem war es ja nicht gelogen, als ich sagte, du wärst nicht da. Du warst ja draußen im Flur.«

»Alvirah«, lächelte Willy, »ich hab's schon immer gesagt und sag es wieder: Aus dir wäre eine großartige Anwältin geworden.«

47

Um elf Uhr checkte Toby Grissom aus dem Cheap and Cozy Motel an der Lower East Side aus, wo er die Nacht verbracht hatte, und machte sich auf den Weg zur Forty-second Street, wo es einen Bus zum Flughafen LaGuardia gab. Seine Maschine ging erst um siebzehn Uhr, aber er musste sein Motelzimmer räumen und wollte sowieso nicht länger bleiben.

Es war kalt, aber sonnig und klar, genau der Tag, an dem er sonst gern längere Spaziergänge unternahm. Seit den Chemotherapien war das natürlich schwierig geworden. Sie erschöpften ihn, und mittlerweile war er an dem Punkt, an dem er überlegte, ob er sich ihnen überhaupt noch unterziehen sollte, wenn sie doch nur die Schmerzen linderten, ansonsten aber nichts bewirkten.

Vielleicht könnte mir der Arzt einfach ein paar Tabletten verschreiben, damit ich nicht immer so müde bin, dachte er, als er mühsam die Avenue B hinaufstapfte. Er sah auf seine Leinwandtasche, um sich zu vergewissern, dass er sie nicht vergessen hatte. Er hatte den Manilaumschlag mit Glorys Fotos hineingelegt. Es waren die letzten, die sie ihm vor ihrem Verschwinden zugesandt hatte.

Die Postkarte, die sie ihm ein halbes Jahr zuvor geschickt hatte, trug er in seiner Brieftasche immer bei sich. Damit fühlte er sich ihr nahe, seit seiner Ankunft in New York aber war sein Gefühl, sie könnte in Schwierigkeiten stecken, immer stärker geworden.

Dieser Bartley Longe war ein unangenehmer Zeitgenosse. Das sah man auf den ersten Blick. Klar, seine Kleidung war teuer, jeder Idiot konnte das erkennen, er sah auch gut aus, obwohl er irgendwas Verschlagenes an sich hatte. Und wenn er einen anblickte, gab er einem das Gefühl, als wäre man Dreck unter seiner Schuhsohle.

Und er hatte sich sein Gesicht operieren lassen, dachte Toby, das erkennt sogar so ein stinknormaler Typ wie ich. Seine Haare sind zu lang, nicht so lang wie die von diesen Rockstars, die mit ihrer Zottelmähne wie Penner aussehen, aber trotzdem zu lang. Und für einen Haarschnitt blättert er wahrscheinlich vierhundert Dollar hin, genau wie Politiker, die geben das auch für ihren Friseur aus.

Toby musste an Longes Hände denken. Da käme man im Traum nicht drauf, dass er einer ehrlichen Arbeit nachgeht.

Er rang nach Luft. Langsam schob er sich durch den Strom der ihm entgegenkommenden Passanten, bis er die nächste Hauswand erreicht hatte, dort lehnte er sich dagegen, stellte seine Tasche ab und nahm seinen Inhalator heraus.

Er sprühte sich das Medikament in den Mund, atmete mehrmals tief durch und wartete einige Minuten, bis er sich wieder in der Lage fühlte, seinen Weg fortzusetzen. Dabei beobachtete er die Fußgänger. Was es in New York nicht alles für Leute gab! Und mehr als die Hälfte von ihnen sprach ins Handy, selbst wenn sie einen Kinderwagen vor sich herschoben. Plapper, plapper, plapper. Was zum Teufel hatten sie sich bloß dauernd zu erzählen? Eine Gruppe junger Frauen, ungefähr in den Zwanzigern, kam an ihm vor, sie unterhielten sich, lachten, und Toby sah ihnen traurig nach. Sie waren elegant gekleidet und trugen Stiefel, die ihnen bis über die Knie reichten. Wie konnten sie auf diesen irrwitzig hohen Absätzen überhaupt laufen?, fragte er sich. Manche hatten kurze Haare, bei anderen reichten sie über die Schultern. Aber sie sahen alle aus, als wären sie gerade frisch aus der Dusche gehüpft. Sie waren so proper, dass sie richtiggehend funkelten.

Wahrscheinlich hatten sie alle gute Jobs in irgendwelchen Geschäften oder Büros, dachte er.

Er machte sich wieder auf den Weg. Jetzt verstehe ich, warum Glory unbedingt nach New York wollte. Hätte sie sich nur nicht in den Kopf gesetzt, Schauspielerin zu werden, sondern sich irgendeine Arbeit im Büro gesucht. Dann wäre sie vermutlich nicht in Schwierigkeiten geraten.

Ich weiß, dass sie in der Klemme steckt und dass dieser Longe seine Finger mit im Spiel hat.

Toby wusste, dass seine Turnschuhe Flecken auf dem Teppich in Longes Empfangsbereich hinterlassen hatten. Hoffentlich kriegen sie die nicht mehr raus, dachte er sich, während er einer Obdachlosen auswich, die einen Einkaufswagen mit Kleidung und alten Zeitungen vor sich herschob.

Auch Longes Büro machte einen aufgedonnerten Eindruck, überlegte er. Alles völlig unpersönlich. Man könnte glatt glauben, man wäre im Buckingham Palace. Kein einziges Blatt Papier auf dem Schreibtisch. Wo macht er denn seine Pläne für die Häuser, die er einrichtet?

Gedankenverloren wäre er beinahe bei Rot über die Ampel. Hastig trat er einen Schritt zurück, um nicht von einem Sightseeing-Bus überrollt zu werden. Ich sollte lieber aufpassen, wo ich hinlaufe, sagte er sich. Ich bin doch nicht nach New York gekommen, um mich von einem Bus über den Haufen fahren zu lassen.

Aber gleich danach war er wieder in Gedanken bei Bartley Longe. Ich bin doch nicht von gestern! Ich weiß, warum Longe Glory dazu überredet hat, mit in sein Landhaus zu kommen – so hat er sein Haus in Connecticut genannt: sein Landhaus. Glory war ein nettes, unschuldiges Mädchen, als sie nach New York gekommen ist. Longe hat sie nicht nach Connecticut geholt, um mit ihr Flohhüpfen zu spielen. Nein, er hat sie ausgenutzt.

Hätte Glory nach der Highschool nur Rudy Schell geheiratet. Er war ja ganz verrückt nach ihr. Rudy hat mit achtzehn zu arbeiten angefangen, und jetzt hat er ein großes Klempnergeschäft. Und ein großes Haus. Erst letztes Jahr hat er geheiratet. Wenn ich ihn treffe, erkundigt er sich immer nach Glory. Er mag sie immer noch, keine Frage.

Ihm wurde bewusst, dass er nicht weit von der Dienststelle des 13. Reviers entfernt war, wo er sich gestern mit Detective Johnson getroffen hatte. Ihm kam ein Gedanke. Der Detective hat nie danach gefragt, ob er Glorys Postkarte sehen könnte. Sie hat darauf alles in kleinen Druckbuchstaben geschrieben, ich dachte mir, das läge daran, weil ihre Handschrift mit den vielen Schnörkeln einfach zu groß ist. Aber angenommen, die Karte stammt gar nicht von ihr? Angenommen, jemand fürchtet, ich könnte mir Sorgen um sie machen, und will nicht, dass ich nach ihr suche? Vielleicht weiß er auch, dass ich bald abtreten werde.

Ich werde noch mal zu Detective Johnson gehen und

mich an seinen Schreibtisch setzen, auf den er so stolz ist, beschloss Toby. Ich werde ihn bitten, die Postkarte auf Fingerabdrücke zu untersuchen. Und dann werde ich ihm sagen, dass er Mr. Bartley Longe auf der Stelle aufsuchen soll, falls er das nicht schon gemacht hat. Glaubt dieser Detective vielleicht, ich lasse mich von ihm auf den Arm nehmen? Wahrscheinlich will er Longe, wenn überhaupt, nur mal kurz anrufen, und dann redet er nur um den heißen Brei herum, entschuldigt sich für die Unannehmlichkeiten und sagt ihm, dass so ein alter Zausel bei ihm hereingeschneit kam und er dem eben leider nachgehen muss. Und wenn er ihn fragt, ob er Glory kennt, speist ihn Longe mit dem gleichen Mist ab, den er auch mir schon aufgetischt hat – dass er Glory bei ihrer Karriere helfen wollte und seitdem von ihr nichts mehr gehört hat. Und Detective Johnson an seinem Fensterschreibtisch, von dem man noch nicht einmal eine richtige Aussicht hat, bittet Mr. Longe um Verzeihung für die Störung, und das war's dann.

Wenn ich den Flug verpasse, sei's drum, dachte sich Toby und bog in die Straße ein, die zur Dienststelle des 13. Reviers führte. Ich kann nicht nach Hause fliegen, bevor der Detective nicht die Postkarte auf Fingerabdrücke untersucht und sich diesen Longe vorgeknöpft hat, damit er erfährt, wann er Glory zum letzten Mal gesehen hat.

48

»*Ms. Moreland*, Sie sind nicht verhaftet, vorerst zumindest nicht«, sagte Billy Collins, als Zan bereits zur Tür wollte. »Aber ich würde vorschlagen, dass Sie noch etwas bleiben.«

Zan sah zu Charley Shore, der ihr zunickte. Sie richtete den Stuhl auf, setzte sich und bat um ein Glas Wasser, um etwas Zeit zu gewinnen. Während Collins es holte, versuchte sie sich zu beruhigen. Charley legte sofort wieder den Arm auf ihre Rückenlehne und drückte ihr kurz die Schulter, doch diesmal fand sie die Geste alles andere als bestärkend.

Warum erhebt er keinen Einspruch gegen ihre Unterstellungen?, fragte sie sich. Nein, es waren keine Unterstellungen, es waren Anklagen. Was nützte ihr ein Anwalt, wenn er sie nicht verteidigte?

Sie rückte den Stuhl ein wenig nach links, damit sie Detective Dean nicht direkt vor sich hatte, und bemerkte erst jetzt, dass Dean in ein Notizbuch vertieft war, das sie aus ihrer Tasche gezogen hatte.

Billy Collins kehrte mit dem Glas Wasser zurück und nahm Zan gegenüber Platz. »Ms. Moreland ...«

Zan unterbrach ihn. »Ich würde mich gern mit meinem Anwalt unter vier Augen unterhalten«, sagte sie.

Collins und Dean erhoben sich. »Wir gehen einen Kaffee trinken«, sagte Collins. »In der nächsten Viertelstunde kommen wir nicht zurück.«

Sobald sie die Tür hinter sich geschlossen hatten, riss Zan ihren Stuhl herum, damit sie Charley direkt vor sich hatte. »Warum lassen Sie es zu, dass die beiden mit diesen Beschuldigungen über mich herfallen?«, fragte sie. »Warum ergreifen Sie nicht für mich Partei? Sie sitzen nur da und tätscheln mir die Schulter und lassen es zu, dass sie mir unterstellen, ich hätte mein eigenes Kind entführt und im Lagerraum dieses Hauses eingesperrt.«

»Zan, ich kann nachvollziehen, wie Sie sich fühlen«, antwortete Charley Shore. »Ich muss so handeln. Ich muss alles wissen, was sie eventuell gegen Sie vorbringen können. Wenn sie diese Fragen nicht stellen, können wir keine Verteidigungsstrategie aufbauen.«

»Glauben Sie, ich werde verhaftet?«

»Zan, ich muss Ihnen leider sagen, dass wahrscheinlich ein Haftbefehl gegen Sie ausgestellt wird. Vielleicht nicht heute, aber auf jeden Fall in den nächsten Tagen. Meine Sorge gilt vor allem der Frage, welche Anklagepunkte Ihnen zur Last gelegt werden. Behinderung der polizeilichen Ermittlungsarbeit. Falschaussage. Eingriff in das elterliche Sorgerecht Ihres Ex-Manns. Ich weiß nicht, ob sie so weit gehen und Sie der Entführung anklagen, schließlich sind Sie die Mutter, aber möglich wäre es. Sie haben ihnen soeben gesagt, dass Sie heute Matthew gehört haben.«

»Sie wissen, was ich damit gemeint habe.«

»*Sie* glauben zu wissen, was Sie damit gemeint haben. Die Polizei könnte zu dem Schluss kommen, dass Sie mit Matthew telefoniert haben.« Als Zan ihn entgeistert ansah, fügte er hinzu: »Zan, wir müssen vom Schlimmsten ausgehen. Und Sie müssen mir vertrauen.«

Die restlichen zehn Minuten saßen sie sich schweigend gegenüber. Als die beiden Beamten zurückkehrten, fragte Collins: »Benötigen Sie noch mehr Zeit?«

»Nein«, antwortete Charley Shore.

»Dann reden wir über Tiffany Shields. Ms. Moreland, wie oft hat sie sich um Matthew gekümmert?«

Das war eine unerwartete, aber leicht zu beantwortende Frage. »Nicht oft, nur hin und wieder. Ihr Vater ist Hausmeister in dem Apartmentgebäude, in dem ich bei Matthews Geburt gewohnt habe. Etwa ein halbes Jahr nach Matthews Verschwinden bin ich dort ausgezogen. Mein erstes Kindermädchen, Gretchen, hatte an den Wochenenden frei, wogegen ich nichts hatte, ich habe mich gern um Matthew gekümmert. Aber nachdem er aus dem Säuglingsalter heraus war, hat abends, wenn er bereits im Bett war und ich noch wegwollte, Tiffany auf ihn aufgepasst.«

»Haben Sie Tiffany gemocht?«, fragte Detective Dean.

»Natürlich. Sie ist ein freundliches, intelligentes Mädchen, und sie mochte Matthew offensichtlich sehr gern. Manchmal hat sie mich am Wochenende, wenn ich mit ihm in den Park ging, sogar begleitet.«

»War Ihre Freundschaft so eng, dass Sie ihr manchmal Geschenke gemacht haben?«, fragte Collins.

»Ich würde das nicht als Geschenke bezeichnen. Tiffany hat so ziemlich meine Größe, und wenn ich meinen Schrank durchging und auf Jacken oder Blusen oder einen Schal gestoßen bin, die ich längere Zeit nicht mehr getragen und von denen ich geglaubt habe, sie könnten ihr gefallen, dann habe ich sie ihr gegeben.«

»Sie haben sie für eine achtsame Babysitterin gehalten?«

»Ich hätte ihr doch nicht mein Kind anvertraut, wenn ich anderer Ansicht gewesen wäre! Das heißt natürlich bis zu diesem schrecklichen Tag.«

»Sie haben gewusst, dass Tiffany eine Erkältung hatte, sich nicht wohlfühlte und eigentlich nicht babysitten wollte«, blaffte Detective Dean sie an. »Hat es sonst niemanden gegeben, der Ihnen hätte aushelfen können?«

»Niemanden, der in der Nähe gewohnt und alles hätte stehen und liegen lassen können, um sofort zu kommen. Die meisten meiner Freunde arbeiten in der gleichen Branche, sie waren also in der Arbeit. Vergessen Sie nicht, ich war ja ganz verzweifelt. Jemanden wie Nina Aldrich ruft man nicht in letzter Minute an, um einen Termin abzusagen. Ich hatte unzählige Stunden in die Entwürfe für dieses Stadthaus gesteckt. Hätte ich ihr abgesagt, wäre ich den Auftrag wahrscheinlich sofort los gewesen. Bei Gott, jetzt wünschte ich mir, ich hätte es getan.«

Obwohl sie Charley Shores Anweisungen beherzigen wollte, wusste sie nur allzu gut, dass sie das nervöse Zittern in ihrer Stimme nicht verbergen konnte. Warum stellten sie bloß all die Fragen zu Tiffany Shields?

»Tiffany hat sich also widerstrebend darauf eingelassen, Ihnen zu helfen, und ist zu Ihnen in die Wohnung gekommen?«, fragte Detective Dean mit ausdrucksloser Stimme.

»Ja.«

»Wo war Matthew?«

»Er hat schon in seinem Buggy geschlafen. Weil es nachts so warm war, habe ich das Fenster in seinem Zimmer offen gelassen, und er ist um fünf Uhr morgens vom Lärm der Müllabfuhr aufgewacht. Sonst schläft er immer bis sieben durch, aber an dem Morgen konnte er nicht mehr einschlafen, also sind wir aufgestanden und haben sehr zeitig gefrühstückt. Deswegen habe ich ihm dann auch sehr früh sein Mittagessen gegeben, und weil Tiffany ihn abholen sollte, habe ich ihn schon mal in den Buggy gesetzt, wo er sofort eingeschlafen ist.«

»Um wie viel Uhr haben Sie ihn in den Buggy gesetzt?«, fragte Collins.

»Wahrscheinlich so gegen zwölf. Gleich nachdem ich ihm etwas zu essen gemacht habe.«

»Und um wie viel Uhr ist Tiffany gekommen?«

»Gegen halb eins.«

»Er hat geschlafen, als Tiffany ihn abholen kam, und er hat immer noch geschlafen, als er ungefähr eineinhalb Stunden später aus dem Buggy gehoben worden ist.« Jennifer Deans höhnischer Ton war nicht zu überhören. »Aber Sie haben sich nicht die Mühe gemacht, ihn anzuschnallen, oder?«

»Ich wollte ihn anschnallen, aber da ist schon Tiffany gekommen.«

»Also haben Sie es nicht getan.«

»Ich habe Matthew in eine leichte Baumwolldecke gepackt und Tiffany gebeten, ihn anzuschnallen, bevor sie die Wohnung verlässt.«

»Sie waren zu sehr in Eile, um sich zu vergewissern, dass Ihr Kind auch sicher angeschnallt war?«

Erneut stand Zan kurz davor, vor Wut die Polizistin anzubrüllen. *Sie verdreht alles, was ich sage,* dachte sie. Erneut spürte sie Charleys warnende Hand auf ihrer Schulter. Sie musterte Dean und ihre unbewegliche Miene. »Es war Tiffany anzusehen, dass es ihr nicht gutging. Ich habe ihr gesagt, ich hätte eine zweite Decke in die Ablage des Buggys gelegt, damit sie sich irgendwo auf den Rasen legen konnte, falls sie keine ruhige Bank findet, wo Matthew schlafen könnte.«

»Haben Sie ihr auch eine Pepsi angeboten?«, fragte Detective Collins.

»Ja. Sie hatte Durst.«

»Was war noch in der Pepsi?«, blaffte Dean.

»Nichts. Worauf wollen Sie hinaus?«, fragte Zan.

»Haben Sie Tiffany Shields noch etwas anderes gegeben? Sie sagte nämlich, Sie hätten ihr etwas in die Cola getan, damit sie im Park einnickt. Und statt eines Erkältungsmittels hätten Sie ihr eine Beruhigungspille gegeben.«

»Sie müssen ja völlig verrückt sein!«, schrie Zan.

»Nein, das sind wir nicht«, erwiderte Detective Dean zornig. »Sie stellen sich als die Liebenswürdigkeit in Person dar, Ms. Moreland. Aber war es nicht eher so, dass Ihnen Ihr Kind bei Ihrer ach so wichtigen Karriere im Weg stand? Ich habe selber Kinder, sie sind mittlerweile in der Highschool, aber ich kann mich noch gut erinnern, welcher Albtraum es immer war, wenn sie zu früh aufgewacht sind und dann den ganzen Tag schlechte Laune hatten. Ihre Karriere war alles, was für Sie zählte, nicht wahr? Und das unerwartete kleine Himmelsgeschenk ist dann ganz schnell zu einer Nervensäge und rechten Plage geworden, und plötzlich ergab sich die ideale Situation, um es loszuwerden.«

Detective Dean hatte sich erhoben und deutete mit dem Finger auf Zan. »Sie sind ganz bewusst zu Nina Aldrichs Stadthaus gegangen, obwohl Sie mit ihr am Beekman Place verabredet waren. Sie haben Ihre Entwürfe und Stoffmuster dort abgelegt und sind dann in den Central Park aufgebrochen, weil Sie gewusst haben, dass es nicht mehr lange dauert, bis Tiffany einschläft. Sie haben Ihre Chance gesehen und sie sich nicht entgehen lassen. Sie haben sich Ihr Kind geschnappt und es in das hübsche, große, leere Haus gebracht, wo Sie es im Lagerraum hinter dem Weinkeller versteckt haben. Die Frage lautet nur: Was haben Sie dann mit ihm gemacht, Ms. Moreland? Was haben Sie mit ihm gemacht?«

»Einspruch!«, rief Charley Shore und zog Zan von ihrem Stuhl hoch. »Wir gehen«, sagte er. »Sind Sie jetzt fertig?«

Billy Collins lächelte nachsichtig. »Ja, Mr. Shore. Aber wir hätten gern die Namen und Adressen der beiden von Ihnen erwähnten Personen, von dieser Alvirah und dem Pater. Und wenn ich Ihnen einen Rat geben darf: Wenn Ms. Moreland in nächster Zeit mal wieder die Stimme ihres Sohnes hört, dann soll sie ihm doch bitte sagen – oder der Person, die ihn versteckt hält –, dass es an der Zeit ist, nach Hause zu kommen.«

49

Wie in den meisten ländlichen Regionen lag auch in Middletown der Immobilienmarkt seit Monaten am Boden. Rebecca Schwartz starrte in ihrem Büro auf die Straße hinaus und hing recht düsteren Gedanken nach. Am Schaufenster klebten die Bilder der zum Verkauf stehenden Häuser, auf einigen von ihnen prangte sogar der Schriftzug VERKAUFT, doch bei manchen dieser Häuser lag der Besitzerwechsel schon fünf Jahre zurück.

Rebecca war eine Meisterin darin, die verfügbaren Immobilien in den leuchtendsten Farben anzupreisen. Das kleinste, schäbigste Cottage beschrieb sie auf den in der ganzen Stadt aushängenden Anschlagzetteln als »gemütlich, heimelig und umwerfend charmant«.

Und hatte sie potenzielle Interessenten so weit, dass sie einen Blick auf das Objekt warfen, überschlug sie sich fast, die Besonderheiten herauszustellen, wenn der geschickte und kunstfertige Hausbesitzer die schlummernde Schönheit des Gebäudes nur zum Leben erweckte.

Doch selbst mit ihrem einzigartigen Talent, die verborgenen Werte eines Hauses zu rühmen, in das noch gehörig viel Arbeit gesteckt werden musste, machte Rebecca eine schwere Zeit durch. Während sie sich auf einen weiteren erfolglosen Tag einstellte, tröstete sie sich damit, dass es ihr noch weitaus besser ging als den meisten anderen in diesem Land. Anders als viele Neunundfünfzigjährige konnte sie es sich leisten, die Durststrecke auszusitzen, bis es mit der Wirtschaft wieder aufwärtsging.

Ihre bereits verstorbenen Eltern hatten ihr, ihrem einzigen Kind, das Einfamilienhaus vermacht, in dem sie ihr ganzes Leben lang gewohnt hatte, sowie die Einnahmen aus den beiden Mietobjekten an der Main Street, die ihr ebenfalls gehörten.

Es geht ja gar nicht so sehr ums Geld, dachte sie. Ich verkaufe einfach gern Häuser. Ich sehe es gern, wie aufgeregt die Leute sind, wenn sie einziehen. Selbst wenn noch viel ins Haus investiert werden muss, es ist doch ein neues Kapitel in ihrem Leben. Beim Umzug bringe ich den neuen Eigentümern immer ein Geschenk vorbei, eine Flasche Wein, Käse und Cracker, falls sie keine Antialkoholiker sind. Ansonsten gibt es eine Packung Lipton-Teebeutel und einen Sandkuchen.

Ihre Teilzeit-Sekretärin Janie würde nicht vor zwölf Uhr eintreffen. Ihre zweite Maklerin, Millie Wright, die auf Kommissionsbasis für sie gearbeitet hatte, hatte aufhören und zwischenzeitlich einen Job bei A&P annehmen müssen. Aber sobald der Markt sich wieder erholen würde, wollte sie zurückkommen – das hatte sie Rebecca versprochen.

Rebecca war so sehr in Gedanken versunken, dass sie regelrecht einen Satz machte, als das Telefon klingelte. »Schwartz-Immobilien, Rebecca am Apparat«, meldete sie sich und kreuzte die Finger, dass es sich um einen potenziellen Käufer handelte und nicht wieder nur um jemanden, der sein Haus loswerden wollte.

»Hallo, Rebecca, hier ist Bill Reese.«

Bill Reese, dachte sich Rebecca. Ein kleiner Hoffnungsschimmer. Bill Reese hatte sich im vergangenen Jahr zweimal die Owens-Farm angesehen und sich dann jedes Mal gegen den Kauf entschieden.

»Bill, schön, von Ihnen zu hören«, sagte sie.

»Hat Owens seine Farm schon verkauft?«, fragte Reese.

»Nein, noch nicht.« Sofort wechselte Rebecca in den Maklerjargon. »Wir haben mittlerweile einige ernsthafte Interessenten, von denen einer in Kürze ein Angebot vorlegen wird.«

Reese lachte nur. »Kommen Sie, Rebecca. Sie müssen mir nichts vormachen. Bei Ihrer Pfadfinderehre, wie viele potenzielle Käufer stehen in diesem Augenblick bei Ihnen Schlange?«

Rebecca musste mit ihm lachen. Bill Reese war ein cleverer, freundlicher, untersetzter Mann Ende dreißig mit zwei kleinen Kindern. Er wohnte und arbeitete als Buchhalter in Manhattan, war aber auf einer Farm groß geworden und hatte ihr im vergangenen Jahr erzählt, dass er dieses Leben vermisse. »Ich würde gern wieder selbst anbauen. Und mir würde es gefallen, wenn meine Kinder die Wochenenden mit Pferden verbringen könnten und ihren Spaß daran haben, so wie ich es in meiner Kindheit erlebt habe.«

»Es gibt keine Angebote für Owens' Farm«, gab sie zu, »aber lassen Sie sich Folgendes gesagt sein, und das ist jetzt nicht das übliche Verkaufsgerede: Es ist ein wunderbares Anwesen, und wenn Sie erst einmal die schweren Vorhänge und die alten Möbel rausgeworfen und allem einen neuen Anstrich verpasst und die Küche renoviert haben, besitzen Sie ein herrliches, geräumiges Haus, auf das Sie stolz sein können. Die gegenwärtige schlechte Marktphase wird nicht ewig anhalten, und irgendwann wird jemand kommen, der einsieht, dass acht Hektar erstklassiges Land und ein im Grunde intaktes Haus eine gute Investition sind.«

»Rebecca, da stimme ich Ihnen zu. Und Theresa und die Kinder haben sich schon jetzt in das Haus verliebt. Meinen Sie, Owens wird im Preis noch etwas runtergehen?«

»Meinen Sie, ein Alligator wird plötzlich Liebeslieder trällern?«

»Okay, schon verstanden«, lachte Bill Reese. »Hören Sie, wir wollten am Sonntag hochfahren, und wenn alles so ist, wie wir es in Erinnerung haben, kaufen wir es.«

»Im Moment ist das Haus vermietet«, sagte Rebecca. »Für insgesamt ein Jahr, bereits im Voraus bezahlt, aber das sollte keine Rolle spielen. Im Vertrag ist ausdrücklich aufgeführt, dass wir Haus und Anwesen nach einer eintägigen Vorankündigung potenziellen Käufern zeigen können. Und sollte es verkauft werden, müsste die Mieterin innerhalb von dreißig Tagen ausziehen. Die Anzahlung wird ihr abzüglich der taggenauen Abrechnung natürlich erstattet. Aber es sollte wirklich kein Problem sein. Die Mieterin hat zwar einen Ein-Jahres-Vertrag, aber bereits gesagt, dass sie nur drei Monate bleiben will.«

»Wunderbar«, sagte Reese. »Falls wir kaufen, würde ich gern am ersten Mai einziehen, damit wir noch pflanzen können. Wie wäre es nächsten Sonntag gegen ein Uhr in Ihrem Büro?«

»Abgemacht«, erwiderte Rebecca glücklich. Ihre gute Laune allerdings schwand etwas, nachdem sie aufgelegt hatte. Der Gedanke, Gloria Evans anzurufen und ihr zu sagen, sie müsse ausziehen, behagte ihr ganz und gar nicht. Andererseits, tröstete sich Rebecca, waren die Vertragsbedingungen eindeutig, und außerdem hatte Gloria Evans dreißig Tage Zeit, um auszuziehen. Ich kann ihr ja andere Häuser zeigen, dachte Rebecca, es wird sich sicherlich etwas finden, das auf Monatsbasis vermietet wird. Sie braucht angeblich ja nur drei Monate, um ihr Buch abzuschließen. Dann bekommt sie auch noch eine schöne Stange Geld von der bereits bezahlten Jahresmiete zurück.

Gloria Evans meldete sich beim ersten Klingeln und klang ziemlich ungehalten.

Ich habe gute und schlechte Neuigkeiten, dachte Rebecca, holte Luft und erklärte die Situation.

»*Diesen* Sonntag? Diesen Sonntag sollen wildfremde Leute durchs Haus marschieren?«, kam es von Gloria Evans aufgeschreckt.

»Miss Evans, ich kann Ihnen mindestens ein halbes Dutzend sehr nette Häuser zeigen, die moderner eingerichtet sind und bei denen Sie, wenn Sie sie auf Monatsbasis mieten, eine Menge Geld sparen können.«

»Wann kommen diese Leute am Sonntag?«, fragte Gloria Evans.

»Irgendwann nach ein Uhr.«

»Verstehe. Als ich mich bereiterklärte, eine Jahresmiete für nur drei Monate zu entrichten, hätten Sie mich darauf hinweisen können, dass Sie ständig Leute durchs Haus scheuchen würden.«

»Miss Evans, das steht alles in dem von Ihnen unterzeichneten Mietvertrag.«

»Ich habe Sie extra danach gefragt. Sie haben gesagt, ich solle mir keine Sorgen machen, im nächsten Vierteljahr würde keiner auch nur in die Nähe des Hauses kommen. Der Markt wäre mindestens bis Anfang Juni so gut wie tot.«

»Davon bin ich ganz ehrlich auch ausgegangen. Aber Sy Owens hätte mich ohne diese Einschränkung das Haus nie vermieten lassen.« Plötzlich bemerkte Rebecca, dass sie nur noch mit sich selbst redete. Gloria Evans hatte aufgelegt. Jammerschade, dachte sie, während sie erneut wählte, um Sy Owens die gute Neuigkeit mitzuteilen, dass sie eventuell einen Käufer für sein Haus hatte.

Seine Reaktion war genau so, wie sie es erwartet hatte. »Sie haben aber klargestellt, dass ich keine fünf Cent vom Preis runtergehe, oder, Rebecca?«

»Natürlich«, erwiderte sie und fügte still für sich hinzu: du alter Geizkragen.

50

Detective Wally Johnson betrachtete die zerknitterte Postkarte, die Toby Grissom ihm gegeben hatte. »Warum meinen Sie, Ihre Tochter hätte diese Karte nicht selbst geschrieben?«, fragte er.

»Ich habe nicht gesagt, dass sie sie nicht geschrieben hat. Ich habe Ihnen nur gesagt, wegen der Druckbuchstaben ist mir der Gedanke gekommen, dass ihr jemand etwas angetan hat und es so aussehen lassen will, als wäre sie noch am Leben. Glory hat nämlich eine große, geschwungene Handschrift mit vielen Schnörkeln.«

»Und Sie sagten, Sie haben sie vor einem halben Jahr bekommen?«

»Ja, richtig. Sie haben mich nicht danach gefragt, aber ich dachte mir, dass Sie sie vielleicht auf Fingerabdrücke untersuchen wollen.«

»Wie viele haben diese Karte schon in der Hand gehabt, Mr. Grissom?«

»In der Hand gehabt? Keine Ahnung. Ich habe sie meinen Freunden in Texas gezeigt und den Mädchen, mit denen Glory hier in New York zusammengewohnt hat.«

»Mr. Grissom, natürlich können wir sie auf Fingerabdrücke untersuchen, aber ich kann Ihnen jetzt schon sagen, dass wir nichts Brauchbares finden werden, egal, ob Ihre

Tochter oder jemand anderes sie versendet hat. Denken Sie doch mal nach. Sie haben die Karte Ihren Freunden und Glorys Wohnungsgenossinnen gezeigt. Davor hatten Postangestellte und Ihr Briefträger sie in der Hand. Viel zu viele Leute sind mit der Karte in Berührung gekommen.«

Toby zeigte auf den Bogen mit Glorys Fotoabzügen, die er auf einer Ecke des Schreibtisches entdeckte. »Etwas ist meiner Tochter zugestoßen«, sagte er. »Ich weiß es.« Mit Sarkasmus in der Stimme fragte er dann: »Sicherlich haben Sie schon Bartley Longe angerufen, oder?«

»Ich hatte gestern Nachmittag Wichtigeres zu erledigen, Mr. Grissom. Aber ich versichere Ihnen, Bartley Longe steht ganz oben auf meiner Prioritätenliste.«

»Sparen Sie sich Ihre Versicherungen, Detective Johnson«, entgegnete Toby. »Ich rühre mich nicht vom Fleck, solange Sie nicht zum Hörer greifen und einen Termin mit diesem Longe vereinbart haben. Und wenn ich deswegen meine Maschine verpasse. Ich habe nämlich vor hierzubleiben, bis Sie diesen Typen aufgesucht haben. Wenn Sie mich verhaften wollen, bitte schön. Aber unternehmen Sie was in dieser Sache. Ich werde diese Dienststelle nicht eher verlassen, bis Sie auf dem Weg zu Longe sind, und drucksen Sie nicht herum und kommen Sie nicht auf die Idee, sich bei ihm für Ihren Besuch zu entschuldigen, weil Glorys Vater so eine Nervensäge ist. Lassen Sie sich nicht abwimmeln und besorgen Sie sich die Namen der Theaterleute, mit denen dieser Typ sie angeblich zusammengebracht hat, und finden Sie heraus, ob diese Leute Glory jemals getroffen haben.«

Der arme Kerl, dachte sich Wally Johnson insgeheim. Ich bringe es nicht übers Herz, ihm zu sagen, dass seine Tochter aller Wahrscheinlichkeit nach eine Edelnutte ist, die mit irgendeinem reichen Gönner zusammenlebt. So griff er also zum Hörer, ließ sich die Nummer von Bartley Longe geben, wählte und nannte seinen Namen, als sich die Rezeptionistin meldete. »Ist Mr. Longe zu sprechen?«, fragte er. »Es ist sehr wichtig, ich möchte mich umgehend mit ihm treffen.«

»Ich bin mir nicht sicher, ob er noch in seinem Büro ist«, antwortete die Rezeptionistin.

Wenn sie sich nicht sicher ist, dachte Johnson, heißt das, *dass* er in seinem Büro ist. Er wartete. Kurz darauf meldete sich wieder die Rezeptionistin.

»Er ist leider schon gegangen. Ich richte ihm aber gern etwas aus«, flötete sie.

»Ich will ihm nichts ausrichten lassen«, erwiderte Johnson ungerührt. »Wir beide wissen sehr wohl, dass Mr. Longe da ist. Ich kann in zwanzig Minuten bei Ihnen sein. Ich muss ihn unbedingt persönlich sprechen. Brittany La Montes Vater ist bei mir und möchte einige Antworten, nachdem seine Tochter verschwunden ist.«

»Einen Moment, bitte ...« Nach einer kurzen Pause war die Rezeptionistin wieder in der Leitung. »Wenn Sie sofort vorbeikommen, wird Mr. Longe auf Sie warten.«

»Wunderbar.« Johnson legte auf und betrachtete mitfühlend Toby Grissoms ausgezehrtes Gesicht. »Mr. Grissom, es kann einige Stunden dauern, bis ich wieder hier bin. Gehen Sie doch in der Zwischenzeit irgendwo etwas essen, und finden Sie sich nachher wieder hier ein. Um wie viel Uhr, sagten Sie, geht Ihre Maschine?«

»Um fünf.«

»Es ist jetzt kurz nach zwölf. Einer unserer Leute könnte Sie nachher zum LaGuardia fahren. Ich werde mit Longe sprechen und mir, wie Sie gesagt haben, eine Liste jener Leute geben lassen, mit denen er sie angeblich bekanntgemacht hat. Aber es ist nicht sonderlich sinnvoll, wenn Sie noch länger in New York bleiben. Sie sagten, Sie bekommen Chemotherapien. Die sollten Sie nicht verpassen. Das wissen Sie.«

Plötzlich schien Toby jegliche Kraft zu verlassen. Der lange Weg in der Kälte, den er trotz allem genossen hatte, forderte jetzt seinen Tribut. Und er hatte Hunger. »Wahrscheinlich haben Sie recht«, sagte er. »Es muss hier irgendwo einen McDonald's geben.« Mit einem humorlosen Lächeln fügte er noch hinzu: »Vielleicht gönne ich mir einen Big Mac.«

»Das ist eine gute Idee«, stimmte Wally Johnson mit ein, erhob sich und griff sich Glorys Foto auf dem Schreibtisch.

»Das müssen Sie nicht mitnehmen«, sagte Grissom wütend. »Der Kerl weiß ganz genau, wie Glory aussieht. Glauben Sie mir.«

Wally Johnson nickte. »Ja, schon. Aber ich nehme es für die Leute mit, die Glory in Bartley Longes Landsitz getroffen haben.«

51

»*Ich bin für ungefähr* eine Stunde weg«, sagte Kevin Wilson zu Louise Kirk und ignorierte ihren neugierigen Gesichtsausdruck. Nachdem er sie wegen ihrer Bemerkungen über Zan Moreland barsch zurechtgewiesen hatte, würde sie es nicht wagen, ihn zu fragen, wohin er wollte.

Zwei weitere Lieferungen waren im Lauf des Morgens eingetroffen. Zum einen Rollen mit Wandbehängen, zum anderen Kartons mit Tischlampen.

Louise erlaubte sich eine weitere Frage: »Sollen wir Zan Morelands neue Lieferungen auch in die größte Wohnung bringen? Ich meine, bei einigen ist klar ersichtlich, dass sie zum mittleren Apartment gehören.«

»Nein, wir lassen alles zusammen«, antwortete Kevin, während er zu seiner Windjacke griff.

Louise zögerte, bevor sie sagte: »Kevin, ich weiß, ich überschreite meine Kompetenzen, aber ich wette, Sie sind unterwegs zu Zan Morelands Büro. Als Ihre Freundin bitte ich Sie, lassen Sie sich nicht auf diese Frau ein. Ich meine, sie ist äußerst attraktiv, das kann jeder sehen, aber ich halte sie für geistesgestört. Als sie heute Morgen auf dem Weg ins Polizeigebäude war, hat sie den Reportern gesagt, dass ihr Sohn am Leben ist. Wenn sie das weiß, weiß sie auch, wo er sich aufhält, und hat zwei Jahre lang alle hinters Licht geführt. Im Internet gibt es Links zu den Videos, die von ihr nach dem Verschwinden des Kindes im Central Park aufgenommen wurden. Sie zeigen sie neben dem leeren Buggy. Es handelt sich eindeutig um dieselbe Frau wie auf den Fotos dieses Touristen.«

Louise holte tief Luft.

»Noch etwas?«, fragte Kevin.

Louise zuckte mit den Schultern. »Ich weiß, Sie sind verärgert über mich, ich kann es Ihnen nicht verdenken. Aber als Ihre Sekretärin und Ihre Freundin will ich nicht sehen, dass Sie Schaden nehmen. Und das werden Sie, persönlich wie beruflich, wenn Sie sich auf diese Frau einlassen.«

»Louise, ich lasse mich auf gar nichts ein. Ich sage Ihnen, was ich machen werde. Ich gehe zu Alexandra Morelands Büro. Ich habe mit ihrem Assistenten gesprochen, der klingt, als wäre er ein ganz netter Kerl. Ich möchte diese Sache so geräuschlos wie möglich abwickeln. Offen gesagt, ich mag Bartley Longe nicht. Sie haben ihn gehört, als er angerufen hat. Er erinnert mich an eine Katze, die gerade einen Kanarienvogel verspeist hat. Er war so davon überzeugt, dass ich nie im Leben auch nur irgendetwas mit Zan Moreland zu tun haben möchte.«

Er hatte die Hand schon auf dem Türknauf, drehte sich aber noch einmal um. »Ich habe mir die Entwürfe der beiden sehr genau angesehen. Ihre gefallen mir besser. Wie Zan gesagt hat, Bartley Longes Entwürfen fehlt das Wohnliche. Es ist alles viel zu pompös. Das heißt übrigens nicht, dass ich Moreland den Auftrag geben werde. Aber es heißt, dass ich ihre Entwürfe annehme, ihre Pläne übernehme, sie irgendwie finanziell abfinde und jemand anderen mit der Umsetzung betraue. Ist das eine praktikable Lösung?«

Louise Kirk konnte sich einen spitzen Kommentar dazu nicht verkneifen. »Es mag vielleicht praktikabel sein, aber ist es auch vernünftig?«

Josh hatte sich auf das Treffen mit Kevin Wilson vorbereitet und sich seine Geschichte zurechtgelegt: Er und Zan würden davon ausgehen, dass ein Hacker in ihre Computer eingedrungen sei. Man ließe das überprüfen. Und sobald bestätigt werden könne, dass die Bestellungen von einem Unbekannten aufgegeben wurden, würden sie darauf bestehen, dass die Lieferanten die Waren zurücknähmen und sie umgehend abholten.

Damit, dachte er, können wir ein wenig Zeit gewinnen. Aber es gibt keinen Hacker. Zan hat die Waren von ihrem Laptop aus bestellt. Wer würde sonst wissen, was genau bestellt werden musste?

Und auch diesen Brief musste sie auf ihrem Laptop geschrieben haben.

Das Telefon klingelte. Die Rezeption meldete die Ankunft von Kevin Wilson. Ob man ihn hochschicken solle?

Kevin hatte keine genaue Vorstellung, was ihn erwarten würde, aber es überraschte ihn dann doch, dass Moreland Interiors in einem relativ kleinen Büro residierte, das gut zur Hälfte mit fast bis unter die Decke reichenden Stoffrollen zugestellt war. Die Möbel, fiel ihm auf, waren an die gegenüberliegende Wand geschoben, um Platz zu schaffen. Ebenfalls überraschte ihn, dass Josh Green noch so jung war. Höchstens Mitte zwanzig, nahm Kevin an, während er Zan Morelands Assistenten die Hand entgegenstreckte und sich vorstellte.

Als er den Namen des Lieferanten auf der Hülle der Stoffrolle erkannte, fragte er: »Ist das alles auch für meine Musterwohnungen bestimmt?«

»Mr. Wilson ...«, begann Josh.

»Sparen wir uns die Formalitäten. Nennen Sie mich Kevin.«

»Gut. Kevin, uns ist Folgendes passiert. Ein Hacker muss sich Zugang zu unseren Computern verschafft und die Bestellungen aufgegeben haben. Eine andere Erklärung kann ich Ihnen nicht bieten.«

»Ist Ihnen bewusst, dass an diesem Morgen bislang drei Lieferungen in 701 Carlton Place eingegangen sind?«, fragte Kevin. Als er die erstaunte Miene des jungen Mannes sah, fuhr er fort: »Ich gehe davon aus, dass Sie es *nicht* gewusst haben.«

»Nein.«

»Josh, ich weiß, dass Zan heute Morgen in Begleitung ihres Anwalts bei der Polizei war. Erwarten Sie sie bald zurück?«

»Keine Ahnung«, sagte Josh und unternahm noch nicht einmal den Versuch, seine Besorgnis zu verbergen.

»Wie lange arbeiten Sie schon für sie?«, fragte Kevin.

»Fast zwei Jahre.«

»Ich habe sie um Entwürfe für die Musterwohnungen gebeten, nachdem ich in einem Haus in Darien, Connecticut, und in einem Apartment in der Fifth Avenue zu Gast gewesen war, zwei Aufträge, die sie jeweils vor etwa einem halben Jahr abgeschlossen hat.«

»Sie meinen das Campion-Haus und die Wohnung der Lyons.«

»Haben Sie daran mitgewirkt?«, fragte Kevin.

Auf was will er hinaus?, fragte sich Josh. »Ja. Natürlich. Zan ist die Designerin, ich bin ihr Assistent. Da beide Aufträge gleichzeitig ausgeführt werden mussten, haben wir uns bei beiden Projekten täglich abgewechselt.«

»Verstehe.« Der Junge gefällt mir, dachte Kevin. Er ist offen und ehrlich. Wie immer Zan Morelands Probleme aussehen, sie hat genau das vorgelegt, was wir für die drei Wohnungen brauchen. Ich will nicht mit Bartley Longe zusammenarbeiten, ich finde seine Vorschläge nicht unbedingt gut. Und ich kann auch keine anderen Designer mehr um Entwürfe bitten. Der Vorstand zetert jetzt schon, weil sich die Fertigstellung der Musterwohnungen so hinzieht.

Hinter ihm ging die Tür auf. Er drehte sich um. Zan Moreland trat in Begleitung eines älteren Mannes ein, der wohl ihr Anwalt sein musste. Zan hatte die Lippen zusammengepresst und versuchte ihr Schluchzen zu unterdrücken. Ihre Augen waren verquollen, Tränen liefen ihr über die Wangen.

Kevin wusste, dass er hier nichts mehr verloren hatte. Er sah zu Josh. »Ich werde Wallington Fabrics Bescheid geben«, sagte er, »und ihnen sagen, dass sie alles abholen und zum Carlton Place schaffen sollen. Falls weitere Lieferungen eintreffen, nehmen Sie nichts mehr an, sondern schicken Sie alles mitsamt den Rechnungen gleich weiter zum Carlton Place. Ich melde mich dann wieder.«

Zan hatte sich von ihm abgewandt. Er wusste, wie peinlich es ihr war, dass er sie in dieser Verfassung gesehen hatte. Ohne mit ihr gesprochen zu haben, verließ er das Büro. Doch als er auf den Aufzug wartete, wurde ihm bewusst, dass er liebend gern zurückgegangen wäre und Zan in den Arm genommen hätte.

Praktikabel und vernünftig, dachte er schmunzelnd, als die Fahrstuhltür aufging und er eintrat. Aber warten wir ab, wenn ich Louise erst erzähle, was ich getan habe.

52

Mit zunehmender Empörung lauschte Melissa Teds Nachricht und seinem Vorschlag, sie solle fünf Millionen Dollar in eine Stiftung zugunsten vermisster Kinder einbringen, statt eine Belohnung in dieser Höhe für Informationen auszusetzen, die zum Auffinden von Matthew führten.

»Das kann doch nicht sein Ernst sein!«, entrüstete sie sich gegenüber Bettina, ihrer persönlichen Assistentin.

Bettina, vierzig Jahre alt, klug, elegant gekleidet, mit samtig schwarzen Haaren, war mit zwanzig Jahren aus Vermont nach New York gekommen, wo sie sich eine Karriere als Rocksängerin erhofft hatte. Relativ schnell war ihr allerdings klar geworden, dass sie mit ihrer leidlich guten Stimme in der Musikwelt nicht weit kommen würde. So war sie die persönliche Assistentin einer Klatschkolumnistin geworden. Melissa, der Bettinas Tüchtigkeit nicht verborgen geblieben war, hatte ihr ein höheres Gehalt geboten, damit sie für sie tätig wurde, und Bettina hatte prompt der Kolumnistin gekündigt.

Bettinas Gefühle aber schwankten mittlerweile zwischen der auch von Ted empfundenen Abscheu vor Melissa und der Freude am Spektakel im Dunstkreis der Reichen und Berühmten. Aber wenn Melissa in guter Stimmung war, schnappte sie sich eine zweite der sündhaft teuren

Geschenktüten, die bei Konzerten oder Preisverleihungen eigentlich den Stars vorbehalten waren, und schenkte sie Bettina.

Sobald Bettina um neun Uhr Melissas Wohnung betreten hatte, wusste sie, dass es ein langer Tag werden würde. Melissa hatte sie sofort mit ihrer Idee überfallen, eine Belohnung auszusetzen, falls Matthew lebend gefunden würde. »Ich sage ›lebend‹, das ist dir hoffentlich nicht entgangen«, sagte Melissa. »Allgemein geht man davon aus, dass der kleine Junge tot ist, es trägt mir also eine hübsche Publicity ein und wird mich keinen Cent kosten.«

Teds erste abschlägige Reaktion hatte bereits ihren Unmut erregt, doch als er dann auch noch vorschlug, sie solle das Geld einer Stiftung vermachen, ging sie vollends an die Decke. »Ich soll fünf Millionen Dollar für eine Stiftung aufbringen? Tickt er noch ganz richtig?«, fragte sie Bettina.

Bettina hatte Verständnis für Ted. Sie wusste, wie anstrengend es war, Melissa zu promoten. »Meiner Meinung nach ist er alles andere als verrückt«, beschwichtigte sie. »Jedenfalls würdest du als sehr, sehr großzügig rüberkommen, was du ja auch wirklich wärst, aber in dem Fall wirst du den Scheck dann auch vor laufenden Kameras unterschreiben müssen.«

»Was ich auf keinen Fall vorhabe«, blaffte Melissa und strich sich ihre blonden, fast bis zur Taille reichenden Haare zurück.

»Melissa, ich bin hier, um alles zu tun, was du willst. Das weißt du«, sagte Bettina. »Aber Ted hat recht. Seitdem ihr beide in den Schlagzeilen seid, hast du allen erzählt, dass du glaubst, sein Sohn wäre entführt, missbraucht und getötet worden. Wenn du jetzt eine Belohnung für Informationen aussetzt, die zu seiner Rückkehr führen, handelst du dir nur gehässige Kommentare in Late-Night-Shows und im Internet ein.«

»Bettina, ich werde die Sache durchziehen. Setz für morgen um dreizehn Uhr eine Pressekonferenz an. Ich weiß genau, wie ich es formulieren werde. Ich werde sagen, ich hätte zwar immer geglaubt, Matthew wäre tot, aber die Unsicherheit über sein Schicksal würde Matthews Vater und meinen Verlobten, Ted Carpenter, aufreiben. Möglicherweise fühlt sich aufgrund dieses Angebots jemand angesprochen, an die Öffentlichkeit zu gehen, jemand, dessen Verwandte oder Freunde Matthew versteckt halten.«

»Und wenn sich jemand meldet, schreibst du ihm einen Scheck über fünf Millionen Dollar aus?«, fragte Bettina.

»Sei nicht albern. Erstens ist das arme Kind tot. Zweitens macht sich jemand, der wirklich weiß, wo der Junge steckt, aber sich all die Jahre nicht gemeldet hat, mitschuldig an einem Verbrechen und kann dann schlecht dafür belohnt werden. Kapiert? Alle halten mich für bescheuert, aber wir werden Hunderte von Hinweisen aus der ganzen Welt bekommen, und in allen wird Melissa Knights versprochene Belohnung erwähnt werden.«

Bevor Bettina irgendetwas darauf erwiderte, trat sie ans Fenster von Melissas Penthouse an der Central Park West, von dem aus man den Park überblicken konnte. Hier hat alles angefangen, dachte sie. An einem sonnigen Juninachmittag vor fast zwei Jahren. Aber Melissa hat recht. Der kleine Junge ist wahrscheinlich tot. Sie wird ihre Publicity bekommen, und es wird sie keinen müden Cent kosten.

53

»*Gut, wir haben Moreland* ziemlich auf den Zahn gefühlt«, sagte Billy Collins sichtlich zufrieden, als er und Jennifer Dean sich in ihrem Lieblings-Feinkostladen in der Columbus Avenue über Pastrami-Sandwiches und Kaffee hermachten.

Detective Dean schluckte erst einen Bissen ihres Sandwiches hinunter, bevor sie antwortete. »Der Fall ist fast zu perfekt, das lässt mir keine Ruhe. Meinst du, Moreland hat die Stimme ihres Sohns in einer Art Traum gehört, oder hat sie wirklich mit ihm telefoniert?«

»Ob im Traum oder am Telefon, sie hat gesagt, der Junge ist am Leben, und das glaube ich auch«, antwortete Billy Collins. »Die Frage ist nur: Wo ist er, und wird derjenige, der ihn festhält, aufgrund des Medienwirbels, den der Fall die letzten Tage ausgelöst hat, in Panik geraten? Ich hole mir noch einen Kaffee. Soll ich dir auch einen mitbringen?«

»Nein, mein Koffeinbedarf ist für heute gedeckt. Soll ich noch mal bei Alvirah Meehan anrufen und fragen, ob sie schon da ist? Ihr Mann meinte, sie müsse mittlerweile vom Friseur zurück sein.«

Alvirah war selbst am Apparat. »Kommen Sie vorbei, wenn Sie wollen, aber ich weiß nicht, ob ich Ihnen helfen kann«, sagte sie. »Mein Mann und ich sind mit Zan eng befreundet, seitdem sie vor eineinhalb Jahren unsere Wohnung gestaltet hat. Sie ist eine wunderbare Frau, die wir sehr ins Herz geschlossen haben.«

»Statten wir ihr einen Besuch ab. Sie wohnen ja fast um die Ecke«, sagte Jennifer Dean, als Billy mit seinem zweiten Kaffee zurückkam.

Zehn Minuten später parkten sie in der halbkreisförmigen Anfahrt der 211 Central Park South. Sie war breit genug, damit andere Fahrzeuge noch vorbeikonnten, und Tony, der Türsteher, verkniff sich jegliche Einwände, als er sah, wie Billy den Polizeiausweis hinter die Windschutzscheibe klemmte. »Mrs. Meehan sagt, Sie sollen gleich hochkommen«, teilte er ihnen mit. »Apartment 16B.«

»Dir ist bewusst, dass einige unserer Kollegen diese Alvirah Meehan kennen?«, sagte Jennifer zu Billy im Aufzug. »Sie ist diese Putzfrau, die in der Lotterie groß abgesahnt und sich dann als Hobby-Schnüfflerin verdient gemacht hat. Sie hat darüber sogar ein Buch geschrieben.«

»Eine Hobby-Schnüfflerin? Das hat uns gerade noch gefehlt«, erwiderte Billy, als der Fahrstuhl im fünfzehnten Stock anhielt. Doch nach zwei Minuten in der Wohnung erging es ihm wie allen, die bei Willy und Alvirah zu Besuch kamen – er hatte das Gefühl, mit ihnen sein Leben lang befreundet zu sein.

Willy Meehan erinnerte Billy an seinen Großvater, einen großen Mann mit schlohweißen Haaren, der sein ganzes Leben als Polizist gearbeitet hatte. Alvirah, frisch frisiert, trug eine Freizeithose und einen Cardigan-Sweater. Ihre Sachen stammten nicht aus der Wühlkiste, trotzdem sah sie seiner Meinung nach ein wenig so aus wie die Haushälterinnen der reichen Leute, die einen Block weiter lebten.

Es überraschte ihn, dass Jennifer den von Alvirah angebotenen Kaffee annahm. Gewöhnlich lehnte sie solche Angebote ab, aber vermutlich wäre es unklug, Alvirah gegen sich aufzubringen. Schließlich hatte sie schon am Telefon klargestellt, dass sie Zan Morelands gute Freundin war. Und sich wahrscheinlich für sie einsetzen würde.

Da habe ich mich nicht getäuscht, dachte er sich einige Minuten später, nachdem Alvirah betonte, wie sehr es Zan das Herz gebrochen hatte, als ihr Sohn verschwunden war. »Ich kenne das alles«, sagte Alvirah mit Nachdruck, »und manches kann man nicht vortäuschen. Wenn ich den abgrundtiefen Kummer im Blick dieser Frau sehe, würde ich am liebsten selbst mit losheulen.«

»Spricht sie oft von Matthew?«, fragte Jennifer Dean.

»Sagen wir mal so, wir haben das Thema nie zur Sprache gebracht. Ich arbeite freiberuflich als Kolumnistin für den *New York Globe*, und nach Matthews Verschwinden habe ich einen Beitrag verfasst, in dem ich den Entführer bat, er möge sich doch die Verzweiflung bewusst machen, in die er die Eltern des Jungen gestürzt hat. Ich habe vorgeschlagen, die betreffende Person soll Matthew in eine Mall bringen und ihm den nächsten Wachmann zeigen. Dann soll der Junge die Augen schließen, bis zehn zählen und schließlich zum Wachmann gehen, seinen Namen nennen, und der Wachmann würde dann seine Mommy für ihn finden.«

»Matthew war damals gerade mal drei Jahre alt«, warf Billy ein. »Nicht jedes Kind kann in dem Alter bis zehn zählen.«

»Ich habe in der Zeitung gelesen, dass laut seiner Mutter Verstecken sein Lieblingsspiel war. Sie hätten es oft zusammen gespielt. Zan hat sogar gesagt, als sie den Anruf von der Polizei erhielt, habe sie darum gebetet, dass er nur aufgewacht wäre, sich aus dem Buggy befreit und gemeint hätte, er könnte mit Tiffany Verstecken spielen.« Alvirah hielt kurz inne. »Sie hat mir erzählt, dass Matthew bis fünfzig zählen konnte. Er war anscheinend ein sehr kluges Kind.«

»Kennen Sie die Fotos aus den Zeitungen oder dem Fernsehen, auf denen Zan Moreland zu sehen ist, wie sie das Kind aus dem Buggy nimmt?«, fragte Jennifer Dean.

»Ich habe die Fotos einer Frau gesehen, die Zan sehr ähnlich sieht«, antwortete Alvirah ausweichend.

»Halten Sie die Frau auf diesen Fotos für Zan Moreland, Mrs. Meehan?«, fragte Billy Collins.

»Nennen Sie mich doch Alvirah. So wie alle anderen auch.«

Sie windet sich, dachte Collins.

»Ich will es mal so sagen«, begann Alvirah. »Es sieht so aus, als wäre die Frau auf diesen Fotos Zan. Ich kenne mich mit diesem neumodischen Kram ja nicht aus, heutzutage ändert sich alles so schnell. Vielleicht sind die Bilder bearbeitet worden. Aber ich kann Ihnen mit Sicherheit sagen, dass Zan Moreland wegen ihres vermissten Sohnes untröstlich ist. Gestern Abend war sie hier, sie ist nur noch ein Schatten ihrer selbst, so sehr nimmt sie das alles mit. Ich weiß, sie hat Freunde, hier und im Ausland, die sie eingeladen haben. Aber sie bleibt lieber zu Hause, sie könnte es nicht ertragen wegzufahren.«

»Wissen Sie, in welchen Ländern ihre Freunde leben?«, fragte Jennifer Dean.

»Na ja, in den Ländern, in denen ihre Eltern gewohnt haben«, sagte Alvirah. »Ich weiß von einer Freundin in Argentinien und von einer in Frankreich.«

»Und vergiss nicht, ihre Eltern waren in Italien, als sie bei dem Autounfall ums Leben gekommen sind«, warf Willy ein.

Billy Collins war klar, dass er von Alvirah oder Willy nicht mehr zu hören bekommen würde. Sie halten Zan Moreland für die Frau auf den Fotos, wollen es aber nicht zugeben, dachte er und erhob sich.

»Detective Collins«, sagte Alvirah, »bevor Sie gehen, sollten Sie eines wissen: Wenn wirklich Zan Moreland auf diesen Bildern zu sehen ist, dann weiß sie nicht, was sie getan hat. Dafür lege ich meine Hand ins Feuer.«

»Wollen Sie mir damit sagen, dass sie unter einer gespaltenen Persönlichkeit leidet?«, fragte Collins.

»Ich weiß nicht recht, was ich Ihnen damit sagen will«, entgegnete Alvirah. »Ich weiß nur eines: Zan macht Ihnen nichts vor. Sie hat ihr Kind verloren, davon ist sie überzeugt. Sie hat viel Geld für Privatermittler und diverse Scharlatane ausgegeben, um es zu finden. So weit wäre sie nie gegangen, wenn sie nur etwas vortäuschen wollte. Sie täuscht nichts vor.«

»Noch eine Frage, Mrs. Meehan ... äh, Alvirah. Zan Moreland hat einen Priester erwähnt, einen Pater Aiden O'Brien. Kennen Sie ihn zufällig?«

»O ja, er ist ein lieber Freund. Er ist Franziskanermönch in der Kirche des heiligen Franziskus von Assisi in der Thirty-first Street. Zan hat ihn gestern Abend hier kennengelernt. Er hat ihr gesagt, er will für sie beten, was ihr ein großer Trost war.«

»Sie ist ihm vorher nie begegnet?«

»Ich glaube nicht. Ich weiß allerdings, dass sie sich am Montag in der Kirche aufgehalten hat. Ich war dort, um eine Kerze anzuzünden. Pater O'Brien hat zu der Zeit in der Unterkirche die Beichte abgenommen.«

»Geht Zan Moreland beichten?«, fragte Billy Collins.

»Ach, das weiß ich nicht, und natürlich frage ich sie nicht danach. Aber es interessiert Sie vielleicht, dass mir an dem Tag ein Mann aufgefallen ist, der mir sehr seltsam vorkam. Ich meine, er hatte das Gesicht in den Händen verborgen und hat vor dem Schrein des heiligen Antonius gekniet. Aber sobald Pater O'Brien aus dem Versöhnungsraum kam, hat er sich aufgerichtet und dem Pater hinterhergestarrt, bis dieser im Durchgang zum Mönchskloster verschwunden war.«

»War Ms. Moreland noch in der Kirche, als das passiert ist?«

»Nein«, antwortete Alvirah bestimmt. »Ich weiß das nur, weil ich mir gestern Morgen mit dem Pater in der Kirche die Aufnahmen der Überwachungskameras angesehen habe. Ich wollte sehen, ob ich den Mann erkennen kann, falls er mal für Schwierigkeiten sorgen sollte. Aber er war in der Menge nicht richtig zu erkennen. Wen ich aber gesehen habe, das war Zan, die ungefähr eine Viertelstunde vor mir in die Kirche kam. Nach den Überwachungsaufnahmen ist sie nur wenige Minuten geblieben. Der Mann, den ich in Augenschein nehmen wollte, ist dann kurz vor mir gegangen, aber, wie gesagt, wegen der vielen Menschen, die in diesem Augenblick in die Kirche geströmt sind, war er nicht näher zu sehen.«

»Halten Sie es für ungewöhnlich, dass Ms. Moreland in die Kirche geht?«

»Nein. Matthew hatte doch am nächsten Tag Geburtstag. Ich dachte mir, sie hätte ihm vielleicht vor dem heiligen Antonius eine Kerze entzündet. Zu diesem Heiligen beten die Menschen, wenn sie etwas verloren haben.«

»Verstehe. Ich danke Ihnen beiden, dass Sie sich Zeit für uns genommen haben«, sagte Billy Collins, als er und Jennifer Dean aufbrachen.

»Na, recht weit hat uns das nicht gebracht«, kam es von Dean auf dem Weg zum Aufzug.

»Vielleicht, vielleicht auch nicht. Wir haben herausgefunden, dass Zan Moreland Freunde in mehreren Ländern hat. Ich will wissen, ob sie seit dem Verschwinden ihres Sohns eines dieser Länder besucht hat. Wir werden ihre Kreditkarten und Bankkonten überprüfen. Und morgen statten wir diesem Pater O'Brien einen Besuch ab. Wäre doch interessant zu erfahren, ob Zan Moreland bei ihm gebeichtet hat. Und falls ja, was sie ihm zu sagen hatte.«

»Billy, du bist der Katholik von uns beiden«, warf Jennifer Dean ein. »Aber selbst ich weiß, dass kein Priester uns erzählen wird, was er im Beichtgespräch erfahren hat.«

»Nein, das wird er nicht. Aber wenn wir Zan Moreland erneut befragen und sie entsprechend bearbeiten, wird sie vielleicht einknicken und uns ihre kleinen schmutzigen Geheimnisse verraten.«

54

Matthew hatte Glory nie weinen sehen, kein einziges Mal. Sie hatte richtig, richtig wütend geklungen, als sie telefonierte, aber nachdem sie den Hörer aufgeknallt hatte, hatte sie angefangen zu weinen. Einfach so. Dann hatte sie ihn angesehen und gesagt: »Matty, wir können mit diesem Versteckspiel nicht mehr weitermachen.«

Er nahm an, das hieß, dass sie wieder umzogen, aber er wusste nicht, ob er sich deswegen freuen oder traurig sein sollte. Sein Zimmer hier war so groß, dass er alle seine Laster in einer langen Reihe auf dem Boden aufstellen konnte, so wie die richtigen Laster in der Nacht auf der Straße, wenn er und Glory zu einem neuen Haus fuhren.

Außerdem hatte er ein Stockbett und einen Tisch und Stühle, die bei ihrem Einzug schon dagewesen waren. Glory hatte ihm gesagt, es mussten hier wohl andere Kinder gewohnt haben, denn der Tisch und die Stühle waren genau richtig für seine Größe, wenn er sich hinsetzte und Bilder malte.

Matthew malte gern. Manchmal musste er an Mommy denken, dann malte er das Gesicht einer Frau auf das Blatt. Er bekam es nie richtig hin, aber immer musste er an ihre langen Haare denken und wie sie ihn im Gesicht gekitzelt hatten, also malte er der Frau auf seinen Bildern immer lange Haare.

Manchmal holte er das Seifenstück, das so roch wie Mommy, unter seinem Kopfkissen hervor und legte es neben sich auf den Tisch, bevor er seinen Buntstiftkasten öffnete.

Vielleicht würde das nächste Haus, in das sie zogen, nicht so hübsch sein wie dieses. Hier störte es ihn nicht, in den großen Schrank gesperrt zu werden, wenn Glory ihn allein ließ. Sie ließ immer das Licht an, und der Schrank war so groß, dass er alle Laster mitnehmen konnte, und wenn sie zurückkam, brachte sie ihm immer neue Bücher mit, die sie ihm vorlesen konnte.

Jetzt war Glory wieder wütend. Sie sagte: »Ich trau es der alten Schachtel zu, dass sie sich was einfallen lässt, damit sie noch vor Sonntag hier aufkreuzen kann. Ich darf nicht vergessen, die Eingangstür zu verriegeln.«

Matthew wusste nicht, was er sagen sollte. Glory wischte sich mit dem Handrücken übers Gesicht. »Gut, wir werden die Sache also etwas vorantreiben müssen. Ich rufe ihn heute Abend an.« Sie ging ans Fenster. Sie hatte die Jalousien immer ganz geschlossen, und wenn sie hinaussah, musste sie sie zur Seite schieben.

Sie gab einen seltsamen Laut von sich, als bekäme sie nicht genügend Luft, dann sagte sie: »Die alte Kuh mit ihren verdammten Muffins fährt schon wieder vorbei. Was hat die hier bloß verloren?« Dann, nach einer Pause: »Du hast sie aufgescheucht, Matty. Geh nach oben und bleib in deinem Zimmer, und ich will keinen von deinen Lastern jemals wieder hier unten sehen.«

Matthew ging in sein Zimmer, setzte sich an den Tisch, griff nach den Buntstiften und weinte.

55

Bartley Longe saß bei geschlossener Tür in seinem Park-Avenue-Büro und empörte sich über die Unverschämtheit des Polizisten, der ihm mehr oder weniger unverhohlen befohlen hatte, alle Termine bis zu ihrem Treffen abzusagen.

Allerdings musste er sich eingestehen, dass er auch Angst hatte. Brittanys Vater hatte seine Drohung tatsächlich wahrgemacht und war zur Polizei gegangen. Bartley konnte es sich nicht leisten, dass wieder in seiner Vergangenheit herumgewühlt wurde. Die Anklage wegen sexueller Belästigung, die seine Rezeptionistin acht Jahre zuvor gegen ihn angestrengt hatte, war in den Medien alles andere als gut angekommen.

Der Vergleich, den er schließen musste, hatte ihn eine Menge Geld gekostet und ihm finanziell und beruflich wehgetan. Die Rezeptionistin hatte ihn beschuldigt, er sei, nachdem sie seine Avancen abgelehnt hatte, außer sich geraten und habe sie gegen die Wand gestoßen, sodass sie um ihr Leben gefürchtet habe. »Er war knallrot vor Wut«, hatte sie der Polizei gesagt. »Er kann es einfach nicht ertragen, wenn man ihn zurückweist. Ich dachte, er bringt mich um.«

Wie wird das jetzt dieser Polizist auffassen, falls er einige Recherchen über mich angestellt hat?, fragte sich Longe. Soll ich es sofort selbst zur Sprache bringen und damit den

Eindruck erwecken, dass ich ehrlich bin? Brittany ist mittlerweile seit fast zwei Jahren abgetaucht. Man wird mir nur glauben, dass ich ihr nichts angetan habe, wenn sie in nächster Zeit in Texas auftaucht und ihren Daddy besucht.

Noch etwas ging ihm durch den Kopf. Warum hatte Kevin Wilson heute Morgen seinen Anruf nicht entgegengenommen? Er oder jemand in seinem Büro musste doch mitgekriegt haben, dass Zan in Begleitung ihres Anwalts bei der Polizei vorgeladen war. Wenn er eins und eins zusammenzählte, musste er zu dem Schluss kommen, dass sie aller Wahrscheinlichkeit nach verhaftet würde. Dann wird sie kaum mehr Zeit haben, sich um die Gestaltung seiner Musterwohnungen zu kümmern.

Ich *brauche* den Auftrag, dachte er. Er ist ein Aushängeschild. Klar, viele Prominente zählen zu meinem Kundenstamm, aber die meisten von ihnen sind verdammt hart im Verhandeln und wollen mich damit abspeisen, dass eine Zeitschrift eine Fotostory über ihr neues Heim bringt, was für mich dann kostenlose Werbung wäre. Ich brauche keine kostenlose Werbung.

Damals, nach den Berichten über die Anklage wegen sexueller Belästigung, sind mir einige Kunden aus dem alten Geldadel abgesprungen. Wenn es zu einem erneuten Skandal kommt, verliere ich noch mehr von ihnen.

Warum ruft Wilson nicht zurück? In seinem Angebotsschreiben hat er ausgeführt, die Entwürfe seien so schnell wie möglich einzureichen, weil sie dem Zeitplan hinterherhinkten. Und jetzt – kein Wort von ihm.

Die Gegensprechanlage summte. »Mr. Longe, haben Sie vor, nach Ihrem Treffen mit Detective Johnson zum Essen zu gehen, oder soll ich Ihnen etwas bestellen?«, fragte Elaine.

»Das weiß ich noch nicht«, blaffte Longe. »Das entscheide ich später.«

»Natürlich. Ach, Phyllis meldet sich gerade. Das heißt, er muss da sein.«

»Schicken Sie ihn rein.«

Nervös zog er die oberste Schreibtischschublade auf und betrachtete sich in dem dort aufbewahrten Spiegel. Der chirurgische Eingriff, den er im vorigen Jahr am Gesicht hatte vornehmen lassen, war einfach fabelhaft, tröstete er sich. Ein kleiner Eingriff nur, aber damit war er den Ansatz zu seinem Doppelkinn losgeworden. Auch seine grau melierten Haare vermittelten genau den richtigen Eindruck. Er achtete sehr auf sein distinguiertes Äußeres und zupfte noch ein wenig an den Ärmeln seines Paul-Stuart-Hemds, damit die mit Monogramm versehenen Manschettenknöpfe auch richtig zur Geltung kamen.

Als Elaine Ryan an die Tür klopfte und mit Detective Wally Johnson im Schlepptau eintrat, erhob sich Bartley Longe und hieß seinen unwillkommenen Gast mit einem höflichen Lächeln willkommen.

56

Wally Johnson fasste eine sofortige Abneigung gegen Longe, als er in dessen Büro trat. Longes herablassendes Lächeln strotzte vor Überlegenheitsgefühl und Verachtung. Als Erstes bekam er von Longe zu hören, dass er einen Termin mit einem sehr wichtigen Kunden verschieben musste und hoffe, die Fragen, die er ihm stellen werde, würden nicht länger als eine Viertelstunde dauern.

»Das hoffe ich auch«, antwortete Johnson, »dann kommen wir also gleich zum Zweck meines Besuchs. Margaret Grissom, unter dem Künstlernamen Brittany La Monte bekannt, wird vermisst. Ihr Vater ist davon überzeugt, dass ihr etwas zugestoßen ist oder sie sich in Schwierigkeiten befindet. Als Letztes hat sie anscheinend für Sie als Hostess bei der Präsentation Ihrer Musterwohnungen gearbeitet, daneben ist bekannt, dass sie mit Ihnen eine intime Beziehung unterhalten und mehrere Wochenenden in Ihrem Haus in Litchfield verbracht hat.«

»Sie war an einigen Wochenenden in meinem Haus in Litchfield, weil ich ihr einen Gefallen tun wollte und sie einigen Theaterleuten vorgestellt habe«, erwiderte Longe. »Wie ich schon gestern ihrem Vater gesagt habe, fehlte ihr das gewisse Etwas, um ein Star zu werden. Sie waren alle der Meinung, dass sie im besten Fall in billigen Werbespots oder in unabhängigen Filmproduktionen mitspielen könnte, wo sie nicht Mitglied der Schauspielergewerkschaft sein muss. In ihren zehn oder elf Jahren in New York hat sie es aber weder zum einen noch zum anderen geschafft.«

»Worauf Sie sie nicht mehr nach Litchfield eingeladen haben?«, fragte Johnson.

»Brittany hat es allmählich selbst eingesehen. An diesem Punkt wollte sie aus unserer lockeren Beziehung etwas Festes machen. Ich war einmal mit einer ehrgeizigen Schauspielerin verheiratet, das hat mich eine schöne Stange Geld gekostet. Ich hatte nicht die Absicht, den gleichen Fehler noch einmal zu machen.«

»Das haben Sie ihr auch gesagt? Wie hat sie es aufgenommen?«, fragte Johnson.

»Sie hat mir einige wenig schmeichelhafte Bemerkungen an den Kopf geworfen und ist aus dem Haus gestürmt.«

»Aus Ihrem Haus in Litchfield?«

»Ja. Ich könnte noch anfügen, dass sie mit meinem Mercedes-Cabrio abgehauen ist. Ich hätte sie angezeigt, wenn sie nicht angerufen und mir mitgeteilt hätte, dass sie es in der Garage meines Apartmentgebäudes abgestellt hat.«

Johnson musterte Bartley Longe, der vor Zorn rot anlief.

»Wann war das, Mr. Longe?«, fragte er.

»Anfang Juni, also ungefähr vor zwei Jahren.«

»Können Sie es genauer eingrenzen?«

»Am ersten Juniwochenende. Sie ist am späten Sonntagmorgen gefahren.«

»Verstehe. Wo wohnen Sie?«

»10 Central Park West.«

»Dort haben Sie auch vor zwei Jahren gewohnt?«

»Das ist seit acht Jahren meine Adresse in New York.«

»Gut. Und nach diesem Sonntag Anfang Juni vor zwei Jahren haben Sie von Ms. La Monte nichts mehr gehört oder gesehen?«

»Nein. Und ich habe auch keinen Wert darauf gelegt, von ihr jemals wieder etwas zu hören oder sie gar zu sehen.«

Wally Johnson ließ eine lange Minute verstreichen, bis er fortfuhr. Dieser Typ hat eine Heidenangst, dachte er sich. Er lügt, und er weiß, dass ich mich bei der Suche nach Brittany nicht so einfach abwimmeln lasse. Johnson wusste aber auch, dass er im Moment aus Longe nicht mehr herausbekommen würde.

»Mr. Longe, ich hätte gern eine Liste der Gäste, die Sie an den Wochenenden, an denen auch Brittany La Monte anwesend war, in Litchfield besucht haben.«

»Natürlich. Aber Sie müssen verstehen, ich gebe in Litchfield oft größere Gesellschaften. Das öffnet bei den Reichen und Prominenten so manche Tür, viele von ihnen sind so zu guten Kunden geworden. Es ist daher möglich, dass mir der eine oder andere Name durchrutscht«, antwortete Longe.

»Nur zu verständlich, aber ich schlage vor, Sie denken scharf nach und lassen mir spätestens morgen in der Früh eine Liste mit den entsprechenden Namen zukommen. Hier haben Sie meine Karte mit meiner E-Mail-Adresse«, sagte Johnson und erhob sich.

Longe blieb hinter seinem Schreibtisch sitzen und machte keinerlei Anstalten, sich zu erheben. Johnson ging um den Schreibtisch herum und streckte dem Designer die Hand hin, sodass diesem gar nichts anderes übrigblieb, als sie zu ergreifen.

Wie vermutet, war Bartley Longes wunderbar manikürte Hand schweißnass.

Auf dem Rückweg in die Dienststelle machte er einen Umweg über 10 Central Park West. Er stieg aus und zeigte dem Angestellten, der auf ihn zutrat, seinen Ausweis. »Ich will nicht parken«, sagte er, »ich habe nur ein paar Fragen.« Er sah auf das Namensschild des jungen Mannes, eines attraktiven, jungen Afroamerikaners. »Wie lange arbeiten Sie schon hier, Danny?«

»Acht Jahre, Sir, seit der Einweihung des Gebäudes«, antwortete Danny stolz.

Johnson war überrascht. »Ich hätte Sie höchstens auf Anfang zwanzig geschätzt.«

»Besten Dank. So geht es vielen.« Lächelnd fuhr er fort: »Es hat seine Vor- und Nachteile. Ich bin einunddreißig, Sir.«

»Dann kennen Sie sicherlich Mr. Bartley Longe?«

Johnson verwunderte es nicht, dass sich Dannys bislang so freundliche Miene merklich eintrübte, als er bestätigte, dass er Mr. Longe kannte.

»Kannten Sie auch die junge Frau, die mit ihm befreundet war, eine gewisse Brittany La Monte?«, fragte Johnson.

»Mr. Longe ist mit vielen jungen Frauen befreundet«, antwortete Danny zögernd. »Ständig hat er eine neue bei sich.«

»Danny, ich habe das Gefühl, Sie erinnern sich sehr gut an diese Brittany La Monte.«

»Ja, Sir. Ich habe sie aber schon lange nicht mehr gesehen. Das ist aber auch kein Wunder.«

»Wieso nicht?«

»Na ja, Sir, das letzte Mal, als sie hier aufgetaucht ist, kam sie in Mr. Longes Cabrio.« Dannys Lippen zuckten. »Sie hatte Mr. Longes Toupets und Perücken bei sich, sechs Stück insgesamt, und Haarbüschel herausgeschnitten. Und dann hat sie das alles mit Klebeband am Lenkrad und auf dem Armaturenbrett und der Motorhaube befestigt, damit es auch jeder zu sehen bekam. Der gesamte Fahrersitz war voller Haare. Und dann hat sie noch gesagt, ›bis dann, Leute‹, und ist davonmarschiert.«

»Und dann?«

»Am nächsten Tag ist Mr. Longe aufgetaucht, mit einer Stinkwut im Bauch. Unser Manager hat die Perücken in eine Tüte gepackt. Mr. Longe hatte eine Baseballmütze auf, Ms. La Monte muss also seine gesamte Kollektion ruiniert haben. Unter uns gesagt, Sir, keiner hier in der Garage kann Mr. Longe so richtig gut leiden, wir haben uns also alle schlapp gelacht.«

»Das kann ich mir vorstellen«, stimmte Wally Johnson zu. »Er sieht mir ganz so aus, als würde er an Weihnachten ziemlich knausrig mit dem Trinkgeld sein.«

»Weihnachten können Sie bei ihm vergessen, Sir. Davon hat er noch nie gehört. Wenn man ihm seinen Wagen bringt, bekommt man einen Dollar ... mit viel Glück wohlgemerkt.« Besorgt sah er den Polizisten an. »Das hätte ich jetzt nicht sagen sollen, Sir. Sie erzählen es hoffentlich nicht Mr. Longe weiter. Sonst könnte ich meinen Job verlieren.«

»Machen Sie sich mal keine Sorgen, Danny. Sie waren mir eine große Hilfe.« Wally Johnson ging zu seinem Wagen zurück.

Danny hielt ihm die Tür auf. »Mit Ms. La Monte ist alles

in Ordnung, Sir?«, fragte er. »Sie war nämlich immer sehr nett zu uns, wenn sie mit Mr. Longe hier ankam.«

»Ich hoffe sehr, dass mit ihr alles in Ordnung ist, Danny. Vielen Dank.«

Toby Grissom saß an Johnsons Schreibtisch, als dieser in die Dienststelle zurückkehrte.

»Hat Ihr Big Mac geschmeckt, Mr. Grissom?«, fragte Johnson.

»Ja, das hat er. Was haben Sie bei dem Aufschneider über Glory herausgefunden?«

»Ihre Tochter und Mr. Longe hatten einen Streit, worauf sie mit seinem Cabrio abgehauen ist. Sie hat den Wagen in der Garage seines Apartmentgebäudes in New York abgestellt. Und danach will er sie nicht mehr gesehen haben. Der junge Angestellte in der Garage hat bestätigt, dass sie zumindest in der Garage seitdem nicht mehr aufgetaucht ist.«

»Und was sagt Ihnen das?«

»Es sagt mir, dass sie sich damals endgültig getrennt haben. Ich werde eine Liste mit Longes Wochenendgästen erhalten, mal sehen, ob jemand von ihnen von Brittany noch mal etwas gehört hat. Ich werde auch ihre Wohnungsgenossinnen aufsuchen und in Erfahrung bringen, wann genau sie dort ausgezogen ist. Ich verspreche Ihnen, Mr. Grissom, ich werde der Sache auf den Grund gehen. Aber zuerst sollten wir uns darum kümmern, dass Sie zum Flughafen kommen. Versprechen Sie mir, dass Sie morgen Ihren Arzt aufsuchen. Sobald Sie fort sind, werde ich die Wohnungsgenossinnen Ihrer Tochter anrufen und einen Termin mit ihnen vereinbaren.«

Toby Grissom musste sich auf den Armlehnen aufstützen, um aufzustehen. »Ich habe das Gefühl, ich werde meine Tochter vor meinem Tod nicht mehr sehen. Ich vertraue Ihnen, Detective, dass Sie Ihr Versprechen halten. Und ich werde morgen zum Arzt gehen.«

Sie gaben sich die Hand. Mit einem gezwungenen Lächeln sagte Toby Grissom: »Gut, besorgen Sie mir eine Polizeieskorte zum Flughafen. Und wenn ich recht nett darum bitte, meinen Sie, dass Sie dann für mich auch das Blaulicht anschalten?«

57

Am Donnerstagnachmittag nach ihrem Zusammenbruch im Büro ließ sich Zan von Josh nach Hause bringen. Völlig erschöpft, gönnte sie sich eine ihrer seltenen Schlaftabletten und legte sich sofort ins Bett. Am Freitagmorgen – sie fühlte sich immer noch benommen und ausgelaugt – blieb sie lange liegen und traf erst gegen Mittag im Büro ein.

»Ich habe gedacht, ich käme damit zurecht, Josh«, sagte sie, als sie an ihrem Schreibtisch saß und die Puten-Sandwiches aß, die er vom Feinkostladen um die Ecke bestellt hatte. Josh hatte ihr Kaffee gemacht, extra stark, wie von ihr verlangt. Sie griff nach der Tasse, nahm einen Schluck und genoss das Aroma. »Der ist wesentlich besser als das Zeug, das Detective Collins auf der Polizei serviert hat.«

Dann, als sie Joshs besorgte Miene bemerkte, sagte sie: »Hör zu, ich weiß, ich bin gestern zusammengeklappt, aber es geht schon wieder. Es muss gehen. Charley Shore hat mich davor gewarnt, mit der Presse zu reden. Jetzt weiß ich, dass mir die Journalisten genauso das Wort im Mund umdrehen wie die Polizisten bei der Befragung auf dem Revier. Das nächste Mal höre ich hoffentlich auf ihn.«

»Zan, ich komme mir so nutzlos vor. Ich wünschte, ich könnte dir helfen«, sagte Josh und versuchte so ruhig wie möglich zu klingen. Aber er hatte noch eine Frage, die er ihr stellen musste. »Zan, meinst du, wir sollten der Polizei melden, dass zulasten deiner Kreditkarte ein Flugticket nach Buenos Aires gekauft worden ist? Und die Kleidung von Bergdorf's sowie die Lieferungen für die Musterwohnungen im Carlton Place?«

»Und dass mein Privatkonto mehr oder minder leergeräumt wurde?«, fragte Zan. »Weil du mir nicht glaubst, dass ich damit nichts zu schaffen habe? Ich sehe es dir an. Und Alvirah und Willy und Charley Shore halten mich, gelinde gesagt, für geisteskrank.«

Sie ließ ihn gar nicht zu Wort kommen. »Verstehst du, Josh, ich kann es dir nicht verübeln. Und ich verüble es Ted nicht, was er über mich sagt. Ich kann es noch nicht einmal Tiffany verübeln, die, wie ich auf der Polizei erfahren habe, meint, ich hätte ihr ein Beruhigungsmittel eingeflößt, damit sie völlig zugedröhnt im Central Park einschliefe und ich mein eigenes Kind zu diesem verdammten Stadthaus bringen könnte, wo ich es gefesselt und geknebelt im Lagerraum versteckt hätte, falls ich es nicht gleich umgebracht hätte.«

»Zan, du liegst mir und Alvirah und Willy sehr am Herzen. Und Charley Shore will dich bloß beschützen«, kam es von ihm schwach.

»Aber das Traurigste daran ist doch, dass ich weiß, wie recht du hast. Dir, Alvirah und Willy liegt sehr viel an mir. Charley Shore will mich beschützen. Aber keiner von euch glaubt, dass jemand, der *aussieht* wie ich, mein Kind entführt hat und dass diese Person oder ihr Auftraggeber versuchen, mich auch beruflich zu vernichten.

Um deine Frage zu beantworten: Ich denke, wir sollten

der Polizei bei einer erneuten Befragung nichts an die Hand geben, was darauf hinweisen könnte, dass ich ein Fall für die Psychiatrie bin.«

Josh sah aus, als hätte er ihr in allem, was sie gesagt hatte, am liebsten widersprochen, aber er war so ehrlich, dass er es noch nicht einmal versuchte. Sie trank ihren Kaffee aus, reichte ihm schweigend die Tasse zum Nachfüllen, und als er zurückkam, fuhr sie fort: »Ich war gestern nicht in der Verfassung, mit Kevin Wilson zu reden. Aber ich habe gehört, was er zu dir gesagt hat. Glaubst du wirklich, wir können ihm vertrauen ... Übernimmt er wirklich die Zahlungsverpflichtungen gegenüber den Lieferanten?«

»Ja, das glaube ich«, antwortete Josh, erleichtert, das Thema wechseln zu können.

»Das ist mehr als anständig von ihm«, sagte Zan. »Ich will mir gar nicht vorstellen, was die Medien daraus gemacht hätten, wenn er öffentlich verlauten ließe, dass wir den Auftrag offiziell noch gar nicht haben. Schließlich geht es hier um mehrere Zehntausend Dollar. Er wollte eine erstklassige Einrichtung, und die bekommt er.«

»Kevin sagt, ihm gefielen unsere – ich meine, *deine* – Entwürfe besser als die von Bartley Longe«, sagte Josh.

»*Unsere* Entwürfe«, betonte Zan. »Josh, du hast Talent. Das weißt du. Du bist genau wie ich vor neun Jahren, als ich bei Longe angefangen habe. Du hast viel zu den Plänen beigetragen.«

Sie griff zur zweiten Hälfte ihres Sandwiches und legte es dann wieder hin. »Josh, weißt du, was geschehen wird? Vielleicht werde ich wegen der Entführung Matthews verhaftet. Ich *weiß* einfach, dass er noch am Leben ist. Sollte ich mich darin jedoch täuschen, wird mich der Bundesstaat New York wegen Mordes an ihm anklagen und ins Gefängnis stecken. Aber wenn Matthew tot ist, wird mein Leben sowieso ein einziges Gefängnis sein.«

58

Am Freitagmorgen wurde Ted in seinem Büro als Erstes mit schlechten Neuigkeiten konfrontiert. Rita Morgan wartete bereits auf ihn und wirkte verärgert und frustriert. »Ted, Melissa wird die Presse in ihre Wohnung einbestellen und verkünden, dass sie fünf Millionen Dollar Belohnung in Aussicht stellt, falls Matthew lebend gefunden wird. Ihre Assistentin hat uns angerufen. Sie wollte nicht, dass Sie davon überrascht werden. Laut Bettina wird Melissa deutlich machen, dass sie noch immer von Matthews Tod überzeugt ist, sie möchte damit nur die Ungewissheit ausräumen, unter der Sie so sehr zu leiden haben.«

Sarkastisch fügte sie noch hinzu: »Sie tut es für Sie, Ted.«

»Großer Gott!«, schrie Ted. »Ich habe auf sie eingeredet, ich habe sie gekniet, ich habe sie angefleht ...«

»Ich weiß«, unterbrach Rita. »Aber, Ted, vergessen Sie nicht: Sie können es sich nicht leisten, Melissa Knight als Kundin zu verlieren. Wir haben soeben einen neuen Kostenvoranschlag für die Reparatur der Wasserleitungen in dem Gebäude hier erhalten. Ein einziger Horror. Durch Melissa und ihre Freunde, die wir durch sie gewonnen haben, können wir uns gerade so über Wasser halten. Falls Jaime-boy noch dazustößt, haben wir ein wenig Luft. Ich schlage vor, Sie versuchen dieses marode Gebäude zu verkaufen, schreiben den Verlust ab und konzentrieren sich darauf, weitere Kunden wie Melissa aufzutreiben. Nur unternehmen Sie nichts, um die Dame gegen sich aufzubringen. Das können wir uns, wie gesagt, nicht leisten.«

»Ich weiß, ich weiß. Danke, Rita.«

»Tut mir leid, Ted. Mir ist klar, wie schwer das alles für Sie ist. Aber vergessen Sie nicht, wir haben immer noch hervorragende Sänger und Schauspieler und Bands unter Vertrag, die, wenn ihr großer Durchbruch kommt, nicht vergessen werden, wie viel Sie für ihre Karriere getan haben. Ich schlage also vor, rufen Sie die Hexe auf ihrem Besen an, nachdem sie ihre fünf Millionen Dollar nun mal ausgelobt hat, und sagen Sie ihr, wie dankbar Sie ihr sind und wie sehr Sie sie lieben.«

59

Am Freitag fuhr Penny Hammel ein weiteres Mal so langsam an Owens' Farmhaus vorbei, dass ihr nicht entging, wie die Jalousie im vorderen Fenster bewegt wurde. Die Frau muss meine Klapperkiste auf der holprigen Straße gehört haben, dachte sie. Was hat Gloria Evans dort drin zu verbergen? Warum sind alle Jalousien heruntergelassen?

Überzeugt, beobachtet zu werden, fuhr Penny nicht bis zum Ende der Straße, sondern drehte auf der Stelle um. Soll diese sonderbare Frau ruhig wissen, dass ich auch ein Auge auf sie habe, dachte sie. Was treibt sie da drin überhaupt? Es ist herrlichstes Wetter, sollte man da nicht annehmen, dass sie davon etwas mitkriegen möchte? Behauptet, sie würde an einem Buch schreiben! Ich wette, die meisten Autoren würden lieber die Sonne zum Fenster hereinlassen und nicht im Stockdunkeln vor dem Computer sitzen!

Penny hatte sich kurzentschlossen für diesen kleinen Umweg entschieden. Eigentlich war sie auf dem Weg in die Stadt, wollte ein paar Lebensmittel einkaufen und vor allem Bernie aus dem Weg gehen. Er war mal wieder in Bastellaune und fuhrwerkte in seiner Werkstatt im Keller herum. Aber jedes Mal, wenn er etwas repariert hatte – wenn er einer Kanne einen neuen Henkel angesetzt, den zerbrochenen Deckel der Zuckerdose wieder zusammengeklebt hatte –, brüllte er nach ihr, damit sie zu ihm nach unten kam und seine Großtat auch gebührend bewunderte.

Er ist immer allein in seinem Laster, da genießt er es vielleicht, wenn auch andere mal seine Stimme zu hören bekommen, sinnierte Penny, als sie auf die Middletown Avenue einbog. Sie hatte eigentlich nicht vor, Rebecca zu besuchen, doch der einzige Parkplatz, den sie fand, lag nahezu direkt vor Schwartz-Immobilien. Sie konnte ihre Freundin sogar am Schreibtisch sitzen sehen.

Warum nicht?, beschloss sie, überquerte mit schnellen Schritten den Bürgersteig und drehte am Knauf der Eingangstür. »*Bonjour*, Madame Schwartz«, dröhnte sie in ihrem besten französischen Akzent. »Isch bin 'ier wegen des großen, 'ässlichen McMansion-Hauses in der Turtle Avenue, das seit zwei Jahren auf dem Markt ist. Isch will es kaufen, damit isch es abreißen kann, weil es eine Beleidigung ist für das Auge. Isch 'abe vier Millionen Euro im Kofferraum meines Autos. Gehen Sie ein auf den Deal, wie ihr Amerikaner das nennt?«

Rebecca musste lachen. »Ich habe noch was Besseres auf Lager, und das grenzt ebenfalls an ein Wunder. Ich habe einen Käufer für Sys Haus.«

»Was ist mit der Mieterin?«, fragte Penny.

»Sie muss innerhalb von dreißig Tagen ausziehen.«

Penny konnte ihre leichte Enttäuschung nicht leugnen, schließlich begann es ihr allmählich Spaß zu machen, sich mit der mysteriösen Gloria Evans zu beschäftigen. »Hast du Evans schon Bescheid gesagt?«, fragte sie.

»Ja, worüber sie alles andere als erfreut war. Hat mittendrin den Hörer aufgeknallt. Dabei wollte ich ihr nur sagen, dass sie mindestens fünf, sechs andere Häuser haben könnte, die viel schöner sind und die sie noch dazu auf Monatsbasis mieten könnte, was sie also viel billiger käme.«

»Und trotzdem hat sie den Hörer aufgeknallt?« Penny ließ sich auf dem Stuhl neben Rebeccas Schreibtisch nieder.

»Ja. Sie war ziemlich sauer.«

»Rebecca, ich bin gerade daran vorbeigefahren. Warst du nach ihrem Einzug noch mal im Haus?«

»Nein. Ich habe dir doch gesagt, ich bin früh am Morgen nach ihrem Einzug daran vorbeigefahren und habe nur ihren Wagen gesehen. Aber im Haus selbst war ich nicht mehr.«

»Na, vielleicht solltest du unter einem Vorwand mal zu ihr raus. Klopf doch einfach an und entschuldige dich für die Unannehmlichkeiten des plötzlichen Verkaufs. Sag ihr, wie leid es dir tut, dass du sie so verärgert hast. Wenn sie dann nicht so viel Anstand besitzt, dich ins Haus zu bitten, können wir getrost davon ausgehen, dass da etwas nicht stimmt.«

Penny war so richtig in Fahrt gekommen und überlegte fieberhaft, wie sie Rebecca dazu animieren konnte, in Aktion zu treten. »Es wäre doch der ideale Standort für einen Drogendealer«, mutmaßte sie. »Ruhig gelegen, keine Durchgangsstraße, keine Nachbarn. Denk mal drüber nach. Und überleg mal, was mit deinem Verkauf passiert, wenn die Polizei dort eine Razzia durchführt. Vielleicht versteckt sie sich vor der Polizei?«

Und weil sie wusste, dass ihre wilden Theorien durch nichts gestützt wurden, sagte Penny. »Weißt du, was ich machen werde? Ich werde nicht bis zum Dienstag warten.

Ich werde noch heute Alvirah Meehan anrufen und ihr alles über Ms. Gloria Evans erzählen und sie um Rat bitten. Ich meine, angenommen, diese Evans ist wirklich auf der Flucht vor der Polizei, dann ist doch vielleicht eine Belohnung auf sie ausgesetzt? Wäre das nicht ein Knüller?«

60

Für Pater Aiden O'Brien begann der Freitag um sieben Uhr mit der Brotausgabe vor der Kirche. Wie immer warteten auch heute mehr als dreihundert Menschen geduldig auf ihr Frühstück. Manche unter ihnen standen bereits seit mindestens einer Stunde an. Einer der freiwilligen Helfer flüsterte ihm zu: »Ist Ihnen auch aufgefallen, dass wir viele neue Gesichter darunter haben, Pater?«

Ja, erwiderte der Pater, das sei ihm auch schon aufgefallen. Einige unter ihnen nahmen auch am kirchlichen Seniorenprogramm teil, für das er zuständig war. Von vielen hatte er gehört, dass sie es sich gut überlegen müssten, ob sie sich ihre dringend notwendigen Medikamente leisteten oder auf das Essen verzichteten.

Diese Sorgen waren immer präsent, heute nach dem Aufwachen hatte er jedoch für Zan Moreland und ihren Sohn gebetet. War der kleine Matthew noch am Leben, und falls ja, wo hielt seine Mutter ihn versteckt? Er hatte in Zan Morelands Blick ihre Trauer und ihren Schmerz gesehen, als er ihre Hand in seine gelegt hatte. War es möglich, dass sie tatsächlich unter einer gespaltenen Persönlichkeit litt und von alledem nichts wusste, wie Alvirah glaubte?

Und falls dem so war, hatte sie dann unter ihrer anderen Persönlichkeit seine Kirche aufgesucht und ihm gestanden, dass sie an einem Verbrechen mitwirkte und nicht in der Lage war, einen Mord zu verhindern?

Das Problem war nur: Gleichgültig, unter welcher Persönlichkeit sie bei ihm die Beichte abgelegt hatte, das Beichtgeheimnis verbot es in jedem Fall, ihre Aussagen an die Öffentlichkeit zu tragen.

Er erinnerte sich noch, wie kalt sich Zan Morelands elegante Hände angefühlt hatten.

Ihre Hände. Irgendetwas irritierte ihn daran. Irgendetwas gab es da, etwas Wichtiges, aber sosehr er sich auch anstrengte, er konnte sich nicht daran erinnern.

Er hatte nach dem Mittagessen im Kloster kaum sein Büro betreten, als er von Detective Billy Collins angerufen wurde. »Meine Partnerin und ich würden Ihnen gern ein paar Fragen stellen, Pater. Wäre es möglich, dass wir sofort kommen? Wir wären in zwanzig Minuten bei Ihnen.«

»Ja, natürlich. Darf ich fragen, worum es geht?«

»Es betrifft Alexandra Moreland.«

Exakt zwanzig Minuten später fanden sich Billy Collins und Jennifer Dean in seinem Büro ein. Nachdem sie sich vorgestellt und ihm gegenüber an seinem Schreibtisch Platz genommen hatten, wartete Pater Aiden, dass sie das Gespräch eröffneten.

Billy Collins ergriff als Erster das Wort. »Pater, Alexandra Moreland hat am Montagabend diese Kirche aufgesucht, richtig?«

Pater Aiden wählte sorgfältig seine Worte. »Alvirah Meehan hat sie auf den Aufzeichnungen der Überwachungskameras identifiziert.«

»Ist Ms. Moreland bei Ihnen zur Beichte gegangen, Pater?«

»Detective Collins, Ihrem Namen entnehme ich, dass Sie irischer Abstammung sind, das heißt, Sie sind mit großer Wahrscheinlichkeit katholischen Glaubens oder wurden zumindest katholisch erzogen.«

»Ich wurde so erzogen und bin es immer noch«, sagte Billy. »Was nicht heißt, dass ich es jeden Sonntag zur Messe schaffe, aber doch recht regelmäßig.«

»Schön zu hören.« Pater Aiden lächelte. »Dann wissen Sie sicherlich, dass ich zur Beichte nichts mitteilen kann – nicht nur, was dabei eventuell zur Sprache gekommen ist, sondern auch, wer bei mir gebeichtet oder nicht gebeichtet hat.«

»Natürlich. Aber haben Sie Zan Moreland vorgestern in Alvirah Meehans Wohnung getroffen?«, fragte Jennifer Dean.

»Ja. Ganz kurz nur.«

»Und was sie Ihnen da gesagt hat, fällt doch sicherlich nicht unter das Beichtgeheimnis, oder, Pater?«, beharrte Dean.

»Nicht unbedingt. Sie hat mich gebeten, für ihren Sohn zu beten.«

»Sie hat nicht zufällig erwähnt, dass sie ihr Konto leergeräumt und ein Flugticket für nächsten Mittwoch nach Buenos Aires gekauft hat?«, fragte Billy Collins.

Pater Aiden versuchte so gut wie möglich, sich seine Überraschung nicht anmerken zu lassen. »Nein, das hat sie nicht erwähnt. Wir haben ja auch keine fünf Sätze miteinander geredet.«

»Und das war das erste Mal, dass Sie ihr von Angesicht zu Angesicht gegenübergestanden haben?«, kam es recht brüsk von Jennifer Dean.

»Versuchen Sie bitte nicht, mich zu übertölpeln, Detective Dean«, erwiderte Pater Aiden ernst.

»Wir wollen Sie nicht übertölpeln, Pater«, entgegnete Billy Collins. »Aber es könnte Sie vielleicht interessieren, dass uns Ms. Moreland nach mehreren Stunden Befragung nichts darüber mitgeteilt hat, dass sie vorhat, das Land zu verlassen. Wir sind erst durch eigene Recherchen darauf gestoßen. Nun, Pater, wenn Sie nichts dagegen haben, würden wir gern einen Blick auf die Aufnahmen der Überwachungskameras werfen, auf denen Ms. Moreland zu sehen ist.«

»Natürlich. Ich werde Neil, unseren Hausmeister, bitten, sie Ihnen vorzuführen. Ach, ich habe ganz vergessen, Neil ist heute ja nicht da. Dann muss wohl Paul aus unserem Buchladen aushelfen.«

Während sie warteten, fragte Billy Collins: »Pater, Alvirah Meehan hat sich besorgt darüber geäußert, dass Sie am Montag von einem Fremden sehr eindringlich beobachtet wurden. Kennen Sie jemanden, der Ihnen möglicherweise feindlich gesinnt ist?«

»Nein, auf keinen Fall«, erwiderte der Pater bestimmt.

Nachdem Paul die beiden Polizisten abgeholt hatte, um sich die Videos anzusehen, stützte der Pater den Kopf in die Hände. Sie muss schuldig sein, dachte er, wenn sie ihre Flucht plant.

Aber was ist nur mit ihren Händen, das mir partout nicht einfallen will?

Zwei Stunden später, als Pater Aiden wieder an seinem Schreibtisch saß, rief erneut Zan an. Da er noch immer hoffte, den Mord, vom dem sie erzählt hatte, verhindern zu können, sagte er: »Es freut mich, dass Sie anrufen, Zan.

Wollen Sie kommen und mit mir reden? Vielleicht kann ich Ihnen ja helfen.«

»Nein, ich glaube nicht, Pater. Mein Anwalt hat soeben angerufen. Ich werde wahrscheinlich verhaftet werden. Ich muss um fünf Uhr mit ihm zur Polizei. Wenn es Ihnen nichts ausmacht, dann beten Sie bitte für mich, Pater.«

»Zan, ich *habe* für Sie gebetet«, sagte der Pater. »Wenn Sie ...« Er kam nicht mehr dazu, den Satz zu beenden. Zan hatte aufgelegt.

Um sechzehn Uhr musste er in einen der Versöhnungsräume. Wenn ich hier fertig bin, dachte er, werde ich Alvirah anrufen. Dann weiß sie vielleicht schon, ob Zan auf Kaution freikommt.

Zu diesem Zeitpunkt hatte Pater Aiden O'Brien nicht die geringste Ahnung, dass jemand den Versöhnungsraum betreten sollte, der keineswegs vorhatte, ein Verbrechen zu beichten, sondern ein Verbrechen zu begehen.

61

Am Freitag um 16.15 Uhr rief Zan bei Kevin Wilson an. »Ich kann Ihnen gar nicht sagen, wie dankbar ich Ihnen bin, dass Sie sich der Lieferungen für die Musterwohnungen angenommen haben«, sagte sie. »Aber ich kann das nicht akzeptieren. Es wird nicht mehr lange dauern, bis ich verhaftet werde. Mein Anwalt meint, ich würde gegen Kaution freikommen, aber so oder so, als Innendesignerin werde ich Ihnen dann nicht mehr viel nützen.«

»Sie werden verhaftet, Zan?« Kevin war aufrichtig entsetzt, trotz Louise, die sich bereits davon überrascht gezeigt hatte, dass sie nicht längst verhaftet worden war.

»Ja. Ich soll mich um siebzehn Uhr bei der Polizei einfinden. So wie es mir erklärt wurde, werde ich danach vorgeladen.«

Kevin hörte, welche Anstrengung es Zan kostete, die Ruhe zu bewahren. »Zan, das ändert nichts an der Tatsache, dass ...«, begann er.

Sie unterbrach ihn. »Josh wird die Lieferanten anrufen und ihnen erklären, dass sie alles zurücknehmen müssen. Ich werde dann versuchen, mit ihnen zu irgendeiner Einigung zu kommen.«

»Zan, denken Sie bitte nicht, ich hätte die Lieferungen nur aus Freundlichkeit angenommen. Mir gefällt, was Sie entworfen haben, und was Bartley Longe vorgelegt hat, gefällt mir eben nicht. Mehr gibt es dazu nicht zu sagen. Bevor Sie ins Büro kamen, hat mir Josh erzählt, sie hätten sich bei zwei Aufträgen abgewechselt. Während Sie an dem einen Auftrag gearbeitet haben, war er mit dem anderen beschäftigt und umgekehrt. Das ist doch richtig?«

»Ja, das stimmt. Josh hat wirklich Talent.«

»Gut. Auf der geschäftlichen Ebene erteile ich damit Moreland Interiors den Auftrag für die Gestaltung der Musterwohnungen. Meine Entscheidung steht fest, ganz egal, ob Sie auf Kaution freikommen oder nicht. Und natürlich müssen Sie mir dann neben den Rechnungen für die Einrichtungsgegenstände eine separate Rechnung über Ihr übliches Honorar zukommen lassen.«

»Ich weiß nicht, was ich sagen soll«, warf Zan ein. »Kevin, Sie müssen sich über den Medienrummel im Klaren sein, den mein Fall auslösen wird, es wird alles noch viel schlimmer werden. Sind Sie sich sicher, dass Sie mit einer Frau zusammenarbeiten wollen, der vorgeworfen wird, ihr eigenes Kind entführt und möglicherweise sogar ermordet zu haben?«

»Zan, ich weiß, wie schlimm es steht, aber ich glaube an Ihre Unschuld. Und daran, dass sich für alles, was Ihnen widerfahren ist, eine andere Erklärung findet.«

»Die gibt es. Ich hoffe nur bei Gott, dass sie auch gefunden wird.« Zan versuchte zu lachen. »Sie sollten wissen, dass Sie der Erste sind, der an meine Unschuld glaubt.«

»Freut mich, dass ich der Erste bin, aber ich werde bestimmt nicht der Letzte sein«, sagte Kevin. »Zan, Sie gehen mir nicht mehr aus dem Kopf. Wie ertragen Sie das alles überhaupt? Wie geht es Ihnen damit? Als ich Sie gesehen habe, waren Sie so durcheinander, dass es mir fast das Herz gebrochen hat.«

»Wie es mir damit geht?«, entgegnete Zan. »Die Frage stelle ich mir selbst, und ich glaube, ich habe eine Antwort darauf. Vor Jahren, als meine Eltern nach Griechenland abbeordert waren, sind wir nach Israel geflogen und haben das Heilige Land besucht. Waren Sie schon mal dort, Kevin?«

»Nein. Ich wollte immer mal hin. Lange fehlte mir das Geld dazu, jetzt fehlt mir die Zeit.«

»Was wissen Sie über das Tote Meer?«

»Nicht viel, außer dass es in Israel liegt.«

»Ich bin darin geschwommen. Es ist ein Salzsee, gut vierhundert Meter unterhalb des Meeresspiegels. Der Salzgehalt ist so hoch, dass man gewarnt wird, nichts davon in die Augen zu bekommen, sonst würde es fürchterlich brennen.«

»Zan, was hat das damit zu tun, wie es Ihnen geht?«

Ihr brach fast die Stimme, als sie antwortete: »Ich fühle mich, als wäre ich auf dem Grund des Toten Meers und hätte beide Augen weit offen. Beantwortet das Ihre Frage, Kevin?«

»Ja. O Gott, Zan, es tut mir so leid.«

»Ich glaube Ihnen, ich glaube Ihnen wirklich, Kevin. Mein Anwalt ist gerade gekommen. Wir müssen jetzt zur Polizei aufbrechen. Nochmals vielen Dank für alles.«

Kevin legte auf und drehte sich zur Seite, damit Louise Kirk, die in diesem Moment in sein Büro trat, seine Tränen nicht zu sehen bekam.

62

Am Freitagnachmittag rief er Glory an. Wie erwartet meldete sie sich, klang aber mürrisch und verärgert. »Es wurde langsam Zeit, dass ich von dir höre«, blaffte sie. »Dein schöner Eine-Woche-oder-höchstens-zehn-Tage-Plan wird nämlich nicht aufgehen. Bereits am Sonntagnachmittag treibt die Immobilienmaklerin einen Typen hier durch, der das Haus kaufen will, und wahrscheinlich muss ich in den nächsten dreißig Tagen raus. Und wenn du meinst, du kannst mich in einem weiteren gottverlassenen Loch wie diesem absetzen, hast du dich geschnitten. Wenn ich am Sonntagmorgen nicht das Geld in Händen halte, werde ich zur Polizei gehen und die fünf Millionen Dollar Belohnung einfordern.«

»Gloria, wir können diese Sache bis Sonntag durchziehen. Aber wenn du glaubst, du könntest dir diese Belohnung schnappen, dann bist du dümmer, als ich gedacht habe. Kannst du dich noch an *Son of Sam* erinnern? Wenn nicht, mach dich kundig. Er war ein Serienmörder, und als er über seine mörderischen Exzesse ein Buch schreiben wollte, wurde ein Gesetz erlassen, das es untersagte, dass ein Verbrecher von seinen Vergehen profitiert. Meine Liebe, ob dir das klar ist oder nicht, aber du hängst bis über beide Ohren mit drin. Du hast Matthew Carpenter entführt und ihn fast zwei Jahre lang gefangen gehalten. Wenn man dich erwischt, landest du im Gefängnis. Verstanden?«

»Vielleicht machen sie bei mir ja eine Ausnahme«, kam es zögerlich von Gloria. »Aber unterschätze den Jungen nicht, er ist ein schlauer Kopf. Wenn du meinst, er wird, wenn er gefunden wird, erzählen, dass ihn an jenem Tag seine Mommy weggebracht hat, dann täuschst du dich. Ich bin mir ziemlich sicher, dass er sich noch daran erinnert. Als er im Wagen aufgewacht ist, hatte ich noch die Perücke auf. Und als ich sie abgenommen habe, hat er sich erschreckt und geweint. *Daran* erinnert er sich. Einmal dachte ich, ich hätte die Tür zugesperrt, und ich habe die Perücke aufgesetzt, die frisch gewaschen war. Ich war mit dem Rücken zu ihm, und er hat die Tür geöffnet und ist hereingekommen, bevor ich sie abnehmen konnte. Da hat er mich gefragt: ›Warum willst du wie Mommy aussehen?‹ Was ist, wenn er ihnen erzählt, dass Glory ihn aus dem Buggy genommen hat? Das wäre dann ganz toll für mich.«

»Du hast ihn doch nicht die Bilder sehen lassen, die jetzt überall im Fernsehen kommen, oder?«, fragte er, während ihm die schreckliche Wahrheit allmählich dämmerte. Wenn Matthew der Polizei erzählt, dass es nicht seine Mutter gewesen war, die ihn entführt hat, dann ist mein ganzer Plan hinfällig.

»Was für eine dumme Frage. Natürlich hat er sie *nicht* gesehen«, sagte sie.

»Ich glaube, du bist verrückt, Brittany. Das ist jetzt alles fast zwei Jahre her. Er ist zu klein, um sich noch daran erinnern zu können.«

»Bau jedenfalls nicht darauf, dass er von nichts weiß,

wenn sie ihn finden. Und nenn mich nicht Brittany. Ich dachte, darauf hätten wir uns verständigt.«

»Schon gut, schon gut. Hör zu, wir müssen unseren Plan ändern. Vergiss die Sache mit der Kirche, du musst dich auch nicht wieder wie Zan zurechtmachen. Ich kümmere mich selbst um alles. Pack den Wagen mit allen Habseligkeiten voll. Wir treffen uns morgen Abend am Flughafen LaGuardia. Ich werde das Geld für dich dabeihaben und ein Ticket nach Texas.«

»Und was ist mit Matthew?«

»Mach, was du immer machst, nur diesmal wird es eben etwas länger dauern. Leg ihn im Schrank schlafen, lass das Licht an und gib ihm genügend Sandwiches und Limo, damit es einige Zeit reicht. Du sagst, die Leute, die sich das Haus ansehen wollen, kommen am Sonntag?«

»Ja. Aber was, wenn sie nicht kommen? Wir können den Jungen nicht einfach im Schrank eingesperrt lassen.«

»Natürlich nicht. Sag der Immobilienmaklerin, dass du am Sonntagmorgen fährst und ihr Bescheid geben würdest, wohin sie dir die überschüssige Miete schicken soll. Dann kannst du davon ausgehen, dass sie am Sonntagmittag das Haus inspiziert, mit oder ohne neuen Käufer. Und dann wird sie Matthew finden.«

»Sechshunderttausend Dollar, fünfhunderttausend in bar, den Rest als Überweisung auf das Konto meines Vaters in Texas. Zück deinen Stift, ich geb dir die Kontonummer durch.«

Seine Hand war schweißnass, ständig drohte ihm der Stift aus den Fingern zu rutschen, aber er schaffte es, die von ihr genannten Ziffern zu notieren.

Das war das Einzige, was er nie in Betracht gezogen hatte – dass sich Matthew daran erinnern könnte, dass es nicht seine Mutter war, die ihn entführt hatte.

Wenn das geschah, würde man Zan glauben. Sein so sorgfältig durchdachter Plan würde in sich zusammenfallen. Selbst wenn er sie wie beabsichtigt umbrachte, würde die Polizei trotzdem irgendwann nach dem wahren Täter suchen, der diese Entführung geplant hatte.

Und irgendwann würden sie auf die Wahrheit stoßen. Mit derselben Akribie, mit der jetzt Zan verdächtigt wurde, würden sie die Ermittlungen in andere Richtungen vorantreiben.

Es tat ihm leid. Es tat ihm aufrichtig leid, aber Matthew *durfte nicht* im Schrank gefunden werden. Er musste verschwunden sein, wenn die Immobilienmaklerin am Sonntagnachmittag auftauchte.

Ich hatte nie vor, ihn zu töten, dachte er bedauernd. Ich habe nie gedacht, dass es so weit kommen würde. Er zuckte mit den Achseln. Aber jetzt war es an der Zeit, der Kirche einen Besuch abzustatten.

Verzeih mir, Vater, denn ich habe gesündigt, dachte er finster.

63

Diesmal reagierte Zan nicht auf die Journalisten, als sie mit Charley Shore vor der Dienststelle des Central-Park-Reviers eintraf. Sie hatte sich bei Charley untergehakt und eilte mit eingezogenem Kopf vom Wagen zum Eingang. Sie wurden zum bereits vertrauten Befragungsraum begleitet, wo Detective Billy Collins und Jennifer Dean auf sie warteten.

Ohne sie zu begrüßen, sagte Collins: »Ich hoffe, Sie haben Ihren Pass nicht vergessen, Ms. Moreland.«

Charley Shore antwortete für sie. »Wir haben den Pass dabei.«

»Gut, der Richter wird ihn sehen wollen«, sagte Billy. »Ms. Moreland, warum haben Sie uns nichts davon erzählt, dass Sie am nächsten Mittwoch nach Buenos Aires fliegen wollen?«

»Weil ich das nicht vorhabe«, antwortete Zan ruhig. »Und bevor Sie danach fragen, ich habe auch nicht mein Konto leergeräumt. Das haben Sie sicherlich auch schon festgestellt.«

»Sie wollen damit also sagen, dass derjenige, der Ihr Kind entführt hat, auch das Flugticket nach Argentinien bestellt und sich an Ihrem Konto zu schaffen gemacht hat?«

»*Genau das* will ich damit sagen«, antwortete Zan. »Und falls Sie es noch nicht wissen, dieselbe Person hat zulasten meiner Kreditkarte Kleidung eingekauft und sämtliche Materialien bestellt, die ich für die Gestaltung einiger Musterwohnungen benötigen werde.«

Charley Shores Stirnrunzeln erinnerte sie daran, dass sie laut seinen Anweisungen zwar alle Fragen beantworten, aber nicht freiwillig weitere Informationen preisgeben sollte. Sie wandte sich ihm zu. »Charley, ich weiß, was Sie jetzt denken, aber ich habe nichts zu verbergen. Wenn sich diese beiden Polizisten die fraglichen Vorgänge etwas genauer ansehen würden, würden sie möglicherweise zu dem Schluss kommen, dass ich nichts damit zu tun haben kann. Und vielleicht würden sie sich dann gegenseitig in die Augen schauen und sagen, ›na ja, vielleicht erzählt sie ja doch die Wahrheit‹.«

Zan wandte sich zu den beiden Beamten. »Sie meinen immer noch, Sie müssten nur fest daran glauben, dann wird Ihr Wunder auch wahr werden«, sagte sie. »Ich bin hier, um verhaftet zu werden. Können wir es also hinter uns bringen?«

Sie erhoben sich. »Wir machen das im Gerichtsgebäude«, sagte Billy Collins. »Wir fahren Sie hin.«

Wie schnell man zu einer Angeklagten wird, dachte sie eine Stunde später, nachdem der Haftbefehl ausgestellt und ihm eine Nummer zugeordnet war, ihre Fingerabdrücke abgenommen wurden und von ihr ein Polizeifoto erstellt worden war.

Danach wurde sie in einen Gerichtssaal geführt, wo sie einem ernst aussehenden Richter gegenübertrat. »Ms. Moreland, Sie sind der Kindesentführung, Behinderung polizeilicher Ermittlungsarbeit und des Eingriffs in das elterliche Sorgerecht angeklagt«, sagte er zu ihr. »Falls Sie die

Kaution stellen können, dürfen Sie ohne Einwilligung des Gerichts das Land nicht verlassen. Haben Sie Ihren Pass bei sich?«

»Ja, Euer Ehren«, antwortete Charley Shore an ihrer Stelle.

»Übergeben Sie ihn dem Gerichtsdiener. Die Kaution wird auf zweihundertfünfzigtausend Dollar festgesetzt.« Der Richter erhob sich und verließ den Saal.

Entsetzt wandte sich Zan an Charley Shore. »So viel Geld kann ich unmöglich aufbringen. Das wissen Sie.«

»Alvirah und ich haben uns darüber unterhalten. Sie wird ihre Wohnung dem Kautionssteller als Sicherheit verschreiben. Ich muss nur Willy anrufen, dann ist er mit der betreffenden Urkunde hierher unterwegs. Und sobald die Sache mit der Kaution geregelt ist, steht es Ihnen frei zu gehen.«

»Es steht mir frei zu gehen«, flüsterte Zan und sah auf die schwarzen Abdrücke an ihren Finger, die sie noch nicht weggewaschen hatte. »Frei zu gehen.«

»Hier entlang, Ma'am.« Ein Beamter nahm sie am Arm.

»Zan, Sie werden in einer Arrestzelle warten müssen, bis Willy die Kaution gestellt hat. Wenn ich mit ihm gesprochen habe, komme ich zurück und warte mit Ihnen«, teilte ihr Charley mit. »Das alles ist eine reine Routineangelegenheit.«

Als hätte sie Blei in den Beinen, ließ sich Zan durch eine nahe gelegene Tür führen. Es ging durch einen schmalen Flur, an dessen Ende eine leere Zelle mit einer Bank und einer offenen Toilette lag. Der uniformierte Beamte stieß sie leicht an, sie trat in die Zelle und hörte hinter sich den Schlüssel im Schloss.

Geschlossene Gesellschaft, dachte sie und musste an das Sartre-Stück gleichen Namens denken. Ich habe im College die Rolle der Inès gespielt. *Die Hölle, aus der es keinen Ausweg gibt. Keinen Ausweg.* Sie drehte sich um, betrachtete die Gitterstäbe und legte tastend die Hände um sie. Mein Gott, wie hat es nur so weit kommen können?, dachte sie. *Warum? Warum nur?*

Reglos stand sie so, bis nach einer halben Stunde Charley Shore zurückkehrte. »Ich habe mit dem Kautionssteller gesprochen, Zan«, sagte er. »Willy sollte jeden Moment hier sein. Er muss dann nur einige Papiere unterzeichnen, die Übertragungsurkunde vorlegen und die Gebühr begleichen, dann kommen Sie hier raus. Ich weiß, wie Sie sich fühlen müssen, aber das hier ist der Augenblick, in dem Ihr Anwalt, das heißt ich, weiß, womit wir es zu tun haben, und den Kampf aufnimmt.«

»Eine Verteidigung, die auf geistiger Unzurechnungsfähigkeit aufbaut? Ist das Ihre Strategie, Charley? Sagen Sie es schon! Bevor Sie mich abgeholt haben, hatten Josh und ich den Fernseher eingeschaltet. Der CNN-Moderator hat einen Arzt interviewt, der als Spezialist für multiple Persönlichkeiten gilt. Laut seiner genialen Ansicht wäre ich das Paradebeispiel einer solchen Verteidigungsstrategie. Aber dann hat er noch einen Fall zitiert, in dem die Verteidigung darauf plädiert hat, dass das eigentliche Ich nichts von der Persönlichkeit gewusst hat, die die Verbrechen begangen hat.

Und wissen Sie, was der Richter darauf geantwortet hat, Charley? Er hat gesagt: ›Es interessiert mich nicht, wie viele Persönlichkeiten diese Frau hat. Sie müssen sich alle an das Gesetz halten!‹«

Charley Shore sah Zans unsteten Blick und wusste, dass er sie in diesem Moment weder beruhigen noch trösten konnte.

Er entschied sich dafür, weder das eine noch das andere zu tun. Alles andere wäre eine Beleidigung gewesen.

64

Gloria Evans, geborene Margaret Grissom, von ihrem sie abgöttisch liebenden Vater »Glory« genannt und unter dem Künstlernamen Brittany La Monte bekannt, konnte sich nicht gänzlich sicher sein, dass in achtundvierzig Stunden alles vorbei sein würde. Unzählige Male in diesen knapp zwei Jahren hatte sie sich in den schlaflosen Nächten, in denen ihr das Ausmaß ihres Verbrechens bewusst geworden war, leise vor sich hin geflüstert: »Hätte ich mich doch bloß nicht darauf eingelassen.«

Was, wenn es nicht klappt?, dachte sie. Was, wenn sie mich finden? Dann verbringe ich den Rest meines Lebens im Gefängnis. Was sind schon sechshunderttausend Dollar? Die halten höchstens ein paar Jahre vor, wenn ich mich erst mal wieder irgendwo niedergelassen habe. Neue Fotos stehen an, ich muss Schauspielunterricht nehmen und mich um einen Agenten und einen PR-Berater kümmern. Er hat gesagt, er würde mich Leuten aus Hollywood vorstellen, und was hat das alles gebracht? *Nichts.*

Und Matty? Er ist so ein netter Junge. Ich weiß, ich bringe mich in Teufels Küche, wenn ich mich zu sehr auf ihn einlasse, dachte sie, aber wie konnte man den Jungen *nicht* mögen?

Ich liebe den Kleinen, dachte sie, während sie die Kleidung einpackte, die gleiche, die damals auch Zan Moreland getragen hatte. Mein Gott, ich bin gut, dachte sie mit einem verkniffenen Lächeln. Ich achte auf alle Details. Moreland ist ein bisschen größer als ich, deswegen hatte ich etwas höhere Absätze an den Sandalen, nur für den Fall, dass mich bei der Entführung jemand fotografieren sollte.

Und da sie schon mal dabei war, dachte sie auch daran, was sie alles mit der Perücke angestellt hatte, damit ihre Haare, die Tönung, der gerade Schnitt, genauso aussahen wie bei Moreland. Sie hatte Schulterpolster in das Kleid genäht, weil Moreland breitere Schultern hatte als sie. Ich wette, die Polizei untersucht gerade die Fotos, und sie wird zu dem Ergebnis kommen, dass die Frau auf den Bildern niemand anders sein kann als Moreland. Auch mein Make-up war damals perfekt.

Sie sah sich im Schlafzimmer um mit seinen kahlen weißen Wänden, den alten Eichenmöbeln und dem zerschlissenen Teppich. »Und was zum Teufel habe ich dafür bekommen?«, fragte sie sich laut. Zwei Jahre Herumziehen von einem Haus zum nächsten. Zwei Jahre, in denen ich Matty in den Schrank sperren musste, wenn ich zum Einkaufen oder gelegentlich ins Kino fuhr. Oder nach New York, um vorzutäuschen, dass Moreland sich hier oder dort aufgehalten hatte.

Dieser Typ könnte auch in Fort Knox einbrechen, dachte sie sich, als ihr einfiel, wie er ihr eines Tages in der Penn Station eine gefälschte Kreditkarte in die Hand gedrückt hatte. Dazu hatte er Werbeanzeigen für heruntergesetzte Kleidungsstücke ausgeschnitten. »Diese Sachen sollst du kaufen«, sagte er. »Sie hat genau die gleichen Stücke.«

Manchmal hatte er ihr auch Päckchen mit Kleidung zugeschickt, die Moreland gekauft hatte. »Falls wir mal so richtig in die Vollen gehen wollen.«

Eines dieser Kostüme, das schwarze mit dem Pelzkragen, hatte sie am Montag getragen, als sie nach New York gefahren war. Er hatte sie angewiesen, bei Bergdorf's einzukaufen und mit Morelands Kreditkarte zu bezahlen. Sie wusste nicht genau, was er noch alles mit ihr vorhatte, aber als sie sich trafen, war nicht zu übersehen, wie verärgert er war. »Fahr einfach nach Middletown zurück«, hatte er ihr gesagt.

Das war am Montag gewesen, am späten Nachmittag. Ich bin wütend geworden, erinnerte sich Glory, und habe ihm gesagt, er soll sich zum Teufel scheren. Dann wollte ich zum Parkplatz, ich hätte mir die Perücke abnehmen und den Schal umbinden sollen, damit ich nicht wie Moreland aussah. Aber aus irgendeinem Grund habe ich das dann doch nicht gemacht. Und als ich an der Kirche vorbeikam, bin ich einfach stehen geblieben. Ich weiß, es war verrückt, keine Ahnung, was mich dazu getrieben hat, zur Beichte zu gehen. Mein Gott, war ich denn von allen guten Geistern verlassen? Ich hätte mir denken können, dass er mir folgt. Woher hätte er sonst wissen können, dass ich dort war?

»Glory, kann ich reinkommen?«

Sie sah auf. Matthew stand in der Tür. Er hatte abgenommen, es war nicht zu übersehen. Nun, er hatte in letzter Zeit nicht sonderlich viel gegessen. »Klar. Komm rein, Matty.«

»Ziehen wir wieder um?«

»Ich hab dir ganz was Tolles mitzuteilen. Mommy wird in zwei Tagen kommen und dich abholen.«

»*Wirklich?*«, kam es aufgeregt von ihm.

»Ganz sicher. Und deshalb muss ich jetzt auf dich auch nicht mehr aufpassen. Und die bösen Menschen, die dich stehlen wollen, sind alle fort. Ist das nicht wunderbar?«

»Ich vermisse Mommy«, flüsterte Matthew.

»Ich weiß. Und ob du es glaubst oder nicht, ich werde dich auch vermissen.«

»Vielleicht kommst du uns ja mal besuchen.«

»Mal sehen.« Und plötzlich, als sie in Matthews kluge Augen blickte, kam ihr der Gedanke: In zwei Jahren, wenn er mich im Fernsehen oder in einem Kinofilm sieht, wird er sagen: »Das ist Glory, die Frau, die auf mich aufgepasst hat.«

O mein Gott, wurde ihr siedend heiß bewusst. Genau das wird *er* sich auch denken. Natürlich kann er es nicht zulassen, dass Matty gefunden wird. Ist es wirklich möglich, dass er ... ?

Ja, es war möglich. So weit kannte sie ihn mittlerweile.

Ich kann das nicht zulassen, dachte Glory. Ich muss anrufen, vielleicht kann ich mir ja die Belohnung sichern. Aber erst mache ich das, was er gesagt hat. Morgen rufe ich die Immobilienmaklerin an und sage ihr, dass ich am Sonntagmorgen ausziehe. Dann treffe ich mich wie geplant mit ihm in New York. Aber davor gehe ich zur Polizei und handle einen Deal aus.

»Glory, darf ich nach unten gehen und mir eine Limo holen?«, fragte Matthew.

»Klar, Kleiner, ich komme mit nach unten und mach dir was zu essen.«

»Ich hab keinen Hunger, Glory, und ich glaub auch nicht, dass Mommy bald kommt. Das sagst du immer.«

Matthew ging nach unten, holte sich eine Limo, brachte sie mit nach oben, legte sich aufs Bett und griff nach dem Seifenstück. Aber dann stieß er es einfach weg. Glory lügt, dachte er. Immer sagt sie, dass ich bald meine Mommy sehe. Aber Mommy will nicht mehr zu mir kommen.

65

Zehn Minuten vor vier machte sich Pater Aiden vom Kloster auf zur Unterkirche. Er ging langsam. Wenn er wie heute stundenlang an seinem Schreibtisch gesessen hatte, schmerzten ihm der Rücken und die arthritischen Knie.

Wie immer standen Menschen aufgereiht vor den beiden Versöhnungsräumen im Eingangsbereich. Er bemerkte, dass jemand der Grotte der Heiligen Jungfrau von Lourdes einen Besuch abstattete, ein anderer kniete auf einer Bank vor dem heiligen Judas. Einige saßen auf der Bank an der Wand. Um sich auszuruhen, überlegte er, oder um Mut für die Beichte zu sammeln? Man sollte dafür keinen Mut aufbringen müssen, dachte er. Dafür bedarf es einzig des Glaubens.

Als er am zurückgesetzten Schrein des heiligen Antonius vorbeikam, fiel ihm ein Mann mit dichtem dunklem Haar und einem Trenchcoat auf, der dort kniete. Kurz kam ihm der Gedanke, dass es sich dabei um den Mann handeln könnte, der sich laut Alvirah am Montag so seltsam für ihn interessiert hatte. Pater Aiden verwarf den Gedanken. Vielleicht hatte er einfach seine Zeit gebraucht, um sich seiner Sünden zu bekennen.

Um fünf vor vier heftete er seinen Namen an die Tür des Versöhnungsraums, trat ein und ließ sich auf dem Stuhl nieder. Das Gebet, das er sprach, bevor die Sünder zu ihm kamen, war immer dasselbe: »Herr, lass mich den Bedürfnissen aller gerecht werden, die zu mir kommen und Tröstung suchen.«

Um vier Uhr drückte er auf den Knopf, damit das grüne Licht anging und der Erste in der Schlange wusste, dass er nun eintreten konnte.

Es war ungewöhnlich viel los, selbst für die Fastenzeit. Knapp zwei Stunden später, nachdem nur noch wenige Wartende anwesend waren, beschloss Pater Aiden, so lange zu bleiben, bis er allen die Beichte abgenommen hatte.

Dann, fünf Minuten vor sechs, trat der Mann mit dem dichten schwarzen Haar ein.

Er hatte den Kragen des Trenchcoats hochgestellt und trug eine übergroße Sonnenbrille. Schwarze Haarsträhnen fielen ihm in die Stirn und über die Ohren. Die Hände waren in den Manteltaschen vergraben.

Pater Aiden wurde sofort bang ums Herz. Dieser Mann war kein Bußfertiger, dessen war er sich sicher. Doch dann setzte sich der Mann und sagte mit belegter Stimme: »Vergib mir, Vater, denn ich habe gesündigt.« Er hielt inne.

Pater Aiden wartete.

»Ich weiß nicht, ob Sie mir vergeben, Pater, denn die Verbrechen, die ich noch begehen werde, sind sehr viel schlimmer als jene, die ich begangen habe. Ich werde nämlich, verstehen Sie, zwei Frauen und ein Kind töten. Eine von ihnen kennen Sie, Zan Moreland. Und darüber hinaus kann ich auch bei *Ihnen* kein Risiko eingehen, Pater. Ich weiß doch nicht, was Sie gehört haben oder was Sie sich zusammenreimen.«

Pater Aiden hievte sich vom Stuhl hoch, gleichzeitig zog

der Mann eine Waffe aus dem Mantel und hielt sie dem Pater an den Talar. »Ich glaube nicht, dass man es hören wird«, sagte er. »Nicht mit dem Schalldämpfer, außerdem sind die da draußen ja auch viel zu sehr mit ihren Gebeten beschäftigt.«

Pater Aiden spürte einen heftigen, scharfen Schmerz in der Brust, dann wurde alles schwarz um ihn, und er spürte noch die Hände des Mannes, die ihn auf den Stuhl zurückdrückten.

Hände. Zan Moreland. Das hatte ihm nicht einfallen wollen. Zan hatte lange, wunderschöne Hände.

Die Frau, die zu ihm zur Beichte gekommen war und von der er gedacht hatte, sie wäre Zan, hatte aber kleinere Hände und kürzere Finger ...

Dann löste sich das Bild auf, und er sank in stille Finsternis.

66

Als sie endlich das Gerichtsgebäude verlassen konnten, musste sich Willy durch ein Meer aus Kameras schieben, bis er auf der Straße ein Taxi anhalten konnte.

Zan hielt Charley Shores Hand umklammert und rannte zum Taxi. Dem Blitzlichtgewitter und den Mikrofonen, die ihr vors Gesicht gehalten wurden, konnte sie allerdings nicht entkommen. »Zan, ein Kommentar für uns?«, rief einer der Reporter.

Abrupt blieb sie stehen und schrie: »Ich bin nicht die Frau auf den Fotos. Ich bin es nicht!«

Willy hielt ihr die Taxitür auf. Charley half ihr hinein. »Willy wird sich jetzt um Sie kümmern«, sagte er leise.

Minutenlang, nachdem der Wagen sich in Bewegung gesetzt hatte, sprachen weder Zan noch Willy ein Wort. Dann, als sie fast am Central Park waren, wandte sie sich an Willy. »Ich weiß nicht, wie ich euch danken kann«, begann sie. »Ich habe nur eine Mietwohnung, mein Bankkonto gibt es nicht mehr. Ich hätte die Kaution nie und nimmer aufbringen können. Wenn es dich und Alvirah nicht gäbe, würde ich die Nacht in einem orangefarbenen Overall im Gefängnis verbringen.«

»Nie und nimmer hättest du die Nacht im Gefängnis verbringen müssen, Zan«, sagte Willy. »Nicht solange ich hier noch was zu melden habe.«

In der Wohnung erwartete sie bereits Alvirah mit Gläsern auf dem Beistelltisch. »Charley hat mich angerufen«, sagte sie. »Er meint, Zan bräuchte etwas Stärkeres als Rotwein. Was möchtest du haben, Zan?«

»Einen Scotch.« Zan versuchte zu lächeln, während sie den Schal löste und die Jacke ablegte, aber es blieb beim Versuch. »Oder vielleicht zwei oder drei.«

Alvirah nahm ihr die Jacke ab und schloss Zan in die Arme. »Charley hat angerufen und gesagt, dass ihr unterwegs seid. Er hat mich gebeten, dir auszurichten, dass es nur der erste Schritt in einem langwierigen Prozess ist, den er für dich ausfechten wird.«

Zan wusste, was sie zu sagen hatte, war sich aber nicht sicher, wie sie es formulieren sollte. Um Zeit zu gewinnen, ließ sie sich auf der Couch nieder und sah sich im Zimmer um. »Ich bin froh, dass du dich für die beiden Clubsessel entschieden hast, Alvirah. Du weißt noch, wir haben überlegt, ob nicht einer davon ein Ohrensessel sein sollte.«

»Du hast mir die ganze Zeit gesagt, ich soll zwei gleiche Clubsessel nehmen«, sagte Alvirah. »Damals, als Willy und ich geheiratet haben, haben wir und alle unsere Bekannten uns eine Couch, einen Ohrensessel und einen Clubsessel angeschafft. Und die Tischchen am Couchende mussten zum Beistelltisch passen, genauso wie die Lampen. Machen wir uns nichts vor. Damals sind in Jackson Heights in Queens einfach zu viele Innendesigner herumgelaufen.«

Alvirah musterte dabei Zan, die dunklen Schatten unter ihren Augen und ihre alabasterweiße Haut; sie war schon immer schlank gewesen, mittlerweile aber hatte sie fast etwas Zerbrechliches an sich.

Zan griff zum Drink, den Willy ihr zubereitet hatte, schüttelte ihn leicht, sodass die Eiswürfel klirrten, und begann: »Es fällt mir unglaublich schwer, das zu sagen, weil es sich so undankbar anhört.«

Sie sah in ihre besorgten Mienen. »Ich weiß, was in euren Köpfen vorgeht«, sagte sie leise. »Ihr glaubt, ich mache jetzt reinen Tisch und erzähle euch, ja, ich habe mein Kind, mein eigen Fleisch und Blut, entführt und vielleicht sogar ermordet.

Aber das werde ich euch nicht sagen. Ich sage euch, dass ich nicht psychotisch bin, dass ich keine gespaltene Persönlichkeit habe. Ich weiß, wonach es aussieht, und ich mache euch keinen Vorwurf, dass ihr das alles zumindest in Ansätzen glaubt.«

Mit festerer Stimme fuhr sie fort: »Jemand anders hat Matthew entführt. Jemand, der sehr großen Wert darauf gelegt hat, genau so auszusehen wie ich. Ich habe vor kurzem über eine Frau gelesen, die ein Jahr im Gefängnis verbracht hat, weil zwei Freunde ihres Ex-Verlobten behauptet haben, sie hätte sie mit einer Waffe bedroht. Bis schließlich einer eingeknickt ist und zugegeben hat, dass alles gelogen war.«

Zan sah Alvirah tief in die Augen. »Alvirah, bei Matthews Leben, ich schwöre vor Gott, dass ich unschuldig bin. Du hast eine untrügliche kriminalistische Ader. Ich habe dein Buch gelesen. Du hast einige nicht ganz unwichtige Verbrechen aufgeklärt. Jetzt bitte ich dich, lass dir das alles, lass dir dieses fürchterliche Chaos noch einmal durch den Kopf gehen. Sag dir: ›Zan ist unschuldig. Alles, was sie mir erzählt hat, ist wahr. Wie kann ich ihre Unschuld beweisen, statt sie immer nur zu bedauern?‹ Wäre das zu viel verlangt?«

Alvirah und Willy sahen sich an. Sofort nach der Veröffentlichung der Fotos, die Zan zeigten – oder eine Frau, die ihr zum Verwechseln ähnlich sah –, hatten sie ihr Urteil gefällt: *schuldig*.

Ich habe nie in Betracht gezogen, dass sie nicht die Frau auf den Fotos sein könnte, dachte Alvirah. Vielleicht gibt es wirklich eine andere Erklärung für alles. »Zan«, begann sie zögerlich, »ich bin tief beschämt, und du hast recht. Ich habe eine kriminalistische Ader, und ich habe dich vorschnell abgeurteilt. Solange dir nichts nachgewiesen ist, *musst* du als unschuldig gelten, auf dieser Grundlage basiert unser Rechtssystem. Ich und viele andere haben das in diesem Fall vergessen. Also, wo soll ich mich nach möglichen Antworten umsehen?«

»Ich schwöre, dass Bartley Longe hinter dieser Sache steckt«, sagte Zan prompt. »Ich habe seine Avancen zurückgewiesen – was nie klug ist, wenn man für ihn arbeitet. Ich habe gekündigt und mein eigenes Büro eröffnet. Ich habe einige seiner Kunden für mich gewinnen können. Heute habe ich erfahren, dass ich den Auftrag für die Musterwohnungen im Carlton Place erhalten habe.«

Sie bemerkte Alvirahs und Willys überraschte Blicke. »Ist es zu glauben, dass Kevin Wilson, der Architekt, mir den Auftrag gibt, obwohl er weiß, dass ich ins Gefängnis muss? Jetzt bin ich auf Kaution frei, ich kann mit Josh an dem Auftrag arbeiten, aber Kevin hat uns angeheuert, in dem Wissen, dass Josh die Arbeiten möglicherweise allein ausführen muss.«

»Zan, ich weiß, was dir dieser Auftrag bedeutet«, sagte Alvirah. »Vor allem, da Bartley Longe dabei dein unmittelbarer Konkurrent war.«

»Ja, aber wenn er mich jetzt schon hasst, wie sehr wird er mich erst hassen, wenn er davon erfährt.«

Alvirah kam ein fürchterlicher Gedanke, etwas, was Zan vielleicht nicht in Betracht gezogen hatte. Wenn es stimmte und eine Frau sich wie sie verkleidet hatte, wenn diese Frau von Bartley Longe dafür angeheuert worden war, Matthew zu kidnappen, was mochte dann jetzt passieren? Und was würde Longe dem Kind antun, nachdem Zan ihm den prestigeträchtigen Auftrag weggeschnappt und ihn damit gedemütigt hatte? Wenn wirklich Longe dahintersteckte und Matthew noch am Leben war, wozu könnte Longe in seinem Wahn, Zan zu schaden, noch getrieben werden?

Bevor Alvirah etwas erwidern konnte, sagte Zan: »Ich habe mir bereits selbst intensiv Gedanken gemacht. Aus irgendeinem Grund hat Nina Aldrich der Polizei erzählt, wir wären in ihrer Wohnung am Beekman Place verabredet gewesen. Aber das stimmt nicht. Vielleicht hat die Haushälterin ja etwas aufgeschnappt, als Mrs. Aldrich mir sagte, wir würden uns an jenem Tag in ihrem Stadthaus in der Sixty-ninth Street treffen.«

»Gut, Zan, das könnte eine Spur sein. Ich werde versuchen, mit der Haushälterin zu reden. Mit solchen Leuten kann ich gut. Schließlich war ich selber jahrelang Putzfrau.« Alvirah eilte davon, um sich den Stift und den Notizblock unter dem Küchentelefon zu holen.

Als sie zurückkam, sagte Zan: »Und sprich bitte auch mit der Babysitterin, Tiffany Shields. Sie hat mich um eine Pepsi gebeten. Sie ist mir in die Küche gefolgt, sie hat sie selbst aus dem Kühlschrank genommen und geöffnet. Ich habe die Dose noch nicht mal angerührt. Dann hat sie mich gefragt, ob ich irgendetwas gegen ihre Erkältung dahabe. Ich habe ihr das Tylenol gegen Erkältungen gegeben. Das stärkere Tylenol mit dem Beruhigungsmittel hatte ich nie zu Hause. Und jetzt behauptet sie, ich hätte ihr genau das gegeben.«

Das Telefon klingelte. »Es klingelt immer, wenn das Essen ansteht«, grummelte Willy, während er ranging.

Kurz darauf änderte sich seine Miene. »O mein Gott! Welches Krankenhaus? Wir kommen sofort. Danke, Pater.«

Willy legte auf und drehte sich zu Alvirah und Zan um, die ihn nur anstarrten.

»Wer, Willy?«, fragte Alvirah und legte die Hand aufs Herz.

»Pater Aiden. Irgendein Mann mit dichtem schwarzen Haar hat ihn im Versöhnungsraum angeschossen. Er liegt im NYU Hospital. Auf der Intensivstation. Sein Zustand ist kritisch. Vielleicht wird er die Nacht nicht überstehen.«

67

Alvirah, Willy und Zan blieben bis drei Uhr morgens im Krankenhaus. Zwei Franziskanermönche hatten mit ihnen vor der Intensivstation ebenfalls Wache gehalten, nachdem sie alle kurz an Pater O'Briens Bett treten durften.

Er hing an einem Tropf, sein Brustkorb war dick bandagiert, eine Sauerstoffmaske bedeckte fast das ganze Gesicht. Aber der Arzt zeigte sich mittlerweile vorsichtig optimistisch. Wie durch ein Wunder hatten die drei Geschosse das Herz verfehlt. Sein Zustand war noch immer äußerst kritisch, seine Vitalfunktionen aber verbesserten sich zusehends. »Ich weiß nicht, ob er Sie hören kann, aber reden Sie ruhig kurz mit ihm«, sagte der Arzt.

»Pater Aiden, wir lieben Sie«, flüsterte Alvirah.

Willy sagte: »Strengen Sie sich an, Padre, damit Sie wieder auf den Damm kommen.«

Zan legte die Hände auf die des Paters. »Ich bin es, Zan Moreland. Ich weiß, Ihre Gebete waren mir in dieser schrecklichen Situation ein Quell der Hoffnung. Jetzt werde ich für Sie beten.«

Sie verließen das Krankenhaus, und Alvirah und Willy brachten Zan im Taxi nach Hause. Alvirah wartete im Wagen, während Willy sie zum Eingang ihrer Wohnung begleitete. Als er zurückkam, murmelte er nur: »Zu kalt für die Geier. Keine einzige Kamera zu sehen.«

Sie schliefen bis neun Uhr. Alvirah war kaum wach, als sie schon zum Telefon griff und im Krankenhaus anrief. »Pater Aiden ist fast über den Berg«, berichtete sie. »O Willy, ich habe es gewusst, als ich am Montag diesen Typen in der Kirche gesehen habe. Da konnte nichts Gutes bei herauskommen. Hätten wir ihn auf den Überwachungsvideos nur besser sehen können, dann könnten wir ihn vielleicht identifizieren.«

»Na, die Polizei wird sich die Aufnahmen sicherlich gründlich vornehmen, vielleicht ist auf den neuen Videos ja mehr zu erkennen als auf denen vom Montag.«

Beim Frühstück gingen sie die Titelseiten der Klatschpresse durch. Sowohl die *Post* als auch die *News* brachten ein Bild, das Zan mit Charley Shore beim Verlassen des Gerichtsgebäudes zeigte. Ihre Aussage *Ich bin nicht die Frau auf den Fotos!* war die Schlagzeile der *News*. »*Ich bin es nicht!*«, *leugnet Zan* titelte die *Post*. Dem *Post*-Fotografen war eine Nahaufnahme gelungen, die in aller Deutlichkeit Zans schmerzerfüllte Miene zeigte.

Alvirah trennte die Titelseite der *Post* ab und faltete sie zusammen. »Willy, es ist Samstag, die Babysitterin ist wahrscheinlich zu Hause. Jedenfalls hat mir Zan ihre Adresse und Telefonnummer gegeben. Aber ich werde sie nicht anrufen, sondern gleich zu ihr gehen. Zan hat gesagt, Tiffany Shields hat die Pepsi selbst aus dem Kühlschrank genommen, das heißt, Zan kann unmöglich etwas hineingegeben haben. Und was das Erkältungsmittel anbelangt, sagt Zan, dass sie nie das mit dem Beruhigungsmittel kauft. Du hast es selbst gehört. Die junge Frau ist einfach eingeschlafen, als sie auf Matthew hätte aufpassen sollen, und jetzt will sie die Schuld auf Zan abwälzen.«

»Warum sollte das Mädchen das alles erfinden?«, fragte Willy.

»Wer weiß? Vielleicht damit sie in den Augen der Öffentlichkeit besser dasteht.«

Eine Stunde später klingelte Alvirah beim Hausmeister in Zans altem Apartmentgebäude. Eine junge Frau im Morgenmantel öffnete die Tür.

»Sie müssen Tiffany Shields sein«, sagte Alvirah und zeigte ihr schönstes Lächeln.

»Und? Was wollen Sie?«, kam die mürrische Antwort.

Alvirah hielt ihr ihre Visitenkarte hin. »Ich bin Alvirah Meehan, Kolumnistin für den *New York Globe*. Ich würde Sie gern interviewen, weil ich einen Artikel über Alexandra Moreland schreibe.« Das war nicht gelogen, beruhigte sich Alvirah. Sie hatte wirklich vor, eine Kolumne über Zan zu verfassen.

»Sie wollen also mal wieder über die unfähige Babysitterin schreiben, der alle die Schuld gegeben haben, weil sie eingeschlafen ist, obwohl die ganze Zeit die Mutter die Täterin war und das eigene Kind entführt hat«, herrschte Tiffany sie an.

»Nein. Ich will über die junge Frau schreiben, die krank war und sich nur auf das Babysitten eingelassen hat, weil die Mutter unbedingt zu einer Kundin musste und das neue Kindermädchen nicht erschienen ist.«

»Tiffany, wer ist da?«

Im Flur, wie Alvirah erkennen konnte, kam ein breitschultriger Mann mit angehender Glatze auf sie zu. Alvirah wollte sich schon vorstellen, als Tiffany sagte: »Dad, die Frau will mich für einen Zeitungsartikel interviewen.«

»Meine Tochter hat schon genug unter euch Journalisten zu leiden gehabt«, erwiderte Tiffanys Vater. »Gehen Sie wieder.«

»Ich will nicht, dass jemand meinetwegen zu leiden hat«, sagte Alvirah. »Tiffany, hören Sie mir zu. Zan Moreland hat mir erzählt, wie sehr Matthew Sie gemocht hat und wie gut Sie miteinander ausgekommen sind. Zan hat gewusst, dass Sie krank waren, und macht sich selbst schreckliche Vorwürfe, weil sie Sie dazu gedrängt hat, auf Matthew aufzupassen. Das ist die Geschichte, die ich erzählen möchte.«

Alvirah kreuzte die Finger, während Vater und Tochter sich ansahen. Dann sagte der Vater: »Ich finde, du solltest mit dieser Frau reden, Tiffany.«

Tiffany öffnete die Tür weit genug, damit Alvirah eintreten konnte. Ihr Vater begleitete sie ins Wohnzimmer, wo er sich vorstellte. »Ich bin Marty Shields. Ich lass Sie beide dann mal allein. Ich muss ein Stockwerk höher, da hat jemand Probleme mit seinem Schloss.« Dann betrachtete er ihre Visitenkarte. »Hey, einen Moment. Sind Sie nicht die Frau, die in der Lotterie gewonnen und ein Buch über Verbrechen geschrieben hat?«

»Ja, die bin ich«, antwortete Alvirah.

»Tiffany, deine Mutter war hin und weg von dem Buch. Mrs. Meehan, Sie haben ihr das Buch damals in einem Buchladen signiert. Und sie hat sich sehr nett mit Ihnen unterhalten. Sie ist Verkäuferin bei Bloomingdale's, sie ist jetzt leider in der Arbeit und wird todunglücklich sein, dass sie nicht da ist. Gut, ich muss los.«

Was für ein Glück, dass seiner Frau mein Buch gefallen hat, dachte Alvirah, als sie sich auf einen Stuhl neben der Couch setzte, auf der Tiffany sich zusammengerollt hatte. Tiffany ist nur ein Kind, sagte sie sich, und ich kann verstehen, unter welchem Stress sie die ganze Zeit gestanden haben muss.

»Tiffany«, begann sie, »mein Mann und ich sind seit Matthews Verschwinden gut mit Zan befreundet. Ich muss betonen, dass sie nicht ein einziges Mal Ihnen die Schuld dafür gegeben hat, was an jenem Tag passiert ist. Ich habe sie nie auf Matthew angesprochen, weil ich weiß, wie schwer es für sie ist, über ihn zu reden. Was war er für ein Junge?«

»Man musste ihn einfach mögen«, kam es prompt von Tiffany. »Er war so klug. Kein Wunder, Zan hat ihm jeden Abend vorgelesen und ist mit ihm an den Wochenenden immer woandershin gegangen. Er war gern im Zoo und hat die Namen aller Tiere gekannt. Er konnte bis fünfzig zählen, ohne eine einzige Zahl auszulassen. Klar, Zan ist eine Künstlerin, die Zeichnungen, die sie für ihre Pläne und Entwürfe von den Zimmern und Möbeln anfertigt, sind einfach wundervoll. Obwohl er erst drei war, sah man, dass Matthew ein richtiges Talent zum Zeichnen hatte. Und mit seinen großen braunen Augen hat er immer so ernst dreingeschaut, wenn ihn etwas beschäftigt hat. Seine Haare haben damals gerade so einen roten Schimmer bekommen.«

»Und Sie und Zan waren richtig befreundet?«

Argwohn schlich sich in Tiffanys Blick. »Ja, so kann man das wohl sagen.«

»Vor ungefähr einem Jahr hat sie mir erzählt, Sie wären gut miteinander befreundet gewesen und Sie hätten immer ihre Kleidung bewundert. Hat sie Ihnen nicht manchmal einen Schal oder Handschuhe oder eine Brieftasche von sich geschenkt?«

»Sie war immer nett zu mir.«

Alvirah öffnete ihre Handtasche und zog die zusammengefaltete Titelseite der *Post* heraus. »Zan ist gestern verhaftet und wegen Kindesentführung angeklagt worden. Schauen Sie sich nur mal ihr Gesicht an. Sehen Sie, wie sehr sie unter allem leidet?«

Tiffany sah auf das Bild und wandte schnell den Blick ab.

»Tiffany, die Polizei hat Zan erzählt, Sie würden glauben, Zan habe Ihnen Drogen gegeben.«

»Hat sie vielleicht auch. Deshalb war ich auch so müde. Vielleicht war was in der Pepsi oder in der Erkältungstablette. Ich wette, es war die mit dem Beruhigungsmittel.«

»Ja, das haben Sie meines Wissens auch der Polizei gegenüber behauptet. Aber Zan kann sich sehr genau an den Tag erinnern. Sie haben sie um eine Pepsi gebeten, weil Sie Durst hatten. Sie sind ihr in die Küche gefolgt, und Zan hat Ihnen die Kühlschranktür aufgehalten. Sie haben die Dose herausgenommen und sie selbst geöffnet. Sie hat sie noch nicht einmal angerührt. Ist das richtig?«

»Ich habe das anders in Erinnerung.« Tiffany klang etwas kleinlauter.

»Und Sie haben Zan gefragt, ob sie nicht etwas gegen eine Erkältung habe. Sie hat Ihnen eine Tylenol gegeben, die starke Variante aber hatte sie nie zu Hause. Erst auf Ihre Bitte hin hat sie Ihnen das Medikament gegeben, das gegen Erkältungen. Ich gestehe Ihnen zu, dass die Antihistamine ein wenig schläfrig machen, aber Sie selbst haben sie um das Mittel gebeten. Zan hat es Ihnen nicht angeboten.«

»Das weiß ich nicht mehr.« Tiffany saß mittlerweile kerzengerade auf der Couch.

Sie weiß es durchaus, ging es Alvirah durch den Kopf, und Zan hatte recht. Tiffany versucht alles anders hinzudrehen, damit sie in einem besseren Licht dasteht. »Tiffany, werfen Sie noch mal einen Blick auf dieses Bild. Zan leidet unter diesen Anschuldigungen. Sie schwört hoch und heilig, dass sie nicht die Frau auf den Fotos ist. Sie weiß nicht, wer es ist, und alles, was sie noch aufrechterhält, ist die Hoffnung, dass ihr Sohn lebend gefunden wird. Sie wird vor Gericht gestellt werden, und Sie werden als Zeugin aussagen müssen. Ich hoffe nur, dass Sie sich gut überlegen, was Sie sagen, wenn Sie unter Eid stehen. Und dass Sie die Wahrheit sagen, falls Zans Darstellung der Ereignisse an jenem Tag richtig ist. So, und jetzt mache ich mich auf den Weg. Ich verspreche Ihnen, wenn ich diesen Artikel schreibe, werde ich betonen, dass Zan immer sich selbst die Schuld für Matthews Verschwinden gegeben hat, niemals Ihnen.«

Tiffany blieb sitzen.

»Ich lasse Ihnen meine Visitenkarte da, Tiffany. Darauf ist auch meine Handynummer. Wenn Ihnen noch irgendetwas einfallen sollte, rufen Sie mich an.«

Sie war bereits an der Tür, als sie aufgehalten wurde. »Mrs. Meehan«, rief Tiffany. »Es ist vielleicht nichts, aber ...« Sie stand auf. »Ich muss Ihnen ein Paar Sandalen zeigen, das Zan mir geschenkt hat. Als ich die Fotos aus dem Central Park gesehen habe, ist mir eines aufgefallen. Einen Moment.«

Sie verschwand im Flur und kam kurz darauf mit einem Schuhkarton in der einen Hand und einer Zeitung in der anderen zurück. Sie öffnete den Karton. »Zan hat genau die gleichen Sandalen wie die hier. Sie hat sie mir geschenkt, weil sie irrtümlich ein zweites Paar in genau der gleichen Farbe gekauft hat. Und nicht nur das, daneben hatte sie auch noch ein drittes Paar, das genau gleich war, nur mit breiteren Riemchen.«

Alvirah wartete – sie wusste nicht, was noch kommen würde, und wagte kaum zu hoffen, dass es sich als bedeutsam herausstellen könnte.

Tiffany deutete auf die Zeitung. »Schauen Sie sich die Schuhe an, die Zan oder die Frau trägt, die wie sie aussieht, als sie sich über den Buggy beugt.«

»Ja. Was ist damit?«

»Sehen Sie, die Riemchen sind breiter als bei diesem Paar.« Sie nahm eine Sandale aus dem Karton und hielt sie ihr hin.

»Ja, die sind anders, nicht viel, aber, Tiffany, was ist damit?«

»Mir ist aufgefallen – und ich kann es beschwören –, dass Zan an dem Tag von Matthews Verschwinden die Sandalen mit den schmaleren Riemchen getragen hat. Wir haben gemeinsam das Gebäude verlassen, sie ist zum Taxi geeilt, und ich bin mit dem Buggy in den Park.«

Sorgenfalten bildeten sich auf Tiffanys Stirn. »Das habe ich den Polizisten nicht erzählt. Ich war so wütend über die Leute und was sie von mir denken, dass ich Zan beschuldigt habe. Aber gestern Abend habe ich darüber nachgedacht, und es ergibt doch alles keinen Sinn. Ich meine, warum hätte Zan damals in ihre Wohnung zurückgehen sollen, nur um die Sandalen mit den breiteren Riemchen anzuziehen?«

Flehentlich sah sie Alvirah an.

»Das ergibt doch keinen Sinn, oder, Mrs. Meehan?«

68

Am Samstagvormittag drückte Detective Wally Johnson im Foyer des Sandsteinhauses auf den Knopf unter dem Namensschild von ANTON/KOLBER 3B, der Wohnung, die Angela Anton und Vita Kolber sich teilten. So hießen die jungen Frauen, die mit Brittany La Monte vor ihrem Verschwinden zusammengewohnt hatten.

Als sie auf seine am Donnerstagabend hinterlassene Nachricht nicht reagiert hatten, wollte er bereits am darauffolgenden Tag persönlich bei ihnen vorbeischauen. Doch am Freitag um acht Uhr morgens meldete sich Vita Kolber und schlug vor, sich am Samstagvormittag zu treffen. Sie hätten nämlich beide am Freitag Proben und damit den ganzen Tag kaum Zeit.

Die Bitte war verständlich, also verbrachte Wally den Freitag damit, den anderen Namen nachzugehen, die Bartley Longes Sekretärin ihm telefonisch durchgegeben hatte. »Das sind die üblichen Theaterleute, die Brittany getroffen haben müsste, wenn sie in Mr. Longes Landhaus zu Gast waren«, hatte sie ihm erklärt.

Zwei der Namen gehörten Filmproduzenten, die sich im Moment im Ausland aufhielten. Die dritte war eine Casting-Direktorin, die lange in ihrem Gedächtnis kramen musste, bis sie sich an eine Brittany La Monte überhaupt erinnern konnte. »Bartley hat immer einen ganzen Stall von Blondinen um sich«, erklärte sie. »Es ist schwer, sie auseinanderzuhalten. Wenn ich mit dieser Brittany nichts anfangen kann, dann heißt das nur, dass sie mir nicht weiter aufgefallen ist.«

Kaum hatte er sich nun über die Sprechanlage angekündigt, hörte er eine melodiöse Stimme: »Kommen Sie rauf.« Beim Summen drückte er gegen die innere Tür und stieg hinauf in den zweiten Stock.

Die Tür zu 3B wurde von einer großen, schlanken jungen Frau geöffnet, der die blonden Haare über die Schultern fielen. »Ich bin Vita«, begrüßte sie ihn. »Kommen Sie bitte rein.«

Das kleine Wohnzimmer war mit ausrangierten Möbeln eingerichtet, vermittelte aber einen heiteren Eindruck; auf der alten Couch lagen bunte Kissen, an den hohen, schmalen Fenstern hingen farbenfrohe Vorhänge und an den weiß gestrichenen Wänden Plakate von Broadway-Hits.

Auf Vitas Aufforderung hin nahm er auf einem der armlosen Polstersessel Platz. Angela Anton erschien mit zwei Tassen Cappuccino aus der Küche. »Einen für Sie, einen für mich«, verkündete sie und stellte sie auf dem runden metallenen Beistelltisch ab. »Vita ist Teetrinkerin, mag jetzt aber nichts.«

Angela Anton war nicht größer als 1,55 Meter und hatte eine braune Ponyfrisur. Ihre braunen Augen, wie Wally sofort bemerkte, hatten einen starken grünen Einschlag, und die elegante Art ihrer Bewegungen ließen ihn vermuten, dass sie Tänzerin war – womit er absolut richtig lag.

Beide Frauen setzten sich auf die Couch und sahen ihn erwartungsvoll an. Wally nahm einen Schluck Kaffee und konnte nicht umhin, Angela ein Kompliment auszusprechen. »Meistens trinke ich meine zweite Tasse am Schreibtisch, aber der hier ist viel besser. Wie ich schon auf den Anrufbeantworter gesprochen habe, ich möchte mit Ihnen über Brittany La Monte reden.«

»Steckt sie in Schwierigkeiten?«, fragte Vita und ließ ihm keine Zeit, darauf einzugehen. »Ich meine, es ist jetzt fast zwei Jahre her, dass sie ausgezogen ist, und sie hat damals ein großes Geheimnis um alles gemacht. Sie hat uns zum Essen eingeladen und war ganz aufgeregt, angeblich hätte sie ein Jobangebot bekommen, bei dem sie eine Menge Geld verdient, aber das könnte ein wenig dauern, und danach, sagte sie, wollte sie nach Kalifornien. Hier in New York ist es ihr ja nie gelungen, in eine Broadway-Show zu kommen.«

»Brittanys Vater macht sich Sorgen um sie, wie Sie ja wissen«, sagte Johnson. »Er hat mir erzählt, er hätte Sie besucht.«

Angela antwortete darauf. »Vita hat mit ihm nur kurz gesprochen, sie musste nämlich zu einem Casting weg. Aber ich hatte Zeit und habe mir seine Lebensgeschichte angehört. Im Grunde konnte ich ihm aber nichts anderes sagen, als dass wir von ihr nichts mehr gehört haben.«

»Er sagte mir, er habe Ihnen die Postkarte gezeigt, die er vor einem halben Jahr von Brittany bekommen hat. Sie wurde aus New York abgeschickt. Glauben Sie, dass sie wirklich von Brittany stammt?«, fragte Johnson.

Die beiden Frauen sahen sich an. »Ich weiß nicht«, antwortete Angela nachdenklich. »Brittany hatte eine große, sehr verschnörkelte Handschrift, ich kann schon verstehen, warum sie auf der kleinen Karte Druckbuchstaben verwendet. Ich verstehe nur nicht, warum sie sich nicht bei uns gemeldet hat, wenn sie schon in New York war. Schließlich waren wir damals ziemlich eng befreundet.«

»Wie lange haben Sie denn zusammengewohnt?«, fragte Wally und stellte seine Tasse zurück auf den Tisch.

»Vier Jahre in meinem Fall«, sagte Angela.

»Bei mir waren es drei«, entgegnete Vita.

»Was wissen Sie über Bartley Longe?«

Wally Johnson war überrascht, als beide Frauen in Gelächter ausbrachen. »O mein Gott«, sagte Vita. »Wissen Sie, was Brittany mit den Toupets und Perücken von diesem Typen gemacht hat?«

»Ich habe davon gehört«, sagte Johnson. »Wie war es denn damals? Hatte Brittany mit ihm nur ein Techtelmechtel, oder war sie ernsthaft in ihn verliebt?«

Angela nahm einen Schluck Kaffee. Wally war sich nicht sicher, ob sie nur über die Frage nachdachte oder überlegte, wie sie Brittany gegenüber loyal sein konnte. »Ich glaube, Brittany hat den Typen unterschätzt. Sie hatte mit ihm eine Affäre, aber allein aus dem Grund, in seinem Haus in Litchfield Leute kennenzulernen, die sie als Schauspielerin weiterbringen könnten. Sie war ganz versessen darauf, berühmt zu werden. Ansonsten aber hat sie sich über Bartley Longe immer nur lustig gemacht. Wir haben uns gekringelt, wenn sie ihn nachgeäfft hat.«

Wally Johnson musste an Longes Aussage denken, Brittany habe aus der Affäre etwas Festes machen wollen. »Wollte sie ihn heiraten?«, fragte er.

Beide jungen Frauen lachten schallend. »Großer Gott«, sagte Vita schließlich. »Bevor Brittany ihn geheiratet hätte,

hätte sie eher ...« Sie stockte. »Da fällt mir noch nicht mal was Vergleichbares ein.«

»Was war denn der Auslöser dafür, dass sie ihm seine Haarteile zerstört hat?«

»Sie hat eingesehen, dass die meisten, die sie bei ihm in Litchfield getroffen hat, Kunden von ihm waren, aber keine Theaterleute. Sie hat ihre Zeit mit ihm vergeudet. Vielleicht ist ihr dann auch dieser mysteriöse Job dazwischengekommen. Bartley Longe hat Brittany einigen Schmuck geschenkt. Wahrscheinlich hat er irgendwann mitbekommen, dass sie nicht mehr nach Litchfield wollte, da hat er ihr den Schmuck wieder weggenommen. Das hat sie auf die Palme gebracht. Sie hatten einen heftigen Streit. Und als er unter der Dusche war, hat sie seine Perücken und Toupets eingesammelt und ist in seinem Cabrio zurück nach New York. Sie hat ihm die ›Flokatis‹, wie sie sie nannte, zerschnitten und übers Armaturenbrett verteilt, damit es auch jeder sehen konnte.«

»Haben Sie danach von Longe noch mal was gehört?«

»Er hat eine Nachricht hinterlassen«, sagte Vita. Das Lächeln wich aus ihrem Gesicht. »Sie hat sie uns vorgespielt. Er hat nicht so rumgebrüllt, wie er es sonst immer getan hat, wenn sie zu spät nach Litchfield kam, er hat nur gesagt: ›Das wirst du bereuen, Brittany. Falls du überhaupt noch so lange lebst.‹«

»Er hat sie so direkt bedroht?« Wally Johnsons Interesse war geweckt.

»Ja. Angela und ich hatten richtig Angst um sie. Aber Brittany hat nur gelacht. Er ist ein Windbeutel, hat sie gesagt. Aber ich habe damals eine Kopie dieser Nachricht gemacht. Wie gesagt, ich hatte Angst um sie. Und ein paar Tage später hat sie ihre Sachen gepackt und ist fort.«

Wally Johnson ließ sich das Gehörte durch den Kopf gehen. »Haben Sie die Kopie dieses Anrufs noch?«

»Ja, klar«, sagte Vita. »Ich habe mir Sorgen gemacht, weil Brittany es so auf die leichte Schulter genommen hat. Aber dann dachte ich mir, nachdem sie nicht mehr in der Stadt war, würde Bartley Longes Zorn schon verrauchen.«

»Ich hätte gern diese Aufzeichnung, wenn das möglich ist«, sagte Johnson. Vita verließ den Raum. »Sie sind auch im Showbusiness, nehme ich an?«, sagte er zu Angela.

»Oh, ja, ich bin Tänzerin. Im Moment probe ich für ein Stück, das in zwei Monaten Premiere hat.« Bevor er nachfragen musste, fuhr sie fort: »Und damit Sie es wissen, Vita ist eine wirklich gute Sängerin. *Show Boat* wird wieder aufgelegt, und sie singt im Chor mit.«

Wally Johnson ließ den Blick über die Broadway-Plakate an den Wänden schweifen. »War Brittany Sängerin oder Tänzerin?«, fragte er.

»Sie hätte in beiden Fächern unterkommen können, aber im Grunde war sie Schauspielerin.«

Das Zögern in Angela Antons Stimme verriet ihm, dass sie sich nicht zu überschwänglich über Brittany La Montes schauspielerisches Talent auslassen wollte. »Angela«, begann er. »Toby Grissom liegt im Sterben, und er ist voller Sorge, dass seine Tochter in Schwierigkeiten stecken könnte. Wie gut war Brittany als Schauspielerin?«

Angela Anton sah nachdenklich auf das gerahmte Plakat über Johnsons Stuhl. »Brittany war ganz gut«, sagte sie. »Hatte sie das Zeug zum Star? Ich glaube nicht. Einmal, vor vier Jahren, bin ich abends nach Hause gekommen, und sie hat hier gesessen und geweint, weil wieder ein Agent sie abgelehnt hat. Aber, Detective Johnson, sie war eine fabelhafte Maskenbildnerin. Und ich meine *wirklich* fabelhaft. Sie konnte im Handumdrehen jemanden völlig anders aussehen lassen. Manchmal, wenn wir alle drei kein Engagement hatten, hat sie uns alle als Promis ausstaffiert. Sie hatte eine Perückensammlung, bei der Sie vor Neid erblasst wären. Sie hat uns verkleidet, und wenn wir dann ausgegangen sind, haben uns alle wirklich für die Berühmtheiten gehalten. Ich habe zu Brittany einmal gesagt, sie könnte zur führenden Maskenbildnerin für Stars werden, damit würde sie Erfolg haben. Aber davon wollte sie nichts wissen.«

Vita Kolber kehrte ins Wohnzimmer zurück. »Tut mir leid, es war nicht in der Schublade, in der ich glaubte, dass ich es aufbewahrt hätte. Soll ich es Ihnen vorspielen, Detective Johnson?«

»Bitte.«

Vita drückte auf den Knopf ihres Kassettenrekorders. Bartley Longes wütende Stimme hallte drohend durch das Zimmer. »*Das wirst du bereuen, Brittany. Falls du überhaupt noch so lange lebst.*«

Wally Johnson bat sie, es noch einmal abzuspielen. Es lief ihm kalt über den Rücken. »Ich muss dieses Band mitnehmen«, sagte er.

69

Penny Hammel wollte es lieber nicht riskieren, an Owens' Farmhaus vorbeizufahren und von Gloria Evans gesehen zu werden. Aber wie sie Bernie gesagt hatte, war sie davon überzeugt, dass in diesem Haus komische Sachen vor sich gingen, wahrscheinlich irgendwas mit Drogen. »Vielleicht gibt es ja eine Belohnung«, sagte sie. »Du weißt doch, man kann anonym anrufen, dann plappert keiner in den Nachrichten aus, dass du derjenige gewesen bist, der alles hat hochgehen lassen.«

Es gab Zeiten, in denen Bernie nichts dagegen hatte, wenn er mit seinem Laster unterwegs war, unter anderem dann, wenn Penny sich mal wieder in den Kopf gesetzt hatte, dass um sie herum rätselhafte Dinge geschahen. »Meine Liebe, weißt du noch, als du meintest, der streunende Pudel, den du gefunden hast, wäre das prämierte Tier, das am Flughafen ausgebüchst ist und vermisst wurde? Und dann hast du dich informiert und musstest feststellen, dass dein Vieh gut dreißig Zentimeter größer und zwölf Pfund schwerer war als das andere.«

»Ich weiß. Aber es war ein netter Hund, und sein Besitzer hat ihn ja auch abgeholt, nachdem ich eine Anzeige in die Zeitung gesetzt habe.«

»Und zum Dank hat er dir eine Flasche vom billigsten Wein geschenkt, den er auftreiben konnte«, erinnerte Bernie sie.

»Na und? Der Hund hat sich sehr gefreut, dass er wieder nach Hause durfte.« Penny hatte den Vorfall mit einem Schulterzucken abgetan. Es war Samstagmorgen. Beim Frühstück hatten sie in den Nachrichten Alexandra Moreland beim Verlassen der Polizeidienststelle gesehen, und noch immer leugnete diese vehement, irgendetwas mit der Entführung zu tun zu haben. Penny fühlte sich in ihrer Meinung, was mit einer so herzlosen Mutter in einem solchen Fall zu geschehen habe, noch mehr bestärkt.

Bernie machte sich bereit für eine Tour, bei der er erst am Montagabend wieder zurückkommen würde. Penny hatte ihm mehrmals eingebläut, auf keinen Fall das Treffen bei Alvirah und Willy am Dienstagabend zu versäumen.

Er zog den Reißverschluss seiner Jacke zu und setzte seine Wollmütze auf. Erst jetzt bemerkte er, dass Penny ihren Jogginganzug und dazu dicke Stiefel trug. »Willst du spazieren gehen?«, fragte er. »Es ist ziemlich kalt draußen.«

»Ach, ich weiß nicht«, erwiderte Penny ausweichend. »Vielleicht mach ich mich auf den Weg in die Stadt und schau bei Rebecca vorbei.«

»Aber du willst doch nicht zu Fuß dorthin, oder?«

»Nein, aber vielleicht geh ich ja ein bisschen einkaufen oder so.«

»Aha. Na, dann übertreib es mal nicht.« Bernie gab ihr einen Kuss auf die Wange. »Ich ruf dich morgen an, Liebling.«

»Fahr vorsichtig. Und wenn du merkst, dass du müde wirst, machst du eine Pause. Ich liebe dich und habe nicht die geringste Lust, die lustige Witwe zu spielen.«

Es waren ihre traditionellen Abschiedsworte, wenn Bernie auf Fahrt ging.

Penny gab ihm viel Zeit, damit er die Stadt auch bestimmt verlassen hatte, als sie gegen zehn Uhr ihre schwere Jacke, die Wintermütze und Handschuhe aus dem Schrank nahm. Das Fernglas hatte sie bereits auf das Sideboard hinter eine Lampe gelegt, damit Bernie es nicht entdeckte. Ich werde den Wagen an der Straße abstellen, die hinten an Owens' Grundstück vorbeiläuft, dachte sie sich, dann schleiche ich mich an und verstecke mich im Wald. Es mag ja vielleicht lächerlich sein, aber wer weiß? Diese Evans hat irgendwas vor. Ich spüre es regelrecht.

Zwanzig Minuten später stand sie hinter einer Fichte mit schweren Ästen. Von hier aus hatte sie einen guten Blick auf das Haus. Sie wartete fast eine Stunde, Hände und Füße waren kalt geworden, bis sie beschloss, wieder abzuziehen. In diesem Augenblick ging die Seitentür des Farmhauses auf, und Gloria Evans trat mit zwei Koffern heraus.

Sie zieht aus, dachte sich Penny. Woher die plötzliche Eile? Rebecca hat doch gesagt, sie hätte dreißig Tage Zeit, bis sie rausmuss, falls das Haus verkauft wird. Andererseits hat ihr Rebecca auch gesagt, dass sie sich morgen mit dem Käufer das Haus ansehen will. Das hat unsere Miss Evans möglicherweise aufgescheucht. Hundert Dollar, dass ich recht habe. Was hat sie da drin zu verbergen?

Gloria Evans lud das Gepäck in den Kofferraum ihres Wagens und ging zum Haus zurück. Als sie erneut erschien, schleifte sie einen übergroßen Müllsack heraus, der sehr schwer zu sein schien. Auch den wuchtete sie in den Kofferraum. Dabei fiel oben ein Zettel aus dem Sack und wurde vom Wind in den Garten getragen. Evans sah ihm hinterher, machte sich aber nicht die Mühe, ihn aufzusammeln. Dann kehrte sie abermals ins Haus zurück und ließ sich die nächste halbe Stunde nicht mehr blicken.

Die Kälte trieb Penny zu ihrem Wagen zurück. Es war fast Mittag. Sie fuhr in die Stadt. Rebecca hatte an ihre Tür eine Notiz geheftet: »Komme gleich wieder.«

Enttäuscht schlug Penny den Heimweg ein, steuerte dann aber kurzerhand erneut ihren Beobachtungsposten hinter Owens' Farmhaus an. Zu ihrem Verdruss war Evans' Wagen fort. Sieh mal an, das heißt, dass keiner da ist, dachte sie sich und schlich sich mit angehaltenem Atem zur Rückseite des Hauses. Die Jalousien waren ganz nach unten gezogen – nur eine ließ einen etwa fünfzehn Zentimeter hohen Spalt über dem Fensterbrett frei. Sie spähte hinein und konnte die Küche mit ihren schweren alten Möbeln und dem Linoleumboden erkennen. Nicht viel zu sehen, dachte sie sich. Ob sich Evans endgültig aus dem Staub gemacht hat?

Auf dem Rückweg zum Wald fiel ihr Blick auf das Blatt Papier, das sich in einem Strauch verfangen hatte. Erfreut löste sie es.

Es war ganz offensichtlich eine Kinderzeichnung. Der Umriss eines Frauengesichts mit langen Haaren war zu erkennen, die Gesichtszüge ähnelten irgendwie Gloria Evans. Unterhalb der Zeichnung war ein einziges Wort gekritzelt: »Mommy«.

Dann hat sie also *doch* ein Kind, dachte Penny, und will nicht, dass andere davon erfahren. Ich wette, sie versteckt es vor dem Vater. Das würde zu ihr passen. Wahrscheinlich hat sie sich vor kurzem die Haare schneiden lassen. Kein Wunder, dass sie nicht wollte, dass ich den Spielzeuglaster sehe. Na, ich weiß, was ich tue. Ich rufe Alvirah an und erzähle ihr alles – vielleicht kann sie irgendwo eine Ms. Gloria Evans aufspüren. Vielleicht enthält diese Evans dem Vater das Kind vor, und es gibt eine Belohnung. Das wäre doch mal eine Überraschung für Bernie.

Mit einem zufriedenen Lächeln ging sie zum Wagen zurück, legte das Bild auf den Beifahrersitz, betrachtete es erneut und runzelte die Stirn. Irgendwas irritierte sie, es fühlte sich an wie ein entzündeter Zahn, der wieder zu pochen begann.

Wenn ich doch nur darauf kommen würde, dachte sie, als sie den Wagen anließ und losfuhr.

70

Die große Genugtuung, die er immer dann verspürte, wenn Fotos von Zan groß auf den Titelseiten der Klatschpresse erschienen, wollte sich am Samstagmorgen nicht einstellen. Er hatte eine schreckliche Nacht mit unruhigen Träumen hinter sich, in denen er rastlos von einer Menschenmenge verfolgt wurde.

Der Anschlag auf den Pater hatte ihn zermürbt. Er hatte die Waffe auf den Talar des Alten gerichtet, aber im letzten Augenblick hatte sich der Pater zur Seite gedreht. Laut den Nachrichten war sein Zustand kritisch.

Sein Zustand war kritisch, aber er war nicht tot.

Was sollte er jetzt machen? Er hatte Gloria gesagt, sich heute Abend mit ihm am LaGuardia zu treffen. Keine tolle Idee, wenn er es sich recht überlegte. Sie fürchtete, gefasst zu werden. Sie glaubte ihm nicht, dass er ihr das versprochene Geld gab. Ich weiß, wie sie tickt, dachte er. Ich traue es ihr durchaus zu, dass sie auf die ausgesetzte Belohnung scharf ist. Würde mich nicht wundern, wenn sie in ihrer Dummheit meint, sie könnte mit der Polizei einen Deal abziehen; vielleicht lässt sie sich verkabeln, bevor sie sich mit mir trifft. Wenn sie ihnen jetzt meinen Namen nennt, ist alles vorbei.

Aber wenn sie noch einigermaßen bei Trost ist, entscheidet sie sich für mein Geld und dafür, nicht ins Gefängnis zu wandern, dachte er. Vielleicht hält sie sich also an unseren Plan.

Ich kann es auf keinen Fall riskieren, dass mich jemand am helllichten Tag in der Nähe des Farmhauses sieht. Aber ich muss dorthin, bevor sie zum LaGuardia aufbricht. Ich muss ihre und Matthews persönliche Sachen mitnehmen, und wenn die Immobilienmaklerin die beiden Leichen findet, wird nichts darauf hinweisen, dass Gloria in die Rolle von Zan geschlüpft ist.

Er hatte eigentlich vorgehabt, Zan umzubringen und es wie einen Selbstmord aussehen zu lassen. In gewisser Hinsicht war dieser neue Plan noch besser. Zan würde nie darüber hinwegkommen, Matthew verloren zu haben.

Je länger er darüber nachdachte, umso besser gefiel ihm die Lösung – sie war viel, viel besser, als ihr lediglich eine Kugel ins Herz zu jagen. Was war es doch für ein Spaß, Zan zu Hause beobachten zu können, wann immer er gerade Lust darauf hatte. In den vergangenen beiden Jahren hatte er es genossen, sie zu hören, wenn sie im Schlaf schluchzte, zu sehen, wie sie am Morgen aufwachte und als Erstes zu Matthews Bild griff, ohne den leisesten Verdacht zu hegen, dass er alles mitbekam.

Es war elf Uhr. Er wählte Glorias Nummer. Sie meldete sich nicht auf ihrem Handy. Vielleicht war sie bereits auf dem Weg nach New York und zur Polizei?

Der Gedanke erfüllte ihn mit blanker Angst. Was konnte er tun? Wohin konnte er fliehen?

Nirgendwohin.

Um halb zwölf und um halb eins versuchte er es erneut.

Mittlerweile zitterten seine Hände. Aber diesmal ging sie ran. »Wo hast du gesteckt?«, brüllte er sie an.

»Wo meinst du, dass ich stecke? In diesem verdammten Farmhaus.«

»Warst du weg?«

»Ich war Einkaufen. Matty isst nichts mehr. Ich hab ein paar Hotdogs besorgt. Um wie viel Uhr sollen wir uns treffen?«

»Elf Uhr nachts.«

»Warum so spät?«

»Weil es nicht nötig ist, dass wir uns früher treffen. Außerdem wird Matthew um die Zeit tief und fest schlafen, er muss also auch nicht länger als nötig eingesperrt werden. Ich werde den gesamten Betrag dabeihaben. Eine Überweisung würde zu viele Fragen nach sich ziehen. Du kannst versuchen, damit durch die Sicherheitskontrollen im Flughafen zu kommen, du kannst es deinem Vater per Post schicken, jedenfalls weißt du dann, dass du das Geld hast, Brittany ...«

»Nenn mich nicht so! Du hast auf den Pater geschossen, oder?«

»Gloria, lass dir eines gesagt sein. Es wird nicht funktionieren, wenn du immer noch vorhaben solltest, mit der Polizei einen Deal auszuhandeln. Ich werde aussagen, dass du mich angebettelt hast, den guten alten Mann zu erschießen, weil du so unbesonnen warst, bei der Beichte alles auszuplaudern. Und man wird mir glauben. Du wirst nie straflos davonkommen. So aber hast du noch die Chance, das zu tun, was du tun möchtest, und dir eine Karriere aufzubauen. Auch wenn du mit der Polizei eine Abmachung triffst, wirst du unter zwanzig Jahren nicht davonkommen. Und glaub mir, im Gefängnis ist der Bedarf an Schauspielerinnen oder Maskenbildnerinnen nicht recht groß.«

»Wehe, du hast das Geld nicht dabei.«

Er hörte, dass ihr zumindest Zweifel gekommen waren, falls sie wirklich vorgehabt hatte, sich der Polizei zu stellen.

»Es liegt gerade vor mir.«

»Sechshunderttausend Dollar?«, fragte sie. »Alles?«

»Ich werde heute Abend so lange warten, bis du es gezählt hast.«

»Was ist, wenn Matthew erzählt, dass ich ihn aus dem Buggy genommen habe?«

»Ich habe darüber nachgedacht. Er war damals erst drei. Kein Grund zur Sorge. Man wird annehmen, dass er einiges durcheinanderbringt und einfach nicht mehr weiß, wer ihn damals weggebracht hat. Du weißt, dass Zan gestern verhaftet wurde? Die Polizei glaubt ihr kein Wort.«

»Wahrscheinlich hast du recht. Ich will, dass es endlich vorbei ist.«

Du machst es mir einfach, dachte er. »Lass nichts von den Sachen zurück, mit denen du dich als Zan verkleidet hast«, sagte er.

»Mach dir mal keine Sorgen. Ist alles schon verpackt. Hast du mein Flugticket?«

»Ja. Du wirst über Atlanta fliegen. Es ist besser, wenn du keinen Direktflug nimmst. Ich gehe nur auf Nummer sicher. Benutze deinen richtigen Namen, wenn du von Atlanta nach Texas fliegst. Ich hab dir den Continental-Flug von LaGuardia nach Atlanta um 10.30 Uhr gebucht. Wenn du deinem Vater das Geld per Post schicken willst, was ich für vernünftig halte, dann hast du noch Zeit dafür. Wir treffen uns auf dem Parkplatz des Holiday Inn am Grand

Central Parkway. Ich habe für dich dort ein Zimmer reserviert.«

»Wahrscheinlich hast du recht. Und wie du schon gesagt hast, wenn wir uns um 23 Uhr treffen, muss ich Matty erst um halb zehn in den Schrank sperren.«

»Genau.« Mit einschmeichelnder Stimme fügte er hinzu: »Gloria, du bist eine hervorragende Schauspielerin. Du siehst nicht nur wie Zan aus, du bewegst dich auch wie sie. Man sieht es auf den Fotos dieses Touristen. Es ist richtig unheimlich. Ich sage dir, die Polizei ist davon überzeugt, dass Zan die Frau auf den Bildern ist.«

»Ja, danke.« Sie legte auf.

Ich habe mir umsonst Sorgen gemacht, dachte er. Sie wird nicht zur Polizei gehen. Erneut griff er zur Zeitung mit Zan auf dem Titelbild. »Ich kann es gar nicht erwarten, deine Miene zu sehen, wenn du morgen erfährst, dass die Immobilienmaklerin und ihr Käufer Brittany und Matthew tot aufgefunden haben«, sagte er laut.

Den neuen Plan in die Tat umzusetzen war nicht schwierig zu bewerkstelligen. Es würde ihn lediglich Geld kosten, Geld, das er gern dafür ausgeben wollte.

Er würde es einfach nicht übers Herz bringen, das Kind selbst zu töten.

71

Es wurde später Vormittag, bis Wally Johnson nach seinem Besuch bei Brittany La Montes Wohnungsgenossinnen wieder an seinen Schreibtisch kam. Er lehnte sich auf seinem Schreibtischstuhl zurück, blendete das Gemurmel der Gespräche und Telefonate in dem Großraumbüro völlig aus und betrachtete Brittanys Fotos auf dem Abzugsbogen. Sie weist eine leichte Ähnlichkeit mit dieser Moreland auf, dachte er. Angela Anton sagte, La Monte sei eine fantastische Maskenbildnerin. Er hielt den Abzugsbogen neben das Titelfoto der *Post*, auf dem Alexandra Moreland das Gerichtsgebäude verließ. Die Schlagzeile lautete: *»Ich bin es nicht!«, leugnet Zan.*

War es tatsächlich möglich, dass sie recht hatte?

Wally schloss die Augen. Andererseits: War Brittany La Monte überhaupt noch am Leben, oder hatte Bartley Longe seine Drohung wahr gemacht? Seit fast zwei Jahren war sie nicht mehr gesehen worden, auch ihre Postkarte könnte eine Fälschung sein.

Die aufgezeichnete Nachricht auf dem Anrufbeantworter reichte aus, um Longe zur Befragung vorzuladen. Aber angenommen ... Wally Johnson griff nach dem Telefonhörer und rief Billy Collins an. »Hier ist Wally Johnson, Billy, bist du an deinem Schreibtisch?«

»Auf dem Weg dorthin. Ich war noch beim Zahnarzt. In einer Viertelstunde bin ich da«, antwortete Billy.

»Dann mach mal hin. Ich möchte dir etwas zeigen.«

»Klar«, sagte Billy, nun doch etwas neugierig geworden.

Nach Zan Morelands Vernehmung war Billy am Vortag direkt zu einer Theateraufführung an der Fordham University auf dem Rose Hill Campus in der Bronx gefahren, wo sein Sohn die Hauptrolle spielte. Und auf dem Heimweg nach Forest Hills hatten er und Eileen im Auto vom Anschlag auf Pater Aiden O'Brien erfahren.

»Schade, dass wir den Fall nicht bekommen, dafür ist ein anderes Revier zuständig«, hatte er Eileen erzählt. »Einen achtundsiebzigjährigen Pater zu erschießen, wenn er die Beichte abnimmt, das ist doch das Hinterhältigste und Infamste, was man sich vorstellen kann. Ich habe im Zusammenhang mit dem Moreland-Fall heute noch mit dem Pater gesprochen. Das Verrückte ist: Pater O'Brien ist vor dem Typen gewarnt worden. Alvirah Meehan, von der ich dir erzählt habe, hat am Montag jemanden in der Kirche bemerkt, der ihr verdächtig vorgekommen ist. Sie hat sich daraufhin sogar die Videos der Überwachungskameras angesehen, den Kerl aber nicht richtig erkennen können.«

In der Nacht war Billy immer wieder aus dem Schlaf geschreckt, beunruhigt von dem Gefühl, Pater O'Brien im Stich gelassen zu haben. Aber wir haben uns doch die Videos angesehen, dachte er. Die Aufnahmen des Typen mit den schwarzen Haaren brachten uns nicht weiter. Es hätte jeder x-Beliebige sein können.

Am Morgen rief er als Erstes im Krankenhaus an, wo ein Polizist als Wache vor der Intensivstation abgestellt worden war. »Er scheint es zu schaffen, Billy«, lautete die erfreuliche Auskunft.

In der Dienststelle wartete an seinem Schreibtisch bereits Jennifer Dean, daneben hatte sich David Feldman eingefunden, einer der Beamten, die im Fall von Pater O'Brien ermittelten.

Nach außen hin ließ sich Jennifer Dean nichts anmerken, aber Billy wusste nur allzu gut, wie angespannt sie in Wirklichkeit war. »Warte, bis du hörst, was Dave uns zu erzählen hat, Billy«, sagte sie. »Es ist hochbrisant.«

Feldman kam sofort zur Sache. »Wir haben uns umgehend die Aufnahmen der Überwachungskameras angesehen, nachdem die Sanitäter den Pater ins Krankenhaus abtransportiert haben.« Die Falten um David Feldmans Augen zeugten von seiner sonst fröhlichen Natur, er war jemand, der gern lächelte, wovon jetzt aber nichts mehr zu spüren war. »Von den Kirchenbesuchern, die dreimal einen dumpfen Knall gehört haben, liegt uns die Beschreibung des Täters vor. Demnach handelte es sich um einen Mann, einsachtzig bis einsfünfundachtzig groß, mit buschigen schwarzen Haaren, der einen Trenchcoat und eine Sonnenbrille trug. Auf den Aufnahmen der Überwachungskameras ist zu sehen, wie er aus dem Versöhnungsraum stürzt. Er hat vermutlich eine Perücke benutzt. Sein Gesicht ist leider kaum zu erkennen.«

»Konnte jemand sagen, in welche Richtung er geflüchtet ist?«, fragte Billy.

»Eine Frau hat sich gemeldet, die jemanden in Richtung Eighth Avenue laufen sah. Könnte unser Mann gewesen sein. Oder auch nicht.«

»Gut.« Billy wusste, es würde noch mehr kommen, aber

David Feldman würde es auf seine Weise erzählen und Schritt für Schritt den Verlauf der Ermittlungen nachzeichnen.

»Heute Morgen ist der Hausmeister der Kirche, Neil Hunt, zur Arbeit erschienen. Er war letzten Abend bei einem Treffen der Anonymen Alkoholiker und ist von dort sofort nach Hause und ins Bett gegangen. Vom Anschlag hat er erst heute Morgen erfahren.« Feldman rückte seinen Stuhl näher an Billys Schreibtisch und beugte sich vor. »Hunt war früher Polizist. Hat sich zwei Abmahnungen eingehandelt, weil er betrunken zum Dienst erschienen ist. Beim dritten Mal musste er seinen Ausweis abgeben.«

»Billy, du wirst staunen, wenn du erst den Rest hörst«, schaltete sich Jennifer dazwischen. »Du weißt doch, Alvirah Meehan hat uns von einem Typen erzählt, der ihr am Montag in der Kirche so seltsam vorgekommen ist.«

Feldman warf ihr nach der Unterbrechung einen genervten Blick zu. »Wir haben uns auch die Videoaufnahmen von Montagnachmittag angesehen«, fuhr er fort. »Es ist derselbe Typ, der auch auf den Pater geschossen hat. Eindeutig. Schwarzes Wuschelhaar, große dunkle Sonnenbrille, der gleiche Trenchcoat. Der Pater hatte keine Ahnung, wer er war.

Folgendes also, Billy: Soweit wir wissen, war am Montagnachmittag auch Zan Moreland in der Kirche. Sie hat die Kirche vor Alvirah betreten und sie vor ihr auch wieder verlassen, der Mann mit den schwarzen Haaren aber war ihr gefolgt. Und ist erst wieder gegangen, als er Pater O'Brien gesehen hat.«

»Ist Moreland nur in die Kirche gekommen, um ein Gebet zu sprechen, oder hat sie deiner Meinung nach etwas mit dem Mann zu tun, der auf den Pater geschossen hat?«, fragte Billy. »Oder ist sie zur Beichte gegangen, was den Typen nervös gemacht hat?«

»Ich würde nichts davon ausschließen«, antwortete Feldman. »Billy, hier ist noch etwas anderes am Laufen. Wie gesagt, der Hausmeister, der uns die Videoaufnahmen zur Verfügung gestellt hat, war früher mal Polizist.«

»Das war aber nicht der, der uns gestern die Videoaufnahmen gezeigt hat«, unterbrach Jennifer Dean erneut.

»Er behauptet, ein fotografisches Gedächtnis zu haben«, fuhr Feldman ungerührt fort. »Er meinte sogar, ich sollte mir seine Personalakten ansehen. Er schwört, am Montagnachmittag, kurz nachdem diese Moreland die Kirche verlassen hat, wäre er nach Hause gegangen, und einen Block weiter wäre vor ihm eine Frau in ein Taxi gestiegen, die genau wie sie ausgesehen hätte. Er hätte gedacht, es wäre ein und dieselbe Person, nur dass die Frau, die ins Taxi gestiegen ist, eine Freizeithose und eine Jacke trug, während die in der Kirche sehr elegant gekleidet war.«

Billy Collins und Jennifer Dean warfen sich einen langen Blick zu, beiden ging der gleiche Gedanke durch den Kopf: War es möglich, dass Alexandra Moreland doch die Wahrheit sagte? Gab es wirklich jemanden, der exakt wie sie aussah? Oder wollte sich dieser Ex-Polizist nur wichtig machen, indem er ihnen eine Geschichte auftischte, die niemand bestätigen konnte?

»Na, vielleicht hat unser Ex-Kollege die Morgenzeitungen gelesen und ist dabei auf den Gedanken gekommen, er könnte sich mit dieser Geschichte vielleicht etwas hinzuverdienen, wenn sich alle darum reißen, ihn interviewen zu dürfen«, schlug Billy vor, obwohl ihm sein Gefühl sagte, dass das vermutlich nicht der Fall war. »Dave, schaffen wir diesen Neil Hunt hierher, mal sehen, ob er auf seiner Geschichte beharrt.«

Billys Handy klingelte. Gedankenverloren ging er ran und bellte seinen Namen. Alvirah Meehan war dran. Ihr triumphierender Ton war nicht zu überhören. »Ich wollte mal fragen, ob ich bei Ihnen vorbeikommen kann«, sagte sie. »Ich habe hier etwas, was für Sie von großem Interesse sein sollte.«

»Ich bin hier, Mrs. Meehan, und es würde mich freuen, Sie zu sehen.« Er blickte auf.

Gerade kam Wally Johnson durch die versetzt platzierten Schreibtische auf ihn zugeeilt.

72

Kevin Wilson verbrachte am Samstagmorgen mehr als eine Stunde im Fitnessraum seines Apartments. Ständig wechselte er zwischen den Fernsehsendern, um auch den letzten Nachrichtenbeitrag über Zan nicht zu verpassen. Ihr herzzerreißendes Dementi, »Ich bin nicht die Frau auf den Fotos!«, ließ ihn nicht mehr los.

Stirnrunzelnd verfolgte er den Vortrag eines Psychiaters, der die Fotos von ihr im Central Park nach Matthews Verschwinden mit denen des englischen Touristen verglich, auf denen sie Matthew aus dem Buggy nahm. »Unmöglich, dass sie nicht die Mutter ist, die ihr eigenes Kind entführt«, sagte der Psychiater. »Schauen Sie sich nur die Fotos an. Es ist schlicht unmöglich, dass sich jemand innerhalb von wenigen Stunden die gleiche Kleidung besorgen kann, um in ihre Rolle zu schlüpfen.«

Kevin wusste, dass er Zan unbedingt sehen musste. Sie hatte ihm erzählt, sie wohne nur fünfzehn Minuten entfernt in der Battery Park City, und sie hatte ihm ihre Handynummer gegeben. Er wählte.

Es klingelte fünf Mal, dann war die Ansage zu hören. »Hallo, hier ist Zan Moreland, hinterlassen Sie bitte Ihre Nachricht, und ich rufe zurück.«

»Zan, hier ist Kevin. Ich störe Sie nur ungern, aber ich

muss Sie unbedingt heute noch treffen. Wir fangen bereits am Montag mit den Arbeiten in den Wohnungen an, und es gibt noch ein paar Dinge, die ich mit Ihnen besprechen muss.« Hastig fügte er hinzu: »Nichts Problematisches, nur ein paar Fragen, wie was gemacht werden soll.«

Er duschte und schlüpfte in seine liebste Kleidung: Jeans, Sporthemd und Sweater. Obwohl er keinen rechten Hunger hatte, ließ er sich zu Kaffee und Frühstücksflocken nieder. Am kleinen Tisch mit Blick auf den Hudson las er in der Zeitung von den Anklagepunkten, die gegen Zan erhoben worden waren. Kindesentführung, Behinderung polizeilicher Ermittlungen, Eingriff in das elterliche Sorgerecht.

Sie hatte ihren Pass abgeben müssen und konnte also das Land nicht verlassen.

Kevin versuchte sich vorzustellen, wie es sein musste, wenn man vor einem Richter stand und einem diese Anklagepunkte präsentiert wurden. Er hatte einmal als Geschworener einem Totschlagsprozess beigewohnt und das angsterfüllte Gesicht des Angeklagten gesehen, eines zwanzigjährigen Jungen, der zu einer zwanzigjährigen Haftstrafe verurteilt worden war. Er hatte unter Drogeneinfluss einen anderen Wagen gerammt und dabei zwei Menschen getötet.

Angeblich habe ihm jemand etwas in seine Cola gekippt. Noch immer fragte sich Kevin, ob der junge Mann vielleicht die Wahrheit gesagt hatte. Andererseits war er davor bereits mehrmals wegen Marihuana-Besitzes verhaftet worden.

Ich bin nicht die Frau auf den Fotos. Warum glaube ich ihr, obwohl doch so vieles gegen sie spricht?, fragte sich Kevin. Ich weiß einfach mit absoluter Sicherheit, dass sie die Wahrheit sagt.

Sein Handy klingelte. Es war seine Mutter. »Kev, hast du in der Zeitung von Morelands Verhaftung gelesen?«

Das weißt du ganz genau, Mom, dachte er sich.

»Kevin, willst du dieser Frau wirklich noch den Auftrag geben?«

»Mom, ich weiß, es klingt verrückt, aber ich glaube, dass Zan das Opfer ist, nicht die Kidnapperin. Manchmal weiß man solche Dinge einfach, Punkt.«

Er wartete. Cate Wilson sagte: »Kevin, du warst schon immer der großherzigste Mensch, den ich kenne. Aber manche Menschen haben dein Wohlwollen nicht verdient. Denk darüber nach. Auf Wiedersehen, mein Lieber.«

Sie hatte aufgelegt.

Kevin zögerte, wählte erneut Zans Nummer und legte auf, als er wieder nur ihre Ansage hörte: *Ich rufe zurück.*

Es war fast halb zwei. Du wirst nicht zurückrufen, dachte er.

Er stand auf, räumte das wenige an Geschirr in den Geschirrspüler und beschloss, zu einem Spaziergang aufzubrechen. Einem Spaziergang in die Battery Park City, dachte er. Dann klopfe ich eben einfach bei ihr an. Der Auftrag muss für sie jetzt doch noch wichtiger sein als je zuvor – die Rechtsanwaltskosten sind aller Wahrscheinlichkeit nach nicht zu verachten.

Er zog gerade seine Lederjacke aus dem Schrank, als sein Telefon klingelte. Hoffentlich nicht Louise, die mir unbedingt Zans Verhaftung unter die Nase reiben muss, dachte er. Dann feuere ich sie.

Sein »Hallo« kam ziemlich barsch.

Es war Zan. »Kevin, entschuldigen Sie bitte. Ich habe letzten Abend mein Handy im Mantel gelassen und auf stumm gestellt. Sollen wir uns im Carlton Place treffen?«

»Nein, da war ich oft genug während der Woche. Ich wollte gerade zu einem Spaziergang aufbrechen. Zu Ihrer Wohnung ist es nur eine Viertelstunde. Ich dachte mir, ich besuche Sie, und wir besprechen alles bei Ihnen.«

Nach kurzem Zögern antwortete Zan: »Ja, natürlich, wenn Ihnen das lieber ist. Ich bin hier.«

73

»*Komm schon, Matty*, iss deinen Hotdog«, redete Gloria dem Jungen zu. »Ich bin extra in die Stadt gefahren, um ihn dir zu besorgen.«

Matthew machte Anstalten, in den Hotdog zu beißen, legte ihn dann aber unberührt wieder auf den Teller. »Ich kann nicht, Glory.« Er fürchtete, sie könnte böse werden, aber sie sah ihn nur traurig an. »Matty, es ist vorbei. Wie wir bislang gelebt haben, damit ist es jetzt vorbei.«

»Glory, warum hast du meine Sachen weggepackt? Ziehen wir in ein neues Haus?«

Sie brachte nur ein bitteres Lächeln zustande. »Nein, Matty, ich habe es dir doch gesagt, aber du glaubst mir nicht. Du kehrst nach Hause zurück.«

Ungläubig schüttelte er den Kopf. »Und wohin gehst du?«

»Na ja, erst einmal zu meinem Daddy. Den habe ich genauso lange nicht mehr gesehen wie du deine Mommy. Und danach werde ich mich wohl meiner Karriere widmen. Okay, du musst den Hotdog nicht essen. Wie wäre es mit einem Eis?«

Matthew wollte Glory nicht sagen, dass ihm nichts mehr schmeckte. Sie hatte fast alle seine Spielsachen und Autos und Zeichenstifte und Malbücher weggeräumt. Sie hatte sogar das Bild weggeräumt, das er von Mommy gemalt hatte, das, das er wieder in die Schachtel gelegt hatte, weil er es nicht fertigmalen wollte. Aber er wollte es auch nicht wegwerfen. Und sie hatte die Seife weggenommen, die wie Mommy roch.

Jeden Tag versuchte er sich daran zu erinnern, wie es sich angefühlt hatte, als er noch bei Mommy gewesen war. Ihre langen Haare hatten ihn manchmal in der Nase gekitzelt. Sie hatte sich ganz oft mit ihm in ihren warmen Morgenmantel gekuschelt. Die Tiere im Zoo. Manchmal hatte er, wenn er im Bett lag, ihre Namen aufgesagt, immer wieder. Affe. Elefant. Gorilla. Löwe. Tiger. Zebra. Wie A, B, C, D. Mommy hatte ihm gesagt, wie viel Spaß es macht, wenn man Buchstaben und Wörter zusammensetzt. E steht für Elefant. Er wusste, dass er manche von ihnen vergaß, das wollte er nicht. Glory gab ihm manchmal eine DVD, auf der Tiere zu sehen waren, aber das war nicht das Gleiche wie mit Mommy im Zoo.

Nach dem Essen sagte Glory: »Matty, warum schaust du dir nicht einen deiner Filme auf DVD an, ich muss noch die letzten Sachen packen. Und mach deine Zimmertür zu.«

Matthew wusste, dass Glory wahrscheinlich nur fernsehen wollte. Das machte sie jeden Tag, aber er durfte nie dort zusehen. Sein eigener Fernseher funktionierte nur mit DVDs, er hatte viele Filme. Aber er wollte sich jetzt keinen ansehen.

Er ging in sein Zimmer hinauf, legte sich aufs Bett und zog sich die Decke über den Kopf. Seine Hand glitt unter das Kopfkissen und suchte nach der Seife, die wie Mommy roch, aber sie war nicht mehr da. Er war müde, also schloss er die Augen und bemerkte kaum, dass er weinte.

Margaret/Glory/Brittany aß den Hotdog, den Matthew nicht angerührt hatte, und saß nachdenklich am Küchentisch. Sie sah sich um. »Ein schäbiges Haus, eine schäbige Küche, ein schäbiges Leben«, sagte sie laut. Der Groll auf sich selbst, sich auf ein solches Leben eingelassen zu haben, vermischte sich mehr und mehr mit einer seltsamen Traurigkeit. Sie kam meist nachts über sie, und sie wusste, sie hatte mit ihrem Vater zu tun.

Irgendetwas stimmte nicht mit Daddy. Sie spürte es. Ihre Hand ging zum Handy, doch dann zog sie sie zurück. Morgen Abend bin ich bei ihm, dachte sie, ich werde ihn überraschen.

»Ich werde ihn überraschen«, sagte sie.

Selbst in ihren Ohren klangen die Worte schal.

74

Alvirah schwelgte in ihrer Geschichte, während sie an Billy Collins' Schreibtisch ihm und seiner Kollegin Jennifer Dean Wort für Wort ihr Treffen mit Tiffany Shields beschrieb. Der Schuhkarton mit den Sandalen, die sie von Tiffany erhalten hatte, stand auf dem Schreibtisch. Sie hatte eine der Sandalen herausgenommen und sie – ohne es zu wissen – auf Brittany La Montes Fotoabzug gelegt, den Collins hastig umgedreht hatte.

»Ich mache Tiffany keinen Vorwurf«, sagte sie. »Sie hat einiges durchmachen müssen, nachdem die Medien so schamlos über sie hergefallen sind. Als sie erfuhr, dass Zan angeblich Matthew gekidnappt hat, war sie natürlich wütend und kam sich hintergangen vor. Aber ich habe ihr erklärt, dass Zan ihr niemals die Schuld gegeben hat, und sie daran erinnert, dass sie vor Gericht unter Eid aussagen müsste, da hat sich ihr Ton ganz schnell geändert.«

»Also, wenn ich Sie recht verstanden habe«, sagte Billy, »dann hatte Ms. Moreland zwei völlig identische Schuhpaare und dazu ein drittes, das sehr ähnlich ausgesehen hat – bis auf die Riemchen.«

»Genau«, erwiderte Alvirah beschwingt. »Das hat Tiffany mir erzählt. Zan hat die Schuhe anscheinend über Internet bestellt, und durch ein Versehen wurden zwei Paare in der gleichen Farbe geliefert. Als sie dann bemerkte, dass die Sandalen dem Paar, das sie schon besaß, farblich so ähnlich sind, hat sie eines der neuen Paare Tiffany geschenkt.«

»Tiffany scheint ein sehr wankelmütiges Gedächtnis zu haben«, schaltete sich Jennifer Dean dazwischen. »Woher will sie so genau wissen, dass Zan Moreland an dem Tag die Sandalen mit den schmaleren Riemchen getragen hat?«

»Weil sie an diesem Tag ebenfalls diese Sandalen anhatte. Sie wollte darüber noch einen Scherz machen, aber Zan war so sehr in Eile, dass sie es bleiben ließ.«

Alvirah musterte die beiden Polizisten. »Ich habe Sie umgehend aufgesucht. Ich habe die Fotos nicht bei mir, die Zan im Park zeigen – einmal, wie sie angeblich ihren Sohn entführt, und das zweite Mal, als sie später am Tatort eintrifft. Aber *Sie* haben diese Fotos vorliegen. Werfen Sie mal einen Blick darauf. Und lassen Sie sie von Ihren Experten untersuchen. Und dann stellen Sie sich die Frage, warum eine Frau, die ihr eigenes Kind entführt, sich die Mühe machen sollte, zwischendurch nach Hause zu gehen, um die Schuhe zu wechseln.«

Billy Collins und Jennifer Dean tauschten erneut einen Blick. Wenn Alvirah Meehan ihnen wirklich die Wahrheit erzählte, dann schien sich der Fall Moreland allmählich aufzuklären. Verblüfft hatten sie die Ähnlichkeit zwischen Brittany La Monte und Zan Moreland anerkennen müssen, nachdem Wally Johnson sie darauf hingewiesen hatte, ebenso verblüfft hatten sie zur Kenntnis genommen, dass La Monte eine begnadete Maskenbildnerin war, die exakt zu jenem Zeitpunkt von der Bildfläche verschwand, als Matthew Carpenter entführt wurde, und die noch dazu für Bartley Longe gearbeitet hatte, den Rivalen, der laut Zan

Moreland für Matthews Verschwinden verantwortlich sein sollte.

In diesem aufsehenerregenden Fall war es notwendig, sehr vorsichtig vorzugehen. Billy wollte sich nicht anmerken lassen, wie erschüttert er war – wahrlich in seinen Grundfesten erschüttert, wie es ihm noch nie widerfahren war.

Wir haben mit Bartley Longe gesprochen, dachte er. Und ihn als Tatverdächtigen ausgeschlossen. Aber jetzt? Nach alldem?

Hat der Ex-Polizist Neil Hunt recht, als er sagte, er habe in der Nähe der Kirche eine Frau in ein Taxi steigen sehen, die wie Zan Moreland ausgesehen hat? Er konnte sich sogar noch an die Taxinummer erinnern, wir könnten dem also nachgehen. Das stand als Nächstes auf seiner Liste.

War Tiffany Shields eine vertrauenswürdige Zeugin? Wahrscheinlich nicht. Die junge Frau schien ihre Erinnerungen an den fraglichen Tag nach Belieben zu variieren.

Aber was, wenn sie mit den Schuhen recht hatte?

Alvirah erhob sich. »Mr. Collins, letzten Abend, nach ihrem schrecklichen Aufenthalt in der Haftzelle, hat Zan Moreland mich gebeten, die Ereignisse einfach mal so zu sehen, als würde ich an ihre Unschuld glauben. Ich habe mich darauf eingelassen und im Zuge dessen als Erstes Tiffany aufgesucht und sie daran erinnert, dass sie unter Eid aussagen müsste. Und daraufhin hat sie mir, wie ich glaube, die Wahrheit erzählt.«

Alvirah atmete tief durch. »Ich halte Sie für einen anständigen Menschen, der die Unschuldigen beschützen und die Schuldigen bestrafen möchte. Lassen Sie sich ebenfalls darauf ein, worum Zan mich gebeten hat. Gehen

Sie einfach mal davon aus, dass sie unschuldig ist. Nehmen Sie den Mann ins Visier, der Zans Meinung nach hinter Matthews Verschwinden steckt, diesen Bartley Longe, und graben Sie nach. Trotz ihrer Verhaftung hat Zan einen wichtigen Auftrag erhalten – es geht um die Gestaltung von teuren Musterwohnungen – und damit Longe ausgestochen. Wenn Longe also wirklich Matthew entführt hat und wenn der Junge noch am Leben ist, genügt das wohl schon, damit Longe erneut auf Zan losgeht und dafür die einzige Waffe benutzt, die er gegen sie in der Hand hat. Ihren Sohn.«

Billy Collins stand auf und reichte Alvirah die Hand. »Mrs. Meehan, Sie haben ganz recht. Unsere Aufgabe ist es, die Unschuldigen zu schützen. Mehr kann ich Ihnen im Moment nicht sagen. Ich bin Ihnen sehr dankbar, Tiffany Shields zu einer anscheinend wahrheitsgetreueren Darstellung der Ereignisse ermuntert zu haben.«

Er sah Alvirah nach, die zum Ausgang ging. Seine Intuition sagte ihm, dass sie auf der richtigen Fährte war. Und dass ihnen die Zeit davonlief.

Sobald sie außer Sichtweite war, riss er die Schublade auf und holte die Fotos von Zan Moreland hervor, die in den vergangenen Tagen in so ziemlich allen Zeitungen abgedruckt waren – die alten Aufnahmen nach ihrem Eintreffen am Tatort sowie die neu aufgetauchten Fotos des britischen Touristen. Er legte sie auf den Schreibtisch, griff nach einem Vergrößerungsglas und betrachtete sie. Dann reichte er das Vergrößerungsglas an Jennifer weiter.

»Billy, Alvirah hat recht. Sie trägt nicht die gleichen Schuhe«, flüsterte Jennifer.

Billy drehte Brittany La Montes Fotoabzug um und legte ihn neben die anderen Bilder. »Was kann eine gute Maskenbildnerin alles anstellen, wenn eine gewisse Ähnlichkeit von vornherein besteht?«, fragte er Jennifer Dean.

Eine Antwort erübrigte sich.

75

Um 13.45 Uhr öffnete Zan die Tür. Kevin sah sie lange nur an, dann, als wäre es das Natürlichste auf der Welt, umarmte er sie. Beide rührten sich nicht. Zan, die Arme steif an die Seite gepresst, suchte seinen Blick.

»Zan«, sagte Kevin mit fester Stimme, »ich weiß nicht, wie gut dein Anwalt ist, aber was du brauchst, ist eine Privatdetektei, die das Ruder noch einmal herumreißt.«

»Dann hältst du mich also nicht für eine durchgeknallte Irre?« Zan klang unsicher.

»Zan, ich vertraue dir. Vertrau du mir auch.«

»Es tut mir leid, Kevin. Mein Gott, du bist der Erste, der sagt, dass er mir vertraut. Aber es hört ja nicht auf. Dieser Irrsinn geht ja immer weiter. Schau dich doch bloß um.«

Kevin betrachtete das geschmackvoll eingerichtete Wohnzimmer, die eierschalenfarbenen Wände, das gemütliche blassgrüne Sofa, die Stühle mit ihren gestreiften Überzügen, den Teppich mit seinem dunkelgrün-cremefarbenen geometrischen Muster. Sowohl auf dem Sofa als auch auf den Stühlen standen offene Kartons von Bergdorf's.

»Die sind heute Morgen angekommen«, sagte Zan. »Sie wurden auf meine Kreditkarte gekauft. Aber ich habe sie nicht gekauft, Kevin. Ich habe mit einer Verkäuferin bei

Bergdorf's telefoniert, die ich sehr gut kenne. Sie sagt, sie hat mich am Montag im Geschäft gesehen, aber sie war ein wenig gekränkt, weil ich nicht nach ihr verlangt habe. Sie sagt, ich hätte das gleiche Kostüm vor ein paar Wochen schon mal gekauft. Warum sollte ich das tun? Meines hängt im Schrank. Alvirah glaubt, mich auf den Videos der Überwachungskamera in der Kirche gesehen zu haben, dort soll ich am Montagnachmittag angeblich ein schwarzes Kostüm mit Pelzkragen getragen haben. Das hatte ich am Montag aber nicht an, erst am darauffolgenden Tag, als ich zu dir gekommen bin.« Verzweifelt reckte sie die Hände. »Wo soll das alles bloß enden? Was kann ich denn tun, damit es aufhört? Warum das alles?«

Kevin nahm ihre Hände in seine. »Zan, komm, setz dich.« Er führte sie zum Sofa. »Jetzt versuche dich ein wenig zu beruhigen.«

»Wie soll das gehen? Gegen mich ist Anklage erhoben worden. Jemand gibt sich für mich aus. Die Presse verfolgt mich. Ständig habe ich das Gefühl, als würde mich jemand beschatten. *Und dieser Jemand hat mein Kind in seiner Gewalt!*«

»Zan, gehen wir alles von Anfang an durch. Ich habe in den Zeitungen die Fotos der Frau im Park gesehen, von der du schwörst, dass es sich dabei nicht um dich handelt.«

»Sie hat das Gleiche an wie ich, exakt die gleiche Kleidung.«

»Genau darauf will ich hinaus, Zan. Wann hast du dich mit diesem Kleid auf der Straße blicken lassen, sodass man dich hat sehen können?«

»Ich bin mit Tiffany runter zur Straße. Matthew hat in seinem Buggy geschlafen. Und dann habe ich ein Taxi angehalten, um zum Haus der Aldrichs in der Sixty-ninth Street zu fahren.«

»Das heißt, wenn jemand dich gesehen hat, blieb ihm kaum eine Stunde Zeit, um das gleiche Kleid zu besorgen, das du an diesem Tag getragen hast.«

»Verstehst du nicht? Genau das hat auch ein Journalist in einem Zeitungsartikel angesprochen. Es wäre schlichtweg unmöglich, in diesem Zeitraum so etwas zu bewerkstelligen.«

»Es sei denn, jemand hat gesehen, wie du dich angezogen hast, und das gleiche Kleid bereits vor sich liegen gehabt.«

»Außer Matthew war niemand mit mir in der Wohnung.«

»Und so geht das bis zum heutigen Tag – immer wieder mal lässt sich jemand mit der gleichen Kleidung in der Öffentlichkeit blicken.« Kevin stand auf. »Zan, hast du etwas dagegen, wenn ich mich mal umsehe?«

»Nein. Aber wozu?«

»Lass mich mal machen.«

Kevin Wilson ging ins Schlafzimmer. Auf dem gemachten Bett lagen Kissen, auf dem Nachttisch stand das Bild eines lächelnden Jungen. Daneben gab es eine Ankleide, einen kleinen Sekretär, einen niedrigen armlosen Polstersessel. Die Blende des großen Panoramafensters passte zum blau-weißen Muster des Bettes.

Das alles nahm Kevin kaum wahr, während er den Blick durch den Raum schweifen ließ. In Gedanken war er bei einem Kunden, der drei Jahre zuvor ein Apartment erworben hatte, das nach der recht unschönen Scheidung der Vorbesitzer zum Verkauf angeboten worden war. Als die

Arbeiter die Stromleitungen neu verlegten, entdeckten sie im Schlafzimmer eine Spionagekamera.

War es möglich, dass Zan beobachtet wurde, als sie an dem Tag, an dem Matthew verschwand, die Kleidung auswählte? War es möglich, dass sie immer noch observiert wurde?

Er kehrte ins Wohnzimmer zurück. »Zan, hast du eine Trittleiter?«, fragte er.

»Ja.«

Kevin folgte ihr zum Schrank im Flur und nahm ihr die Leiter ab, die sie herauszog. Sie ging mit ihm ins Schlafzimmer, er stieg auf die Leiter und tastete langsam und gründlich die Stukkaturen an der Decke ab.

Direkt oberhalb der Ankleide gegenüber ihrem Bett fand er schließlich, wonach er gesucht hatte: die winzige Linse einer Kamera.

76

Jeden Morgen wurden die *Post* und die *Times* in das Stadthaus der Aldrichs geliefert. Maria Garcia legte sie mit auf das Essenstablett für Nina Aldrich, die das Frühstück gern im Bett zu sich nahm. Bevor Maria das Tablett nach oben brachte, warf sie einen Blick auf die Schlagzeilen mit Zan Morelands Ausruf: *Ich bin nicht die Frau auf den Fotos!*

Mrs. Aldrich hat die Polizei belogen, dachte Maria, und ich weiß auch, warum. Mr. Aldrich war nicht da, und Bartley Longe ist vorbeigekommen. Und *geblieben*. Ziemlich lange. Sie hat ganz genau gewusst, dass Ms. Moreland warten musste, aber das war ihr egal. Und dann hat sie den Polizisten ins Gesicht gelogen. Wahrscheinlich war sie zu faul, sich eine Ausrede einfallen zu lassen, warum sie Ms. Moreland so lange hat warten lassen.

Sie brachte das Tablett nach oben, wo Nina Aldrich, mit einem Kissen im Rücken, sich die *Post* schnappte und die Titelseite betrachtete. »Ach, haben sie sie jetzt endlich verhaftet?«, sagte sie. »Walter wird alles andere als begeistert sein, wenn ich da mit hineingezogen werde oder gar aussagen muss. Aber da werde ich nur sagen, was ich den beiden Polizisten auch schon gesagt habe. Und das war's dann.«

Ohne ein weiteres Wort verließ Maria Garcia das Schlafzimmer. Gegen Mittag aber hielt sie es nicht mehr aus. Sie hatte noch die Visitenkarte, die Detective Collins ihr gegeben hatte, und nachdem sie sich vergewissert hatte, dass Mrs. Aldrich nicht im Fahrstuhl auf dem Weg nach unten war, wählte sie seine Nummer.

In der Dienststelle wartete Billy Collins auf Bartley Longe, der Detective David Feldmans Aufforderung, sich im Central-Park-Revier einzufinden, nur unter lautstarkem Protest nachkommen wollte. Billy griff zum Hörer. Er hörte eine zitternde Stimme: »Detective Collins, hier ist Maria Garcia. Ich habe Angst, Sie anzurufen, ich habe doch keine Greencard.«

Maria Garcia, die Haushälterin der Aldrichs, dachte Billy. Was kommt jetzt? Er versuchte sie zu beruhigen: »Mrs. Garcia, Ihren letzten Satz habe ich jetzt nicht gehört. Wollen Sie mir darüber hinaus etwas mitteilen?«

»Ja.« Maria atmete noch einmal tief durch, bevor es aus ihr nur so heraussprudelte. »Detective Collins, ich schwöre am Grab meiner Mutter, dass Ms. Moreland vor fast zwei Jahren mit Mrs. Aldrich im Stadthaus hier in der Sixty-ninth Street verabredet war. Ich habe Mrs. Aldrich damals gehört, ich weiß, sie hat Sie angelogen. Bartley Longe, der Designer, ist damals bei Mrs. Aldrich am Beekman Place erschienen. Sie hatten eine Affäre. Sie hat die arme Ms. Moreland die ganze Arbeit machen lassen, und dann hat sie ihm den Auftrag gegeben, nachdem er sie ordentlich umgarnt hat. Sie war an dem Tag schon im Aufbruch begriffen, um sich mit Ms. Moreland zu treffen, aber dann ist Mr. Longe gekommen. Und sie hat ganz genau gewusst, dass Ms. Moreland so lange warten musste, bis die gnädige Frau dort erscheinen würde.«

Billy wollte darauf etwas erwidern, doch Maria Garcia

haspelte nur: »Mrs. Aldrich kommt runter. Ich muss Schluss machen.«

Billy Collins hörte es klicken. Er ließ sich diese neue Wendung im Fall Alexandra Moreland durch den Kopf gehen, als ein wutschnaubender Bartley Longe in Begleitung seines Anwalts das Revier betrat.

77

Am Samstag um Viertel vor eins rief Melissa Ted an. »Hast du die Zeitungen gesehen?«, fragte sie. »Alle Welt spricht von meinem großzügigen Angebot und der wundervollen Belohnung, die ich für das Auffinden deines Sohnes ausgesetzt habe.«

Ted hatte ein Treffen mit ihr am Freitagabend unter Vorspiegelung seiner anhaltenden grippeähnlichen Symptome abwenden können. Ritas loyaler Hartnäckigkeit war es zuzuschreiben, dass er Melissa nach ihrer Pressekonferenz angerufen und grummelnd seine Dankbarkeit zum Ausdruck gebracht hatte.

Jetzt sagte er mit zusammengebissenen Zähnen und roboterhafter Stimme: »Meine wunderschöne Liebste, ich sage dir, in einem Jahr bist du die Nummer eins auf diesem Planeten, wenn nicht im ganzen Universum.«

»Du bist so drollig«, lachte Melissa. »Aber genau das glaube ich auch. Ach, gute Neuigkeiten. Jaime-boy hat sich wieder mit seinem Agenten verkracht. Ist das nicht großartig? Ihre Versöhnung hat keine vierundzwanzig Stunden gehalten. Er möchte sich mit dir treffen.«

Ted stand im Wohnzimmer seines elegant eingerichteten Apartments im Meatpacking District, dem Apartment, in dem er seit acht Jahren wohnte und das er als seine krönende Erwerbung betrachtet hatte, nachdem er sich in der PR-Branche etabliert hatte. Bartley Longe und seine Assistentin Zan Moreland hatten die Räumlichkeiten gestaltet, und so hatte er Zan kennengelernt.

Das alles ging ihm durch den Kopf, während er sich daran erinnerte, dass er Melissa auf keinen Fall gegen sich aufbringen durfte. »Wann will Jaime-boy sich mit mir treffen?«, fragte er.

»Am Montag, nehme ich an.«

»Das wäre *toll*.« Er freute sich wirklich darüber. Auch deshalb, weil er sich heute kaum mit Jaime-boy hätte treffen wollen. Und Melissa hatte vor, zu irgendeiner Promi-Geburtstagsparty nach England zu fliegen. Sie wollte sich zwar keinesfalls seine Grippe einfangen, aber ohne Begleitung gedachte sie auch nicht auf der Party zu erscheinen.

Plötzlich hätte er am liebsten lauthals losgelacht. Wäre es nicht am besten, wenn jemand Matthew finden würde und Melissa die fünf Millionen Dollar hinblättern müsste?

»Ted, falls es dir wieder bessergehen sollte, dann setz dich in den nächsten Flieger nach London, sonst suche ich mir noch einen anderen auf der Party. Britische Jungs sollen ja soooooo süß sein.«

»Wage es ja nicht.« Seine väterlich-ernste Ermahnung war der perfekte Schlusspunkt für das Gespräch. Endlich konnte er auflegen. Er öffnete die Tür zur Terrasse und ging hinaus. Die Luft war beißend kalt. Er sah nach unten.

Manchmal glaube ich wirklich, es wäre am besten, einfach zu springen. Dann wäre alles vorbei, dachte er.

78

Nach seinem täglichen Spaziergang im Central Park überkam Willy ein leichter Hunger. Das Problem war nur: Samstags gingen er und Alvirah gern zum Essen, um anschließend noch ein Museum zu besuchen oder ins Kino zu gehen.

Er versuchte sie auf ihrem Handy zu erreichen, aber sie meldete sich nicht. Man sollte doch meinen, dass diese Tiffany Shields mittlerweile alles gesagt hat, was sie zu sagen hat, dachte er. Aber vielleicht ist Alvirah irgendwo beim Einkaufen.

Ich werde mir nicht den Appetit verderben, sondern noch etwas warten, beschloss er. Eine Viertelstunde später war er sich dessen nicht mehr so sicher. Dann klingelte das Telefon.

»Willy, du wirst es nicht glauben, was ich dir zu erzählen habe«, begann Alvirah. »Ich bin ja so aufgeregt, ich halte es kaum aus. Hör zu, ich war gerade bei Detective Collins und Detective Dean im Central-Park-Revier. Wollen wir uns zum Essen im Russian Tea Room treffen?«

»Bin schon unterwegs«, versprach Willy. Er wusste, wenn er jetzt nachfragte, würde Alvirah ihm sofort alles haarklein berichten, aber er wollte es doch lieber beim Essen hören.

»Bis dann«, bestätigte Alvirah.

Willy legte den Hörer auf und eilte zum Schrank im Flur, zog Jacke und Handschuhe heraus und war gerade dabei, die Eingangstür zu öffnen, als erneut das Telefon klingelte. Er wartete für den Fall, dass es noch einmal Alvirah war, und hörte die Anruferin eine Nachricht auf den Anrufbeantworter sprechen: »Alvirah, hier ist Penny Hammel. Ich habe es schon auf deinem Handy probiert, aber da gehst du auch nicht ran. Ich muss dir was ganz Unglaubliches erzählen, Alvirah«, begann sie. »Ich schwöre dir, ich hatte recht. Heute Morgen ... «

Willy ließ die Tür hinter sich ins Schloss fallen. Später, Penny, dachte er sich und drückte auf den Aufzugsknopf.

In der Nachricht, die er nicht abwarten wollte, teilte Penny ihrer Freundin Alvirah mit, dass Matthew Carpenter – »jede Wette« – der Junge war, den Gloria Evans im Farmhaus versteckt hielt.

»Was soll ich bloß machen?«, fragte Penny. »Sofort die Polizei rufen? Ich wollte erst deine Meinung hören, weil ich doch überhaupt keine Beweise für das alles habe. Alvirah, *ruf mich zurück!*«

79

»*Kevin, was hat das zu bedeuten?*«, fragte Zan. »Willst du mir sagen, dass in meinem Schlafzimmer eine Kamera ständig alles aufgezeichnet hat?«

»Ja.« Kevin wollte jetzt nicht daran denken, wie Zan sich fühlen musste, wenn ihr die Tragweite dieses Eingriffs in ihre Privatsphäre voll bewusst wurde. »Zan, jemand hat das hier installiert oder installieren lassen. Wahrscheinlich hat er auch deine vorherige Wohnung verwanzt. Deshalb war es deiner Doppelgängerin möglich, immer in der exakt gleichen Kleidung aufzutreten.«

Er richtete den Blick von der Kamera zu ihr. Zan war kreidebleich, ungläubig schüttelte sie den Kopf. »O mein Gott! Ted hat jemanden, den er noch aus Wisconsin kennt, hierhergeschickt. Larry Post«, schluchzte sie. »Er ist Teds Fahrer, Koch und Mädchen für alles. Er macht alles für ihn. Er hat hier und in meiner alten Wohnung die Lampen und den Fernseher angeschlossen und den Computer in meinem Büro eingerichtet. Vielleicht hat er sich dadurch in mein Bankkonto einhacken können. Und die ganze Zeit habe ich Bartley Longe in Verdacht gehabt. Dabei war es Ted, der mir das angetan hat!«, schrie sie. »Ted steckt dahinter. Aber was um Himmels willen hat er mit meinem Sohn gemacht?«

80

Kurz nach vierzehn Uhr traf Larry Post in Middletown ein. Teds Auftrag war nicht einfach. Ich soll es so aussehen lassen, als hätte Brittany den Jungen erschossen und sich dann selbst umgebracht. Das ist leichter gesagt als getan.

Es hatte Larry nicht überrascht, dass Ted seine Meinung geändert hatte und die Sache nicht mehr selbst zu Ende bringen wollte. Zum einen machte sich Ted fürchterliche Sorgen, Brittany könnte zur Polizei gehen, zum anderen dämmerte ihm allmählich, dass der Junge die Polizei davon überzeugen könnte, nicht von Zan entführt worden zu sein. Und wenn das geschah, würde die Polizei irgendwann auf ihn stoßen.

Larry konnte verstehen, dass Ted es nicht über sich brachte, den eigenen Sohn zu töten. Aber war das zum jetzigen Zeitpunkt überhaupt notwendig? Ich bin nicht sonderlich sentimental, aber ich kann nicht behaupten, dass ich mir jemals vorgestellt habe, die Arbeit für Ted würde mal so enden, dachte Larry. Natürlich hat er mir unmissverständlich klargemacht, dass die Polizei sehr schnell auch hinter mir her wäre, wenn sie erst mal nachforschen und die Kameras in Zans Wohnung finden würde; schließlich war ich es ja, der das alles eingebaut und ihren Computer installiert hat.

Nach Zans Entschluss, Ted zu verlassen und sich eine Wohnung in der East Eighty-sixth Street zu nehmen, und später, als sie nach Matthews Verschwinden in die Battery Park City zog, hatte der fürsorgliche Ted ihr jeweils beim Umzug geholfen. Er hat einen Klempner geschickt, der die Wasserleitungen überprüfte, ging Larry durch den Kopf, und mich, damit ich die Lampen anschließe. Und die Kameras. Am Tag ihres Auszugs aus der Eighty-sixth Street habe ich die alten Kameras abmontiert, die neuen Kameras waren in der neuen Wohnung ja bereits eingebaut.

In den ersten drei Jahren hat es Ted gereicht, ihr jederzeit hinterherspionieren zu können. Aber dann hatte sie immer mehr Erfolg mit ihrem Büro, und sie und Matthew waren so eng miteinander, dass er es nicht mehr ausgehalten hat. Und dann hat er auf einer Party Brittany kennengelernt und diesen ganzen verrückten Plan ausgeheckt.

Ted hat recht. Wenn wir nicht sofort handeln, wird über kurz oder lang die Polizei an seine und auch an meine Tür klopfen. Ich gehe nicht mehr ins Gefängnis. Lieber sterbe ich. Und ich bekomme von ihm das Geld, das er in Matthews Treuhandfonds gesteckt hat. Machen wir uns nichts vor. Ted braucht mich, und ich brauche ihn.

Brittany soll unberechenbar sein, sagt Ted, und stellt für uns beide eine große Bedrohung dar. Sie ist so durch den Wind, dass sie allen Ernstes glaubt, sie könnte mit der Polizei einen Deal aushandeln und auch noch die fünf Millionen Dollar kassieren, die Melissa ausgelobt hat.

Larry musste laut lachen. Wenn der Junge wirklich unbeschadet wieder auftauchen sollte, würde Melissa der Schlag treffen. Aber das würde nicht passieren. Er und Ted hatten sich genau überlegt, wie sie es angehen wollten.

Brittany wird den Wagen erkennen, wenn ich in die Anfahrt einbiege. Hoffentlich gerät sie nicht in Panik, wenn sie mich sieht, immerhin weiß sie, dass ich von Anfang an in alles eingeweiht war. Ich werde ihr also sagen, dass ich zwei große Kartons voller Bargeld bei mir habe, sechshunderttausend Dollar. Ted wollte, dass ich ihr das Geld zeige, damit sie keinen Verdacht schöpft. Und falls sie doch misstrauisch wird und mir nicht die Tür öffnen will, stelle ich den Karton vors Fenster, damit sie die Hundert-Dollar-Scheine sieht, die ganz obenauf liegen. Dass der Rest mit Zeitungspapier ausgestopft ist, wird sie nicht bemerken.

Und wenn sie mich reinlässt, werde ich tun, was zu tun ist. Lässt sie mich nicht rein, schieße ich das Schloss auf, dann wird es zwar nicht mehr wie ein Mord mit anschließendem Selbstmord aussehen, aber das lässt sich dann eben nicht vermeiden. Hauptsache, es wird dafür gesorgt, dass keiner der beiden uns verraten kann.

81

Billy Collins zeigte sich wenig beeindruckt von Bartley Longes Wutanfall. »Mr. Longe«, sagte er, »ich bin froh, dass Sie Ihren Anwalt mitgebracht haben. Bevor wir hier auch nur ein vernünftiges Wort wechseln, möchte ich Ihnen sagen, dass Sie im Fall des Verschwindens der als Brittany La Monte bekannten Frau zum Kreis der Verdächtigen gehören. Ihre Wohnungsgenossinnen haben eine Bandaufzeichnung von den Drohungen, die Sie gegen sie ausgesprochen haben.«

Billy hatte nicht die geringste Absicht, Longe darüber aufzuklären, dass er, Longe, ebenfalls verdächtigt wurde, Brittany La Monte angeheuert zu haben, damit diese, als Zan Moreland verkleidet, deren Sohn entführte. Das sparte er sich vorerst auf.

»Ich hatte mit Brittany La Monte nichts mehr zu tun, seitdem sie Anfang Juni vor knapp zwei Jahren mein Haus verlassen hat«, blaffte Longe. »Und diese sogenannte Drohung habe ich nur ausgesprochen, weil sie sich an meinem Eigentum vergriffen hat.«

Wally Johnson und Jennifer Dean saßen mit am Tisch. »Sie meinen Ihre Toupets und Perücken, Mr. Longe?«, fragte Johnson. »Apropos, Sie haben sie nicht zufällig durch eine mit dichtem schwarzem Haar ersetzt?«

»Nein«, gab Longe zurück. »Ein für alle Mal: Ich habe Brittany seit diesem Tag nicht mehr gesehen. Schließen Sie mich an einen Lügendetektor an, ich werde den Test anstandslos bestehen.« Er wandte sich an Wally Johnson. »Haben Sie die Namen überprüft, die Ihnen meine Sekretärin übermittelt hat?«

»Zwei von ihnen sind außer Landes«, entgegnete Wally Johnson. »Haben Sie gewusst, dass sie nicht oder nur schwer zu erreichen sind?«

»Ich kümmere mich nicht darum, wo sich meine Freunde aufhalten, noch dazu, wenn sie erfolgreiche Produzenten sind.« Longe wandte sich seinem Anwalt zu. »Ich bestehe darauf, mich sofort einem Lügentest zu unterziehen. Ich lasse mich von der Polizei nicht länger schikanieren.«

Jennifer Dean hatte sich bislang nicht zu Wort gemeldet, was ihrer üblichen Vorgehensweise bei Verhören entsprach: Billy stellte die Fragen, sie hörte zu. Billy Collins hatte das Gefühl, seine Partnerin erfasste besser als jeder Lügendetektor, ob jemand log.

Aber nicht immer, fiel ihm wieder ein. Wenn Zan Moreland recht hatte mit ihrer Behauptung, jemand würde sich für sie ausgeben, dann ist uns das beiden entgangen.

Aber auch wenn sie recht hatte, beantwortete das noch lange nicht die Frage: Wo steckt Matthew Carpenter? Ist er noch am Leben?

Sein Telefon klingelte. Es war Kevin Wilson.

Billy lauschte mit unbewegter Miene. »Danke, Mr. Wilson. Wir sind schon unterwegs.«

Er wandte sich an Bartley Longe. »Mr. Longe, es steht Ihnen frei zu gehen«, sagte er. »Wir werden wegen Ihres Drohanrufs keine Anklage erheben. Auf Wiedersehen.«

Billy sprang auf und eilte aus dem Raum. Jennifer Dean und Wally Johnson, bemüht, sich ihre Überraschung nicht anmerken zu lassen, folgten. »Wir müssen zu Ted Carpenters Wohnung«, teilte er ihnen im Laufen mit. »Ich schätze mal, wenn er zufällig einen Blick in seinen Computer wirft, weiß er wahrscheinlich, dass alles vorbei ist.«

82

Sie konnte nicht mehr warten. Sie musste die Stimme ihres Vaters hören, sie musste ihm sagen, dass sie nach Hause kam. Aber davor ... Auf Zehenspitzen ging Glory nach oben und überprüfte, ob Matthews Tür geschlossen war.

Sie hatte erwartet, dass er sich einen Film auf DVD ansehen würde, stattdessen lag er unter einer Decke und schlief. Er sieht blass aus, dachte sie, als sie sich über ihn beugte. Er hat wieder geweint. Abermals wurde ihr bewusst, was sie ihm angetan hatte, und dann, vorsichtig, um ihn nicht zu wecken, schlich sie aus dem Zimmer und schloss hinter sich die Tür.

In der Küche griff sie sich das letzte der unregistrierten Handys, die er ihr gegeben hatte, und wählte die Nummer in Texas. Ein Fremder meldete sich.

»Ähm, ist Mr. Grissom zu sprechen?« Ein Anflug von Panik überkam sie; sie machte sich auf schlechte Neuigkeiten gefasst.

»Sind Sie eine Familienangehörige?«

»Ich bin seine Tochter«, stieß sie atemlos hervor. »Ist er krank?«

»Tut mir leid, ich bin Rettungssanitäter. Er hat den Notdienst gerufen, wir waren auch sofort da, aber wir haben ihn nicht mehr retten können. Er hatte einen schweren Herzanfall. Sind Sie Glory?«

»Ja. Ja.«

»Na ja, Ma'am, vielleicht ist es Ihnen ja ein Trost, aber seine letzten Worte waren: ›Sagen Sie Glory, dass ich sie liebe.‹«

Sie beendete das Gespräch. Ich muss nach Hause, ging ihr durch den Kopf. Sofort, ich muss ihn ein letztes Mal umarmen. Welcher Flug war für sie reserviert? Ja, morgen, 10.30 Uhr, LaGuardia, Continental Airlines nach Atlanta. Ich werde die Reservierung ändern. Ich fliege direkt nach Hause. Ich muss ihn sehen, ich muss Daddy sagen, wie leid, wie unendlich leid mir das alles tut.

Sie öffnete ihren Laptop. Überwältigt von ihrer Trauer und ihrem Bedauern, rief sie die Website von Continental Airlines auf, ihre Finger flogen wie von selbst über die Tastatur, bis sie innehielt. Ich hätte es wissen müssen, dachte sie. Ich hätte es wissen müssen.

Es gab keine Reservierung auf den Namen Gloria Evans nach Atlanta um 10.30 Uhr.

Es gab überhaupt keinen Continental-Flug nach Atlanta um diese Zeit.

Margaret/Glory/Brittany klappte den Computer zu. Er wird bald hier auftauchen. Und er wird kein Geld dabeihaben. Ich werde ihm nie entkommen. Er wird mir mit dem gleichen Hass nachstellen, wie er Zan Moreland nachgestellt hat. Ihr Vergehen war es, dass sie ihn zurückgewiesen hatte, mein Vergehen ist es, dass ich ihn verraten könnte.

Er würde bald kommen. Davon war sie überzeugt. Sie stand am Fenster zur Straße. Ein weißer Pick-up fuhr langsam am Haus vorbei. Ihr stockte der Atem. Larry Post hatte in einem weißen Pick-up gewartet, als sie mit Matthew den Central Park verlassen hatte. Wenn er jetzt hierherkam, dann, um sicherzustellen, dass sie Ted nicht der Polizei verriet.

Es war zu spät, um mit Matthew noch zum Wagen zu eilen. Aber eines könnte funktionieren. Sie hastete nach oben und hob Matthew vom Bett. Er schlief tief und fest. Sie trug ihn nach unten und legte ihn auf die Luftmatratze im Schrank.

»Gehst du jetzt?«, fragte er verschlafen.

»Bald, Matty, sehr bald.« Sie wusste, sie musste ihm nicht einschärfen, keinen Laut von sich zu geben, bis sie ihn wieder aus dem Schrank holte. Das habe ich ihm gut eingebläut, dem armen Kind, dachte sie.

Durch das Haus hallte die Türklingel.

Sie sperrte den Schrank zu und warf auf dem Weg zur Tür den Schlüssel hinter das Tablett im Esszimmer.

Ein lächelnder Larry Post spähte durch den schmalen Spalt des Küchenfensters. »Brittany, ich habe ein Geschenk von Ted für dich«, rief er.

83

»*Ein wunderbares Essen*«, sagte Willy zufrieden und trank seinen Cappuccino aus.

»Ja. Ach, Willy, Detective Collins sieht die ganze Sache jetzt mit anderen Augen. Ich meine, es liegt doch auf der Hand, dass keine Frau, die ihr eigenes Kind entführen will, sich davor noch die Mühe macht, die Schuhe zu wechseln, noch dazu, wenn sie fast genauso aussehen wie die anderen. Aber wer immer hinter dieser Sache steckt, er gerät jetzt vielleicht in Panik, wenn er herausfindet, dass die Polizei Zan glaubt. Das macht mir große Angst.

Und dann stellt sich die Frage, wie lange Zan das alles überhaupt noch durchsteht, falls Matthew nicht gefunden wird – selbst wenn sie ihre Unschuld beweisen kann. Alles hat seine Grenzen.«

Willy stimmte ihr mit sorgenvoller Miene zu. Dann, als er zu seiner Brieftasche griff, sagte er: »Liebling, Penny Hammel hat angerufen, als ich gerade im Gehen begriffen war. Ich habe nicht mehr abgenommen.«

»Oh, Willy, ich komme mir so gemein vor. Bei meinem Treffen mit Detective Collins habe ich das Handy ausgestellt, und als ich dich danach angerufen habe, ist mir aufgefallen, dass von Penny eine Nachricht eingetroffen ist. Aber ich habe sie mir nicht mehr angehört, dafür war ich viel zu aufgeregt, weil sich doch das Blatt jetzt endlich zugunsten von Zan zu wenden scheint.«

Sie sah sich um. »Ich weiß, es ist nicht sehr höflich, in einem Restaurant zu telefonieren, aber ich will auch gar nicht mit ihr reden, nur ihre Nachricht abhören.« Alvirah drehte sich vom Tisch weg, tat so, als wollte sie nach ihrer Handtasche greifen, klappte ihr Handy auf und drückte auf den Knopf, um sich die eingetroffenen Nachrichten auflisten zu lassen. Sie lauschte, und plötzlich wurde sie kreidebleich.

»Willy«, sagte sie mit zitternder Stimme. »Ich glaube, Penny hat Matthew gefunden! Mein Gott, natürlich, das passt. Aber die Frau, die wie Zan aussieht, packt gerade ihre Sachen, als wollte sie verschwinden. Oh, Willy ... «

Ohne den Satz zu vollenden, richtete sich Alvirah auf und wählte Billy Collins' Handynummer.

Eine Nummer, die sie mittlerweile auswendig kannte.

84

Würde es klappen? Seitdem Ted Carpenter vor über einer Stunde Larry nach Middletown geschickt hatte, zermarterte er sich das Gehirn, was er damit losgetreten hatte. Aber er hatte keine andere Wahl. Wenn Brittany zur Polizei ging, würde er den Rest seines Lebens hinter Gittern verbringen. Selbst das wäre nicht so schlimm wie die freudige Wiedervereinigung von Zan und Matthew, die er in diesem Fall miterleben müsste.

Mein Sohn, dachte er. Sie hat mich nicht gewollt. Ich habe ihr ein Kind geschenkt, und sie behauptet, nichts von der Schwangerschaft gewusst zu haben, als sie mich in die Wüste geschickt hat.

Danke für die Liebenswürdigkeit und auf Wiedersehen, äffte er sie in Gedanken nach. Du hast nie mit einem Kind gerechnet, also musst du auch nicht dafür bezahlen. Das wäre nicht fair. Aber wie nett von dir, dass du dich um meine neue Wohnung gekümmert hast. Und um die Wohnung, die ich nach Matthews Verschwinden gemietet habe. Wie zuvorkommend, dass du dafür gesorgt hast, dass die Wasserhähne und die Spüle und die Heizung und die Lichter auch alle funktionieren.

Natürlich war es nicht fair, wütete Ted, weil du ihn immer ganz für dich behalten wolltest. Er hat immer nur *dir* gehört. Du hast mir gesagt, ich soll einen Treuhandfonds einrichten, obwohl das von mir nun wirklich nicht erwartet wurde. Nun, meine Liebe, dieser Fonds wird dafür aufkommen, deinen Schatz noch heute in die Ewigkeit zu befördern.

Ob sie zu Hause ist? Letzte Nacht habe ich mir nicht mehr die Mühe gemacht nachzusehen. Ich war zu müde und zu besorgt. Aber jetzt ist Larry unterwegs nach Middletown, mit einigem Glück wird alles gut werden.

Ted schaltete seinen Computer an und gab das Passwort ein, das ihn direkt in Zans Wohnung brachte. Entsetzt musste er mit ansehen, wie Zan, den Blick direkt auf die Kamera gerichtet, seinen Namen schrie.

85

Steif und durchgefroren wartete Penny Hammel im Wald hinter Owens' altem Farmhaus. Nachdem sie die Kinderzeichnung betrachtet hatte und sich sicher war, dass Gloria Evans Zan Moreland ähnlich sah, war sie die Straße hinuntergefahren, hatte Alvirah angerufen und ihr eine Nachricht hinterlassen. Daraufhin war sie umgekehrt und hatte Evans' Wagen wieder vor dem Haus gesehen, worauf sie zum Wald und ihrem Wachposten zurückgekehrt war.

Sie konnte es nicht zulassen, dass sich diese Evans einfach in den Wagen setzte und abhaute. Wenn ich recht habe und sie Matthew Carpenter im Haus versteckt hat, muss ich es irgendwie verhindern, dass sie sich erneut aus dem Staub macht, dachte Penny, während sie von einem Fuß auf den anderen trat und die Finger streckte, damit sie nicht ganz taub wurden. Wenn sie fährt, werde ich ihr folgen.

Ob sie sich noch einmal bei Alvirah melden sollte? Aber Alvirah würde auf jeden Fall zurückrufen, sobald sie ihre Nachricht erhielt. Ich habe sie zu Hause und auf ihrem Handy angerufen, dachte Penny.

Nach einer Weile konnte sie es nicht mehr erwarten. Sie holte das Handy aus der Tasche und klappte es auf. Ungeduldig zog sie einen Handschuh aus, doch noch bevor sie ihre Adressliste aufrufen konnte, klingelte es.

Wie erhofft war es Alvirah. »Penny, wo steckst du?«

»Ich beobachte das Farmhaus, von dem ich dir erzählt habe. Ich will nicht, dass die Frau verschwindet. Sie hat heute Morgen ihre Sachen gepackt. Alvirah, ich bin mir sicher, dass sie ein Kind da drin hat. Und sie sieht wie Zan Moreland aus.«

»Penny, sei vorsichtig. Ich habe die für den Fall zuständigen Polizisten angerufen. Sie informieren ihre Kollegen in Middletown. Sie sollten in wenigen Minuten da sein. Aber ...«

»Alvirah«, unterbrach Penny sie. »Ein weißer Pick-up hält vor dem Haus. Der Fahrer steigt aus. Er hat einen großen Karton dabei. Wofür braucht sie einen großen Karton, wenn sie fortwill? Was will sie darin verstauen?«

86

Billy Collins, Jennifer Dean und Wally Johnson saßen in einem Streifenwagen und waren auf dem Weg zu Ted Carpenters Wohnung. Billy hatte seinen beiden Kollegen von Kevin Wilsons Anruf erzählt. »Den Vater haben wir uns nie näher angesehen«, haderte er mit sich. »Carpenter hat eine perfekte Inszenierung abgeliefert. Absolut perfekt. Er hat sich über die eingeschlafene Babysitterin empört, er hat sich über Moreland empört, weil sie eine so junge Babysitterin eingestellt hat. Dann hat er sich öffentlich bei seiner Ex-Frau entschuldigt und sich schließlich, als die Fotos in den Zeitungen aufgetaucht sind, wieder über sie ereifert. Er hat uns alle zum Narren gehalten.«

Billys Handy klingelte. Alvirah war dran, die ihm von Penny Hammels Neuigkeiten berichtete. Billy wandte sich an Jennifer Dean. »Die Polizei in Middletown soll sofort zum Owens-Farmhaus in der Linden Road kommen, dringend! Wir haben einen Hinweis, dass dort Matthew Carpenter gefangen gehalten wird.«

Sie näherten sich Ted Carpenters Wohnung. »Schalten Sie die Sirene an«, befahl Billy dem Beamten am Steuer. »Carpenter soll das Gefühl haben, dass er in der Falle sitzt.«

Aber noch während er es aussprach, beschlich ihn das Gefühl, dass sie zu spät kämen.

Die Menschenmenge, die sich bei ihrer Ankunft vor dem Gebäude versammelt hatte, zeugte davon, dass sich seine Befürchtungen bewahrheitet hatten. Er musste gar nicht aussteigen, um zu wissen, dass der Mensch, der soeben durch die Überdachung des Eingangs gestürzt war und nun tot auf dem Bürgersteig lag, Ted Carpenter war.

87

Hilfe, flehte Brittany. Auch wenn ich es nicht verdient habe, ich brauche Hilfe. Lächelnd winkte sie Larry Post zu, als sie zum Küchenfenster ging und die Jalousie hochzog. Sie hatte ihr Handy noch in der Tasche. Er öffnete den Deckel eines großen Kartons. Darin sah sie reihenweise gebündelte Hundert-Dollar-Scheine.

Ich mach die Tür auf, dachte sie. Vielleicht kann ich ihn hinhalten. Die Alarmanlage ist nicht an, wenn er ein Fenster oder die Tür aufbrechen will, kann ihn nichts daran hindern. Er geht davon aus, dass ich nie und nimmer die Polizei holen würde. Aber mir bleibt keine andere Wahl. Vielleicht ...

»Hallo, Larry«, rief sie. »Ich weiß, was du da hast. Ich mach dir auf.«

Sie drehte sich um, und während sie mit dem Rücken zu ihm stand, zog sie ihr Handy aus der Tasche und wählte den Notruf. Als sich jemand meldete, flüsterte sie: »Hier findet ein Einbruch statt. Ich kenne den Mann, er ist gefährlich.« Und da sie davon ausging, dass der örtlichen Polizei der Name bekannt war, rief sie nur: »Im Owens-Farmhaus. Beeilen Sie sich, bitte beeilen Sie sich!«

88

Ich gehe rein, beschloss Penny. Wenn es diesem Typen gelingt, Evans und das Kind zum Pick-up zu schaffen, will ich mir gar nicht ausmalen, was dann passiert. Ich nehme die Zeichnung mit und sage einfach, ich hätte sie beim Spazierengehen gefunden und glaube, sie gehört hierher. Die Polizei mag ja vielleicht schon unterwegs sein, aber wer weiß, manchmal bringen sie solche Notrufe durcheinander.

Sie verließ ihren Beobachtungsposten im Wald, rannte über das Feld und stolperte über einen schweren Stein. Einer Eingebung folgend, beugte sie sich nach unten und hob ihn auf. Wer weiß, vielleicht kann ich den ja noch brauchen, ging es ihr durch den Kopf, und damit eilte sie zum Haus und spähte durch das Küchenfenster. Gloria Evans war zu sehen, neben ihr der Mann, der den Karton aus dem Pick-up geholt hatte. Er hielt eine Waffe in der Hand.

»Du kommst zu spät, Larry«, sagte Brittany. »Ich habe Matthew vor einer Stunde in einer Mall ausgesetzt. Es überrascht mich, dass du davon nichts im Autoradio gehört hast. Es ist eine ganz große Story. Nur fürchte ich, wird Ted darüber nicht allzu erfreut sein.«

»Du lügst, Brittany.«

»Warum sollte ich lügen, Larry? Ist das nicht der Plan? Ich setze Matthew irgendwo aus, wo er gefunden wird, dann ziehe ich mit dem Geld ab, und alle sind glücklich – glücklich, dass es endlich vorbei ist.

Ich weiß, Ted macht sich Sorgen, dass ich ihm eventuell Probleme bereite, aber du kannst ihm getrost versichern, dass ich nichts dergleichen unternehmen werde. Ich will mein Leben zurück. Wenn ich ihn anzeige, wandere ich auch ins Gefängnis. Und jetzt hast du das Geld gebracht. Den vollen Betrag, nehme ich an. Sechshunderttausend Dollar. Es ist für mich trotzdem kein Grund zum Feiern, mein Vater ist gerade gestorben.«

»Brittany, wo ist Matthew? Gib mir den Schlüssel für den Schrank, wo du ihn versteckt hältst. Ted hat mir davon erzählt.«

Sie sah seinen entschlossenen Blick. Der Schrank war nicht schwer zu finden. Er stand am Ende des Flurs, und sicherlich würde er ihn auch ohne Schlüssel aufbrechen können. Wie konnte sie ihn aufhalten, bevor Hilfe eintraf?

»Tut mir leid, Brittany.« Larry richtete die Waffe auf ihr Herz. In seinen Augen lag nicht die geringste Regung.

Penny hatte nicht gehört, was gesprochen wurde, aber sie sah, dass der Mann in der Küche jeden Moment Evans erschießen würde. Sie konnte nur eines tun. Sie holte aus und schleuderte mit aller Kraft den Stein durchs Fenster.

Larry Post, erschreckt über die um ihn herum niedergehenden Glassplitter, drückte den Abzug durch, zielte dabei aber weit über Brittanys Kopf.

Das war Brittanys einzige Chance. Sie warf sich auf Larry, er kam ins Stolpern, fiel nach hinten, und als er sich vor den Glasscherben am Boden schützen wollte, entglitt ihm die Waffe.

In einer schnellen Bewegung schnappte sich Brittany die Waffe am Boden und richtete sie auf Larry, während in diesem Moment draußen die ersten Streifenwagen eintrafen. »Keine Bewegung!«, rief sie. »Ich habe keine Hemmung, sie auch zu benutzen, und keine Sorge, ich weiß damit umzugehen. Ich bin mit meinem Daddy immer auf die Jagd gegangen.«

Ohne den Blick von ihm zu wenden, ging sie langsam rückwärts zur Küchentür, um sie für Penny zu öffnen. »Die Muffin-Frau«, sagte sie. »Willkommen. Matthew Carpenter ist im Schrank im Flur. Der Schlüssel liegt hinter dem Tablett im Esszimmer.«

Larry Post sprang auf und stürzte zur Tür, wo er allerdings bereits von blauen Uniformen in Empfang genommen wurde. Weitere Polizisten drangen ins Haus. Margaret Grissom/Glory/Brittany La Monte sackte auf einem Stuhl am Küchentisch zusammen.

»Legen Sie die Waffe weg! Legen Sie die Waffe weg!«, schrie ein Polizist.

Sie legte sie auf den Tisch. »Ich wünschte nur, ich hätte den Mut, sie gegen mich selbst zu richten«, murmelte Brittany.

Penny fand den Schlüssel und eilte zum Schrank, wo sie kurz innehielt, bevor sie ihn langsam öffnete. Der kleine Junge, der offensichtlich den Schuss gehört hatte, kauerte verängstigt in der Ecke. Seine Taschenlampe war an. Von den Fotos in den Zeitungen wusste sie sofort, dass es sich um Matthew handelte.

Ein breites Lächeln legte sich auf ihre Lippen, und Tränen traten ihr in die Augen, als sie sich zu ihm hinabbeugte, ihn hochhob und fest an sich drückte. »Matthew, es ist an der Zeit, dass du nach Hause kommst. Deine Mommy hat dich die ganze Zeit gesucht.«

89

Die Detectives Billy Collins, Jennifer Dean und Wally Johnson standen in der Lobby des eleganten Apartmentgebäudes, in dem Ted Carpenter gewohnt hatte. Die Beamten des zuständigen Reviers hatten den Bereich um Carpenters Leichnam abgesperrt und warteten auf die Ankunft der Spurensicherung und des Rechtsmediziners.

Mit versteinerten Mienen warteten sie auf Neuigkeiten aus Middletown. Hatte Alvirah Meehans Freundin recht? War es möglich, dass eine Frau, die Zan Moreland sehr ähnlich sah, die ganze Zeit über Matthew Carpenter versteckt gehalten hatte? Und wo war Larry Post, auf den die Polizei durch Kevin Wilsons Anruf aufmerksam geworden war? In der Dienststelle war sein Name in den Computer eingegeben worden, und man hatte herausgefunden, dass er wegen Totschlags bereits einmal im Gefängnis gesessen hatte. Man konnte davon ausgehen, dass er in die ganze Geschichte mit verwickelt war und nicht nur Morelands Wohnung verwanzt hatte.

Billy Collins' Handy klingelte. Mit angehaltenem Atem sahen Jennifer Dean und Wally Johnson, wie sich auf Billys Gesicht ein Lächeln breitmachte. »Sie haben den Jungen gefunden«, sagte er. »Er ist wohlauf.«

»Gott sei Dank«, kam es von Jennifer Dean und Wally Johnson gleichzeitig. »Gott sei Dank.«

Leise fügte Jennifer hinzu: »Billy, wir haben *alle* falsch gelegen. Nimm es dir nicht allzu sehr zu Herzen. Alles hat auf Zan Moreland hingedeutet.«

Billy nickte. »Ich weiß. Und ich freue mich sehr, dass ich mich geirrt habe. So, jetzt rufen wir Matthews Mutter an. Die Beamten aus Middletown sind mit dem Jungen unterwegs zu uns.«

Pater Aiden O'Brien hörte die aufsehenerregenden Neuigkeiten von dem Polizisten, der vor seinem Zimmer Wache hielt. Sein Zustand hatte sich verbessert und wurde jetzt als »kritisch, aber stabil« eingestuft. Erleichtert flüsterte er ein Dankgebet. Die schreckliche Gewissensfrage war gelöst, ob er das heilige Siegel der Beichte brechen musste, damit die anderen erfuhren, dass Zan Moreland das Opfer in dieser verwickelten Geschichte war. Ihre Unschuld war auf andere Art bewiesen worden. Und ihr Kind kehrte nach Hause zurück.

90

Zan und Kevin rasten zur Central-Park-Dienststelle, wo Alvirah und Willy bereits eingetroffen waren. Billy Collins, Jennifer Dean und Wally Johnson erwarteten sie. Billy hatte Zan telefonisch mitgeteilt, dass Matthew laut der Polizei von Middletown zwar blass und mager aussehe, ansonsten aber wohlauf sei. Die normalerweise in solchen Fällen von der Polizei umgehend angeordnete ärztliche Untersuchung, erklärte er, könne bis später oder gar morgen warten. Billy hatte zugesagt, dass er sofort nach Hause dürfe.

»Zan«, sagte er ihr, »nach allem, was bislang bekannt ist, hat er Sie nie vergessen. Penny Hammel, die Frau, der wir es zu verdanken haben, dass er gefunden wurde, hat der Polizei eine Zeichnung gezeigt, die wohl von Matthew stammt. Darauf ist eine Frau abgebildet, die Ihnen ähnlich ist, darunter das Wort ›Mommy‹. Aber es dürfte nicht schaden, wenn Sie ein Spielzeug oder ein Kissen oder irgendetwas anderes mitbringen, das er gern hatte und an das er sich eventuell noch erinnert. Nach allem, was er durchgemacht hat, tröstet ihn das vielleicht.«

Nach Ankunft in der Dienststelle hatte sich Zan überschwänglich bei Alvirah und Willy bedankt, dann aber kein einziges Wort mehr gesprochen. Kevin Wilson, der schützend den Arm um sie gelegt hatte, trug eine große Einkaufstüte bei sich. Als sie von draußen die Sirenen hörten, griff Zan in die Tüte und zog einen blauen Morgenmantel heraus. »Daran wird er sich erinnern«, sagte sie. »Er hat es immer geliebt, mit mir darin zu kuscheln.«

Billy Collins' Handy klingelte. Lächelnd lauschte er. »Kommen Sie mit, ich bringe Sie in einen Raum, wo Sie für sich sein können«, sagte er zu Zan. »Er wird gerade gebracht. Ich hole ihn.«

Keine Minute später ging die Tür auf, und der kleine Matthew Carpenter sah sich verstört um. Zan, den Morgenmantel über dem Arm, stürzte zu ihm, kniete sich vor ihn hin und wickelte ihn zitternd in den Stoff.

Vorsichtig fasste Matthew nach einer Haarsträhne, die ihr ins Gesicht gefallen war, und hielt sie sich gegen die Wange. »Mommy«, flüsterte er, »Mommy, ich hab dich vermisst.«

EPILOG

EIN JAHR SPÄTER

Zan, Alvirah, Willy, Penny, Bernie, Pater Aiden, Josh, Kevin Wilson und seine Mutter Cate sahen gerührt mit an, wie der sechsjährige Matthew, mittlerweile ein feuriger Rotschopf, die Kerzen auf seinem Geburtstagskuchen ausblies.

»Ich hab sie alle erwischt«, verkündete er stolz. »Mit nur einmal blasen.«

Zan fuhr ihm durchs Haar. »Willst du erst deine Geschenke auspacken, bevor ich den Kuchen anschneide?«

»Ja«, kam es entschieden von dem Jungen.

Er hat sich bemerkenswert erholt, dachte Alvirah. Zan hatte mit ihm regelmäßig eine Kindertherapeutin besucht, und aus dem ängstlichen Kind, das Zan in den Morgenmantel gewickelt hatte, war ein aufgeschlossener, glücklicher kleiner Junge geworden. Gelegentlich klammerte er sich noch immer an Zan und sagte, »Mommy, bitte verlass mich nicht«, die meiste Zeit aber war er ein freudestrahlendes Kind, das es kaum erwarten konnte, in die Schule zu kommen und bei seinen Freunden zu sein.

Zan wusste, dass Matthew, wenn er älter wurde, Fragen stellen würde und sie sich mit seiner unweigerlichen Wut und Trauer konfrontiert sehen würde, wenn er erfuhr, was sein Vater ihm angetan hatte. Aber eins nach dem anderen, darauf hatten sie und Kevin sich geeinigt. Gemeinsam würden sie es schaffen.

Die Geburtstagsfeier fand in Zans Wohnung in der Battery Park City statt, wo sie und Matthew aber nicht mehr lange wohnen würden. In vier Tagen, so hatten Kevin und sie beschlossen, würde ihre Hochzeit stattfinden, am Jahrestag von Matthews Rückkehr. Pater Aiden würde die Trauung vollziehen. Und danach zogen sie in Kevins Wohnung. Dessen Mutter Cate, die bereits zu Matthews vertrauter Babysitterin geworden war, genoss schon jetzt ihre Rolle als Großmutter.

Alvirah musste an die Tageszeitungen denken, die sie beim Frühstück gelesen hatte. Auf Seite drei wurde erneut die Geschichte um Matthews Entführung, um Zans Doppelgängerin, Ted Carpenters Selbstmord und Larry Posts und Margaret Grissom/Glory/Brittany La Montes Prozesse aufgewärmt. Post war zu lebenslänglich, La Monte zu zwanzig Jahren Haft verurteilt worden.

Während Matthew seine Geschenke auspackte, wandte sich Alvirah an Penny. »Wärst du nicht gewesen, säßen wir jetzt alle nicht hier.«

Penny lächelte. »Da musst du meinen Blaubeer-Muffins und dem Spielzeuglaster im Flur und der Zeichnung danken, die ich damals in einem Strauch hinter Owens' Farmhaus gefunden habe. Selbst Bernie musste zugeben, dass sich Neugier manchmal eben doch auszahlt. Aber im Grunde zählt doch allein, dass Matthew am Leben ist. Die Belohnung von Melissa Knight war nur eine hübsche, kleine Zugabe.«

Sie meint es so, dachte Alvirah. Penny meint es wirklich so. Melissa Knight hatte sich zwar gewunden und mit Händen und Füßen dagegen gewehrt, die versprochene Belohnung auszuzahlen, letztendlich aber hatte sie den Scheck doch ausstellen müssen.

Mit plötzlich ernster Miene ließ Matthew seine Geschenke stehen, umarmte Zan und strich sich mit einer ihrer Haarsträhnen über die Wange.

Dann sagte er zufrieden: »Mommy, ich wollte nur mal spüren, dass du noch da bist.« Er lächelte. »Und, Mommy, können wir jetzt den Kuchen anschneiden?«

DANKSAGUNG

Oft habe ich scheinbar im Spaß gesagt, dass mein Lieblingswort »ENDE« lautet.

Es ist wirklich mein Lieblingswort. Bedeutet es doch, dass die Geschichte erzählt und die Reise abgeschlossen ist. Es bedeutet, dass die Figuren, die im Jahr zuvor noch nicht einmal Gestalten in meiner Fantasie waren, das Leben gelebt haben, das ich ihnen zugedacht habe – oder, besser, das sie sich selbst erwählt haben.

Mein Lektor Michael Korda und ich haben eine sechsunddreißig Jahre lange Reise zurückgelegt, die an jenem Tag im März 1974 begann, als ich den unglaublichen Anruf erhielt, dass Simon & Schuster für 3000 Dollar mein erstes Buch *Wintersturm* kaufen wollte. Während dieser Zeit war Michael immer der Kapitän auf meinem literarischen Schiff, und nichts könnte mich mit mehr Freude erfüllen, nichts ist mir eine größere Ehre, als dass ich diese ganze Zeit über mit ihm zusammenarbeiten durfte. Letztes Jahr um diese Zeit schlug er vor: »Identitätsdiebstahl wäre doch ein ganz gutes Thema für ein Buch.« Hier ist es.

Cheflektorin Kathy Sagan ist seit vielen Jahren meine Freundin. Vor einem Jahrzehnt war sie die Lektorin des *Mary Higgins Clark Mystery Magazine* und hat nun zusammen mit Michael zum ersten Mal mit mir an einem Krimi gearbeitet. Alles Liebe, Kathy, und danke.

Mein Dank gebührt wie immer auch der stellvertretenden Leiterin der Satzredaktion Gypsy da Silva, meinen Probeleserinnen Irene Clark, Agnes Newton und Nadine Petry sowie meiner nun in den Ruhestand verabschiedeten Pressereferentin Lisl Cade.

Wieder einmal haben Sergeant Steven Marron und der pensionierte Detective Richard Murphy aus dem Büro des New Yorker Bezirksstaatsanwalts mir Schritt für Schritt aufgezeigt, welche polizeilichen und juristischen Maßnahmen bei schweren Straftaten ergriffen werden.

Und natürlich, wie immer, möchte ich meinem außergewöhnlichen Gatten John Conheeney und unserer großen, aus neun Kindern und siebzehn Enkeln bestehenden Familie meine grenzenlose Liebe zum Ausdruck bringen.

Und schließlich auch Dank an Sie, meine Leser, für all die Jahre, die wir gemeinsam verbracht haben. »Möge der Weg euch leicht sein ... «

EINIGE HINTERGRUNDINFORMATIONEN ZU FRÜHEREN ROMANEN VON MARY HIGGINS CLARK

DAS HAUS AM POTOMAC

Ich war zwölf Jahre alt, als im Pfarrhaus unserer Gemeinde ein Mord verübt wurde. Die Priester waren beim Kaffeetrinken. Die Haushälterin, eine achtundzwanzigjährige Frau, wohnte mit ihrem Mann und ihrer fünf Jahre alten Tochter im Kellergeschoss.

Plötzlich waren Schüsse zu hören. Die Priester eilten nach unten. Der Ehemann der Haushälterin hatte erst sie erschossen und daraufhin sich selbst getötet. Am nächsten Tag war in der Zeitung zu lesen: »Die fünfjährige Tochter, über und über mit dem Blut ihrer Mutter bedeckt, konnte nicht aufhören zu schreien.«

Das war der Ausgangspunkt für *Das Haus am Potomac*. Ich stellte mir die Frage: Wie viel von diesen schrecklichen Erlebnissen hatte sich ins Gedächtnis des kleinen Mädchens gebrannt, und woran würde sie sich später als Erwachsene noch erinnern? Ich siedelte das Buch in Washington als dem politischen Zentrum Amerikas an, weil ich diesen Hintergrund ebenfalls nutzen wollte.

SCHLANGEN IM PARADIES

Bevor ich dieses Buch schrieb, war ich zu Gast in einem berühmten Bad, Maine Chance in Arizona. Ich gönnte mir damit einen außergewöhnlichen Luxus, den ich mir nie hätte leisten können, wäre ich nicht mittlerweile eine erfolgreiche Schriftstellerin geworden. Ich fragte mich: Wäre es nicht interessant, wenn an einem Ort wie diesem, wo jeder verhätschelt und umsorgt wird, der Mörder in einem Taucheranzug am Grund des Schwimmbeckens seinen Opfern auflauern und sie ertränken würde? Allein dieser Gedanke trieb mir einen Schauer über den Rücken; so fing es an. Es war auch das erste Buch, in dem Alvirah Meehan vorkommt, die mir seitdem eine gute Freundin ist.

DAS ANASTASIA-SYNDROM

Vor etlichen Jahren nahm ich an einem Kurs teil, in dem der Leiter die Teilnehmer durch Hypnose in ein früheres Leben zurückversetzte. Ich tat es aus Neugier, nicht weil ich an Wiedergeburt glaube. Als ich daraufhin von den Hypnotisierten äußerst lebhafte Beschreibungen früherer Epochen zu hören bekam, änderte das nichts an meiner Überzeugung, aber ich beschloss, ein Buch zu diesem Thema zu schreiben. Da ich mich sehr für Geschichte interessiere, verlegte ich die historische Nebenhandlung des Romans in die Zeit der englischen Könige Charles I. und Charles II.

EIN GESICHT SO SCHÖN UND KALT

Ich liebe Schmuck und besitze einige Stücke, die früher einmal meiner Schwiegermutter gehört haben. Vor allem eine Anstecknadel ist hervorzuheben. Ich dachte mir, es könnte doch ganz interessant sein, wenn eine solche Anstecknadel jemanden zu einem Mord verleitet. Das zweite Thema – ein Schönheitschirurg, der mehreren Frauen das gleiche Gesicht verpasst – faszinierte mich wegen der Frage, warum ein Arzt so etwas tun sollte. Als drittes Element kam noch ein junger Mann ins Spiel, der wegen eines nicht von ihm verübten Mordes im Gefängnis sitzt. Das alles – den Schmuck, den Schönheitschirurgen und den unschuldig Verurteilten – verband ich zu einer Geschichte. Das Ergebnis war *Ein Gesicht so schön und kalt*.

STILLE NACHT

Einer meiner Freunde nahm 1944 als Neunzehnjähriger an der Ardennenoffensive teil. Eine Kugel traf sein Christopherus-Medaillon, das ihm somit das Leben rettete. Ich wusste immer, dass in dieser Geschichte eine weitere Geschichte verborgen lag, und als ich gebeten wurde, eine Weihnachtsgeschichte zu schreiben, war mir klar, dass dieses Medaillon darin seinen Platz finden musste. Als zweites Element gibt es eine junge Frau, eine ehemalige Gefängnisinsassin; sie sieht eine Brieftasche, hebt sie auf und könnte beschuldigt werden, sie gestohlen zu haben – eine Situation, in die jeder geraten könnte. Die Furcht davor, etwas zu sagen oder doch lieber zu schweigen, bringt die einsame junge Frau mit ihrem kleinen Kind in eine verzweifelte Lage. In Verbindung mit dem Christopherus-Medaillon wurde daraus *Stille Nacht*.

MONDLICHT STEHT DIR GUT

Meine Schwiegermutter hatte etwa zweimal im Jahr einen immer wiederkehrenden Albtraum. Sie lag in einem Beerdigungsinstitut in einem Sarg und war dabei noch am Leben, während alle anderen in den Särgen um sie herum tot waren. Der Ursprung des Traums ist leicht zu ermitteln. Ihre Mutter hatte in England die große Grippeepidemie miterlebt, bei der Tausende von Menschen ums Leben gekommen waren. Die Toten wurden sofort bestattet, später stellte sich aber heraus, dass manche noch gelebt hatten. Die Särge wiesen Kratzspuren auf; die Scheintoten hatten verzweifelt versucht, den Deckel anzuheben und sich zu befreien. Wer es sich leisten konnte, sorgte daraufhin dafür, dass um den Finger des Toten eine Schnur gewickelt wurde, die mit einer Glocke verbunden war. Bezahlte Wächter harrten eine Woche lang am Sarg aus und lauschten auf mögliche Signale. Das hielt ich für eine ziemlich gute Grundlage für einen Krimi.

SIEH DICH NICHT UM

Sehr oft bringen mich Zeitungsartikel auf eine Idee zu einem Buch. Bei diesem war es ein ausführlicher Bericht über eine Familie im staatlichen Zeugenschutzprogramm und deren quälende Einsamkeit; die Familie lebte an einem fremden Ort, konnte nicht über sich und ihre Vergangenheit reden und durfte mit anderen Familienangehörigen nur über einen Bundespolizisten in Kontakt treten. Ich stellte mir die Frage, wie eine junge Frau in eine solche Situation geraten könnte, und wie es wäre, wenn ein Mörder die getroffenen Schutzmaßnahmen umgehen und erfahren würde, wo sie sich aufhält.